DAS KOMPLOTT DES SPIONS

GLASS & STEELE 12

C.J. ARCHER

Übersetzt von
SIMONE HELLER

WWW.CJARCHER.COM

KAPITEL 1

LONDON, WINTER 1891

Es war der Augenblick, den ich gefürchtet hatte. Der Augenblick, den ich gehofft hatte, noch lange nicht erleben zu müssen: die Ankunft von Lady Rycroft und ihrer mittleren Tochter Charity Glass.

Zum Glück stand Matt ihre Anwesenheit zusammen mit mir im Salon unseres Stadthauses in der Park Street durch. Tante Letitia war ebenfalls anwesend, obwohl sie nach der anfänglichen steifen Begrüßung sehr wenig sprach. Tante Letitia hatte eine heikle Beziehung zu ihrem Bruder und ihrer Schwägerin, da sie gezwungen gewesen war, mit dem überheblichen Paar und ihren hochnäsigen Töchtern jahrelang zusammenleben zu müssen, bevor Matt in London eingetroffen war und das Stadthaus mit Leben gefüllt hatte.

Bristow zog sich mit einer Verbeugung aus dem Salon zurück und schloss die Türen, sodass ich den Tee einschenken und den Biskuitkuchen schneiden musste. Lady Rycroft wartete nicht einmal, bis ich ihr eine Tasse reichte, bevor sie die erste schneidende Bemerkung des Nachmittags von sich gab.

„Bereits seit fünf Tagen sind wir zurück in der Stadt, und du hast uns noch keinen Besuch abgestattet, India."

„Ich war beschäftigt."

Das war eine ziemliche Untertreibung. Vor nur einer Woche hatte ich im Mordfall an einem Spielzeugmachermagier ermittelt, mich über Romaflüche aufklären lassen, einen Automaten vom Randalieren abgehalten und versucht, Antworten von einem Spion der Regierung zu bekommen. Dann war auch noch das ziemlich einschneidende Erlebnis gewesen, dass Matt fast gestorben war, nachdem man auf ihn geschossen hatte. Wäre nicht seine magische Taschenuhr gewesen, säße er jetzt nicht mit einem frustrierten Ausdruck auf seinem ansehnlichen Gesicht im Sessel. Ich schätzte, der Frust lag daran, dass er in der letzten Woche im Haus eingeschlossen gewesen war, und weniger an der Anwesenheit seiner Tante und seiner Cousine. Für einen aktiven Mann wie Matt kam das Festsitzen hinter verschlossenen Türen einer Gefangenschaft gleich.

Lady Rycroft nahm die Tasse und einen Unterteller von mir entgegen. „Ich weiß ja, dass du nicht damit vertraut bist, wie man die Dinge in der höheren Gesellschaft macht, darum hoffe ich, du nimmst das als hilfreichen Ratschlag an, denn so ist es auch gemeint. Es ist die Pflicht der jüngeren Mitglieder der Familie, die höher stehenden Mitglieder zu besuchen, wenn sie nach London zurückkehren." Sie hob die Tasse an die Lippen und warf ihrer Schwägerin einen Seitenblick zu. „Ich hatte angenommen, dass Letitia dir darin Führung bietet, genauso wie in anderen Dingen."

„Das hat sie", versicherte ich ihr, bevor Tante Letitia noch zurückschoss, dass sie sie nicht treffen wollte. „Ich hätte euch schon eher besucht, aber wie ich sagte, ich war sehr beschäftigt."

„Und was könnte wichtiger sein, als die Familie zurück in der Stadt willkommen zu heißen?" Der eisige Unterton in ihrer Stimme ließ keinen Zweifel in mir, dass sie sich nichts Wichtigeres vorstellen konnte.

Ich nippte und wandte meinen Blick von ihrem abschätzigen Ausdruck ab, in der Hoffnung, meine Stille würde die Sache beenden.

Matt war allerdings nicht in der Stimmung zum Nachgeben. „Mord", sagte er einfach.

Lady Rycroft keuchte.

Ich warf Matt einen scharfen Blick zu. „Er meint, die Ermittlung in einem Mordfall, nicht, einen Mord zu begehen."

Er erwiderte meinen Blick mit einem angespannten Lächeln,

und ich konnte beinahe sein unausgesprochenes „noch nicht" hören.

Charity schaute von ihrem Stück Kuchen auf und zeigte zum ersten Mal, seit sie sich hingesetzt hatte, ein gewisses Interesse. „Wie aufregend. War es dieser Spielzeugmacher? Davon habe ich in der Zeitung gelesen. Wurde er wirklich von seinem eigenen Spielzeug ermordet, diesem mittelalterlichen Ritterautomaten?"

„Seine Frau hat ihn umgebracht", sagte Matt.

„Aber der Apparat hat das eigentliche Erwürgen erledigt."

Lady Rycroft gab ein angeekeltes Geräusch tief in der Kehle von sich, und Tante Letitia wurde leicht blass. Obwohl sie manchmal während einer Ermittlung unsere Unterhaltungen mithörte, versuchten wir, ihr die schlimmsten Einzelheiten zu ersparen.

Matt ignorierte Lady Rycroft und konzentrierte seine Aufmerksamkeit auf seine Cousine. In seinen Schultern lag eine Anspannung, und in seinem Blick eine Intensität, beides Zeichen für seinen Ärger über die Desinformation in Sachen Magie, die sich in der Öffentlichkeit breitmachte. „Der Automat hat ihn ebenso wenig getötet, wie ein Messer jemanden aus eigenem Antrieb erstechen kann. Mrs. Trentham hat den Automaten wie eine Waffe geführt."

Charity begegnete Matts Blick, aber während seiner düster war, von brütender Wut erfüllt, leuchtete ihrer vor Begeisterung. „Man könnte sagen, Magie *war* die Waffe."

Matts Kinn spannte sich an. „Nein, das könnte man *nicht* sagen."

Bevor Charity noch weiteres Öl in die Flammen gießen konnte, die sie selbst angefacht hatte, schnitt er ihr das Wort ab. „Fangen wir doch jetzt keine philosophische Diskussion an."

„Wo wir gerade bei Magie sind", fuhr Lady Rycroft fort, „India, weißt du, wo ich einen Pelzmagier finden könnte? Mein dummes Dienstmädchen hat meine Fuchsstola nicht ordentlich eingepackt, und da waren die Motten dran. Ich dachte, wenn ich mir schon eine neue kaufen muss, könnte ich auch gleich die allerbeste nehmen." Da ich sie mit offenem Mund anstarrte, fügte sie an: „Ich bin natürlich bereit, ordentlich zu bezahlen."

Das erklärte wohl den Grund ihres Besuchs. Dass meine Magie von ihr akzeptiert wurde, war überraschend, aber es war erstaunlich, dass sie sich aktiv darum bemühte. „Nein, ich kenne keine Pelzmagier."

„Wie schade." Sie nippte an ihrem Tee und schaute weg. Die Stille dehnte sich gefährlich aus.

„Wie ist es denn auf dem Land um diese Jahreszeit, Tante Beatrice?", fragte Matt.

„Kalt und elend. Im Haus zieht es, keine meiner Freundinnen lebt in der Nähe, und dein Onkel ist den ganzen Tag unterwegs, um bei den Pachtbauern nach dem Rechten zu sehen oder zu schießen. Da ich nur Charity zur Gesellschaft hatte, konnte ich es kaum erwarten, hierher zurückzukommen."

Falls Charity sich von der Anmerkung ihrer Mutter beleidigt fühlte, zeigte sie es nicht. Ich war mir sogar nicht einmal sicher, ob sie ein Wort von dem gehört hatte, was ihre Mutter gesagt hatte. Sie starrte auf die Tür, ihre Augen wieder trübe. Obwohl ich dankbar darum war, dass sie nicht mehr über Magie oder Morde reden wollte, machte ich mir Sorgen, dass sie darauf hoffte, Cyclops würde hereinkommen. Zum Glück war er bei der Arbeit, da er Dienst bei der Polizeiwache Shoreditch zugewiesen bekommen hatte, nachdem er kürzlich ein Konstabler geworden war.

Lady Rycroft seufzte schwer. „Wie sehr ich Hope vermisse."

„Hat sie dich etwa auch nicht besucht?", fragte Tante Letitia.

Lady Rycroft hob die Tasse an ihre Lippen. „Sie war beschäftigt."

„Wir haben sie gesehen. Von Zeit zu Zeit besucht sie Matthew und India. Matthew und India haben ebenfalls Hope und Lord Coyle besucht."

Das war nicht die ganze Wahrheit. Obwohl Hope und ihr Mann Lord Coyle uns besucht hatten, und wir auch in ihrem Haus gewesen waren, war es nur als Teil der Ermittlung dazu gekommen, und unsere Treffen waren stets höchst angespannt. Tatsächlich hätte ich lieber hundert Nachmittagstees mit Lady Rycroft und Charity ausgehalten, anstatt eines einzigen mit Lord und Lady Coyle.

Lady Rycroft nahm diese Nachricht mit geschürzten Lippen

und geblähten Nasenlöchern hin. „Ganz eindeutig ist Hope nicht ganz bei sich. Ich mache das ihrem Mann zum Vorwurf."

„Du wolltest, dass sie heiraten!", rief Charity, die bewies, dass sie doch zuhörte.

„Und ich bin stolz darauf, dass sie sich einen Earl gesichert hat. Aber ihm ist nicht klar, dass eine junge Braut immer noch wissen muss, dass sie für ihren Ehemann attraktiv ist, genauso wie sie es vor der Eheschließung war." Sie hob eine Hand, um unsere Anmerkungen aufzuhalten, obwohl niemand eine zum Besten geben wollte. „Natürlich ist sie immer noch eine Schönheit. Das hübscheste von all meinen Mädchen ohne Zweifel, und auch das kultivierteste und das freundlichste."

Charity verzog das Gesicht.

„Aber er muss ihr zeigen, dass er alles zu schätzen weiß, was sie in die Ehe einbringt."

„Was bringt sie denn in die Ehe ein?", fragte Tante Letitia mit einem sarkastischen Unterton.

Lady Rycroft plusterte sich auf. „Hast du mich gerade nicht gehört? Schönheit, Kultiviertheit und Freundlichkeit."

„Von denen nichts wichtig für eine erfolgreiche Ehe ist."

„Woher solltest du das denn wissen?", schoss Lady Rycroft zurück.

Du liebe Zeit, dieses Treffen war schneller auf dem absteigenden Ast, als ich es vorhergesehen hatte. „Habt ihr von Patience gehört?", fragte ich in einem Versuch, es zu retten.

„Nein." Die knappe Antwort lud zu keiner weiteren Unterhaltung über das Thema ihrer ältesten Tochter ein, deren Ehemann sein Titel entzogen worden war.

Lady Rycroft setzte ihre Teetasse ab, ein besorgtes Stirnrunzeln erschien auf der Haut, die von dem Turban um ihre Haare straff nach hinten gezogen wurde. Ihr Stirnrunzeln galt allerdings nicht ihrer ältesten Tochter, sondern ihrer jüngsten. Sie wollte das Thema der Coyles noch nicht hinter sich lassen. „Ich fürchte, die Ehe entwickelt sich nicht auf die Art, die Hope gern gehabt hätte."

„Weshalb sagst du das?", fragte Tante Letitia.

„Ihre Briefe legen nahe, dass er ihre Ausgaben beschränkt, unter anderem."

„Unter anderem?", wiederholte ich.

„Ihm gefällt es nicht, wenn sie ihre Freundinnen aufsucht. Er sagt, sie stünden jetzt unter ihr. Aber er gestattet ihr auch nicht, neue, angemessene Freundinnen zum Dinner einzuladen. Er sagt, sie sprechen zu viel, und er will einfach nur Stille am Abend."

„Er ist alt", erklärte Matt.

Seine beiden Tanten funkelten ihn frostig an. „Er ist im selben Alter wie wir", sagte Tante Letitia.

„Sprich bitte nur für dich", bemerkte Lady Rycroft schnippisch.

Matt benahm sich nur selten gesellschaftlich so daneben und entschuldigte sich ausgiebig.

Ich presste die Lippen aufeinander, um ein Lächeln zu verbergen.

Charity leerte ihre Teetasse und stellte sie mit einem lauten Klappern auf die Untertasse, damit unsere Aufmerksamkeit auf sie gezogen wurde. „Und wenn schon, wenn er ihre Ausgaben beschränkt und bestimmt, wer zum Dinner kommt? Es ist sein Haus und sein Geld. Er kann machen, was er will."

„Ich weiß, meine Liebe, aber ich bin enttäuscht von Hope, dass sie nicht ihren scharfen Geist und ihre Gerissenheit einsetzt, um sich durchzusetzen", sagte Lady Rycroft. „Sie sollte ihm nicht gestatten, sie auf diese Art zu manipulieren. Das sieht ihr einfach gar nicht ähnlich."

„Bei der Ehe geht es nicht darum, wer wen manipulieren kann", sagte Matt.

„Bei ihrer schon." Tante Letitia sprach genau das aus, was ich dachte.

Lady Rycroft fuhr fort, als hätte sie sie nicht gehört. „Früher hat sie ihn um den kleinen Finger gewickelt. Als er um sie geworben hat, hat er ihr gegeben, worum sie gebeten hat, und mehr als das. Aber inzwischen ..." Sie schüttelte den Kopf. „Was ist jetzt anders?" Sie hob den Blick zu dem von Matt. „Du hast sie in den letzten Wochen öfter getroffen als ich, und Lord Coyle ist ein enger Bekannter von dir. Was meinst du?"

„Er ist keine Bekanntschaft, deren Gesellschaft wir genießen", erklärte ihr Matt.

Tante Letitia lehnte sich zu ihrer Schwägerin. „Matt und India stehen nicht gut zu den Coyles."

„Er ist kein freundlicher Mann." Ich hätte ihnen sagen können, dass auch Hope nicht freundlich war, aber ich hielt mich zurück. Ihre Mutter würde ihr zur Verteidigung springen, obwohl sie vermutlich die einzige im Raum sein würde. Nicht einmal Charity mochte ihre Schwester.

Lady Rycroft streckte die Finger auf dem Schoß aus und musterte sie. „Ja. Nun. Ich habe ihr geschrieben und ihr gesagt, dass sie lernen muss, ihn zu beherrschen und nicht von ihm beherrscht zu werden."

„Er wird sich von niemandem beherrschen lassen."

„Unsinn. Sie muss eine Möglichkeit finden. Wenn es etwas gibt, in dem meine Jüngste sehr gut ist, dann andere dazu zu bringen, zu tun, was sie möchte."

Charity schnaubte.

Lady Rycroft zeigte Charity die kalte Schulter, um sie aus der Unterhaltung auszuschließen. „Hope ist ein kluges Mädchen. Sie wird lernen, wie man das macht."

„Und wenn sie es nicht tut, ist er ein alter Mann, der vermutlich nicht mehr allzu lange zu leben hat." Der zufriedene Ausdruck auf Charitys Gesicht ließ in mir keinen Zweifel daran, dass sie ihre Mutter und ihre Tante schockieren wollte, die sie beide entsetzt anstarrten. „Sei ehrlich, Mutter. Du weißt, dass sie ihn deswegen geheiratet hat. Du sagst es doch selbst – Hope ist keine Närrin. Coyle ist vielleicht schwierig zu beherrschen, aber das wird sich alles gelohnt haben, wenn sie seine Witwe wird."

Ihre Mutter schnalzte mit der Zunge. „Ehrlich, Charity. Du sagst schon die seltsamsten Dinge."

Die Tür öffnete sich, und Bristow trat ein. „Lord Farnsworth ist hier", verkündete er.

Matt warf mir einen Blick zu. Seine Miene sagte alles – das könnte entweder eine Katastrophe werden oder eine willkommene Erheiterung.

„Bringen Sie ihn herein", sagte ich.

Lord Farnsworth hatte sich wohl draußen vor der Tür herumgedrückt und gewartet. Er erschien, bevor Bristow sich auch nur aus seiner kleinen Verbeugung wieder aufgerichtet hatte. Er war wie ein Sonnenstrahl an einem wolkigen Tag mit seinem rotgoldenen Haar, dem strahlenden Lächeln und seiner überschwänglichen Art. Manchmal war diese überschwängliche Art etwas viel, aber heute hieß ich sie willkommen. Ich glaube, Matt ging es genauso. Er schüttelte Lord Farnsworth auf jeden Fall herzlich die Hand.

„Einen schönen Nachmittag, liebe Freunde! Wie angenehm, Sie hier zu sehen, Lady Rycroft, Miss Glass." Er strahlte Charity an. „Was habe ich für ein Glück, in der Anwesenheit so vieler wunderbarer Frauen zu sein. Und Ihrer natürlich, Glass, obwohl Sie nicht so wunderbar sind. Zumindest empfinde ich das nicht so, obwohl ich mir sicher bin, den Damen geht es anders." Er lachte.

Charity rückte auf dem Sofa zur Seite und tätschelte das Kissen. „Kommen Sie und setzen Sie sich zu mir, mein Lord."

„Aber gerne."

Bristow kehrte mit einer weiteren Tasse und einer Untertasse zurück, und ich schenkte Lord Farnsworth Tee ein. „Suchen Sie nach Willie?"

„Nicht konkret." Lord Farnsworth nahm die Tasse von mir entgegen. „Ist sie zu Hause?"

Matt schüttelte den Kopf. „Sie ist spazieren gegangen."

Willie und Duke hatten das Haus verlassen, als Lady Rycroft und Charity eingetroffen waren, weil sie keinen Nachmittagstee mit ihnen durchstehen wollten. Willie war in letzter Zeit eigentlich nicht sonderlich oft zu Hause gewesen. Wenn sie keine Zeit mit Lord Farnsworth oder Kriminalinspektor Brockwell verbrachte, war sie unterwegs mit Duke oder einem ihrer anderen Freunde. Ich nahm an, dass sie vielleicht sogar eine neue Liebelei hatte, aber ich fragte nicht. Es gab eine Grenze, wie viel ich von Willis Privatleben erfahren wollte.

Ich erholte mich immer noch davon, herausgefunden zu haben, dass sie und Lord Farnsworth Geliebte gewesen waren. Nachdem sich der Staub nach dieser Eröffnung gelegt hatte, hatte sie zugegeben, dass es nur einmal vorgefallen war, ganz zu Beginn ihrer Freundschaft, und nicht wieder dazu gekommen war. Ihnen war beiden klar geworden, dass sie einfach lieber Freunde waren. Ich war mir nicht sicher, ob Brockwell das wusste. Tatsächlich war ich mir niemals sicher, was Brockwell wusste, oder wie er und Willie zueinander standen. Ihre Beziehung überließ man am besten den turbulenten Wogen oder dem Dahintreiben auf dem ruhigen Wasser, wie es ihnen passte. Für sie schien es das Richtige zu sein.

Glaubte ich.

„Achten Sie gar nicht auf mich", sagte Lord Farnsworth, während er ein Stück Biskuitkuchen von mir annahm. „Bitte führen Sie Ihre Unterhaltung weiter, als wäre ich gar nicht da."

Lady Rycroft würde wohl kaum die Eheprobleme der Coyles vor einem Außenseiter ansprechen und wechselte rasch das Thema. „Wie wunderbar, Sie wiederzusehen, mein Lord. Geht es Ihnen gut?" Sie legte ein seltsames Lächeln auf, während sie ihm ihre volle Aufmerksamkeit schenkte. Tatsächlich war es vielleicht einfach nur seltsam, weil sie so selten lächelte, und ich nicht daran gewöhnt war, es zu sehen.

Ich wechselte einen Blick mit Matt, und sein Mundwinkel hob sich zu einem Grinsen. Eindeutig nahm er dasselbe an wie ich – Lady Rycroft wollte die Räder schmieren, um es einmal so auszudrücken, in der Hoffnung, dass Seine Lordschaft Charity bemerken würde. Bisher schien er eher an dem Kuchen interessiert als an sonst jemandem im Raum.

„Ganz gut für jemanden, der das Fohlen nicht bekommen hat, auf das er sich eingeschossen hatte. Irgend so ein Duke hat sie an meiner statt für sich gewonnen."

„Wie enttäuschend, aber ich höre, Sie haben ein herausragendes Gestüt, und ich bin mir sicher, der Verlust eines Pferdes spielt keine große Rolle."

Ich unterdrückte ein Lächeln, weil ich wusste, dass Lord Farnsworth nicht von einem Pferd sprach, sondern von einer Dame, von der er gehofft hatte, er könne sie heiraten. Er neigte dazu, von Pferden und möglichen Ehefrauen mit denselben Begriffen zu sprechen.

„Das stimmt schon", sagte er. „Ich habe exzellente Aussichten auf den Gold Cup beim Royal Ascot dieses Jahr."

Ich blinzelte und schüttelte den Kopf, um ihn zu klären. Matt versuchte es, scheiterte aber daran, sein Lächeln zu unterdrücken.

Charity hielt ihren Teller vor und bat mich um ein weiteres Stück Kuchen. Ihre Mutter schnappte ihr den Teller weg und stellte ihn auf den Tisch, außerhalb der Reichweite ihrer Tochter. „Du hattest doch schon mehr als genug, meine Liebe."

Charity setzte sich mit einem trotzigen Gesicht zurück.

„Meine Tochter liebt Pferde und Rennen." Lady Rycroft tippte auf Charitys Knie.

Lord Farnsworth richtete sich gerade auf und wandte sich an Charity. „Flachrennen oder Hürdenlauf?"

Sie zögerte, dann sagte sie: „Beides?"

Lord Farnsworth strahlte. „Exzellent!"

„Nein!", rief Tante Letitia. „Nein, das geht überhaupt nicht. Charity mag eigentlich gar keine Pferderennen."

„Aber natürlich tut sie das", sagte Lady Rycroft. „Wir gehen jedes Jahr zum Royal Ascot."

„Tut das nicht jeder?"

Alle schauten sie Matt und mich an.

„Mir gefällt es, auf dem Pferd ganz schnell zu reiten", sagte Charity. „Mir ist gleich, ob es flach oder mit Hürden ist. Das Reiten finde ich belebend. Sie etwa nicht, mein Lord?"

„Nennen Sie mich bitte Davide."

Lady Rycroft lächelte Lord Farnsworth an, dann ließ sie es auch ihrer Tochter zukommen. Sie wirkte, als wäre ihr Pferd als erstes über die Ziellinie gegangen.

Tante Letitia wirkte, als wäre ihres das letzte, hätte sich das Bein gebrochen, und man müsse es einschläfern. „Willemina wird bald zurück sein. Matthew, geh und such sie. Sag ihr, dass Lord Farnsworth hergekommen ist, um *sie* zu sehen."

„Ach, aber das bin ich doch gar nicht." Lord Farnsworth hob seine Teetasse. „Ich bin gekommen, um India zu treffen."

Tante Letitia schien ein bisschen in sich zusammen zu sinken, erholte sich aber rasch. „Aber Sie würden gern Willie treffen."

„Ja, natürlich."

Sie warf ihrer Schwägerin ein triumphierendes Lächeln zu.

„Aber ich bin so froh, dass ich diese Gelegenheit hatte, Lady Rycroft und Miss Glass zu treffen. Sie haben mich ziemlich aufgemuntert, und ich war in letzter Zeit niedergeschlagen."

Lady Rycroft horchte auf. „Meine mittlere Tochter hat oft

diese Wirkung auf Menschen." Sie tippte Charity aufs Knie. „Sie ist ein ziemlich … überraschendes Mädchen."

„Ich mag Überraschungen."

Charity schaute Lord Farnsworth an, ihr Gesicht erstarrt. Sie schien sich nicht sicher zu sein, wie sie ihn nehmen sollte, und blieb sprachlos zurück.

Dasselbe könnte man über Tante Letitia, Matt und mich sagen. Obwohl es stimmte, dass Lord Farnsworth ungewöhnliche Erfahrungen mochte, kam sein plötzliches Interesse an Charity völlig aus dem Nichts. Bisher hatte er immer gesagt, sie wäre zu seltsam, sogar für ihn.

Was hatte er vor?

Die Uhr auf dem Kaminsims läutete leise zur vollen Stunde. Lady Rycroft warf einen Blick darauf und stieß ein leises Keuchen aus. „Charity, wir müssen gehen. Wir haben einen weiteren Besuch vor uns."

Charity rümpfte die Nase. „Kann ich nicht hierbleiben?"

„Wir besuchen Lady Burgess."

Charity seufzte, während Tante Letitia ein wissendes Nicken beisteuerte. „Was für ein Pech, dass ihr nicht länger bleiben könnt, aber ihr dürft Lady Burgess nicht warten lassen. Sie ist eine hochstehende Persönlichkeit", sagte sie zu mir. „Sobald ein Mädchen einmal auf Lady Burgess' ersten Frühlingsball eingeladen wird, heißt es, sie hätte eine wunderbare Saison vor sich. Versuch doch, fröhlich zu wirken, Charity."

„Ich hasse Bälle und Partys", murmelte Charity.

Ihre Mutter lachte, aber es klang falsch. „Sei doch nicht albern, Kind. Natürlich liebst du Partys und Bälle." Sie wandte sich an Lord Farnsworth. „Sie ist einfach nur bescheiden. Sie wissen doch, wie junge Mädchen sind."

„Tatsächlich weiß ich das", sagte Lord Farnsworth.

„Mögen Sie Bälle und Partys, Davide?"

„Das kommt darauf an, wer sonst noch dort ist."

„Ganz genau." Lady Rycroft räusperte sich, während sie beobachtete, wie ich an der Klingelschnur zog. Ich erkannte, dass sie noch etwas zu Lord Farnsworth sagen wollte, um ihn weiter in Charitys Richtung zu treiben, aber sie war nicht sicher, wie sie das machen sollte, ohne verzweifelt zu wirken. Letztlich lud sie ihn zu einer Musik-Soiree ein. „India und Matthew kommen auch", schloss sie mit einem hoffnungsfrohen Lächeln in meine Richtung.

„Wirklich?"

„Ja. Es ist morgen Abend."

Tante Letitias Kinn spannte sich an. „Ich glaube, Davide geht morgen Abend mit Willemina aus."

„Ich schaffe beides", sagte er. „Erst die Soiree und dann treffe ich mich später mit Willie."

Lady Rycrofts Lächeln entglitt ihr ein wenig. „Also um neun Uhr. Es wird eine kleine Veranstaltung, da die meisten meiner Bekannten noch nicht in die Stadt zurückgekehrt sind." Sie reichte ihm eine Karte mit ihrer Adresse darauf. „Wir sind so erfreut, dass Sie kommen können, oder nicht, Charity? Was für ein wunderbarer Abend das doch zu werden verspricht."

„Jetzt schon." Charity strahlte Lord Farnsworth an.

Seine Augen leuchteten einen Augenblick auf, bevor auch er lächelte. „Ich freue mich bereits darauf."

Ich zog an der Klingelschnur, um Bristow zu holen. Er öffnete für Lady Rycroft und Charity die Tür und dachte bestimmt, dass Lord Farnsworth ebenfalls aufbrechen wollte, denn er wartete. Aber Lord Farnsworth blieb an der Tür stehen, um den anderen zuzuwinken.

„Das ist eine interessante Entwicklung", flüsterte ich Matt zu. „Sie schienen beide erfreut."

„Für uns passt das gut. Es bedeutet, dass Charity kein Interesse mehr an Cyclops hat, und er kein Interesse mehr an Willie."

„Ich glaube nicht, dass er jemals an Willie interessiert war."

„Natürlich war er das", erwiderte Tante Letitia das Flüstern. „Das könnte er wieder sein, hätte sich Beatrice nicht eingemischt." Sie verschränkte die Arme und funkelte Lord Farnsworth an, während er sich uns wieder anschloss.

Er stutzte, als er ihr Stirnrunzeln bemerkte. „Stimmt etwas nicht?"

„Was haben Sie mit meiner Nichte vor?"

„Ach, das. Ich war in letzter Zeit einfach ein bisschen gelangweilt. Sie ist nur eine Ablenkung, Letty."

„Eine Ablenkung!", rief ich. „Davide, du kannst doch einer

jungen Frau nicht nur den Hof machen, weil du gelangweilt bist."

„Keine Angst. Ich höre damit auf, bevor es zu weit geht. Sie wirkt auf mich sowieso nicht wie jemand, der sich verliebt."

„Man muss sich nicht verlieben, um sich Hoffnungen zu machen." Ich schaute zu Matt.

„Passen Sie nur einfach auf", warnte er. „Ihre Gefühle werden für Tante Beatrice keine Rolle spielen. Wenn sie Sie für ihre Tochter sichern kann, wird sie das tun."

Lord Farnsworth warf sich auf das Sofa, als würde er hier wohnen. „Macht euch um mich keine Sorgen. Ich bin der Institution nicht so lange aus dem Weg gegangen, weil ich ein leichtes Ziel abgebe."

Ich schaute zu Tante Letitia, aber sie schien ziemlich zufrieden damit, dass Lord Farnsworth Charity nicht ernsthaft in Betracht zog. Ohne Zweifel dachte sie immer noch, dass Willie eine passende Aussicht war, und schob dabei völlig ihre eigene Versnobtheit zur Seite, die vorgab, dass man, wenn es um den gesellschaftlichen Stand ging, jemanden in ähnlicher Höhe heiraten musste. Sie vergaß auch sowohl Willies als auch Lord Farnsworths Desinteresse aneinander. Sie mochten ja ein Techtelmechtel gehabt haben, aber es gab keinen Hinweis darauf, dass es dazu noch einmal kommen würde.

Zwei Paar Schritte stapften laut die Stufen herauf und waren unterwegs zum Salon. Einen Moment später traten Willie und Duke ein.

„Ihr habt sie gerade verpasst", sagte Matt.

„Wissen wir", erwiderte Duke, der den Kuchen musterte. „Wir haben draußen gewartet, bis wir gesehen haben, wie ihre Kutsche abfährt."

Willie schnitt sich selbst ein Stück Kuchen ab und nahm einen großen Bissen, bevor sie sich auf das Sofa setzte. Mit vollem Mund redete sie trotzdem los. „Warst du die ganze Zeit hier, Davide?"

„Mehr oder weniger." Er wackelte vor ihr mit den Augenbrauen. „Lady R. hat mich morgen Abend zu einer Party eingeladen. Ich werde mit Charity flirten. Wird das nicht ein Spaß?"

Sie hielt inne, den Kuchen auf halbem Weg zum Mond. „Bist

du wahnsinnig? Weißt du noch, was sie Cyclops angetan hat? Sie hat ihm fast das Leben ruiniert, indem sie ihm vorgeworfen hat, sie gegen ihren Willen zu etwas gezwungen zu haben."

Er tat ihre Sorge ab. „Ich kann auf mich aufpassen."

Duke nahm von mir ein Stück Kuchen entgegen. „Ich stimme Willie zu. Ich schätze, Sie spielen da ein törichtes Spiel. Wenn man Sie erwischt, sitzen Sie ein Leben lang mit Charity fest. Ihr Vater wird Sie dazu zwingen, sie zu heiraten."

Lord Farnsworth wirkte beleidigt. „Was glaubt ihr denn, was ich mit ihr tun werde?" Er starrte mich entsetzt an. „India, du auch?"

Ich hob eine Schulter, war mir nicht länger sicher, was hier vorging.

„Ich werde doch keine Liebelei mit ihr anfangen. Ich werde nicht mal mit ihr allein sein. Es wird nur hier und da ein wenig kokettes Geplänkel ausgetauscht. Wir machen das, was alle amüsanten Leute auf Partys tun – darüber lachen, was die anderen Gäste anhaben, über Pferde reden und zu viel Champagner trinken. Und das alles vor jedermanns Augen natürlich."

Ich stieß einen erleichterten Seufzer aus und erwischte Matt, der mich anlächelte. Der Teufel hatte die ganze Zeit gewusst, was Lord Farnsworth vorgehabt hatte. Vielleicht hätte ich nicht so schnell über ihn urteilen sollen. Er war unter seiner ganzen Frivolität ein guter Mann.

„Ich denke immer noch, du solltest aufpassen", sagte Willie. „Charity ist verrückt, nicht einfach gestrickt."

Lord Farnsworth rieb die Hände aneinander. „Ich freue mich immer mehr auf diese Party."

„Ich nicht", sagte Matt. „Wie wurden wir überhaupt auf dieses Ding eingeladen?"

„Beatrice kennt Davide nicht gut genug, um ihn ohne dich und India einzuladen, die Zwischenhändler bei dieser neuen Bekanntschaft", sagte Tante Letitia. „Wenn sie wollte, dass er teilnimmt, musste sie auch euch einladen."

„Also können wir da jetzt raus, nachdem er zugestimmt hat?"

„Auf gar keinen Fall."

„Was, wenn ich krank bin?"

„Du bist nicht krank."

Matt wandte sich an mich. „Aber ich glaube, ich muss aufpassen, um das Schicksal nicht herauszufordern. Meinst du nicht, India?" Er bezog sich darauf, dass er draußen in der Öffentlichkeit sein würde, und dadurch den Mörder dazu einlud, noch einmal auf ihn zu schießen. Wir hatten Tante Letitia nicht in Kenntnis gesetzt, dass jemand versuchte, ihn umzubringen, und das hatten wir auch nicht vor, darum der rätselhafte Austausch.

„Wir werden sehen, wie du dich morgen fühlst", sagte ich.

Wir verfielen alle ins Schweigen, die einzigen Geräusche kamen von Duke und Willie, während sie Tee tranken und Kuchen aßen. Nach ein paar Augenblicken schnippte Lord Farnsworth mit den Fingern.

„Ich hätte es fast vergessen. Ich hatte einen Grund, weshalb ich hergekommen bin." Er wirkte ernst, was bedeutete, dass etwas sehr, sehr falsch lief. Mein Herz überschlug sich ein wenig in der Brust, während ich ihn drängte, weiterzusprechen. „Gestern Abend habe ich in meinem Club gegessen, und es wurde nur über Magie und Magier geredet."

„Darüber wird überall geredet", sagte Duke. „Seit Barratt dieses verdammte Buch herausgebracht hat, haben die Leute nicht aufgehört, über Magie zu reden."

„In meinem Club sind nicht einfach nur *Leute*. Das sind *einflussreiche* Leute, Politiker unter anderem. Es scheint, da geht eine Petition herum, die wohl dem Parlament vorgelegt werden soll. Die Petition will erreichen, dass das Gesetz geändert wird, um es verpflichtend für Handwerksgilden zu machen, Magier auszuschließen."

„Das kann doch kein Gesetz festlegen!", rief Willie. „Die Mitgliedschaft ist eine Sache der Gilde. Stimmt das nicht, India?"

Ich nickte, während ich die Arme verschränkte und mir selbst eine Umarmung gab. Es lief mir eiskalt das Rückgrat hinab, und ich konnte es nicht abschütteln.

Matt kam, um sich hinter mich zu stellen, eine Hand auf meiner Schulter. Er drückte sie beruhigend. „Das kommt nicht durchs Parlament, aber die Gilden werden Magier sowieso ausschließen. Das wird bald geschehen, da bin ich sicher."

Ohne eine Gildenmitgliedschaft konnten Magier keine Lizenz zum Handel erlangen, und ohne diese Lizenz mussten sie ihre Geschäfte und Fabriken schließen. Falls Matt recht hatte, hätte das für viele Familien verheerende Konsequenzen.

Lord Farnsworth machte sich allerdings nicht allzu viele Sorgen. „Liebste India, verzage nicht. Die reiche Klasse durchkämmt die Stadt nach magischen Waren. Es verlangt sie nach dem Besten, was man für Geld kaufen kann, und jetzt wissen alle, dass das Beste von Magiern kommt. Du wirst schon sehen. Menschen wie Lady Rycroft werden verlangen, dass Magiern gestattet wird, ihre Waren zu verkaufen, und wir wissen alle, dass Menschen wie sie – und ich natürlich – dieses Land beherrschen, nicht die Handwerker aus den Gilden."

Er hatte vermutlich recht. Solange die Reichen und Einflussreichen wollten, dass von Magiern geschaffene Waren ihre Häuser schmückten, würden die Magier geschützt werden. Lady Rycroft hatte mich mehr oder weniger angebettelt, ihr den Namen eines Pelzmagiers zu geben. „Magier werden sich verstecken und insgeheim handeln müssen", sagte ich. „Das wird nicht leicht."

Lord Farnsworth wirkte selbstzufrieden. „Oder man wird ein neues Gesetz erlassen, dass es Magiern gestattet, ohne Lizenz zu handeln."

Dieser Gedanke war radikal, aber gut. Könnte das möglich sein? Die Gilden würden dagegen kämpfen. Wenn ein Handwerker keine Lizenz mehr brauchte, gab es keinen Grund mehr für die Gilden, um zu existieren.

„Das Lächerliche ist, die Magie hält nicht", sagte Matt. „Waren, die Magier hergestellt haben, mögen ja eine Weile lang exzellente Qualität haben, aber sobald die Magie vergeht, werden sie so gewöhnlich wie die der Talentfreien. Die Anspannung zwischen den Magiern und den Talentfreien ist völlig an den Haaren herbeigezogen."

Wir verbrachten den Rest des Nachmittags im Gespräch, was wir tun könnten, und wie wir gewisse Politiker beeinflussen könnten. Lord Farnsworth war äußerst hilfreich, aber ich stellte fest, dass Matt bereits wusste, wer in der Macht stünde, die Meinungen der Parlamentsmitglieder zu lenken.

Um genau sechs Uhr kam Cyclops herein. Gekleidet in die elegante blaue Tunika der Uniform eines Konstablers, den Helm unter dem Arm, wirkte er eher herrschaftlich, als einem bedrohlichen Piraten zu ähneln. Er nahm seine Handschuhe ab und stellte sich ans Feuer, wärmte sich den Rücken, die Hände hinter sich verschränkt. „Was für ein Tag", murmelte er. „Ihr habt es alle gehört, nehme ich an."

„Was gehört?", fragte Willie.

„Von dem Aufstand." Auf unseren ausdruckslosen Blick hin fuhr er fort. „Den Aufstand in Shoreditch."

„Wer hat einen Aufstand veranstaltet und warum?", fragte Matt.

„Das Ziel waren Läden an der High Street, deren Besitzer als Magier bekannt waren. Fenster wurden eingeschlagen, Türen eingetreten. Niemand wurde verletzt, aber es gab eine Menge Sachbeschädigung."

„Und das wurde von der gewöhnlichen Öffentlichkeit losgetreten?"

Cyclops schüttelte den Kopf. „Von talentfreien Gildenmitgliedern. Und ratet mal, wer der Anführer war." Er schaute mich an, als er das sagte.

Plötzlich wurde mir schlecht. „Abercrombie."

KAPITEL 2

*B*ristow trat ein, hatte aber keine Gelegenheit, uns davon in Kenntnis zu setzen, dass Catherine Mason eingetroffen war, bevor sie an ihm vorbei lief. Sie rannte zu Cyclops und warf die Arme um ihn.

„Was für ein Glück, dass dir nichts passiert ist." Sie legte ihm die Hände ans Gesicht und musterte ihn ganz genau. „Wir haben heute den Laden geschlossen, als wir von dem Aufruhr in deinem Viertel gehört haben. Ich bin gleich hergekommen. Ich habe mir solche Sorgen gemacht." Als sie zufrieden war, dass ihm auch wirklich nichts fehlte, umarmte sie ihn erneut.

Seine Lippen zuckten, während er versuchte, sein Lächeln zu unterdrücken. „Mit mir ist alles in Ordnung. Du hättest nicht herkommen müssen. Du hättest eine Nachricht schicken können."

Sie zog sich zurück und legte den Kopf schief, um ihn kritisch zu beäugen. „Und du hättest eine Antwort zurückschicken können, in der steht, dass alles in Ordnung ist, obwohl das gar nicht stimmt, damit ich mir keine Sorgen mache. Ich sehe lieber persönlich nach dir und beurteile das selbst."

„Was werden denn deine Eltern denken, wenn dein Bruder ohne dich nach Hause kommt? Wird er ihnen sagen, dass India dich eingeladen hat, hier zu Abend zu essen?" Er warf über ihren Kopf hinweg einen Blick zu mir.

„Natürlich kannst du zum Abendessen bleiben, Catherine, und ich werde das deinen Eltern auch sagen, wenn sie fragen."

Sie schüttelte den Kopf. „Ich habe Ronnie gesagt, er soll ihnen die Wahrheit erzählen. Dass ich hergekommen bin, um nachzusehen, ob es dir gut geht. Aber ich habe auch gesagt, dass ich zum Essen bleiben würde, falls ich eingeladen werde."

„Dann sage ich Bristow, dass er noch ein Gedeck hinzufügen soll."

Der Butler erschien plötzlich wieder an der Tür, doch nicht, weil er seinen Namen gehört oder gespürt hatte, dass ich ihn zu sprechen wünschte. Er verkündete die Ankunft eines weiteren uneingeladenen aber nicht weniger willkommenen Gastes.

„Kriminalinspektor Brockwell ist eingetroffen. Soll ich zwei weitere Gedecke fürs Dinner anfügen, Madam?"

„Vielen Dank, Bristow."

Willie begrüßte Brockwell mit fast genauso großer Begeisterung, wie Catherine sie bei Cyclops an den Tag gelegt hatte. Er schien überrascht von der Art, wie sie öffentlich ihre Zuneigung bekundete, aber nicht unglücklich. Er musste ebenfalls mit einem Lächeln kämpfen.

„Na, das ist ja nett. Gibt es einen besonderen Grund, weshalb ich mit einer Umarmung begrüßt wäre?"

„Kann eine Frau nicht ihren Kerl umarmen?", fragte Willie.

„Das sieht dir gar nicht ähnlich. Nicht vor den anderen."

Sie hob eine Schulter, um damit zu zucken. „Cyclops hat uns gerade erst von einem Aufstand erzählt, und ich habe mir allmählich Sorgen um dich gemacht."

„Ich war nicht vor Ort. Die Männer in Uniform hatten das unter Kontrolle."

Sie tätschelte ihm die Brust. „Gut." Sie führte ihn an der Hand zum Sofa, dann setzte sie sich neben ihn.

Wir alle beobachteten sie mit neugierigem Gesicht, darunter auch Brockwell, doch ihr schien es nicht aufzufallen.

„Cyclops wollte uns gerade von dem Aufstand erzählen", sagte Matt.

„Die Nachricht hat uns am Yard vor einiger Zeit erreicht." Brockwell wandte sich an Cyclops. „Gab es denn irgendwelche Festnahmen?"

„Fünf", erwiderte Cyclops.

„Darunter auch Abercrombie?", fragte Matt.

Cyclops schüttelte den Kopf. „Er hat keinerlei Gewalttaten selbst begangen."

Ich konnte mir auch nicht vorstellen, dass dieser hochnäsige und irgendwie auch zerbrechliche Mann einen Stein in ein Fenster warf, aber ich hatte auch Schwierigkeiten, mir vorzustellen, dass er sich mit einer so gewalttätigen Gruppe einließ, doch Cyclops hatte gesagt, er hätte sie angeführt. „Könnte man ihn denn nicht festnehmen, weil er zur Gewalt aufruft?"

Cyclops schüttelte den Kopf. „Er behauptet, er wollte, dass die Proteste friedlich verliefen. Tatsächlich rief er nach Ruhe, aber das stieß auf taube Ohren. Ich habe seine Bemühungen selbst mitbekommen."

„Man könnte ihn immer noch festnehmen, weil er die Sache auf die Beine gestellt hat", sagte Matt.

„Ein Polizist aus meinem Viertel wird Nachforschungen anstellen. Wenn er beweisen kann, dass Abercrombie das organisiert hat, wird man ihn festnehmen."

Willie stieß Brockwell mit dem Ellbogen an. „Du solltest diese Ermittlungen führen. Da ist Magie beteiligt."

„Ich glaube, die Zeiten, in denen Verbrechen, zu denen Magie gehört, mir überantwortet werden, sind vorbei", sagte Brockwell. „Das ist erst der Anfang."

Matt pflichtete ihm bei. „Sie ist kein Geheimnis mehr, das man in einer kleinen Gruppe im Yard unter Verschluss hält."

„Verflixt hässliche Angelegenheit", murmelte Farnsworth. „Weshalb können sich nicht einfach alle vertragen?"

„Weil der Lebensunterhalt von Menschen auf dem Spiel steht", sagte ich.

„Geld ist die Wurzel allen Übels."

Willie schnaubte. „Sagt der Mann, dem zwei Häuser, etliche Morgen Land und Dutzende Rennpferde und magische Gegenstände gehören."

Farnsworth schniefte. „Ja. Nun. Ich bin auch ein großzügiger Arbeitgeber. Jeder mag es, für mich zu arbeiten."

Willie und Duke verdrehten die Augen.

Catherine trat von Cyclops' Seite weg, um sich zu mir zu

setzen. Sie reichte mir ein Blatt Papier. „Da wir nun unter uns sind, nutze ich die Gelegenheit und gebe dir das jetzt, anstatt zu warten, bis deine Tante zurückkehrt."

Da sich Tante Letitia für das Abendessen umzog und nur ein paar Freunde anwesend waren, hatten wir alle das Gefühl, dass wir uns unbeschwert frei unterhalten konnten. Obwohl Lord Farnsworth ein neuer Freund war, vertrauten wir ihm, nachdem er Matt geholfen hatte, Bekanntschaft mit dem Innenminister zu schließen. Er wusste alles über Sir Charles Whittakers Arbeit als Spion, unsere Vermutungen über Lord Coyle und die Anschläge auf Matt. Seine Meinung war zwar üblicherweise sehr unkonventionell, aber seine Hilfe als Adliger war unbezahlbar. Matt hatte noch nicht viele mächtige Verbindungen beim Adel aufgebaut, aber er fing durch Lord Farnsworth damit an.

Deshalb hatte Catherine das Gefühl, dass es in Ordnung war, mir das Blatt Papier mit den Namen für meine Liste mit Magiern vor ihm zu überreichen. Vor nur einer Woche hatte ich die Liste angefangen und meine Freunde gebeten, einen Beitrag dazu zu leisten, wo immer es möglich war. Es war zwar immer noch eine kurze Liste, aber ich hoffte, sie erweitern zu können, damit sie zu einem umfänglichen Katalog wurde. Die Schwierigkeiten, die wir mit Mrs. Trentham, der Spielzeugmachermagierin, und Amelia Moreton, der Feuerwerksmagierin, erlebt hatten, hatten bewiesen, dass wir wissen mussten, wer die Magie wirkte, in jenen Zeiten, in denen sie als Waffe eingesetzt wurde.

Aber ich würde diese Liste nicht mit den Behörden teilen, außer wenn es notwendig wurde. Sie würde hier aufbewahrt werden, an einem geheimen Ort weggesperrt, und nur ich, Matt, Cyclops, Willie und Duke wussten, wo man sie fand.

Ich klappte das Blatt auf und musterte die drei Namen. Einen erkannte ich. „Sind das alle Wollmagier?"

Catherine nickte. „Ich habe gehört, dass die Wollgilde die Mitgliedschaften von verdächtigten Magiern gekündigt hat, mit sofortiger Wirkung. Ich habe einer Bekannten ein paar Fragen gestellt und herausgefunden, dass diese Männer durch ihre überragende Handwerkskunst und Gerüchte identifiziert wurden."

Willie schnaubte. „Also wird man inzwischen als schuldig bezeichnet, nur weil es Gerüchte gibt?"

„Das ist nicht das Werk der Polizei", rief ihr Brockwell in Erinnerung.

Sie schnaubte und verschränkte die Arme. „Es sollte ein Verbrechen sein, den Lebensunterhalt eines Menschen wegzunehmen, ohne dass es eine Verhandlung gibt."

„Oder eine genaue Untersuchung oder eine Möglichkeit, Widerspruch einzulegen", fügte Cyclops an.

Ich reichte das Blatt Papier Matt. „Der Name von Mr. Pyke findet sich darauf."

Mr. Pyke war ein Teppichknüpfer, der mit seiner Wollmagier seine Teppiche stärker machte und länger halten ließ. Er hatte Fabian und mir einen Zauber verschafft, den ich abgeändert hatte, um die entsprechenden Worte für den Bewegungszauber einzufügen. Der daraus entstandene neue Zauber hatte Fabians Wollteppich fliegen lassen.

Die Wollmagie hielt aber nicht lange, darum setzte Mr. Pyke sie kaum je ein. Trotzdem war er von seiner Gilde richtigerweise als Magier identifiziert worden, und jetzt konnte er überhaupt nicht mehr handeln. Er würde seinen Laden schließen müssen. Das wäre für ihn absolut vernichtend.

„Die Wollgilde ist zu weit gegangen", erklärte Lord Farnsworth. „Man sollte sie für so eine überzogene Herangehensweise bestrafen."

„Wie denn?", fragte Duke.

Lord Farnsworth hatte keine Antwort.

„Vielleicht gibt es eine Gegenbewegung in der Öffentlichkeit", sagte Cyclops. „Die Bewohner vor Ort waren nicht sonderlich glücklich über den Aufruhr in der High Street heute. Sie werden das denen, die es auf die Beine gestellt haben, zum Vorwurf machen."

Willie schlug sich mit der Faust aufs Knie. „Gut. Abercrombie sollte die Konsequenzen erleiden müssen. Vielleicht werde ich selbst die Nachricht verbreiten, dass er daran beteiligt war."

„Willie", warnte ich sie. „Mach keine Schwierigkeiten."

„Er hat damit angefangen."

Bristow läutete den Gong zum Abendessen um halb acht,

und wir schoben die düsteren Unterhaltungen zur Seite und stiegen in fröhlichere ein. Es war ein so angenehmer Abend, dass ich alles über die Schwierigkeiten jenseits unserer Tür vergaß, darunter den Anschlag auf Matts Leben. Ich wechselte Blicke mit ihm und lächelte ihn an, da ich am anderen Ende des Tisches saß. Er wirkte ebenfalls glücklich. Vielleicht war die erzwungene Gefangenschaft für ihn doch nicht so schwierig.

„Ich bin eifersüchtig." Lord Farnsworths leise Erklärung war nur für meine Ohren bestimmt, nicht Tante Letitia, die auf seiner anderen Seite saß.

Ich folgte seinem Blick zu Willie und Brockwell, die nebeneinandersaßen. Sie wirkten zufrieden, gingen sogar so weit, die Sätze des anderen zu Ende zu sprechen. Oder vielmehr, Willie sprach die von Brockwell zu Ende, wenn er zu lange dafür brauchte, was eine seiner Eigenheiten war.

„Ich dachte, du und Willie würden weiter nichts verfolgen", sagte ich.

„Ich bin nicht eifersüchtig auf den Inspektor, das musst du verstehen. Ich bin eifersüchtig auf ihre Beziehung."

Ich hatte früher gedacht, Willie und Duke würden ein gutes Paar abgeben, aber inzwischen wusste ich, wie falsch diese Zusammenstellung wäre. Obwohl sie gut befreundet waren, wären sie als Liebende schrecklich. Sie schienen das Kindische ineinander anzusprechen, und ihre ständigen Neckereien würden bald auf blanke Nerven treffen. Sie erinnerten mich an Geschwister, die oft stritten, aber immer füreinander einsprangen, wenn es ernst wurde. Willie und Brockwell waren an der Oberfläche ein seltsames Pärchen, doch eigentlich passten sie besser zueinander.

„Ich will, was sie haben", sagte Lord Farnsworth mit einem ernsten Unterton, den ich bei ihm noch nie zuvor gehört hatte.

„Partnerschaft?"

„Ja, aber auch noch etwas anderes."

„Liebe?"

Er rümpfte die Nase. „Nicht unbedingt Liebe, nein."

Jetzt war ich neugierig. „Was dann, außerhalb von Partnerschaft, willst du denn in einer Beziehung?"

„Die Freiheit, zu tun, was mir gefällt."

„Oh. Ich befürchte, nicht alle Beziehungen sind so frei wie die ihre."

„Deshalb habe ich mich auch nur auf sie bezogen, nicht auf dich und Glass oder Cyclops und Miss Mason. Ich will die Freiheit, um …" Er wedelte mit den Fingern in der Luft. „Um ich selbst zu sein."

Ich nahm an, dass er die Freiheit meinte, mit anderen Frauen zusammen zu sein, aber das sagte ich nicht. Unter Freunden blieben manche Dinge besser ungesagt. „Ich bin sicher, eines Tages findest du das richtige Mädchen, Davide. Sie ist da draußen und wartet darauf, dich von den Füßen zu fegen."

Er nahm sein Glas und hob es vor mir. „Und bis ich sie finde, werde ich mit Charity Glass flirten."

Ich seufzte.

Ich war mir nicht sicher, ob ich mir Sorgen um Charitys Ruf machen sollte oder nicht, aber bald vergaß ich sie und Lord Farnsworth ganz, als wir uns in den Salon zurückzogen. Wir spielten bis um elf Uhr Karten, als Tante Letitia sich zurückzog.

Lord Farnsworth beschloss, dass es Zeit war, zu gehen. „Es gibt einen Boxkampf im Keller des George Inn, der um Mitternacht beginnt. Will jemand mit? Das verspricht ein verflixt gutes Geplänkel mit diesem amerikanischen Kerl zu werden, Sullivan, gegen einen Anwärter vor Ort."

„Ich komme mit", sagte Duke, der seine Karten hinwarf. „Ich muss doch meinen Landsmann unterstützen. Kommt schon, Willie, Brockwell. Ich mach mir gar nicht die Mühe, dich zu fragen, Cyclops, ich weiß, du machst es nicht."

„Genauso wie ich", sagte Brockwell. „Außerdem, wenn es um Mitternacht in einem Keller ist, zweifle ich daran, dass es rechtens ist."

Lord Farnsworth wippte auf den Fersen zurück und versuchte, unschuldig zu tun.

Willie sah enttäuscht aus. „Komm schon, Jasper. Du gehst nie mit mir aus."

„Das liegt daran, dass ich Wetten und Faustkämpfe nicht mag." Er küsste sie auf die Wange. „Aber hab doch Spaß."

Willie nickte, aber ich erkannte, dass sie enttäuscht war.

„Dürfen wir Ihnen eine Fahrt nach Hause anbieten, Miss Mason?", fragte Lord Farnsworth.

Wir begleiteten sie an die Tür, wo sie Mäntel und Hüte anlegten, um sich gegen die kalte Februarnacht zu wappnen. Ich nutzte die Gelegenheit, um leise und abseits von Cyclops mit Catherine zu reden.

„Wie läuft es denn zu Hause?", fragte ich. „Besonders in Bezug darauf, dass deine Eltern Cyclops akzeptieren?"

„Ist schon gut."

Ich wartete, aber sie sagte nichts mehr. „Du hattest einen Plan erwähnt, der die Meinung deiner Eltern über ihn ändern sollte. Ist er gescheitert?"

Sie beugte sich näher heran. „Den habe ich noch nicht in die Tat umgesetzt. Aber bald tue ich das."

„Kannst du mir sagen, was es ist?"

„Nein."

„Nicht mal einen Hinweis?"

Sie grinste. „Es macht mehr Spaß, wenn du es nicht weißt."

„Mir nicht." Sie küsste mich auf die Wange. „Danke dir für den wunderbaren Abend. Hier fühle ich mich immer so zu Hause, mehr, als ich das im Haus meiner Eltern tue."

Ich umarmte sie. „Lass mich wissen, wie dein Plan läuft."

„Das werde ich dir nicht erzählen müssen. Du wirst es einfach erfahren."

Wir winkten ihnen von der Eingangshalle aus zu, dann schloss Matt die Tür. Cyclops wünschte uns eine gute Nacht und verschwand nach oben. Bristow schloss ab, bevor auch er sich für die Nacht verabschiedete.

Matt und ich gingen langsam die Stufen hinauf, Hand in Hand. „Was haben denn du und Farnsworth während des Abendessens besprochen?", fragte er, als wir am Absatz ankamen. „Auf deinem Gesicht war ein seltsamer Ausdruck."

„Er hat mir gesagt, wie sehr er sich darauf freut, mit Charity zu flirten."

„Das erklärt, weshalb du ausgesehen hast, als hättest du einen unflätigen Witz gehört. Du hast etwas geschockt gewirkt, doch auch kurz vor einem Lachanfall."

„Sollten wir uns Sorgen um sie machen? Es ist nicht richtig, dass er mit ihr flirten möchte. Es könnte ihren Ruf ruinieren."

„Ich mache mir keine Sorgen. Er ist derjenige, der aufpassen sollte. Er weiß nicht, womit er es zu tun hat." Plötzlich hob er mich in die Arme und ging weiter die Stufen hinauf. „Genug über die Beziehungen anderer Leute. Konzentrieren wir uns doch fürs erste ein bisschen auf unsere."

Ich zog eine Schnute. „Ein bisschen?"

„Das klingt nach einer Herausforderung, und du weißt doch, einer solchen kann ich nicht widerstehen."

Die restlichen Stufen nahm er zwei auf einmal, mich in den Armen, und er war nicht mal außer Atem, als wir an unserer Schlafzimmertür ankamen.

* * *

Das Frühstück verlief ruhig. Cyclops ging früh zur Arbeit, Willie hatte die Nacht wer weiß, wo, verbracht und war noch nicht zu Hause, und Duke schlief noch. Tante Letitia schloss sich Matt und mir im Speisezimmer an, und bald bekamen wir Gesellschaft von meinem Großvater.

Chronos traf derzeit oft unangekündigt ein und normalerweise zu den Mahlzeiten, wenn auch selten so früh. Er wirkte, als hätte er gar nicht geschlafen.

„Geht es dir nicht gut?", fragte ich, während er mir gegenüber mit einem Teller Toast und Würstchen Platz nahm. „Du hast dunkle Augenringe, und dein Haar ist noch zerraufter als sonst."

„Das bisschen, das noch da ist", murmelte Tante Letitia, ohne von der offenen Zeitschrift neben ihrem Teller aufzuschauen.

Chronos strich sich mit einer Hand über den Kopf, aber die dünnen weißen Strähnen weigerten sich, sich zähmen zu lassen, und stellten sich gleich wieder auf. „Ich schlafe in letzter Zeit nicht gut."

„Macht Ihnen etwas Sorgen?", fragte Matt.

„Ihr meint, abgesehen von den Aufständen und den Magiern, die aus ihren Gilden geworfen werden?"

„Also hast du davon gehört", sagte ich mit einer warnenden

Kopfbewegung in die Richtung von Tante Letitia. Sie schien allerdings nicht zu lauschen und las weiter in ihrer Zeitschrift, eine Teetasse in der Hand.

„Was unternehmt ihr denn deswegen?", fragte er.

„Was können wir denn unternehmen?"

Er wedelte mit seiner Gabel in der Luft. „Irgendwas! Kommen Sie schon, Glass, Sie sind derzeit ein wichtiger Kerl. Stehen Sie auf für die Rechte Ihrer Frau."

„Ich kann für mich selbst einstehen, vielen Dank aber auch. Und Matt tut alles, was er kann, aber er kann keine Wunder wirken. Niemand kann diese Probleme über Nacht verschwinden lassen."

Er knurrte und schnitt in das Würstchen.

Matt lehnte sich zurück, er war mit dem Frühstück fertig. „Ich kann mich irgendwie erinnern, dass Sie wollten, dass die Magie vor der Welt offengelegt wird."

„Nicht auf diese Art. Das hätte man viel großartiger angehen müssen, auf eine Art, die die Magie in ihrem ganzen Glanz zur Schau stellt." Er hielt nachdenklich inne. „Irgend so was wie die Londoner Industrieausstellung 1851."

Ich stieß ein lautes Lachen aus. „Also nicht zu bescheiden dann."

„Etwas so Großartiges und Wichtiges wie Magie hat Glanz und Gloria verdient. Wir brauchen einfach nur einen königlichen Champion, der sich dahinter stellt, wie es Prinz Albert für die Industrieausstellung getan hat. Kennen Sie irgendjemanden aus dem Königshaus, Glass?"

Matt betrachtete ihn mit einer sarkastisch gehobenen Augenbraue. „Wir bewegen uns nicht in denselben Kreisen."

Chronos ging nach dem Frühstück nicht. Er hatte eine Uhr bei sich, die er nicht recht reparieren konnte, und bat mich, sie mir anzusehen. Wir arbeiteten in der Bibliothek, und bald hatte ich alle Uhrenteile auf dem Tisch ausgebreitet. Chronos half mir nicht, stattdessen saß er mit dem Buch am Feuer, die Hand auf den Bauch gelegt. Er wirkte ein bisschen blass.

„Alles in Ordnung?", fragte ich.

„Mir ist nur ein wenig übel. Das passiert nach dem Essen."

„Warst du beim Arzt?"

„War ich. Er hat Verdauungsschwierigkeiten festgestellt. Ich habe ein Tonikum, doch das habe ich zu Hause gelassen."

„Willst du, dass ich einen Bediensteten hinüberschicke, um es zu holen?"

Er schüttelte den Kopf. „Mach dir die Mühe nicht. Es wirkt nicht."

Ich nahm meine Pinzette wieder, aber ich war mit den Gedanken nicht ganz bei der Sache. Chronos war schon über siebzig, und von Zeit zu Zeit würde er eben krank werden, aber er hatte immer stark und gesund gewirkt. Diesen Winter hatte er nicht einmal eine Erkältung bekommen. Ich hätte mir nie gedacht, dass er eines Tages eine Krankheit bekommen würde, von der er sich nicht erholen konnte.

Dieser Gedanke erschütterte mich. Zum Glück war die Uhr nicht sonderlich kompliziert, und ich setzte sie wieder zusammen, ohne auch nur richtig daran zu denken. „Jetzt scheint sie zu laufen."

„Gut gemacht, India", sagte er, ohne von seinem Buch aufzuschauen.

„Die hättest du doch selbst reparieren können."

„Hätte ich das?"

Ich nahm ihm das Buch aus den Händen, um ihn zu zwingen, mich anzuschauen. „Was ist los?"

„Nichts. Darf ich bitte mein Buch zurückhaben?"

Ich versteckte es hinter meinem Rücken. „Erst, wenn du mir erzählst, weshalb du so tust, als würdest du meine Hilfe brauchen, wenn das doch gar nicht der Fall ist."

Er spielte am Saum der Armlehne des Ledersessels herum und schaute mir nicht in die Augen. „Ich wollte Zeit mit dir verbringen. Mir fehlt deine Gesellschaft."

„Oh."

Chronos und ich standen uns nicht sonderlich nahe. Wenn man bedachte, dass ich ihn bis letztes Jahr für tot gehalten hatte, war das vielleicht verständlich. Wir waren auch sehr unterschiedliche Menschen, mit gegensätzlichen Ansichten über den Platz der Magie in der Welt. Er war verärgert über mich gewesen, weil ich die Sitzungen zum Zauberschöpfen mit Fabian abgebrochen hatte.

„Willst du auf einen Spaziergang gehen?", fragte ich.

Er schaute zum Fenster. „Es regnet."

Ich setzte mich in den anderen Sessel, der zum Feuer ausgerichtet war. „Dann bleiben wir hier im Warmen und reden."

„Oder wir könnten einfach im Stillen lesen." Er streckte die Hand aus, und ich gab ihm das Buch. Er öffnete es und las weiter.

Es schien, als würde er nicht zwingend meine Gesellschaft wollen. Jeder andere wäre genauso gut gegangen. Ich nahm an, woran mein Großvater tatsächlich litt, war Einsamkeit.

Ich hatte nicht die Gelegenheit, ihn zu fragen, ob das stimmte. Bristow trat ein und kündigte die Ankunft von Oscar Barratt an.

Ich stand auf, um ihn zu begrüßen, und bat Bristow, Matt in Kenntnis zu setzen, der oben in seinem Bureau war. „Oscar, komm herein und setz dich ans Feuer. Du wirkst ja halb ertrunken."

„Nur ein wenig feucht." Er schloss sich mir am Kamin an, streckte die Finger zu den Kohlen hin. „Wie geht es Ihnen, Mr. Steele?"

„Morgen, Barratt", sagte Chronos, der das Buch zur Seite legte. Seine Haltung verbesserte sich sofort, als er Oscar sah. Hier war ein Mann, der dachte wie er, der die Magie offen draußen in der Welt sehen und gefeiert haben wollte. „Sie sind bestimmt ganz zufrieden mit der Aufnahme ihres Buches. Hervorragender Titel übrigens: Das Buch der Magie."

Oscar strich mit der Hand durch sein dunkelbraunes Haar, dessen Enden feucht waren. Er hatte wohl keinen Regenschirm benutzt, und nur die Haare, die von seinem Hut bedeckt gewesen waren, waren trocken geblieben. „Vielen Dank. Ich freue mich sehr darüber, wie es angekommen ist. Die Verkäufe laufen gut, und die ersten Besprechungen sind ziemlich angetan. Was könnte sich denn ein Schriftsteller mehr wünschen?"

Trotz seiner Worte lag ein trauriger Unterton in seiner Stimme, obwohl ich mir nicht sicher war, dass Chronos das auffiel. Er lächelte und gratulierte Oscar zu seinem Erfolg.

Oscar ließ sich im Sessel nieder und streckte die Beine zum Feuer hin. „Es ist nicht alles nur Blumen und Sonnenschein. Es richtet sich auch eine Menge negative Energie auf mich. Ich habe Drohungen erhalten."

„Was für Drohungen denn?", fragte ich.

„Die Art, die mir Schaden wünscht."

Matt trat ein und hörte Oscars Bemerkung. „Wie haben sie denn herausgefunden, wo Sie leben?"

„Die Drohungen wurden an die *Weekly Gazette* gesandt, die sie an mich weitergeleitet hat. Obwohl ich dort nicht mehr länger arbeite, steht in meiner Biografie, dass ich einer ihrer Angestellten war."

„Wie schrecklich für dich", sagte ich. „Obwohl du zugeben musst, dass diese negativen Reaktionen nicht ganz unerwartet kommen."

Ich wagte es nicht, einen Blick zu Matt zu werfen, doch ich konnte seine schlechte Laune unter der Oberfläche brodeln spüren, als er sich neben mich stellte. Er war von Anfang an gegen das Buch gewesen.

„Die Drohungen machen mir keine großen Sorgen", sagte Oscar. „Meine Wohnadresse ist nicht öffentlich bekannt." Er lächelte mich an, aber es war nicht überzeugend. Etwas verstörte ihn auf jeden Fall. Wenn es nicht die Drohungen waren, was dann?

„Haben Sie von dem Aufstand gestern gehört?", fragte Matt.

„Schon. Hässliche Sache. Ich hoffe, die Aufrührer wurden festgenommen."

„Dieser Aufstand war eine unmittelbare Folge Ihres Buches, und der zusätzlichen Öffentlichkeit, die den Magiern zuteilwurde."

Oscar hob die Hände. „Kommen Sie schon, Glass, seien Sie vernünftig. Ich habe niemanden dazu gezwungen, Fenster einzuschlagen. Ich zwinge niemanden, Magier zu hassen. Sie können mir das doch genauso wenig zum Vorwurf machen, wie Sie einem dieser armen Opfer vorwerfen könnten, dass der Ripper sie erstochen hat."

Matts ganzer Körper spannte sich an. Er blinzelte Oscar fest an, und dieses eine Mal war er mit Sprachlosigkeit geschlagen.

„Ganz ruhig", sagte Chronos mit finster gerunzelter Stirn. „Das ist ein wenig übertrieben."

Oscar stieß einen tiefen Atemzug aus. „Sie haben recht. Tut mir leid. Ich weiß, dass Sie nur versuchen, India zu beschützen, und die ganze Sache macht Ihnen Sorgen. Achten Sie gar nicht auf mich. Ich stehe derzeit ein wenig neben mir." Er räusperte sich. „Louisa und ich haben unsere Verlobung aufgelöst."

Das erklärte die Trübsal. „Das tut mir leid." Ich meinte es ernst, obwohl ich von Anfang an meine Zweifel ihretwegen gehabt hatte. Louisa hatte einen Magier heiraten wollen, damit sie hoffentlich magische Kinder bekam. Ihre Gefühle hatten dabei niemals eine Rolle gespielt. Ich hatte vermutet, dass das bei Oscar anfangs schon der Fall gewesen war, aber ich hatte auch angenommen, dass Louisas Geld einen großen Anteil daran hatte, sie zusammenzuhalten, besonders, nachdem er erfahren hatte, dass sie erst Fabian gebeten hatte, sie zu heiraten. Oscar hatte dieses Geld gebraucht, um den Druck seines Buches zu finanzieren.

„Ich habe es beendet, obwohl ich alle glauben ließ, dass sie das getan hat. So macht man das ehrenhaft." Er rutschte auf dem Stuhl herum. „Die Entlassung war der Tropfen, der das Fass zum Überlaufen brachte. Ich hätte damit zurechtkommen können, dass sie Gefühle für einen anderen hegt. Ich habe sie nämlich nie geliebt, also habe ich auch nicht erwartet, dass sie mich im Gegenzug liebt. Aber ich war ihr ergeben. Ich würde eine Frau niemals hintergehen, niemals ein schlimmes Wort über sie sagen. Leider hat sich erwiesen, dass sie nicht die gleiche Ergebenheit mir gegenüber besaß."

„Was für eine Entlassung?", fragte Chronos.

„Sie hat mich von der *Weekly Gazette* feuern lassen, damit ich mehr Zeit hätte, das Buch zu beenden."

Chronos' Augen wurden groß. „Und ich dachte, meine Frau hätte es darauf abgesehen gehabt, mich zu unterdrücken."

Ich warf ihm einen vernichtenden Blick zu.

„Zumindest haben Sie von Louisas wahrem Wesen erfahren, bevor Sie geheiratet haben", sagte Matt, der schließlich am Tisch Platz nahm. „Besser jetzt als später."

Oscar seufzte. „Besser überhaupt nicht."

„Wie hat Louisa denn die Neuigkeiten aufgenommen?", fragte ich.

„Sie hat sie gut aufgenommen." Sein Tonfall war verbittert. „Wirklich sehr gut. Ganz bestimmt wird sie es noch einmal bei Charbonneau versuchen."

„Ich glaube nicht, dass er sie nehmen wird."

„Was machen Sie also jetzt?", fragte Matt.

„Ich sehe, ob die *Gazette* mich zurücknimmt. Ich muss etwas tun, und ich habe dort gerne gearbeitet. Falls das nicht so ist, werde ich vielleicht eine Reise durchs Land unternehmen und Vorträge halten. Nicht alle Nachrichten, die über das Bureau der *Gazette* zu mir kamen, waren Drohungen. Eine hat mich gebeten, beim Fraueninstitut über Magie zu sprechen."

„Was stand in den anderen positiven Briefen?", fragte ich.

„Ich habe eine ganze Reihe von Magiern erhalten, die sich gemeldet haben, einfach nur, um mit einem anderen ähnlich denkenden Menschen zu sprechen. Es ist überraschend, sich klarzumachen, dass sie ihre Magie niemals vor jemandem erwähnt haben, nicht einmal ihren Partnern in manchen Fällen. Sie haben so lange in Angst gelebt."

„Ihr Buch wird daran nichts ändern", erklärte Matt schon etwas grob. „Die Aufstände beweisen nur, dass sie recht damit hatten, im Verborgenen zu bleiben."

„Meine Ansichten dazu kennen Sie, Glass. In nächster Zeit wird es schwer werden, da die Talentfreien Kundschaft an diejenigen verlieren werden, die eine größere Begabung haben als sie, aber langfristig werden sich die Dinge beruhigen. Es wird natürlich Veränderungen geben. Magier werden die Oberhand gewinnen. Das wird der Markt schon regeln."

Matt schüttelte angeekelt den Kopf, und ich dachte, er wollte etwas einwenden, aber es war Chronos, der herablassend schnaubte.

„Zur Akzeptanz durch die Talentfreien wird es zu meinen Lebzeiten nicht kommen, Barratt."

„Aber vielleicht zu Indias Lebzeiten."

Ich hielt Oscar für ein wenig gefühllos, dass er das zu meinen Großvater sagte, doch Chronos schien es nicht so aufzunehmen. Er nickte nachdenklich.

„Haben Sie diese Briefe noch, die die Magier Ihnen geschickt haben?", fragte Matt.

„Ja."

„Können wir sie uns ansehen?"

Ich hielt die Luft an. Wir hatten Oscar nichts von unserer Liste mit Magiern erzählt, und auch nicht Chronos, und ich glaubte nicht, dass es eine gute Idee war, sie davon in Kenntnis zu setzen. Ich vertraute keinem von ihnen mit einer so wertvollen Information, obwohl ich mir nicht vorstellen konnte, was sie mit den Namen anfangen sollten.

„Weshalb?", fragte Oscar.

„Vielleicht möchte India ihnen schreiben und ein paar Worte zur Unterstützung sagen. Als die mächtigste Magierin der Stadt könnten einige von ihr gehört haben und zu ihr aufschauen."

Ich schaffte es, vor ihm nicht die Augen zu verdrehen, und lächelte Oscar weiter an.

Oscar stimmte zu, dass es eine gute Idee war. „Ich hole sie jetzt, oder?"

„Es eilt nicht", erklärte ich ihm.

Er schob sich hoch. „Aber ich kann es doch tun. Es ist ja nicht, als hätte ich was Besseres zu tun."

Ich lud ihn ein, mit den Briefen zum Mittagessen zurückzukehren und es mit uns einzunehmen. Willie und Duke waren bis dahin wach, und Tante Letitia hatte eine gute Stimmung, da sie sich für ein Ensemble entschieden hatte, das sie für Lady Rycrofts Soiree heute Abend auflegen würde.

Bei der Erwähnung der abendlichen Unterhaltung wandte sich Matt mir zu. „Ich habe das Gefühl, dass ich heiser werde." Er hustete als Bonus dazu.

Wenn man die Gefahr bedachte, die sich ihm stellte, wenn er das Haus verließ, machte ich bei der Lüge nur zu gerne mit. „Ich werde dein Bedauern weitergeben."

Tante Letitia tätschelte ihm die Hand. „Geh früh ins Bett, mein Lieber. Man wird dich vermissen."

„Vielen Dank, Tante."

„Nur, weil es bedeutet, dass es eine Person weniger gibt, auf die ich mich für gute Unterhaltungen verlassen kann. India und Davide sind natürlich die anderen."

Duke stieß ein bellendes Lachen aus, während er ein Sandwich von dem Silbertablett nahm, das auf den Fingerspitzen eines Bediensteten balanciert wurde. „Farnsworth? Gute Unterhaltung? Ha!"

Wie üblich wählte Willie den Augenblick, in dem sie sich ein Sandwich in den Mund geschoben hatte, um zu reden. „Zumindest weiß man nie, was er sagen wird. Da bleibt man aufmerksam."

Oscar gab mir die Briefe nach dem Mittagessen, dann brach er zur selben Zeit auf wie Chronos. Ich hatte das Gefühl, die beiden wären länger geblieben, hätte ich ihnen nicht gesagt, dass Matt und ich ausgehen mussten. Oscar schien die Gesellschaft fast genauso zu wollen wie Chronos.

Ich verbrachte das nächste bisschen Zeit an Matts Schreibtisch, las die Briefe und schrieb Namen, Adressen und eine Anmerkung über das magische Handwerk eines jeden Verfassers auf, für unsere Liste. Zwanzig Minuten später brachte Matt mir eine Tasse Tee.

„Wie viele noch?", fragte er.

„Vier. Das verdoppelt unsere Liste." Ich nahm die Teetasse, nippte aber nicht. Über den Rand hinweg betrachtete ich ihn. „Ich glaube, ich sollte heute Sir Charles davon in Kenntnis setzen. Es ist Zeit, dass die Regierung von ihrer Existenz erfährt."

Matt setzte sich langsam hin, rieb sich das Kinn. „Also gut. Wir gehen, sobald du damit fertig bist."

„Du kommst nicht mit mir, Matt."

„Natürlich."

„Ich werde mit Sir Charles ohne dich fertig. Das habe ich schon mal gemacht."

„Es hat nichts damit zu tun, wie verschlagen Sir Charles sein kann, und alles damit, dass ..." Er schloss den Mund.

„Womit?"

Er zuckte mit den Schultern und schaute auf seinen Schreibtisch hinab.

„Womit, Matt?"

Er seufzte. „Damit, dass ich aus dem verdammten Haus raus will!"

Ich stand auf und kam um den Schreibtisch, um mich auf seinen Schoß zu setzen. Ich legte die Arme um seinen Nacken.

„Ich weiß, dass du dich langweilst, aber du musst drinnen bleiben, bis der Schütze erwischt wird."

Er legte mir die Hände auf die Hüften. „Und wie werden wir ihn erwischen? Die polizeiliche Ermittlung hat nirgendwo hingeführt. Wir haben keine Hinweise. Wir müssen ihn herauslocken, und das passiert nicht, wenn ich hier drinnen bleibe und mich verstecke."

Er hatte recht, aber das würde ich nicht zugeben. Er würde sich auf jede Gelegenheit stürzen, das Haus zu verlassen, und ich war nicht bereit dafür, dass er sein Leben wieder aufs Spiel setzte. Noch nicht. Aber ich wusste, dass dieser Tag kommen musste. Matt konnte so nicht weitermachen.

Ich strich ihm mit dem Daumen über die Wange. „Lohnt es sich wirklich, mit mir zu streiten, wegen eines einfachen Ausflugs? Heb dir das für etwas wirklich Wichtiges auf. Wenn wir uns schon streiten, sollte es zumindest über irgendetwas sein, das lebenswichtig ist."

Er neigte den Kopf zur Seite. „Das ist das überzeugendste Argument, das du dir einfallen lässt?"

„Ja."

Er funkelte mich an, darum küsste ich ihn leicht auf die Lippen. Als ich mich zurückzog, seufzte er.

„Also gut, ich bleibe hier und suche ein Ensemble aus, das du zu Tante Beatrices Soiree tragen kannst." Hätte sein Unterton noch mehr vor Sarkasmus getroffen, wäre ich ertrunken.

Ich stand auf und kehrte auf die andere Seite des Schreibtisches zurück. „Vielen Dank. Vergiss den Schmuck nicht."

Er seufzte wieder, zum, wie es schien, hundertsten Mal. „Nimm Willie und Duke mit."

„Mache ich."

„Und lass dich von Sir Charles nicht dazu drängen, den Standort der Liste preiszugeben, oder wer von ihrer Existenz weiß."

„Werde ich nicht."

„Und sage ihm eindringlich, dass das nur für die Ohren seiner Vorgesetzten bestimmt ist, nicht Coyles."

„Mache ich."

„Lass ihn versprechen, dass er das honoriert, und lass dir von ihm die Hand darauf schütteln. Er ist ein Gentleman; ein Handschlag wird ihm immer noch etwas bedeuten."

Ich schaute ihn über den Rand meiner Teetasse hinweg an. „Sonst noch was?"

„Stell sicher, dass er weiß, ich werde ihn aufsuchen, falls ich herausfinde, dass Coyle es erfährt."

„Ich werde so viel Bedrohlichkeit in diese Worte legen, wie es mir nur möglich ist. Oder Willie macht es."

„Und …"

„Matt! Ich weiß, was ich tue." Ich deutete zur Tür. „Geh."

Er stand auf und marschierte weg, ohne noch ein Wort zu sagen, obwohl ich mehr oder weniger sehen konnte, wie Dampf aus seinen Ohren aufstieg. Er würde sich bald beruhigen. Er war nur wütend, weil er sich Sorgen um mich machte. Nicht, dass einer von uns Sir Charles als Feind bezeichnet hätte, aber er war auch kein Freund. Wir waren uns nicht ganz sicher, ob man ihm vertrauen konnte. Wir wagten einen Sprung ins kalte Wasser, indem wir ihm von der Liste erzählten.

Aber wir hatten uns dafür entschieden, wenn auch aus keinem anderen Grund, als dass es beweisen würde, ob er für Coyle genauso arbeitete wie für die Regierung. Wir hatten vermutet, dass er Coyle Geheiminformationen zukommen ließ, seit wir mitgehört hatten, wie sie im Garten vor Coyles Haus miteinander gesprochen hatten.

Bald genug würden wir es erfahren. Wenn Coyle wegen der Liste kam, nachdem wir Sir Charles von ihrer Existenz erzählt haben, hätten wir unsere Antwort.

Ich musterte den nächsten Brief, der von einem Tischlermagier geschrieben worden war. Obwohl wir die Liste niemandem geben würden, machte ich mir Sorgen, dass es diese Leute in Gefahr brachte, indem er einfach nur ihre Namen dazu schrieb.

KAPITEL 3

*I*ch suchte Sir Charles bei Abenddämmerung auf und war erfreut, zu sehen, dass er in seiner Unterkunft in Hammersmith war. Da ich nicht wusste, wo sein Bureau lag, oder ob er überhaupt eins hatte, war ich mir nie ganz sicher, ob er zu Hause sein würde. Er empfing Duke, Willie und mich im Salon im Erdgeschoss eines Gebäudes, in dem er Räume mietete. Er bat die Vermieterin, Tee und Kuchen zu bringen. Als sie die Tür schloss, beäugte er Willie vorsichtig.

„Haben Sie eine Schusswaffe, Miss Johnson?"

Sie zog ihre Jacke zurück, um ihm den Revolver zu zeigen, den sie sich in den Bund ihrer Lederhose gesteckt hatte. „Ich schieße so gut wie Annie Oakley, und genauso schnell, also machen Sie bloß nichts Dummes."

Seine Augen wurden groß. „Was glauben Sie denn, was ich tun könnte?"

„Willie ist nur vorsichtig", sagte ich. „Achten Sie gar nicht auf sie."

„Außer Sie tun etwas Dummes", meldete sie sich zu Wort. „Dann sollten Sie auf mich achten."

Duke ließ die Knöchel knacken.

Sir Charles spielte an seiner Krawatte herum und dehnte den Nacken im Kragen. Verunsicherter hatte ich ihn fast noch nie gesehen. „Das ist nicht einfach ein Freundschaftsbesuch, oder?"

„Nein." Ich setzte mich auf das Sofa. „Ich habe Informationen für Sie, von denen ich gern hätte, dass Sie sie an Ihre Vorgesetzten weitertragen."

„Meine Vorgesetzten?"

„Spielen Sie doch nicht den Schüchternen, Sir Charles."

Obwohl er nicht zugegeben hatte, dass er für die Regierung spionierte, hatte er aufgehört, es zu leugnen, als wir ihn zum letzten Mal zur Rede gestellt hatten. Diesmal leugnete er es auch nicht und setzte sich einfach hin, um sich eingebildete Fussel von der Hose zu schnippen, während er darauf wartete, dass ich fortfuhr.

„Wir haben uns bereits darauf verständigt, dass Sie versuchen, so viele Informationen wie möglich über Magier herauszufinden. Zu welchem Zweck können wir nur raten, da Sie es uns nicht sagen wollen."

„Ich habe nicht die Berechtigung, es Ihnen zu sagen."

„Es ist vielleicht an der Zeit, dass Sie uns jemandem vorstellen, der sie hat." Es war kein Gedanke, den Matt und ich schon besprochen hatten, aber er gefiel mir trotzdem.

„Das wird nicht möglich sein", sagte Sir Charles mit herablassendem Tonfall. „Männer wie er sprechen nicht mit irgendwem."

„Ich bin die mächtigste Magierin Englands, und ich habe Informationen für ihn. Ich glaube, er wird mich treffen wollen."

„Welche Informationen?"

„Ich habe eine Liste bekannter Magier angefertigt. Mir bekannte insbesondere. Die Liste kann entweder von mir oder von Matt zurate gezogen werden, wenn in der Öffentlichkeit ein Vorfall vorliegt, der durch die Magie eines Magiers herbeigeführt wurde, wie etwa die Erfahrung, die wir mit Amelia Moreton und Mrs. Trentham gemacht haben."

Die Vermieterin trat mit einem Tablett ein, das sie auf dem Tisch abstellte, bevor sie wieder rückwärts den Raum verließ. Sie schloss die Tür ab, und Sir Charles schenkte Tee ein.

„Mr. Duke, wären Sie vielleicht so freundlich, draußen auf dem Absatz zu warten. Meine Vermieterin hat so einen Hang dazu, sich herumzudrücken."

Duke öffnete die Tür, um zu bemerkten, dass die Vermieterin

vorgebeugt dastand, ihr Ohr ungefähr auf der Höhe des Schlüssellochs, wenn die Tür geschlossen war. Sie wurde tiefrot und eilte weg. Duke verließ das Zimmer, schloss die Tür hinter sich.

„Für wen arbeitet sie?", fragte ich.

„Für die Regierung, genau wie ich", sagte Sir Charles. „Mein Vorgesetzter vertraut niemandem. Sie sagt ihm, wer hier kommt und geht, und hört zu, wenn sie kann." Er reichte mir eine Tasse Tee mit einem Lächeln. „Sie weiß, was ich weiß."

Willie näherte sich dem Tisch und nahm sich ein Stück Obstkuchen. „Er hatte recht, Ihnen nicht zu vertrauen, wenn man Ihre Vorgeschichte mit Coyle bedenkt."

Sir Charles plusterte sich auf. „Ich arbeite nicht für Coyle."

„Wir haben gesehen, wie Sie mit ihm reden", sagte ich. „Sie haben Informationen über mich an ihn weitergereicht."

„Einmal, India. Nur das eine Mal."

„Einmal reicht aus, dass ich Ihnen misstraue, wenn es um Coyle geht."

Er reichte mir einen Teller mit einem Stück Kuchen. „Werden Sie mir das niemals verzeihen?"

„Kehren wir zu dem Thema meiner Liste zurück."

Er lehnte sich mit seiner Tasse Tee im Sessel zurück, die Untertasse auf dem Knie balanciert. „Wir sind nicht interessiert an Ihrer Liste. Wir haben unsere eigene."

„Von der ich bezweifle, dass sie vollständig ist, und seien wir mal ehrlich, ich bin in der Lage, mehr Namen in sehr viel höherer Geschwindigkeit hinzuzufügen als Sie."

„Haben Sie keine Angst, das Vertrauen Ihrer Mitmagier zu verlieren?"

„Ich reiche diese Liste nicht weiter, Sir Charles. Seien wir uns da im Klaren. Die Liste und alle Informationen darauf werden nur für meine Augen zugänglich sein. Falls ich es für notwendig erachte, die Informationen mit der Polizei oder einer anderen Behörde zu teilen, werde ich nur das weitergeben, was relevant ist, nicht die ganze Liste."

„Ich bin mir nicht sicher, ob das für meinen Vorgesetzten akzeptabel ist."

„Diese Bedingung ist nicht verhandelbar. Ich lasse Magier nicht ausspionieren, nur weil die Regierung sie alle als potenzielle Bedrohung einstuft. Unschuldige Menschen sollte man nicht so einer übergriffigen Musterung unterziehen. Nur die Einzelheiten über jene, die Magie als Waffe führen, werden geteilt werden."

Er nickte nachdenklich.

„Wir wissen, dass Sie versuchen, herauszufinden, wer die Magier sind", fuhr ich fort. Er leugnete es nicht, also fuhr ich fort. „Um das gründlich zu machen, brauchen Sie meine Hilfe."

Er stellte die Teetasse auf der Untertasse ab und stellte sie beide auf den Tisch neben sich. „Das Erscheinen von Barratts Buch hat das Problem ein wenig nach vorne getrieben. Jetzt, da die Öffentlichkeit sich bewusst ist, dass Magier existieren, und wenn man bedenkt, dass bekannt ist, wie Mrs. Trentham Magie eingesetzt hat, um ihren Mann umzubringen, wächst die Unterstützung, um sie unter Kontrolle zu halten."

„Unsinn. Zunächst einmal ist gar nichts dergleichen bekannt. Offiziell wurde verlautet, dass sie ihn aus eigenem Antrieb ermordete. Offiziell wurde Magie gar nicht erwähnt."

„Falls Sie denken, die Öffentlichkeit würde die offizielle Version glauben, dann sind Sie naiv, India."

Vermutlich hatte er recht, was die Verdächtigungen der Öffentlichkeit anging. „Und zweitens habe ich keine wachsende Unterstützung dafür gesehen, Magier unter Kontrolle zu bringen. Die Öffentlichkeit scheint ziemlich begeistert von Magie zu sein. Es sind die talentfreien Mitglieder der Gilden, die Aufstände anzetteln, weil sie Angst haben, Kundschaft zu verlieren."

„Können Sie ihnen das zum Vorwurf machen?"

„Nein", sagte ich niedergeschlagen. „Glauben Sie mir, wenn man einen glücklichen Mittelweg finden kann, würde ich den vorziehen. Wenn nur die Gilden allen Magiern erlauben würden, Mitglied zu werden, damit sie weiter handeln können. Magie hält nicht an, und sobald die Öffentlichkeit das herausfindet, werden sie magischen Waren keinen Vorzug vor denen der Talentfreien geben."

Er legte den Kopf schief. „Sie hält vielleicht nicht an, aber sie sind alle von überragender Qualität. India, die Gilden werden ohne Kampf nicht aufgeben."

„Dann ist es vielleicht an der Zeit, dass die Gilden aufgelöst werden. Das System ist ohnehin archaisch."

Er nahm seine Teetasse auf und nippte, während er nachdachte. Als er sie wieder abstellte, ging sein Blick in die Ferne, seine Stimme war leise. „Ich habe das Gefühl, als würde die Stadt auf Messers Schneide tanzen."

„Genau wie ich."

Ich stand auf und bedeutete Willie, dass es Zeit zum Gehen war. Sie leerte ihre Teetasse und erhob sich ebenfalls. „Einen schönen Tag, Sir Charles", sagte ich. „Bitte sprechen Sie mit Ihrem Vorgesetzten über die Liste, sobald Sie können, und vergessen Sie meine Bedingung nicht." Ich ging zur Tür, blieb aber stehen. „Setzen Sie nicht Lord Coyle in Kenntnis."

Er blähte die Nasenflügel. „Ich arbeite nicht für ihn."

„Und doch habe ich das Gefühl, es sagen zu müssen."

Er schaute weg.

Ich öffnete die Tür und ging hinaus, Willie und Duke dicht hinter mir.

* * *

MATT HATTE ein elegantes Ensemble aus cremefarbener Seide gewählt, die im Licht zu schimmern schien, mit Verzierungen aus bestickten schwarzen Bändern an den Säumen und Gruppen aus winzigen Rosetten. Da er wusste, dass mir ein zurückgenommener Stil lieber war, hatte er auch einen Perlenanhänger mit passenden Perlenohrhängern gewählt. Polly Picket, das Dienstmädchen, das ich mir mit Tante Letitia teilte, steckte mir die Haare zu einer eleganten Frisur hoch, mit einem durchgefädelten Band aus kleinen Glasperlen.

Ich fühlte mich elegant und vornehm, als ich im Salon der Rycrofts eintraf. Aber meine Laune ging schnell in den Keller, als ich der Damen gewahr wurde, die in grellen Farben und mit ausladendem Schmuck zurechtgemacht waren. Plötzlich wünschte ich mir, ich hätte auch getan, als wäre ich krank. Ich fühlte mich ziemlich unpassend. Ich kannte kaum einen Menschen, aber zum Glück blieb Tante Letitia an meiner Seite und stellte mich etlichen Leuten vor. Sie war in ihrem Element, plauderte ausgiebig, ohne einen Hauch ihrer Zerbrechlichkeit zu zeigen.

„Ah, da bist du ja, India", sagte Lady Rycroft, die auf mich zuschwebte. „Lord Farnsworth ist noch nicht da, aber keine Sorge. Wir werden unser Bestes tun, uns ohne ihn zu unterhalten." Noch während sie das sagte, warf sie einen Blick zum Eingang, hoffte ohne Zweifel, dass er eintrat, damit sie mit ihren Heiratsmachenschaften beginnen konnte.

„Vielleicht kommt er gar nicht", sagte Tante Letitia mit einem garstigen Glitzern in den Augen.

„Aber natürlich kommt er. Er freut sich sehr darauf, sich heute Abend mit Charity zu unterhalten. Er hat gestern ganz deutlich gemacht, dass er sie charmant findet."

Ich erblickte Charity in der Nähe einer Zimmerpalme, ihr Gesicht brütend und finster. Sie trug ein schwarzes Kleid mit sehr viel schwarzer Spitze am Saum, obwohl sie gar nicht trauerte, und dazu passenden schwarzen Schmuck mit Gagat. Obwohl sie dort mit zwei anderen Leuten stand, schien sie nicht an ihrer Unterhaltung teilzunehmen. Stattdessen spähte sie zum Eingang.

Tante Letitia folgte meinem Blick zu ihrer Nichte. „Sie wirkt fröhlich wie eh und je."

Lady Rycroft räusperte sich, und sie schien zu bemerken, dass unsere Unterhaltung von zwei weiteren Frauen mitgehört wurde. „Haben Sie schon die Frau meines Neffen kennengelernt?" Sie schob mich mehr oder weniger zu ihnen. „Sie ist Magierin, wissen Sie."

Ich schluckte mein Keuchen, bevor es mir entwischte, doch Tante Letitia tat das nicht.

„Beatrice", tadelte sie.

„Nun ja, es stimmt doch." Lady Rycroft strahlte ihre Freundinnen an, die mich mit einem Lächeln bedachten. „India fertigt die wunderbarsten Taschenuhren und Uhren."

„Nein, tue ich nicht", sagte ich zu ihnen. „Nicht mehr."

Es war eine ziemlich merkwürdige Konstellation. Lady Rycroft war so versnobt mir gegenüber gewesen, als ich frisch in ihr Leben getreten war. Sie dachte, Matt stände weit über mir.

Doch nun, da die Magie in ihren Kreisen beliebt geworden war, führte sie mich nur zu gern vor ihnen vor.

Eine der Damen lehnte sich vor und flüsterte: „Aber gewiss nehmen Sie noch Aufträge von auserwählten Kunden an."

Ich lächelte sie ganz freundlich an. „Ich fürchte nein."

Die Frau schürzte die Lippen. „Aber ..."

„Lord Farnsworth ist da!"

Seine Lordschaft blieb im Eingang stehen, bis so viele Leute wie möglich ihn gesehen hatten. Sein Zeitgefühl war perfekt, genauso seine Abendgarderobe aus einer weißen Krawatte, einer Weste und einem schwarzen Frack. Seine Haare trug er wie üblich, mit einem Mittelscheitel und flach am Kopf. Sie glänzten von Makassaröl.

Lady Rycroft schwebte durch das Zimmer, um ihn abzuholen. Da er ein äußerst begehrter Junggeselle war, wurde er sofort von drei jungen Frauen bedrängt, die von ihren Müttern in seine Richtung geschoben worden waren. Lady Rycroft warf Charity einen funkelnden Blick zu und wies mit dem Kopf auf Seine Lordschaft, um ihr zu signalisieren, sie solle sich beeilen.

Lord Farnsworth genoss die Aufmerksamkeit. Er wirkte wie ein König, der von seinen speichelleckenden Höflingen umgeben war. Ich war mir nicht sicher, ob Charity weiterhin so ansprechend sein würde, wie sie es zuvor gewesen war. Ich bezweifelte auch, dass Langeweile an diesem Abend ein Thema sein würde.

Es ergab sich keine Gelegenheit, mit ihm zu sprechen, bevor die Musik begann. Ich setzte mich hin, Tante Letitia auf einer Seite, und ein Gentleman auf der anderen. Ich war ihm früh am Abend vorgestellt worden und hatte ihn sofort gemocht, als er die Unterhaltung weg von der Magie geführt hatte. Seit Lady Rycroft verkündet hatte, dass ich Magierin war, hatte ich festgestellt, sogar noch beliebter als Lord Farnsworth zu sein. Ich genoss allerdings meine Beliebtheit nicht und war dankbar, als der Gentleman die anderen Gäste aufgefordert hatte, mich nicht zu bedrängen, da ich eindeutig kein Interesse daran hatte, meine Magie an diesem Abend an irgendeiner Taschenuhr einzusetzen.

Während einer gewagten Darbietung von *Home Sweet Home* lehnte er sich zu mir und flüsterte: „Mrs. Glass, ich habe einen Vorschlag für Sie."

Mein Herz wurde schwer. So viel also zu meinem Retter.

„Meine Frau ist äußerst versessen darauf, Sie für unseren magischen Abend zu gewinnen, der am Ende des Monats abgehalten wird."

„Wie ich schon vorhin sagte, ich verkaufe nichts. Ich stelle keine Uhren mehr her."

Er wedelte mit der Hand und tat meinen Einwand ab, als wäre das nichts. „Wir wollen nichts von Ihnen kaufen, nur eine Vorführung Ihrer Magie. Es wird ein Abend mit ein paar unserer vertrauten Freunde sein, die Ihre Uhren oder Taschenuhren für Ihren Auftritt mitbringen."

Ich wollte unbedingt zu ihm herumfahren und laut sprechen, um ihn in Verlegenheit zu bringen, aber aus Respekt vor den Musikern hielt ich meine Stimme genauso leise wie er. „Meine Antwort auf Ihr Angebot ist keine andere als auch auf alle anderen, die ich heute Nacht empfangen habe. Nein."

„Aber es wird eine exklusive, geschmackvolle Angelegenheit, nichts Vulgäres."

Ich nickte zu den Musikern hin. „Gestatten Sie mir bitte, in Frieden zu lauschen."

„Also wirklich!", schnaubte er. „Mit so einer Haltung werden die Magier nicht in der Gesellschaft akzeptiert werden."

Ich presste die Lippen fest zusammen und ließ den Blick streng nach vorn gerichtet, aber ich konnte den Rest des Abends nicht genießen. Als die Musik zu Ende war, wurden Erfrischungen aufgetragen, und die Gäste durften sich frei untereinander mischen. Ich suchte nach Lord Farnsworth, in der Hoffnung, ein freundliches Gesicht zu finden, bevor ich abermals gefragt wurde, ob ich meine Magie an jemandes Taschenuhr einsetzen könnte.

Es dauerte einen Augenblick, aber schließlich sah ich ihn bei der großen Zimmerpalme, die in der Nähe der Tür stand, die in ein kleines Zimmer führte. Charity war bei ihm, drängt sich dicht an ihn. Sie stand auf den Zehenspitzen und flüsterte ihm ins Ohr. Lord Farnsworths Augen wurden groß, und seine Wangen röteten sich.

Er schaute sich um, um zu sehen, ob irgendjemand ihn beobachtete, und dann fiel sein Blick auf mich. Als Charity sich erneut zu ihm beugte, murmelte er mir lautlos „Hilfe" zu. Dann versteifte er sich plötzlich und wurde puterrot.

Ich eilte zu ihnen, aber Charity drängte ihn in das Vorzimmer und schloss rasch die Tür. Guter Gott! Wenn man sie entdeckte und öffentlich zur Schau stellte, würde sie als bloßgestellt gelten. Während ich zu der Tür eilte, sah ich Lady Rycroft aus dem Augenwinkel. Sie hatte den Austausch mit angesehen – und sie lächelte.

Sie wollte, dass das geschah. Sie wollte, dass sie allein im Zimmer entdeckt wurden, und der Ruf ihrer Tochter ruiniert wurde. Wie konnte sich eine Mutter so etwas wünschen?

Die Antwort war einfach – um Lord Farnsworth zu zwingen, sich ehrenhaft zu verhalten und zu sagen, sie hätten sich insgeheim verlobt. Das würde ihr Verhalten vor den Augen ihrer Freunde annehmbar machen. Es würde für eine schwierige Tochter außerdem einen reichen Ehemann mit Titel sichern.

Sie sah, wie ich mich durch den Raum schlängelte, und bemerkte, dass ich Lord Farnsworth retten würde. Sie raffte ihre Röcke und marschierte durch den Raum, weil sie hoffte, mich abfangen zu können. Sie hätte es auch getan. Sie würde bei mir ankommen, bevor ich die Tür erreichte, und es gab keinen Weg darum herum. Dann ging es nur noch darum, die Aufmerksamkeit der Gäste auf das Vorzimmer zu lenken. Es war so elegant und einfach, dass ich keine Möglichkeit sehen konnte, ihre Machenschaften aufzuhalten.

Der arme Lord Farnsworth. Er würde bald feststellen, dass er den Rest seines Lebens mit Charity festsaß.

Aber ich hatte nicht mit Tante Letitia gerechnet. Ob sie nun davon getrieben wurde, ihn unbedingt mit Willie zusammenzubringen, oder ob sie nur die Pläne ihrer Schwägerin durchkreuzen wollte, es spielte keine Rolle. Sie löste sich von einer Gruppe Gäste und bahnte sich einen Weg zu Lady Rycroft wie eine Pistolenkugel. Sie nahm sie am Arm und hielt sie auf. Trotz Lady Rycrofts Versuchen, sie abzuschütteln, klammerte Tante Letitia sich fest.

Lady Rycroft beobachtete, wie ich außerhalb ihrer Reichweite vorbeiging, ihr Gesicht verzogen vor Wut und Frust.

Rasch schaute ich mich um, und als ich sah, dass niemand

sonst herschaute, schlüpfte ich in das Vorzimmer. Lord Farnsworth war rückwärts an einen Ohrensessel gegangen, die Augen aufgerissen. Als er mich sah, stieß er ein leises Wimmern aus.

„Gott sei es gedankt, dass du es bist."

Charity drehte sich um und hatte wohl den Griff gelöst, den sie um seine Arme hatte, denn er konnte sich losreißen und zur Seite treten. Ihre Augenbrauen senkten sich zu einem finsteren Blick, genau wie bei ihrer Mutter. „Was machst du denn hier drin?"

„Ich könnte dir dieselbe Frage stellen", sagte ich.

„Wir wollen allein sein."

„Nein, wollen wir nicht!" Lord Farnsworth machte einen großen Bogen um sie und schloss sich mir an. „Ich glaube, es ist an der Zeit, dass ich aufbreche."

Charity schaute ihn unter halb geschlossenen Lidern hervor an. „Aber du hast gesagt, wir würden heute Nacht einen großen Spaß haben."

„Damit habe ich dort draußen gemeint, dass wir uns über die Kleidung anderer lustig machen und zusehen, wie sich alle betrinken. Das ist nicht das, was ich unter Spaß verstehe. Nicht mit ..." Er klappte den Mund zu, seine Backenzähne klickten hörbar. Ich vermutete, er hatte sagen wollen: „Nicht mit dir."

Falls Charity das auch annahm, machte es ihr nichts aus. Sie warf den Kopf zurück, marschierte an uns vorbei und durch die Tür. Sie ließ sie weit offen.

Lord Farnsworth stieß einen langen Atemzug aus. „Vielen Dank, India, du hast mir das Leben gerettet. Stell dir vor, sonst jemand wäre hereingekommen. Jemand, der weniger wahrscheinlich ein Auge zugedrückt hätte."

Ich lächelte. „Du wirkst ganz entsetzt."

„War ich auch. Sie ist überraschend stark für so ein kleines Ding, und einiges von dem, was sie gesagt und getan hat, war ... von einer jungen Dame wirklich unerwartet. Sie hat mich erröten lassen, und das gelingt nicht leicht. Ich hatte eine französische Mätresse, wie du weißt."

„Ich weiß."

Er senkte die Stimme, und wir kehrten zurück in den Salon. „Ich glaube nicht, dass Charity so unschuldig ist, wie sie tut."

Ich nickte dankbar Tante Letitia zu, und sie erwiderte das Lächeln. Lady Rycroft plauderte mit Freundinnen, von ihrer Enttäuschung keine Spur auf ihrem Gesicht. Charity nahm ihren Platz an der Zimmerpalme wieder ein, die Arme vor der Brust verschränkt. Sie versuchte nicht mehr, sich unter die anderen Gäste zu mischen.

Der Gentleman, neben dem ich während des Auftritts gesessen hatte, näherte sich mir, am Arm eine Dame, die in dunkelblauen Samt gekleidet war. Sie lächelten beide übertrieben.

„Ich glaube, es ist Zeit zu gehen", sagte ich laut zu Lord Farnsworth.

„Aber wirklich. Ich muss mich bald mit Willie treffen. Gott, wie sie lachen wird, wenn ich erzähle, was Charity gesagt hat. Vielleicht wird sie dabei sogar auch rot."

„Das bezweifle ich."

Ich nahm dankend seinen Arm an und lächelte der Dame und dem Gentleman zu, während ich an ihnen vorbeiging.

Wir holten Tante Letitia ab und suchten dann unsere Gastgeberin auf, um ihr für den Abend zu danken. Sie betrachtete mich kühl, hielt aber eine höfliche Fassade aufrecht, da ihre Freundinnen so nahe standen. Sie würde nichts über das sagen, was im Vorzimmer passiert war. Hätte sie das getan, hätte sie zugegeben, dass sie dabei die Hand im Spiel gehabt hatte.

„Ich hoffe sehr, du hast deinen Abend genossen, India", gurrte sie. „Meine Freundinnen waren begeistert, dich kennenzulernen. Ich werde auf jeden Fall allen deine Adresse geben, damit sie kommen und die Magie mit dir besprechen können. So viele hatten ein Interesse daran."

So gern ich sie auch anfahren wollte, ich biss die Zähne zusammen. „Schick sie zu meinem Haus, obwohl ich mir nicht sicher sein kann, dass Matt sie willkommen heißt. Du weißt ja, wie beschützerisch er sein kann. Ich fürchte, falls deine Freundinnen kommen und mich bitten, Magie auf ihren Uhren zu wirken, wird er wissen, dass du sie geschickt hast."

Ich führte nicht aus, was Matt deswegen unternehmen würde. Tatsächlich musste ich es nicht. Aber die unausgesprochene Drohung hinter meinen Worten reichte aus, dass das gespielte Lächeln auf ihrem Gesicht erstarrte.

Tante Letitia gab ihrer Schwägerin einen Kuss auf die Wange. „Ein interessanter Abend wie immer, Beatrice. Halt deine Tochter da doch besser an der Leine. Wenn du nicht aufpasst, wird sie am Ende noch mit einem äußerst unpassenden Mann verheiratet sein. Und das möchte dem armen Kerl doch keiner wünschen."

Sie nahm mich am Arm und lotste mich weg. Lord Farnsworth verabschiedete sich hastig und ging mit uns aus dem Salon.

„Guter Auftritt, Letty! Du warst wunderbar." Er nahm sie fest am Ellbogen und half, sie zu stützen, während wir die Stufen hinabgingen. „Du auch, India. Vielen Dank noch mal, dass du mich vor der Cousine deines Mannes gerettet hast. Ich bedaure es sehr, dass sie so verrückt ist, ansonsten hätte ich sie als mögliche Kandidatin betrachtet. Aber ich fürchte, das kann ich nicht." Er seufzte. „Könnt ihr euch vorstellen, wenn ihr Blut sich mit meinem vermischen würde? Katastrophe!"

„Was meinst du damit?", fragte ich.

„Charity ist wild wie eine Dschungelkatze, und meine Mutter glaubt, im Garten würden Feen leben. Mich schüttelt es bei dem Gedanken, wie unsere Kinder werden könnten."

Ich presste die Lippen aufeinander, um ein Lächeln zu unterdrücken. Ich konnte nicht erwarten, Matt zu erzählen, wie der Abend gelaufen war. Er würde darüber ordentlich lachen können.

* * *

ICH ERZÄHLTE von den Ereignissen des Vorabends beim Frühstück, erfreute damit alle außer Tante Letitia. Willie hielt es für besonders erheiternd, da Lord Farnsworth ihr nicht erzählt hatte, wie er im Vorzimmer mit Charity in der Falle gesessen hatte. Willie sagte, er habe einfach behauptet, die Party wäre eine angenehme, aber langweilige Erfahrung gewesen.

Nachdem Willie damit fertig war, an ihrem Lachen und einer Scheibe Speck zu ersticken, deutete sie mit dem Messer auf mich.

„Willst du mir sagen, sie hat ihn in die Ecke getrieben? Ich weiß, er ist nicht der stärkste Mann, aber sie wurde doch erzogen, um zierlich zu sein."

„Sie ist nicht zierlich", murmelte Cyclops. „Ich schätze, wenn sie ihn aus dem Hinterhalt erwischt hat, hatte sie die Oberhand."

„Er war auf jeden Fall überrascht", sagte ich.

Tante Letitia bat Duke, ihr noch eine Tasse Kaffee aus der Kanne einzuschenken, als er an ihrem Stuhl vorbei kam. „India und ich haben Beatrices Pläne vereitelt. Zusammen sind wir wirklich ein gutes Gespann, oder, India?"

„Auf jeden Fall", sagte ich.

„Aber ich bin froh, dass wir dann aufgebrochen sind."

Matt sah sie mit finsterem Blick an. „War es für dich ermüdend?"

„Ach nein, es ist nicht um meinetwillen, dass ich froh war, dass wir gegangen sind. Es ist wegen India."

Matt kniff die Augen zusammen. „Weshalb? Was ist passiert?"

„Beatrice hat allen erzählt, dass India Magierin ist. Sie wurde mit Bitten überschüttet, ihre Magie einzusetzen."

„Das war bestimmt sehr unangenehm", sagte er leise.

„Ganz zu schweigen von vulgär."

Matt tippte mit dem Finger auf den Tisch, eine Angewohnheit, die er angenommen hatte, seit er im Haus festsaß, zu seiner eigenen Sicherheit. Für gewöhnlich merkte er es, wenn er es machte, aber diesmal funkelte ich ihn an und wandte dann meinen finsteren Blick zu seinem Finger. Er verstand den Hinweis und hörte auf, ballte die Hand zu einer Faust.

„Ich glaube, ich werde heute ausgehen", verkündete er.

Duke, Willie, Cyclops und ich hörten mit dem auf, was wir machten, und starrten ihn an.

Tante Letitia las weiter in ihrer Zeitschrift. „Großartiger Gedanke. Es wird dir guttun, da deine Halsschmerzen ja verschwunden zu sein scheinen."

„Aber sie könnten wiederkommen", sagte ich, mein Tonfall war angespannt. „Die Luft ist kalt, und kalte Luft ist nicht gut für einen heiseren Hals."

Sie schaute auf, als Duke ihr die Tasse Kaffee zurückreichte, und schnalzte mit der Zunge. „Du beschützt ihn viel zu viel, India. Ein Mann wie Matt lässt sich doch nicht von ein bisschen Halsschmerzen einschränken."

„Ich habe gehört, dass Leute von Halsschmerzen richtig krank werden und sterben", sagte Willie.

„Genau", meldeten sich sowohl Cyclops als auch Duke zu Wort.

Matt erhob sich und knöpfte seine Jacke zu. „Meine Entscheidung steht fest. Ich gehe aus."

Willie stand ebenfalls auf. „Dann komme ich mit dir."

„Ich auch." Duke wischte sich den Mund mit der Serviette ab, bevor er aufstand.

Cyclops aß weiter. Als Willie ihn in die Schulter stieß, schaute er auf, die Gabel auf halbem Weg zum Mund. „Ja, und ich."

Matt schüttelte den Kopf. „Du verbringst nicht deinen freien Tag damit, auf mich aufzupassen. Besuch Catherine, wie du es geplant hast."

Cyclops wirkte, als wäre er ertappt worden, während er seine Möglichkeiten abwog. „Ich denke mir, es ist am besten, wenn ich mit dir komme. Ich kann Catherine später besuchen."

„Oder Matt kann einfach drinnen bleiben", sagte ich betont.

Er funkelte mich an, und ich funkelte zurück.

„Weshalb braucht Matt denn eine Begleitung, wenn er einfach nur Halsschmerzen hat?", fragte Tante Letitia.

Die anderen schauten weg, traten von einem Fuß auf den anderen und räusperten sich. Sie wusste wohl, dass ich sie am wenigsten wahrscheinlich belügen würde, denn ihr Blick richtete sich auf mich.

Zu meiner Erleichterung trat Bristow in das Speisezimmer ein. „Eine Mrs. Pyke ist hier, um Mrs. Glass zu treffen."

„Bringen Sie sie bitte in den Salon", sagte ich.

„Wer ist Mrs. Pyke?", fragte Tante Letitia.

„Ihr Mann ist ein Wollmagier, aber ich bin ihr nie begegnet."

Matt und ich betraten zusammen den Salon und begrüßten Mrs. Pyke freundlich. Sie war eine zierliche Frau mit rundem Gesicht und rosigen Wangen. Sie trug etwas, von dem ich annahm, es war ihre beste Sonntagsgarderobe, ein kariertes Wollkleid in Schwarz, Braun und Weiß mit einem dunkelblauen

Hut. Sie versuchte, mein Lächeln zu erwidern, es war aber nicht überzeugend. Sie stand am Rande der Tränen.

„Wie kann ich Ihnen helfen?", fragte ich und nahm Platz.

Sie nahm ihre Tasche mit beiden Händen fest auf den Schoß. „Sie kennen doch noch meinen Mann, Mrs. Glass."

Ein Gefühl des Entsetzens schlich sich in meinen Bauch ein. „Schon. Geht es ihm gut?"

„Das ist es ja. Er wird vermisst."

„Vermisst?", sagten sowohl Matt als auch ich.

Ihre Unterlippe bebte. Sie biss darauf, bis sie sich wieder im Griff hatte. „Gestern Nacht ist er nicht heimgekommen. Das sieht ihm gar nicht ähnlich. Überhaupt nicht. Er ist mir treu ergeben, wissen Sie. Wir haben niemals eine Nacht getrennt verbracht, nicht in allen zweiundzwanzig Jahren unserer Ehe."

An dem Tag, an dem er seinen Zauber auf Fabians Teppich gewirkt hatte, hatte Mr. Pyke uns erzählt, dass er und seine Frau nicht mit Kindern gesegnet waren. Er hatte mir anvertraut, dass er deswegen so stolz auf seine magischen Teppiche war; sie waren sein Erbe. Dann hatte er gefordert, dass ich ihm für seine Hilfe dankte, indem ich meinen Verlängerungszauber auf seinen magischen Teppichen einsetzte. Ich hatte mich geweigert, und er hatte nicht noch einmal darum gebeten, aber die Begegnung hatte einen unangenehmen Nachgeschmack hinterlassen.

„Das tut uns leid", sagte Matt sanft. „Aber was erwarten Sie denn, dass meine Frau deswegen unternimmt? Sie sollten zur Polizei gehen."

„Da war ich schon." Sie verzog das Gesicht, und Tränen standen in ihren Augen. Sie zog ein Taschentuch aus ihrer Stricktasche, bevor Matt ihr seines anbieten konnte. Sie tupfte sich die Nase. „Man hat mir dort gesagt, dass er noch nicht lange genug vermisst wird, um eine Ermittlung zu rechtfertigen. Sie sagten, ich solle morgen wiederkommen. Aber bis dahin könnte ihm doch alles Mögliche zugestoßen sein!"

„Was glauben Sie denn, dass passiert ist?", fragte ich.

„Ich glaube, jemand hat ihn entführt, oder ..." Sie stieß ein Schluchzen aus. „Oder schlimmer noch."

Ich kam, um mich neben sie auf das Sofa zu setzen, und legte ihr einen Arm um die Schultern. Ich tröstete sie, bis ihre Tränen nachließen, und sie wieder sprechen zu können schien. „Weshalb sollte ihn den jemand entführen wollen?"

„Weil er mit einem Reporter über Magie gesprochen hat. Er hat dem Schreiberling erzählt, dass Magie etwas Wunderbares ist, dass niemand davor Angst haben sollte. Er gab zu, dass er ein Magier war. Der Artikel wurde vorgestern veröffentlicht. Ich glaube, jemand hat sich davon angegriffen gefühlt und wollte ihn zum … zum Schweigen bringen."

„Er hat seinen Namen verraten?"

Sie nickte.

Ich rieb ihr die Schulter, während sie in ihr Taschentuch weinte. Ich flehte Matt an, mir zu helfen, sie zu trösten. Ich konnte mir nicht vorstellen, was ich als nächstes sagen sollte.

Er ging vor ihr in die Hocke. „Mrs. Pyke, etliche Artikel wurden über die Ansichten von Magiern geschrieben. Manche haben sogar ihre Namen erwähnt, wenn auch nicht viele. Aber diese Magier werden nicht vermisst. Weshalb glauben Sie, dass das der Grund hinter dem Verschwinden ihres Mannes ist?"

Sie stieß Luft aus, und ihr Verstand schien ein wenig Mut zu fassen. „Weil gestern jemand bei ihm in der Werkstatt vorbeikam. Ich habe gesehen, wie eine Kutsche abfährt, als ich angekommen bin. Ich bringe ihm nämlich jeden Tag sein Mittagessen. Ich habe Mr. Pyke gefragt, wer das war, und was er oder sie wollte, weil ich dachte, es wäre vielleicht ein guter Auftrag, aber er wollte es mir nicht verraten. Als ich darauf bestand, hat er mir fast den Kopf abgebissen. So spricht er niemals mit mir. Niemals. Er war in großer Sorge." Sie richtete ihren verweinten Blick auf mich. „Ich glaube, er wurde entführt wegen dem, was er in diesem Artikel gesagt hat."

„Ging er zur Zeitung, bevor oder nachdem seine Mitgliedschaft bei der Wollgilde gekündigt wurde?"

Sie keuchte. „Er hat nicht erzählt, dass er aus der Gilde geworfen wurde." Sie knetete die Griffe ihrer Stricktasche in den Händen. „Werden Sie ihn für mich finden, Mrs. Glass? Ich habe niemanden sonst, an den ich mich wenden könnte."

KAPITEL 4

att jetzt im Haus zu halten, nachdem ich zugestimmt hatte, Mrs. Pyke zu helfen, ihren Mann zu finden, erwies sich als unmögliche Aufgabe. Nach einer Stunde, in der ich abwechselnd mit ihm gestritten und ihn mit Schweigen bedacht hatte, gab ich es auf. Er würde mich diesen Fall nicht allein übernehmen lassen.

Das Problem war, wo sollten wir unsere Ermittlungen beginnen?

Willie war überzeugt, dass wir erst Lord Coyle zur Rede stellen sollten. „Er steht damit in Verbindung. Das weiß ich doch."

Duke verdrehte die Augen. „Das weißt du nicht. Es gibt keine Verbindung zwischen Coyle und Pyke."

„Ich würde Geld darauf setzen, dass er irgendwie beteiligt ist. Wenn ich Geld hätte."

Cyclops schlug vor, dass wir mit Kriminalinspektor Brockwell sprachen. „Findet raus, ob die Polizei was weiß."

„Sie haben Mrs. Pyke abgewiesen, als sie versucht hat, den Vermissten zu melden", erklärte Willie. „Jasper wird nicht helfen können. Es ist eine lokale Angelegenheit."

Duke kratzte sich an den Koteletten. „Vielleicht hat er eine Geliebte, und darum kam er nicht zurück nach Hause. Vielleicht hat er sie verlassen."

„Eine Ermittlung wird das beweisen, auf die eine oder andere Art", sagte Matt. „Ich glaube, wir sollten anfangen, indem wir seine Werkstatt durchsuchen. Laut Mrs. Pyke hat jemand in einer Kutsche ihren Mann dort aufgesucht. Sein Verschwinden mag mit diesem Besuch in Verbindung stehen oder auch nicht, aber wir haben im Moment nichts anderes, mit dem wir anfangen können."

Es wurde abgemacht, und Matt gab den Auftrag, die Kutsche nach vorne zu holen. Als sie eintraf, verließ ich als erstes das Haus, gefolgt von Willie, die auf dem Bürgersteig stand und die Straße entlang sah.

„Die Luft ist rein", verkündete sie.

Matt kam aus dem Haus, eingequetscht zwischen der aufragenden Gestalt von Cyclops und der untersetzten von Duke. Sie packten ihn in die Kutsche und stiegen nach ihm ein.

„Das ist lächerlich", murmelte er.

Niemand antwortete. Es mochte ja lächerlich erscheinen, doch es war nicht erheiternd.

Mrs. Pyke hatte uns den Schlüssel für den Laden ihres Mannes gegeben. Sobald wir die Tür geöffnet hatten, drängten wir Matt nach drinnen und schlossen sie wieder. Wir hatten diese Fahrt ohne Vorfall überstanden. Das war keine geringe Errungenschaft. Ich stieß einen gemessenen Atemzug aus, während ich mich zurück an die Tür lehnte.

Im Laden war es düster, und Willie griff nach einem Vorhang, um ihn zu öffnen.

„Nein", widersprachen sowohl Matt als auch ich.

„Wir wollen doch nicht, dass uns jemand hier drin sieht", sagte er.

Der Geruch nach Wollfasern war überraschend tröstlich. Er ließ mich an zu Hause denken. Der Laden war recht groß, mit Teppichen in allen unterschiedlichen Farben, Dicken und Texturen auf dem Boden ausgebreitet, übereinandergestapelt und an den Wänden präsentiert wie Wandteppiche. Ich berührte einen grünen, braunen und schwarzen Orientteppich, aber darin war keine magische Wärme.

Tatsächlich nur in wenigen. „Nur die am raffiniertesten Hergestellten haben Magie", sagte ich, nachdem ich einen goldenen und scharlachroten Teppich berührt hatte, der in den Salon eines Anwesens gepasst hätte. „Dieser und jene zwei. Die übrigen sind gewöhnliche Teppiche."

Duke, der über einen Flurläufer auf dem Boden gestrichen hatte, legte sich plötzlich darauf und breitete die Arme aus. „Dieser Stapel ist luxuriös."

„Das ist keiner von den magischen", erklärte ihm Willie.

„Er fühlt sich trotzdem toll an. Komm hier runter und sieh es dir selbst an."

Sie ging auf Hände und Knie und betastete die Teppichfasern. „Er ist weich. Cyclops, komm und fühl das mal."

Cyclops schaute sie an, als wären sie verrückt. „Ich sehe in der Werkstatt nach."

Er nahm eine Lampe vom Haken an der Tür und zündete sie an. Matt folgte ihm in die hintere Werkstatt.

Ich setzte mich auf einen Stuhl am Verkaufstresen und ging durch die Bündel aus Teppichproben, von denen alle mit Magie versehen waren. Mr. Pyke hatte wohl gewollt, dass sie frisch und fest blieben, damit sie gut aussahen, obwohl sie durch zahlreiche Hände gingen.

Es gab einige ausstehende Rechnungen, die an Wollhändler und Färber gezahlt werden mussten, in der Schreibtischschublade. Einige gingen etliche Monate zurück, und es war mit fetter Schrift „sofort zu begleichen" darauf geschrieben. Mr. Pyke hatte wohl einige finanzielle Schwierigkeiten gehabt. Ich blätterte durch einen Notizblock, der offensichtlich dazu benutzt worden war, Bodenflächen und Kosten zu berechnen, dann legte ich ihn zur Seite, um durch den Ordner mit den Bestellungen zu blättern.

Ich fing mit dem neuesten Eintrag vor zwei Tagen an und arbeitete mich zurück. Ich erwartete nicht, einen Namen zu finden, der mir etwas sagte, als ich daher einen erblickte, setzte mein Herz einen Schlag lang aus.

„Sieh dir das an", sagte ich zu Duke, der immer noch die Teppiche musterte. Willie hatte sich Matt und Cyclops hinten angeschlossen. Ich zeigte ihm den Ordner, deutete auf den Namen.

„Lady Coyle! Was hat denn Hope hier getan?"

„Natürlich einen Teppich bestellt. Eigentlich sogar vier."

Er kniff die Augen zusammen und beugte sich dichter über die Seiten. „Ist das eine Markierung neben der Bestellung?"

Ich senkte den Kopf, aber das Licht war ziemlich schlecht. „Sieh mal, ob die anderen mit der Lampe fertig sind."

Einen Augenblick später kam er zurück, die Lampe in der Hand, Matt, Cyclops und Willie im Schlepptau. Er hielt die Lampe dichter an den Ordner. „Das ist ein Sternchen."

Ich blätterte eine weitere Seite zurück. „Hier ist noch eine Bestellung mit Sternchen. Du liebe Zeit!"

Matt beugte sich über meine Schulter. „Was ist denn?"

„Kurz vor Weihnachten hat Professor Nash einen Teppich bei Mr. Pyke bestellt." Ich tippte mit einem Finger auf den Eintrag. „Und neben dieser Bestellung ist ebenfalls ein Sternchen angebracht."

„Das war kein sonderlich großer Teppich."

Ich blätterte weiter zurück durch den Ordner, und obwohl einige weitere Einträge mit Sternchen vorhanden waren, erkannte ich die Namen der Kunden nicht. „Das bezieht sich wohl auf die Teppiche, an denen Mr. Pyke seine Magie angewandt hat."

„Das ergibt schon einen Sinn", sagte Willie. „Hope wusste doch durch Coyle, dass er ein Magier war, und Nash wusste es … wie?"

„Durch die magische Gerüchteküche", sagte ich mit einem Schulterzucken. „Er hat etliche Kontakte, falls er also nach einem neuen Teppich gesucht hat, hat er sich wohl umgehört. Das bedeutet nicht, dass er verdächtig ist, aber die Coyles schon."

„Weshalb?", fragte Matt.

„Na ja, weil …" In Wahrheit konnte ich mir keinen Grund vorstellen, weshalb sie verdächtig sein sollten, und Professor Nash nicht. „Wenn schon sonst nichts, beweist das, dass Lord Coyle wusste, dass Mr. Pyke ein Magier war. Als Hope vorgeschlagen hat, dass sie einen neuen Teppich brauchten, hat ihr Mann ihr bestimmt geraten, hierher zu kommen und sich den besten zu holen." Ich schloss den Ordner und stellte ihn zurück auf den Tisch, dann zeigte ich ihnen die Rechnungen. „Die meisten davon stehen noch aus. Mr. Pyke hat seinen Lieferanten eine Menge Geld geschuldet."

„Das erklärt, weshalb er zur Zeitung ging", sagte Matt.

„Und ihnen seinen Namen gegeben hat", fuhr Duke fort. „Kostenlose Werbung. Er hat gehofft, das würde weitere Kunden hierher führen."

Mr. Pyke war wohl aufgefallen, dass die Reichen für die Anschaffung magischer Waren empfänglich waren, nachdem Oscars Buch veröffentlicht worden war. Er hatte wohl gehofft, dieses Interesse zu seinem Vorteil zu nutzen, und was war besser, um seinen Status als Wollmagier zu bewerben, als durch eine Zeitung, die in der ganzen Stadt groß im Umlauf war.

Aber er riskierte auch, aus seiner Gilde geworfen zu werden. Laut Catherine hatten sie seine Mitgliedschaft zurückgezogen, aber es war nicht klar, ob das als Folge des Artikels geschehen war oder bevor er mit dem Journalisten gesprochen hatte.

„Habt ihr irgendwas nützliches in der Werkstatt gefunden?", fragte ich.

Matt setzte sich auf die Tischkante. „Nichts. Aber was für mich heraussticht, ist das Fehlen irgendwelcher Anzeichen eines Kampfes. Es gibt kein Blut und keine Kratzer, nichts wurde umgeworfen. Alles scheint an seinem Ort zu sein, als hätte er am Ende des Tages aufgeräumt und wäre unterwegs nach Hause."

Wenn schon sonst nichts, schmälerte es das Zeitfenster für sein Verschwinden. Es war wohl geschehen, nachdem er nach dem Arbeitstag abgeschlossen hatte, und bevor er nach Hause gekommen war. „Wir sollten herausfinden, welchen Weg er üblicherweise nimmt, wenn er von der Arbeit nach Hause unterwegs ist. Vielleicht hat jemand gesehen, wie er in eine Kutsche gezerrt wurde."

Es war ein ernüchternder Gedanke. Davon wurden meine Nerven so aufgebracht, dass sich zusammenfuhr, als sich plötzlich die Vordertür öffnete. Ich war nicht die Einzige.

Willie zog ihre Waffe. „Halt! Keine Bewegung, oder ich schieße."

Der ältere Kerl hob die Hände. „Grundgütiger, machen Sie das nicht! Nehmen Sie, was Sie wollen, ich halte Sie nicht auf, aber ich glaube nicht, dass Sie in diesem Laden Geld finden werden."

Matt legte eine Hand auf den Lauf von Willies Waffe und drückte sie nach unten. „Steck die weg."

„Er könnte versuchen, dich umzubringen!"

„Ich schwöre, ich werde niemanden umbringen!", rief der Mann. „Ich habe Bewegung hier drin gesehen und dachte, ich sehe besser mal nach. Mr. Pyke, der Besitzer, hätte gewollt, dass ich das tue. Aber ich werde so tun, als hätte ich Sie überhaupt nicht gesehen. Stehlen Sie in aller Ruhe weiter." Er ging rückwärts nach draußen.

„Augenblick!", sagte Matt. „Wir stehlen nicht, wir ermitteln in Mr. Pykes Verschwinden."

Der Mann erschien erneut um die Tür herum. „Ach. Weshalb richtet er dann eine Waffe auf mich?"

„Ich bin eine Sie, und ich war nur vorsichtig", behauptete Willie.

Er fasste sich an die Hutkrempe. „Tut mir leid, Ma'am. Mir ist nicht aufgefallen, dass Sie … ähm …"

„Bitte kommen Sie herein", sagte ich und erhob mich. „Mein Name ist India Glass. Das ist mein Mann, und das sind unsere Mitarbeiter."

Er schüttelte allen Männern die Hände, neigte vor mir den Kopf und schaute Willie von oben bis unten an. Er dachte wohl darüber nach, wie er sie begrüßen sollte. „Mein Name ist Marr. Ich habe einen Laden mit Lederwaren nebenan."

Seine Ankunft würde uns einen Besuch ersparen. Je weniger wir draußen herumstreiften, desto besser. „Mrs. Pyke hat uns gebeten, ihr zu helfen, ihren Mann aufzuspüren", sagte ich. „Er ist verschwunden."

Mr. Marr nahm seine Mütze ab und kratzte sich über den kahlen Kopf. Er war ein kleiner, älterer Mann, der leicht gebückt ging und weiße Schnurrbarthaare hatte. Er trug eine Leder-schürze über seiner Kleidung und gut gefertigte Lederhand-schuhe. „Das hat mir Mrs. Pyke am Vormittag erzählt, als sie zum ersten Mal hierher kam, um nach ihm zu suchen. Sie klopfte an meiner Tür, bevor ich den Laden öffnete, und fragte mich, wann ich ihn zuletzt gesehen hatte."

„Wann haben Sie ihn denn zuletzt gesehen?", fragte Matt.

„Gestern. Er hat um fünf Uhr abgeschlossen."

„Ist das die übliche Zeit, zu der er aufbricht?"

„Jaja. Jeden Tag um fünf Uhr, wie ein Uhrwerk. Er kommt gern zu einem frühen Abendessen um halb sechs nach Hause."

„Ging er zu Fuß nach Hause?", fragte ich.

Mr. Marr nickte.

„Haben Sie ihn gehen sehen?"

Ein weiteres Nicken. „Ich stand im Eingang, wie ich es um diese Zeit oft mache, um meinen Nachbarn einen guten Abend zu wünschen. Es ist einfach eine freundliche Art, den Tag zu beenden, und viele, die nicht über ihren Läden wohnen, gehen zu dieser Zeit. Ich, ich wohne oben, darum schließe ich erst um halb sechs."

„Wie wirkte er denn?"

Gedankenverloren verzog er das Gesicht. „Jetzt, wo Sie es sagen, war er schon abgelenkt. Er ist immer fröhlich, fragt immer, wie mein Tag gelaufen ist. Aber gestern hat er nur gewinkt, nachdem ich Gute Nacht gerufen habe."

„Und dann?", fragte Matt.

„Und dann ging er."

„Allein?"

„Ja, und er ging in dieselbe Richtung wie immer, die Courser Street entlang."

Das bestätigte unsere Theorie, dass er nicht von hier entführt worden war, falls er überhaupt entführt worden war. „Hatte Mr. Pyke irgendeine, äh, besondere Bekanntschaft, bei der er vielleicht die letzte Nacht verbringen konnte?" Noch während ich die Frage stellte, konnte ich hören, wie Tante Letitias Stimme in meinem Kopf mich tadelte. Einen Mann zu fragen, ob ein Bekannter eine Geliebte hatte, war schrecklich vulgär, und zwar überall.

Mr. Marr steckte sich die Hände in die Schürzentasche und zog die Schultern ein. „Nein, Ma'am. Er war Mrs. Pyke treu ergeben."

„Mrs. Pyke hat gesagt, gestern um die Mittagszeit hätte ihr Mann einen Besucher gehabt", sagte Matt. „Sie sah die Kutsche abfahren, aber nicht, wer darin saß. Sie behauptete, nach dieser

Begegnung wäre Mr. Pyke nicht mehr er selbst gewesen. Haben Sie gesehen, wer das war?"

„Nein, Sir. Manchmal kommen hier Damen in ihren Kutschen vorbei, um sich seine Teppiche anzusehen. Das ist nichts Ungewöhnliches."

„Wissen Sie, ob er jemals eine Begegnung mit einem Gentleman oder einer Dame hatte, wegen der er sich Sorgen gemacht hat?"

Mr. Marr strich sich über die Schnurrbarthaare. „Es gab schon eine Begegnung mit einem Kerl, aber das war kein Gentleman. Vorgestern war das. Ich erinnere mich noch, weil ich hören konnte, wie der Mann schrie, also bin ich gekommen, um zu sehen, ob es Mr. Pyke gut ging. Der Mann ging zum Glück. Ich weiß nicht, was wir beide getan hätten, hätte er weitergemacht. Er war ein großer Kerl, und ich bin nicht mehr so jung wie früher."

„Worüber haben sie denn gestritten?"

„Magie."

Ein Gefühl des Unheils senkte sich wie Blei in meinen Magen hinab. „Fahren Sie fort."

„Es scheint ja, als hätte jeder in der ganzen Stadt dieses Buch mit dem orangefarbenen Titelbild gelesen. Jeder redet darüber und spekuliert, wer ein Magier sein könnte und wer nicht. Mir wäre nie in den Sinn gekommen, dass Mr. Pyke einer sein könnte, aber ich hab mir in letzter Zeit seine Teppiche nicht angesehen." Er schaute sich im Laden um, bevor er sich wieder auf mich konzentrierte. „Der Kerl hat Mr. Pyke vorgeworfen, ein Magier zu sein, und ihm gesagt, er würde betrügen und von ehrlichen Teppichknüpfern wie ihm selbst Kunden abziehen."

„Hat Mr. Pyke gesagt, wer er war?", fragte Matt.

„Nein, aber ich denke, Sie müssen nur zur Wollgilde gehen und den Kerl beschreiben. Er war ziemlich auffällig. Jung, hochgewachsen und gut gebaut." Er wies mit dem Kinn auf Cyclops. „Ein Goliath wie Ihr Freund da, aber mit roten Haaren."

Wir dankten ihm, und er nickte ein paar Mal und ging.

Willie schob ihre Waffe wieder in den Hosenbund. „Wir werden zur Wollgilde gehen und diesen Kerl finden. Das muss er bestimmt sein."

Duke sah das anders. „Wir müssen derselben Strecke folgen, die Pyke letzte Nacht ging, nachdem er hier aufgebrochen ist. Jemand hat vielleicht was gesehen."

„Durch die Straßen zu laufen, ist für Matt zu gefährlich", erklärte Cyclops. „Das können du und Willie machen. Matt, India und ich werden zur Gilde weiterfahren."

„Darf ich dazu auch was sagen?", fragte Matt.

„Nein", sagten Cyclops, Duke und Willie.

„Natürlich darfst du das", erwiderte ich. „Mach schon. Was möchtest du denn sagen?"

Matt machte sich auf zur Tür, worauf keiner vorbereitet war. Wir rannten ihm nach. „Ich halte das für einen guten Plan."

Ich lächelte vor mich hin.

Als Matt sicher in der Kutsche saß, bat Willie Woodall um die schnellste Strecke zu Mr. Pykes Haus über die Courser Street, dann fragte Cyclops Woodall, ob er wusste, wo man die Wollgilde fand. Unser Kutscher war mehr wert als eine Karte. Laut ihm selbst kannte er die Straßen Londons besser als sein eigenes Gesicht.

Ein paar Minuten später fuhren wir los und ließen Duke und Willie zu Fuß gehen. Ich spähte die ganze Fahrt durch das Rückfenster und stieß ein erleichtertes Seufzen aus, als wir am Gildesaal ankamen. Uns war niemand gefolgt.

Laut des Schildes, das über dem Türstock in den Stein gemeißelt war, gehörte das Gebäude der Rechtschaffenen Gesellschaft der Wollmänner. Das Wappen zeigte ein Wollbündel auf einem roten Schild, darüber ein goldenes Spinnrad. Die Farben waren verblasst, und ein Teil des Mottos war unlesbar, doch Matt schaffte es, das Latein als *Wolle ist unsere Hoffnung* zu übersetzen.

Es war eine Erinnerung daran, wie alt diese Gilden waren. Das Gebäude wirkte, als stünde es schon seit hunderten Jahren. Solides Steinwerk und die eleganten Meißelarbeiten von Spinnrädern sprachen von Reichtum, aber dieser Reichtum war wohl aus der Vergangenheit. Heute waren die Fenster von Ruß dunkel verfärbt, und eines war zugenagelt, das Gebäude selbst war verglichen mit seinen Nachbarn bescheiden. Einst war es vielleicht einmal das herausragendste Gebäude der Straße gewesen, aber nun war es das kleinste, in den Schatten gestellt von einer Bank auf einer Seite und einem Theater auf der anderen.

Aber es war nicht nur, dass das Gebäude alt war, es war das ganze Konzept. Weshalb mussten Handwerker einer Gilde angehören? Worum ging es dabei? Falls es darum ging, die Herstellung zu regulieren, dann hatten wir inzwischen Gesetze, die sicherstellten, dass jede Kundschaft bekam, wofür sie bezahlt hatte. Falls das Gesetz nicht griff, wurde der Ruf von betrügerischen Händlern in den Zeitungen ruiniert.

Nach allem, was ich über die Gilde der Uhrmacher wusste, hatte mein Vater eine jährliche Gebühr gezahlt, um dazuzugehören, und dadurch hatte er die Lizenz zum Handel erhalten, aber das hatte ihn nicht geschützt, wenn ein Kunde sich weigerte zu zahlen. Genauso wenig hatte es ihn geschützt, wenn er mit seinen Lieferanten einen Streit hatte, oder in finanzielle Schwierigkeiten geriet. Gildenmitglieder unterstützten die Familie eines Mitglieds, wenn das Mitglied verstarb, aber Freunde und Familie machten das ebenfalls. Es war eine altmodische und irgendwie bedeutungslose Institution für die modernen Handwerker.

Unser Klopfen wurde von einem älteren Türsteher beantwortet, der eine Mütze und eine Livree aus Tweed trug, die eher zu einer Jagdgesellschaft auf dem Land zu passen schien als zum Leben in der Stadt, aber zumindest war sie warm. Ich fragte mich, ob er von der Gilde mit einer leichteren Livree ausgestattet wurde, die er im Sommer tragen konnte.

Er lächelte wohlwollend durch seinen drahtigen grauen Schnurrbart. „Guten Morgen. Wie darf ich helfen?"

Da mir bewusst war, wie ausgesetzt Matt auf der Veranda dastand, marschierte ich hinein, ohne eingeladen worden zu sein. Matt folgte mir, und ich schloss selbst die Tür. Cyclops blieb draußen auf Wache. „Wir sind Mr. und Mrs. Gaskell", sagte ich und nutzte den Namen einer meiner liebsten Schriftstellerinnen. Wir hatten uns auf die falschen Namen in der Kutsche festgelegt. India Glass war derzeit bei den Gilden wie ein Gift. Wann immer wir bei einer Gilde vorbeikamen, hatten wir festgestellt, dass Mr. Abercrombie uns schon zuvorgekommen war und seinen

Einfluss als ehemaliger Gildemeister genutzt hatte, um meinen Namen anzuschwärzen.

Der Türsteher, ein älterer, gebückter Mann, hatte die Lippen über einem Satz künstlicher Zähne geschürzt, die zu groß für seinen Mund waren, als wir uns an ihm vorbeigeschoben hatten, und er betrachtete uns weiter als ungebetene Eindringlinge. „Wie kann ich helfen?", fragte er steif.

Es war an der Zeit, die Freundlichkeit hochzuschrauben, um für unser grobes Eindringen aufzukommen. „Verzeihen Sie uns, dass wir so hereindrängen, ich bin nur einfach so begeistert, endlich das Innere des berühmten Londoner Hauses der Rechtschaffenen Gesellschaft der Wollmänner zu sehen." Ich blickte an die Decke mit ihren geschwärzten Balken, die nicht höher waren als Matts Kopf.

„Meine Frau ist die Tochter eines Teppichmachers aus Bristol", erklärte Matt. „Wir besuchen Freunde in London, und sie hat mich gebeten, hierher zu kommen."

Der Türsteher strahlte, seine Steifheit wurde von unserem Lob vertrieben. „Erfreulich."

„Ich habe von meinem Vater so viel über diesen Ort gehört. Natürlich war er hier kein Mitglied", fügte ich an, falls er um meinen Mädchennamen bat. „Er war ein Mitglied im Gildenableger in Bristol. Aber er kam hier einmal her und hat mir erzählt, was für ein wunderbares Gebäude das wäre, so erfüllt von der Geschichte der Gesellschaft."

Der Türsteher reckte die Brust ein wenig und setzte eine professionelle Miene auf. „Es wurde 1609 errichtet, aber die Gesellschaft selbst reicht sehr viel weiter zurück. Tatsächlich waren wir eine der ältesten Kleidungsgesellschaften der Stadt."

„Ach, ich weiß. So viel Geschichte."

„Würden Sie sich gerne unsere Bibliothek ansehen? Wir haben natürlich eine wunderbare Sammlung von Büchern über Wolle, aber auch antike Spinnräder, Webstühle und Werkzeuge zum Teppichknüpfen. Die besten im Land."

Matt hatte wohl mein Zögern gespürt. Er legte mir die Hand auf den Rücken und sagte: „Das würden wir nur zu gerne tun." So viel also dazu, die Information zu bekommen, die wir brauchten, und sofort wieder zu gehen.

Der Türsteher führte uns den Gang entlang, an Wänden vorbei, die mit wollenen Wandteppichen geschmückt waren, unsere Schritte gedämpft durch die verblichenen Läufer mit fransigen Rändern. Weshalb ersetzten sie sie nicht? Tradition, schätzte ich. Dieses Verlangen, die Dinge so zu halten, wie sie immer gewesen waren, war manchmal der Verbesserung so abträglich.

Matt und ich verbrachten zehn Minuten damit, die Gegenstände in der Sammlung zu mustern und die beiliegenden Karten zu lesen, während wir zuhörten, wie uns der Türsteher von der Geschichte der Gilde und ihren Mitgliedern erzählte, die eine Mischung aus Händlern, Teppichknüpfern, Spinnern und Webern waren, auch Schneidern und Kleidermachern, die sich auf Wollkleidung spezialisiert hatten.

Als eine annehmbare Zeit vergangen war, bat ich ihn um den Namen eines hochgewachsenen, solide gebauten Kerls mit roten Haaren. „Mein Vater hat mich gebeten, nach ihm zu sehen, aber ich bin so schrecklich mit Namen." Ich berührte mich an der Stirn. „Mein Mann hat vorgeschlagen, dass wir herkommen und fragen, ob Sie so einen Kerl kennen."

„Den kenne ich tatsächlich. Sein Name ist Fuller. James Fuller." Er zwinkerte und lächelte. Da Matt und ich ihn verständnislos ansahen, fügte er an: „In den alten Tagen wurde die Wolle gereinigt und gestärkt durch einen Prozess, den man Walken nennt. Das bedeutet der Name Fuller, also kann man die Familienwurzeln im Wollhandel zurückverfolgen. Darum ist James Fuller nicht weit von diesem Stamm gefallen, wenn man es mal so ausdrücken möchte."

Die meisten Magier konnten ihre Abstammung durch eine einzige immer gleiche Handwerkskunst zurückverfolgen, und obwohl es nicht ungewöhnlich war, dass die Talentfreien das ebenfalls konnten, war es weniger verbreitet. Konnte Mr. Fuller ein Magier sein? Falls ja, weshalb stritt er dann mit Mr. Pyke und warf ihm vor, einen Vorteil zu erhalten, indem er Magie auf seine Teppiche wirkte?

„Fuller war erst gestern hier, wie es der Zufall so will", fuhr der Türsteher fort.

„Sah er gesund aus?", fragte ich.

„Ein schneidiger Kerl wie eh und je. Seine Lunge ist auch im besten Zustand. Ich konnte ihn bis ganz hier herab brüllen hören, und er war im zweiten Stock, die Tür des großen Bureaus war geschlossen."

„Das klingt nicht gut. Ist er denn ein Kerl, der oft Streit sucht? Ich will einfach nicht bei ihm an der Tür auftauchen, wenn er so ein Raufbold ist."

„Überhaupt nicht. Er ist kein Raufbold, doch er hat schon ein aufbrausendes Gemüt. Es geht nicht oft mit ihm durch, doch wenn, dann ist es, als ginge eine Bombe hoch. Ich versichere Ihnen, es ist eine Menge nötig, um ihn aufzustacheln. Es wird alles gut gehen, Mrs. Gaskell. Ich bin sicher, er wird Sie und Mr. Gaskell bei sich zu Hause willkommen heißen."

„Nur, damit ich Bescheid weiß, was hat ihn denn gestern so aufgebracht? Ich würde es sehr bedauern, wenn es genau das ist, weswegen ich ihn treffen möchte."

Er warf einen Blick zur Tür, dann beugte er sich vor und flüsterte: „Magie."

Ich wartete, doch er führte es nicht weiter aus, nicht einmal, als ich ihn aufforderte.

Matt wusste allerdings, wie man eine Antwort aus ihm herausbekam. „Ohne Zweifel wollte Mr. Fuller, dass der Gildemeister die Mitgliedschaften jener Mitglieder kündigte, die als Magier bekannt sind. Das passiert doch überall in London, wie ich höre. Es wird nicht lang dauern, bis die Unruhe sich auch nach Bristol und in andere Städte ausbreitet."

„Eine Handvoll Mitglieder wurde bereits hinausgeworfen." Der Türsteher seufzte. „Weshalb können sich nicht einfach alle vertragen? Wir sind alle im Wollgeschäft. Wir müssen aufeinander achtgeben, statt uns zu zerfleischen." Er lächelte mich grimmig an. „Doch das ist eine Debatte für einen anderen Zeitpunkt. Seien Sie sich versichert, Ma'am, solange Sie in Mr. Fullers Anwesenheit keine Magie zur Sprache bringen, werden Sie feststellen, dass er ein freundlicher Riese ist. Und seine Frau ist eine Wonne."

Er erzählte uns, wo wir Mr. Fullers Teppichladen fanden. Es war nur zwei Straßen entfernt von dem von Mr. Pyke. Wir fuhren den Weg zurück, den wir gekommen waren, und sammelten Willie und Duke ein. Leider hatten die nichts zu berichten.

„Nur einer hat ihn überhaupt gesehen", sagte Willie. „Eine Frau, die ihre Wäsche reinbrachte, sagte, er wäre zur gleichen Zeit jeden Abend vorbeigegangen, und sie hätte ihn auch gestern Abend gesehen. Sie nickt ihm immer zu, und er nickt zurück. Sie sagte, er hätte in Ordnung gewirkt, aber abgelenkt, als würde er sie nicht richtig bemerken und hätte nur aus Gewohnheit vor sich hin genickt."

Das glich dem, was uns auch der Nachbar erzählt hatte.

„Wir haben weiter alle befragt, denen wir begegnet sind", fuhr Duke fort. „Niemand sonst hat ihn gesehen, und einige sagten, das wäre seltsam, denn sie sehen ihn immer auf diesem Weg nach Hause gehen. Also denken wir uns, er wurde zwischen der Stelle entführt, wo wir die Frau gesehen haben, die ihre Wäsche aufhängte, und seinem Haus."

„Doch niemandem ist ein Tumult aufgefallen?", fragte Matt.

Sie schüttelten die Köpfe. „Nach fünf Uhr ist auf dieser Strecke ziemlich viel los", sagte Willie. „Geschäftsbetreiber und Angestellte gehen nach Hause, und es ist zu dieser Zeit inzwischen mit den längeren Tagen hell genug. Würde jemand gegen seinen Willen entführt, würde man das sehen."

Also war Mr. Pyke nicht entführt worden. Plötzlich tat mir Mrs. Pyke leid. Es sah aus, als wäre er doch aus eigenem Antrieb fortgegangen.

Matt hatte allerdings eine andere Vorstellung. „Er wich vielleicht aus eigenem Antrieb von seinem Kurs ab, aber womöglich hat ihn jemand überfallen, als er bei seinem Ziel ankam. Es ist möglich, dass er vereinbart hatte, sich mit jemandem zu treffen, und derjenige hat ihn dann festgesetzt."

„Es muss der Mann in der Kutsche gewesen sein", sagte ich niedergeschlagen.

„Oder die Frau", erklärte Willie.

„Wer immer es war, der ihm laut Mrs. Pyke Sorgen bereitet hat. Dann später am Tag wird er vermisst. Das ist doch kein Zufall."

„Es ist unwahrscheinlich, dass in dieser Kutsche Mr. Fuller war, der Konkurrent von den Teppichmachern", sagte Matt.

„Der Nachbar sagte, ihre Begegnung war vorgestern, und es ist unwahrscheinlich, dass Mr. Fuller in einer privaten Fahrgelegenheit eintraf."

Alle außer Duke nickten. „Ich denke nicht, dass es Fuller ist, aber ich bin nicht überzeugt, dass Pyke nicht mit einer Geliebten weggelaufen ist", sagte er. „Das erklärt, warum er sich seiner Frau nie anvertraut hat."

Cyclops schnaubte. „Und seinen Laden lässt er unberührt zurück? Ihm wurde ja vielleicht die Gildenmitgliedschaft entzogen, und er war gezwungen, den Laden zu schließen, aber kein Handwerker wird seinem Lebensunterhalt den Rücken kehren, ohne weitere Pläne zu fassen."

Besonders kein Magier. Teppichknüpfen lag Mr. Pyke im Blut. Er war ein eifriger Enthusiast, der seine Teppiche als sein Erbe betrachtete, seine Kinder nahezu. Cyclops hatte recht; er würde dem nicht einfach den Rücken kehren und seine Teppiche zurücklassen. Er hatte vielleicht einen Umweg auf dem Weg nach Hause gemacht, doch nicht vorgehabt, so lange wegzubleiben.

Ich seufzte. „Wenn wir nicht glauben, dass Mr. Fuller ihn festgesetzt hat, stehen wir wieder am Anfang, ohne Hinweise."

„Wir werden trotzdem mit Fuller sprechen", sagte Matt. „Er könnte uns vielleicht einen Einblick verschaffen, wer womöglich Groll gegen Pyke und seine Magie hegte."

Wir fuhren weiter zu Mr. Fullers Laden, wo die Betreiberin mich und Matt mit einem Lächeln begrüßte. Die anderen blieben in der Kutsche. Sie stellte sich als Mrs. Fuller vor, die Frau des Teppichmachers. Der Laden war nicht so groß wie der von Mr. Pyke, doch ähnlich aufgebaut mit Teppichen auf den Böden und Wänden, und einem Schreibtisch, der sich in die Ecke duckte. Ein Klicken und tiefes mechanisches Summen kamen von der anderen Seite einer Tür, die wohl zur Werkstatt führte. Der Geruch nach Wolle war hier nicht so stark wie in Mr. Pykes Laden, und es lag ein Hauch Ölgeruch von der Maschine in der Luft.

Ich nahm meinen Handschuh ab und strich mit den Fingern über etliche Teppiche, während ich herumging. In keinem war magische Wärme, und ihre Muster waren nicht so raffiniert wie die bei Mr. Pyke. Falls die Fullers einst Magier gewesen waren, war die Magie nicht auf den Besitzer dieses Ladens übergegangen.

Matt stellte uns mit unseren echten Namen vor. Mrs. Fuller zeigte durch nichts, dass sie uns erkannt hätte. „Dürfen wir mit Ihrem Mann sprechen?", fragte er.

Mrs. Fuller war in meinem Alter, mit warmem Blick und Apfelbäckchen, die sie sehr zugänglich wirken ließen, insbesondere, wenn sie lächelte. „Er ist nur hinten. Ich hole ihn für Sie." Sie war unterwegs zur Tür und drehte den Kopf, um beim Gehen mit uns zu sprechen. „Ist das wegen eines Teppichs, den Sie bei uns gekauft haben?"

„Nein."

Sie stutzte, doch Matt bot ihr keine weiteren Erklärungen. Er erwiderte einfach ihr Lächeln und wartete.

Sie schob die Tür auf. Einen Augenblick später verstummte die Maschine, und es wurde still in der Werkstatt. Oben konnte man hören, wie Kinderstimmen einander neckten. Mr. Fuller kam aus der Werkstatt, doch seine Frau nicht.

Er war genauso groß, wie Mr. Pykes Nachbar es beschrieben hatte, mit einem roten Haarschopf, der sich vorne allmählich zurückzuziehen begann. Seine Ärmel waren hochgerollt, wodurch Unterarme so groß wie Schinkenkeulen zum Vorschein kamen, und die Hände, die er sich an einem Lappen abwischte, waren riesig.

„Kann ich Ihnen helfen?", fragte er.

Matt stellte uns vor. „Wir untersuchen das Verschwinden von Mr. Pyke im Auftrag seiner Frau."

Mr. Fuller hörte mit dem Abwischen seiner Hände auf. „Verschwinden?"

„Er kehrte gestern Abend nach dem Abschließen seines Geschäfts nicht mehr nach Hause zurück."

Er knurrte. „Vermutlich hat er sich eine Geliebte angeschafft. Tut mir leid, Ma'am, aber wenn Sie eine Ermittlerin sind, haben Sie wohl schon Schlimmeres gehört."

„Da vermuten Sie richtig", sagte ich. „Aber Mr. Pyke war seiner Frau treu ergeben, also ist es unwahrscheinlich, dass er eine Geliebte hatte."

„Wenn Sie das sagen." Er warf sich den Lappen über die Schulter und wandte seine Aufmerksamkeit Matt zu. Er beäugte ihn von oben bis unten, als würde er die Wahrscheinlichkeit abschätzen, gegen ihn in einem Kampf gewinnen zu können.

Obwohl ich in Matts Kraft und Fertigkeiten vertraute, bezweifelte ich, dass er in einem fairen Kampf würde gewinnen können. Mr. Fuller würde man fast gar nicht von den Beinen holen können. Aber wenn er fiel, würde er hart fallen. Ich schüttelte mich. Seit wann hatte ich angefangen, Männer als Kämpfer einzuschätzen? Ich lastete es Willies Einfluss an.

Mrs. Fuller kehrte zurück, nachdem sie die Kinder beruhigt hatte. Die Familie wohnte wohl oben. Es war bestimmt beengt, aber nicht schlimmer als die Lebensumstände vieler Ladenbesitzer. „Ist alles in Ordnung?", fragte sie mit einem erzwungenen Lächeln.

„Gut", knurrte Mr. Fuller.

„Wir haben nur wegen einer Begegnung Ihres Mannes mit Mr. Pyke vor zwei Tagen gefragt", sagte Matt. „Mr. Pyke wird vermisst."

Sie blinzelte rasch. „Also dachten Sie, Sie kommen her und machen es meinem Mann zum Vorwurf?" Sie stemmte sich eine Hand in die Hüfte, ihr Lächeln war weg. „Nur weil sie beide Teppichmacher sind, deren Läden im unmittelbaren Umfeld liegen, heißt das nicht, dass sie einander verabscheuen. Sie waren Konkurrenten, das ist alles. Es ist nichts Persönliches."

„Waren?", wiederholte ich.

„Wie bitte?"

„Sie haben gesagt, sie ‚waren Konkurrenten'. Weshalb sprechen Sie von ihm in der Vergangenheitsform?"

Sie senkte die Hand an der Seite. „Nur eine Floskel. Das bedeutet nichts."

Mr. Fuller rückte näher an seine Frau. Ihr Größenunterschied war schon fast komisch, aber an ihren Mienen war nichts erheiternd. Ihre finsteren Gesichter waren von dem Augenblick an wie versteinert, als wir Mr. Pykes Namen erwähnt hatten.

„Wir wissen, dass Sie mit Mr. Pyke gestritten haben", sagte Matt.

„Wer sagt das?", fuhr uns Mr. Fuller an.

„Sie haben Mr. Pyke vorgeworfen, ein Magier zu sein."

„Und?", sagte Mrs. Fuller. „Er ist ein Magier."

„Woher wissen Sie das?", fragte ich.

„Weil ich seine Teppiche gesehen habe. Niemand kann sie so luxuriös herstellen oder so feine Muster weben. Das ist unmöglich."

„Und es ist nicht gerecht", ergänzte Mr. Fuller. „Weshalb sollte er solche schönen Teppiche machen dürfen, wenn wir übrigen das nicht können?"

Matt öffnete den Mund, um etwas zu sagen, doch ich legte ihm eine Hand auf den Arm, und er schloss ihn wieder. Ich hatte es satt, mit Leuten wie den Fullers vernünftig zu reden, hatte ihr Gejammer und ihre Rufe nach einem ausgeglichenen Arbeitsumfeld satt. Was wollten sie denn, dass die Magier taten? Die Dinge nicht mehr fertigen, die sie ihr ganzes Leben lang gefertigt hatten? Zu versuchen, Waren von schlechterer Qualität zu machen?

„Sie haben recht", sagte ich scharf. „Weshalb sollten Magier ihr angeborenes Talent für Handwerksarbeiten nutzen dürfen, während andere das nicht können?"

Mr. Fuller schien zufrieden damit, dass ich wirkte, als hätte ich Verständnis für seinen Groll, aber Mrs. Fuller kniff misstrauisch die Augen zusammen. Sie hatte meinen Tonfall gehört.

„Immerhin sollte man Ihnen auch nicht erlauben, höhere Regalbretter zu erreichen, während Ihre Frau das nicht kann, nur weil Sie größer sind. Oder doch?"

Er runzelte die Stirn. „Was?"

„Ein Adliger sollte auch nicht das Gut seines Vaters erben dürfen, nur weil er in diese Familie geboren wurde. Finden Sie nicht? Und weshalb sollte sich ein hübsches Mädchen einen Schönling unter vielen aussuchen dürfen? Sie hat einen ungerechten Vorteil gegenüber weniger attraktiven Debütantinnen. Genauso wenig ist es gerecht, wenn manche Männer Fußball spielen dürfen und dafür bezahlt werden, und andere bekommen nichts, nur weil die Ersteren talentierter am Ball sind oder schneller laufen. Wirklich, sie sollten gar nicht spielen dürfen. Sie haben recht, Mr. Fuller. Das ist unfair gegenüber den übrigen."

„Ich sehe, Sie sind gekommen, um sich über mich lustig zu machen", stieß er durch zusammengebissene Zähne hervor.

Seine Frau legte ihm warnend eine Hand auf den Arm, genau, wie ich es bei Matt getan hatte. „Sie sagt da schon was Richtiges."

Er schüttelte sie ab. „Auf wessen Seite stehst du?"

„Auf deiner natürlich. Aber ..." Sie verstummte unter seinem vernichtenden Blick.

„Sie gehen besser, bevor ich die Geduld verliere", sagte Mr. Fuller zu Matt.

„Wir sind noch nicht mit unseren Fragen fertig", erwiderte Matt freundlich.

„Ich beantworte Ihre verdammten Fragen nicht!" Er ballte die Hände zu Fäusten.

Ich versuchte, Matt wegzuzerren, doch er blieb felsenfest stehen. Ich schaute zurück zur Tür, rechnete mir aus, wie lange ich brauchen würde, um die anderen zu holen. Cyclops' Anwesenheit insbesondere wäre erfreulich gewesen. Andererseits hatte Willie eine Schusswaffe.

„Sie waren eifersüchtig auf Mr. Pykes florierendes Unternehmen", fuhr Matt fort.

Ich verzog das Gesicht, fürchtete, den Riesen von einem Mann noch weiter aufzubringen.

Doch anstatt wütend zu werden, lachte der Mann. „Florierend? Er war bis über beide Ohren verschuldet. Er hat letztes Jahr einen neuen Webstuhl gekauft, weil er hoffte, die Dinge so zum Besseren zu wenden, aber dadurch ging er beinahe bankrott."

„Weshalb schlug er sich so furchtbar, wo er doch bessere Teppiche machte als seine Mitbewerber?", fragte ich.

„Weil er nicht meine Janey hatte, um sie zu verkaufen." Mr. Fuller legte seiner Frau eine Hand auf die Schulter. „Sie könnte einen Mann überzeugen, den Mond zu kaufen, wenn sie es sich in den Kopf setzt."

Sie lächelte zu ihm auf. „Ich tue mein Bestes."

„Hätte Pyke jemanden wie meine Janey, um seine Teppiche zu verkaufen, wäre er unschlagbar. Zu meinem Glück hat er das nicht. Er arbeitet persönlich im Ladengeschäft, und er ist kein sonderlich guter Verkäufer. Man braucht ein gewisses Talent, um die Kundschaft zu überzeugen, sich von ihrem Geld zu trennen, und Janey hat es."

Ich konnte nicht verhindern, dass ich noch einmal einen bissigen Kommentar abgab. „Sie wurde mit der Begabung geboren."

„Das stimmt."

„Man könnte sagen, für sie ist es so natürlich wie die Magie für einen Magier."

Mr. Fuller presste die Lippen aufeinander.

Seine Frau räusperte sich. „Die Sache ist die, nachdem Mr. Pyke sich in diesem Zeitungsartikel als Magier zu erkennen gab, hat er mehr Kundschaft bekommen. Ich sah den ganzen Tag Leute in seinem Laden ein- und ausgehen."

„Sie haben ihn ausspioniert?", fragte Matt.

Sie tat seine Frage mit einem Schulterzucken ab. „Wir hätten doch Kundschaft verloren. Es ist bereits ein Kampf, dass zwei Teppichläden so dicht beieinander sind, doch wenn es sich erweist, dass einer von ihnen überragende Teppiche herstellt, wären wir am Ende."

„Was hatten Sie denn deswegen vor?", fragte Matt.

„Nicht, ihn verschwinden zu lassen!"

„Wir hatten gar nichts vor", fügte Mr. Fuller an, der auf seine Füße hinabschaute.

„Nicht?", fragte Matt beiläufig. „Sie haben nicht mit der Gilde gesprochen und ihn hinauswerfen lassen?"

„Mein Mann würde das nie tun. Er würde nicht das Leben und den Unterhalt eines anderen ruinieren."

Das Problem mit einer Gesichtsfarbe wie der von Mr. Fuller war ihre Neigung, sogar beim leisesten Anlass zu erröten. Sein ganzes Gesicht wurde rosa. Er versuchte, es vor seiner Frau zu verbergen, aber sie sah es.

Sie stemmte die Hand in die Hüfte. „Du hast dem Gildemeister erzählt, dass Mr. Pyke Magier ist?"

„Es war zu spät", erklärte ihr Mr. Fuller. „Er wusste es bereits durch den Zeitungsartikel. Er und Mr. Abercrombie haben einige Veränderungen der Gildensatzung aufgesetzt, die es ihnen gestatten würden, Magier aus den Gilden zu entfernen."

Ich keuchte. „Abercrombie!"

Matt beruhigte mich mit einer Hand auf dem Rücken. „Was hat das mit ihm zu tun?", fragte er, seine Stimme so ruhig, dass es enervierend wurde.

Mr. Fuller schaute unsicher zwischen uns hin und her. „Er ist ein Berater, der die gesetzlichen Einzelheiten zur Verbannung von Magiern aus den Gilden darlegt. Er hilft den Gilden, Veränderungen in ihre Satzungen einzuschreiben, das hat mir der Meister erzählt."

„Sie sagten Gilden, Mehrzahl", bemerkte Matt zurückhaltend.

Mr. Fuller nickte. „Das stimmt. Er sucht alle Gilden Londons auf, bietet seine Dienste an. Er war früher Meister der Uhrmachergilde, wo sie sich dieses Problems bereits entledigt haben."

„Er ist dort nicht mehr Meister. Er wurde aus seiner leitenden Stellung geworfen, nachdem er hinterhältige Methoden eingesetzt hat." Matt nahm meine Hand und legte sie auf seinen Arm, und dann, mit seiner Hand auf meiner, lotste er mich weg.

Ich konnte die Vibration seines brodelnden Zorns spüren. Oder vielleicht war es mein brodelnder Zorn.

Ich hielt an der Tür inne und schaute über die Schulter auf das Paar, das uns mit verblüffter Miene beobachtete. Ich hob das Kinn, war mir bewusst, dass ich so versnobt wirken musste, wie Tante Letitia es von Zeit zu Zeit tat. Aber das war mir gleich. „Die Uhrmachergilde hat sich des Problems nicht *entledigt,* denn es gibt kein *Problem,* dessen man sich entledigen müsste." Ich marschierte aus dem Laden, machte mir nicht die Mühe, ihnen einen guten Tag zu wünschen.

KAPITEL 5

Ich gab Woodall den Auftrag, zu Mr. Abercrombies Laden in der Oxford Street zu fahren, nur um drei laute Beschwerden aus dem Inneren der Kabine kommen zu hören. Matt war rasch dort abgetaucht, um sich den anderen anzuschließen, und hatte es mir überlassen, Woodall Anweisung zu geben. Die Beschwerden handelten nicht davon, dass wir einen Mann aufsuchten, den wir alle verabscheuten. Es ging um etwas Wichtigeres für Willie, Cyclops und Duke – Essen.

„Es ist schon nach der Mittagszeit!", jammerte Cyclops. „Ich bin halb verhungert."

„Das liegt daran, dass du so groß bist, dass dich das Frühstück nur halb voll macht", sagte Willie. „Aber ich sehe das genauso, India. Ich habe auch Hunger."

„Können wir an einem Gasthaus oder einem Teeladen anhalten?", fragte Duke.

„Teeladen!", schnaubte Cyclops. „Da finde ich doch nichts, das mich zufriedenstellt."

Willie pflichtete bei. „Wir gehen nicht in einen Teeladen. Die sehen sich uns einmal an und stecken sich dann mit einem dieser Ohnmachtsanfälle an."

Duke verdrehte die Augen. „Man kann sich nicht mit Ohnmachtsanfällen anstecken."

„Auf jeden Fall", fuhr Willie fort, „Matt kann in der Öffentlichkeit nicht essen. Er ist da zu verwundbar."

Es schien aber, als müssten wir irgendwo essen, wenn wir Frieden haben wollten. Ich wies Woodall an, uns nach Hause zu fahren. Mrs. Potters Sandwiches würden gehen müssen.

Ich stieg in die Kabine und quetschte mich zwischen Duke und Willie. Matt setzte ein seltsames Lächeln auf, während er mich beobachtete. Ich fand nicht, dass unsere Begegnung mit den Fullers so eine fröhliche Miene verdient hatte, und sagte ihm das auch.

„Warum denn das?", fragte Willie.

„Sie waren selbstsüchtige Leute, die Magier aus der Gilde verbannen wollen", erwiderte ich. „Mrs. Fuller hat Mr. Pyke ausspioniert, und Mr. Fuller beschwerte sich über Mr. Pyke beim Meister der Wollgilde. Er fand heraus, dass Mr. Abercrombie dort war und Rat anbot, wie man die Satzung der Gilde verändern müsste, um Magier ausschließen zu können."

Willie verzog das Gesicht. „Darum siehst du also so glücklich aus, Matt?"

„Das ist kein Glück, das ist Stolz. India war umwerfend. Sie hat die Fullers auf ihren Platz verwiesen und ihnen gleichzeitig was gegeben, worüber sie mal nachdenken können. Sie hat vielleicht sogar dafür gesorgt, dass sie ihre Meinung über Magier ändern."

Seine Worte ließen mich erröten, wodurch sein Lächeln nur noch breiter wurde. „Vielleicht Mrs. Fuller, aber ihr Mann nicht."

„Unterschätze nicht den Einfluss einer Frau auf ihren Mann. Er ändert vielleicht seine Meinung noch." Er beugte sich vor und nahm meine Hand. Er holte sie an die Lippen und küsste mich leicht auf die Knöchel, dann ließ er los.

Mein Herz schwoll an. Ich hatte immer gewusst, dass ich Matt wichtig gewesen war, aber das war mehr. Er gab mir das Gefühl, dass ich etwas ausrichten konnte. Ich hatte Mrs. Fuller zu einem gewissen Grad beeinflusst, und sie könnte als Konsequenz daraus noch ihren Mann beeinflussen. Vielleicht konnten sie beide damit weitermachen, andere zu beeinflussen.

* * *

ABERCROMBIE'S FINE Watches and Clocks war an der gleichen markanten Ecke der Oxford Street, wo es schon seit Jahrzehnten war. Das Familiengeschäft war vom Vorgänger des derzeitigen Besitzers gegründet worden, der Fürsten und Adlige zu seiner Kundschaft gezählt hatte. Dass sie talentfrei waren, hatte das Familienunternehmen nicht daran gehindert, zu florieren, doch der Laden meiner eigenen Familie war im Vergleich klein geblieben. Dass er aus seiner Stellung als Meister der Ehrenhaften Gesellschaft der Uhrmacher gedrängt worden war, hatte Mr. Abercrombies Geschäft in keiner Weise geschadet. Im Laden war so viel los wie eh und je.

Am dichtesten an der Ladentür konnte Woodall neben einer weiteren geparkten Kutsche stehen bleiben. Matt huschte daran vorbei und über den Bürgersteig, mit Cyclops links an seiner Seite und Willie rechts, die Hand in die Tasche geschoben, damit sie rasch ihre Waffe zücken konnte, falls es nötig wurde.

„Weiterfahren!", rief der Kutscher, der hinter unserer Kutsche festhing.

Ich wies Woodall an, irgendwo an einer sicheren Stelle zu halten oder eine Schleife zu fahren, falls er das nicht konnte. Ich wartete, bis Duke auf einem weiteren Botengang um die Ecke einer Seitenstraße verschwunden war, bis ich den Laden betrat.

Es war ein Wunderland für eine Uhrmacherin, und ich blieb stehen, um die Wände voller Uhren und die Glasvitrinen mit den teureren Exemplaren zu bewundern, die mit Gold und anderen wertvollen Metallen verziert waren. Taschenuhren hingen an ihren Ketten an Ständern auf dem langen Tresen oder waren in luxuriöse Samtkissen in offenen Schatullen geschmiegt. Das Ticken von aberdutzenden Uhren war so harmonisch für mich wie eine Symphonie. Die beiden Standuhren legten den Grundrhythmus fest, der durch meine Knochen vibrierte, während die höhere Tonlage der kleineren an die Deckenhöhen schwebte.

Matt berührte mich an der Hand. „Bereit?"

Ich nickte und suchte nach Mr. Abercrombie, fand ihn zum gleichen Zeitpunkt, in dem er uns erspähte. Er hatte hinter seinen vier Ladenhelfern gestanden, jede ihrer Bewegungen beobachtet, während sie mit der Kundschaft interagierten, aber inzwischen kam er auf uns zu marschiert.

„Hinaus aus meinem Laden", zischte er.

„Nicht, bis Sie uns über Ihre Machenschaften mit der Wollgilde informieren", sagte Matt, der sich nicht die Mühe machte, die Stimme zu senken.

„Das geht Sie nichts an."

„Das tut es, wenn ein Mitglied dieser Gilde verschwindet."

Mr. Abercrombies Zwicker fiel ihm von der Nase, wo er heikel in der Balance gewesen war, seit er sich uns angeschlossen hatte. Er ließ ihn an der Kette um seinen Hals baumeln. „Werfen Sie mir irgendwas vor?"

„Sollen wir das in Ihrer Werkstatt besprechen, oder möchten Sie lieber hier draußen bleiben?" Matt lächelte und hielt einem Kunden die Tür auf, der ein kleines Päckchen hinausbrachte.

Mr. Abercrombie schnalzte mit der Zunge und marschierte weg zur Tür, die zur Werkstatt führte. Wir waren schon einmal in dem hinteren Raum gewesen, aber ich brauchte kurz, um mich daran zu erinnern. Oft hatte ich nicht die Gelegenheit gehabt, eine Werkstatt dieser Größe zu betreten. Sie war doppelt so groß wie die meines Vaters und Mr. Masons. Viele der Werkzeuge wirkten brandneu, und der angenehme Geruch von Metall und Holzpolitur hing in der Luft.

Mr. Abercrombie schickte seine drei Arbeiter durch die Hintertür, dann wandte er sich zu mir. „Ich habe nichts mit dem Verschwinden von jemandem aus der Wollgesellschaft zu tun. Wo ist Ihr Beleg? Nun? Ich will Beweise." Er klopfte mit der Spitze des Zeigefingers auf die Werkbank. „Zeigen Sie mir die Fakten."

Matt nahm eine kleine goldene Kutschuhr mit einem Perlmuttziffernblatt. „Sie waren bei allen Gildensälen, um sie zu beraten, wie sie ihre Satzungen ändern sollten, um Magier auszuschließen."

Mr. Abercrombie schnappte Matt die Uhr weg. „Und? Sie fordern einen Dienst, und ich liefere ihn."

„Man hat Sie im Saal der Wollgilde gesehen, am Tag, an dem das Mitglied verschwand."

„Abermals, und? Das ist nur ein Zufall. Das heißt nicht, dass ich an Mr. Pykes Verschwinden beteiligt war."

Matts Blick wurde schärfer. „Woher wussten Sie, dass er es war? Ich habe seinen Namen nicht erwähnt."

Mr. Abercrombie schniefte. „Ich habe davon gehört. Der Meister der Wollgilde hat mich in Kenntnis gesetzt. Überhaupt ist Mr. Pyke kein Mitglied der Gilde mehr."

„Mr. Pyke wurde erst heute Morgen von seiner Frau als vermisst gemeldet", erklärte ich. „Die Gilde hätte damals noch nichts von seinem Verschwinden gewusst."

Sein bleistiftdünner Schnurrbart zuckte vor Empörung. „Jemand hat sie wohl in Kenntnis gesetzt."

„Das stimmt vielleicht." Matt hob eine weitere Uhr auf, diesmal eine elegant gravierte Taschenuhr. Er warf sie von einer Hand in die andere, was Mr. Abercrombies Schnurrbart wieder zum Zucken brachte. „Aber weshalb sollte der Gildemeister Ihnen von Mr. Pykes Verschwinden erzählen? Wie Sie sagen, mit Ihnen hat das nichts zu tun."

Mr. Abercrombie schnappte sich die Uhr, doch Matt ließ sie nicht gleich los. Er beäugte Mr. Abercrombie unter gesenkten Wimpern hervor. Mr. Abercrombies Kehle bewegte sich, als er schwer schluckte, und Matt ließ die Uhr endlich los.

„Sind Sie Mr. Pyke begegnet?", fragte er.

„Nein."

„Wussten Sie, dass er ein Magier war?"

Mr. Abercrombie richtete die Schultern auf. „Ich habe keine Antwort auf Ihre Fragen. Sie sind nicht die Polizei. Ich möchte, dass Sie meinen Grund und Boden sofort verlassen." Er deutete auf die Hintertür, die auf die Gasse führte. „Hinten herum, damit Sie meiner Kundschaft keine Angst machen."

Willie nahm sich die erste Uhr, die Matt abgestellt hatte. Sie war eindeutig das teuerste Stück in der Werkstatt, das ich sehen konnte. Sie hob sie, bereit, sie auf dem Boden zu zertrümmern. „Beantworten Sie die Frage."

Mr. Abercrombie wurde blass. Um ehrlich zu sein, dieser Anblick ließ es mir auch leicht übel werden. „Wagen Sie es nicht", knurrte er sie an.

Sie lächelte nur. „Ihr Gesicht ist so charakteristisch. Es hat so eine Rattenart, die man sich leicht merkt. Ich wette, wenn ich Sie Mr. Pykes Nachbarn beschreibe, wissen sie, wen wir meinen."

Mr. Abercrombie schluckte wieder schwer.

„Sie haben gelogen", sagte ich. „Sie sind Mr. Pyke begegnet. Ich schätze, das war, nachdem er in der Zeitung als Magier enthüllt wurde."

Mr. Abercrombies Kinn spannte sich an. „Das ist Belästigung!"

„Haben Sie ihn in seinem Laden aufgesucht?", drängte Matt. „Oder haben Sie ihn getroffen, während er allein nach Hause ging, und haben ihn gezwungen, mit Ihnen zu kommen?"

Mr. Abercrombie empörte sich. „Ich bin nicht verantwortlich für das Verschwinden dieses Mannes. Jetzt gehen Sie, bevor ich die Konstabler hole." Er deutete auf die Hintertür, die nach draußen führte.

Matt öffnete die große Tür in den Laden. Cyclops ging voraus, und wir folgten ihm mit Willie als Nachhut. Sie blieb stehen, um ein Uhrenkabinett zu betrachten.

„Sie sehen so elegant aus", sagte sie laut. „Wie schade, dass sie nicht genau gehen."

Ich wollte nicht, dass Matt ging, bis wir die Kutsche gefunden hatten, aber er wollte nicht im Laden bleiben.

„Ist schon gut", protestierte er, während er mir nach draußen folgte. „Es sind zu viele Leute da, als dass der Schütze so ein Risiko auf sich nehmen sollte."

„Letztes Mal waren auch eine Menge Leute da", erklärte Willie.

Ein lautes Geräusch ließ uns alle in Matts Richtung hechten, um ihn abzuschirmen. Mein Herz schlug mir bis in den Hals, und die allzu vertraute eiskalte Angst wogte über meine Haut.

„Matt!", rief Willie. „Bist du verletzt? Hat es dich erwischt?"

„Mir geht's gut", knurrte er.

Duke kam aus der Seitenstraße zu uns gelaufen. „Ich habe einen Schuss gehört!"

„Es war kein Schuss." Cyclops nickte zur Kreuzung hin, wo zwei Gefährte zusammengestoßen waren. Eines der Pferde stampfte auf dem Boden auf, die anderen wirkten dahingegen furchtsam. Die Kutscher wollten sie beruhigen, während sie einander Anschuldigungen an den Kopf warfen. Die Passagiere beider Kutschen waren ausgestiegen. Sie wirkten betäubt, aber unverletzt.

Ich stieß einen bebenden Atemzug aus und nahm Matts Unterarme. „Dir geht es gut. Niemand wurde verletzt. Alles ist in Ordnung."

„Nicht für diese Fahrzeuge", sagte Duke.

Woodall fuhr die Kutsche vor, und wir stiegen rasch hinein. Als wir von der chaotischen Unfallszene und Mr. Abercrombies Laden abfuhren, spürte ich, wie endlich die Anspannung von meinen Schultern abfiel. Ich konnte Duke meine volle Aufmerksamkeit schenken, während er uns mitteilte, was er erfahren hatte.

„Abercrombie hat eine Kutsche, hat mir einer seiner Mitarbeiter erzählt", sagte er. „Heute war sie nicht da, da seine Frau und Mutter sie gebraucht haben, aber manchmal ist sie in der Gasse geparkt, wenn er sie an diesem Tag noch benutzen möchte. Gestern war sie da, aber nicht den ganzen Tag lang."

„Also könnte er durchaus derjenige gewesen sein, der Pyke um die Mittagszeit aufgesucht hat", sagte Matt.

„Wir können ihn als Verdächtigen nicht ausschließen", stimmte ich zu. Obwohl mir keine konkrete Motivation einfallen wollte, dass Mr. Abercrombie Mr. Pyke entführen sollte – oder Schlimmeres –, hieß das nicht, dass er es nicht getan hatte, weil er einfach keine Magier mochte.

Woodall hatte vorhin die Anweisung erhalten, uns zu unserem nächsten Ziel zu fahren. Wenn ich mich schon davor gefürchtet hatte, mich Mr. Abercrombie zu stellen, war ich in noch größerer Sorge, als ich den Bau von Lord und Lady Coyle betreten musste.

Duke und Cyclops blieben für dieses Treffen in der Kutsche, während Willie darauf beharrte, mit hinein zu kommen. „Es ist Zeit für den Nachmittagstee", sagte sie, als Matt ihr mitteilte, er brauche keinen Geleitschutz. „Und Hope ist eine gute Gastgeberin."

„Ihr Ehemann nicht", sagte ich, als der Bedienstete uns die Tür auf unser Klopfen hin öffnete.

Lord Coyle war nicht zu Hause. Ich schickte ein stummes

Dankgebet für unser Glück nach oben. Obwohl ich Hope nicht mochte, war sie nicht die Bedrohung, die der Earl darstellte. Ihre Gefährlichkeit für mich hatte ein Ende gefunden, als Matt und ich geheiratet hatten. Lord Coyles Gefährlichkeit bestand fort, war niemals weit entfernt.

Hope bot uns Nachmittagstee an, und Willie nahm rasch an, rieb sich die Hände, während sie sich setzte. „Ist das nicht schön. Wir ganzen Cousins und Cousinen zusammen bei einem schönen Tee."

Hopes Augenwinkel spannten sich an. „Sie und ich sind keine Cousinen, Miss Johnson."

„Nenn mich doch Willie. Also, Hope, was für einen Kuchen trägt deine Köchin denn auf?"

„Ich weiß es nicht." Sie wandte sich an Matt und lächelte. „Womit habe ich das Vergnügen denn verdient?"

„Es ist kein Freundschaftsbesuch", sagte er.

„Leider weiß ich das nur zu gut. Ich wünsche mir, du würdest hin und wieder herkommen, um mich zu besuchen, und nicht meinen Mann."

„Diesmal *sind* wir dich besuchen gekommen, aber es ist trotzdem kein Freundschaftsbesuch."

„Jetzt bin ich aber gespannt. Bin ich verdächtig in irgendeiner Ermittlung?"

„Wie kommst du denn darauf, dass wir in irgendwas ermitteln?", fragte er.

„Das tut ihr immer, und du kommst gewiss niemals her, außer du willst meinen Mann verhören."

Ein Bediensteter kam herein und trug ein Tablett mit Teeutensilien und Kuchen. Er stellte es auf dem Tisch ab und ging, wobei er die Tür schloss.

Hope schenkte den Tee ein. „Bedienen Sie sich am Kuchen, Miss Johnson."

Willie griff nach einem Teller. „Aber gerne, Cousine Hope."

Hope reichte Teetassen und Untertassen herum. Als sie bei Matt ankam, sagte er: „Alles in Ordnung?"

„Natürlich. Weshalb sollte es das nicht sein?" Ihr Tonfall war eine Herausforderung, fast eine Anklage.

„Weil du verheiratet bist mit …"

„Einem der reichsten, einflussreichsten Adligen des Landes?"
Sie setzte sich neben ihn und berührte ihn am Knie. „Mein lieber
Matt. Du beschützt deine Liebsten immer so sehr."

Er nahm ihre Hand und schob sie von seinem Knie. „Es ist
nicht leicht, diesen Mann zu lenken."

Sie nahm ihre Tasse. Ihr Blick war kalt, während sie über den
Rand zu ihm zurückschaute. „Er lässt sich überhaupt nicht
lenken."

„Das ist bestimmt schwer für dich", sagte ich.

„Bemitleide mich doch nicht, India."

„Tue ich nicht."

Sie nippte langsam. „Ich habe viel, um das ich dankbar sein
muss. Sogar jetzt noch."

„Jetzt noch?", wiederholte Matt.

Sie wedelte mit der Hand, die Bewegung war elegant und
träge. „Mit der Magie in der Öffentlichkeit nach dem Erscheinen
von Mr. Barratts Buch ist mein Mann noch leichter aufzubringen
als üblich. Er ist wütend darüber. Wirklich sehr wütend."

„Auf Barratt?"

„Ja, und auf Louisa. Tatsächlich sieht er sie als Haupttrieb-
feder hinter dem Buch. Er denkt, Mr. Barratt hätte es ohne sie
niemals fertig geschrieben."

Das stimmte, wenn man bedachte, dass Louisa Oscar seine
Anstellung gekostet hatte, um ihm mehr Zeit zu geben, das Buch
zu vollenden.

„Was unternimmt Coyle deswegen?", fragte Matt.

„Was kann er denn unternehmen? Das Buch ist erschienen.
Die Menschen sind sich bewusst, dass es Magie gibt. Tatsächlich
ist die ganze Stadt davon besessen. Er kann gegen diese Beses-
senheit überhaupt nichts unternehmen, außer seine Informationen über Magier zu bewahren, noch während sie sich in die
Öffentlichkeit stellen, um sich der ganzen Welt preiszugeben."

„Es ist für ihn sicher ärgerlich, dass sie es nicht zu schätzen
wissen, dass er die ganze Zeit über ihr Geheimnis bewahrte."

Sie lächelte schwach, ein ungnädiges Lächeln in ihre Teetasse.

„Ich mache mir Sorgen, dass er seinen Ärger an dir auslässt",
fuhr Matt fort.

Sie stellte die Tasse ab und betrachtete ihn voller Zuneigung.

„Vielen Dank, Matt, du bist so fürsorglich. Aber ich will dir versichern, ich kann zwar meinen Mann vielleicht nicht lenken – noch nicht –, aber ich weiß, wann ich ihm aus dem Weg gehen muss. Die Lage mag ja gerade stürmisch sein, aber ich sehe einen Weg in ruhigere Gewässer vor uns."

„Wie?", fragte Matt.

„Geduld." Sie lachte leise. „Das bedeutet der Name meiner Schwester, aber ich glaube, derzeit passt er besser zu mir. Sie sollte Hope heißen, denn Hoffnung ist alles, was sie noch hat."

„Du musst zu mir kommen, wenn du meine Hilfe brauchst."

„Liebster Matt, ich danke dir. Aber es wird mit der Zeit alles gut werden. Das siehst du schon."

Sie sprach beruhigend, als würde sie mit Kindern reden, die voller Angst mitten in der Nacht erwacht waren. Etwas daran war verstörend, insbesondere zusammen mit ihrem Versprechen, dass alles gut werden würde. Vielleicht war der Wahnsinn, der Charity im Griff hatte, doch eine Familieneigenschaft, hatte aber länger gebraucht, um in Hope an die Oberfläche zu kommen. Aber wo Charity wild war, war Hope berechnend.

„Bist du darum heute hergekommen, während mein Mann abwesend ist?", fragte sie. „Um nach mir zu sehen?"

„Wir wussten nicht, dass er nicht da sein würde", erklärte Matt.

„Ich dachte, ihr hättet vielleicht seinen Aufbruch abgewartet."

Willie schnaubte. „Wir haben nicht das Haus ausspioniert. Dafür haben wir keine Zeit." Sie runzelte die Stirn und tippte mit der Fingerspitze an die Seite der Tasse. Sie wirkte, als würde sie über diese Idee ernsthaft nachdenken.

„Wir sind hier, weil ein Magier vermisst wird", sagte ich. „Laut seines Bestellbuchs warst du eine seiner Kundinnen."

„Kein Wunder, dass ihr mich verdächtigt, da ihr alles über das Interesse meines Mannes an Magie wisst. Was für ein Magier ist der Vermisste? Ich habe in letzter Zeit viele neue Dinge gekauft, es könnte jeder sein." Sie wies auf den Salon, der seit ihrem Einzug ein feminineres Aussehen angenommen hatte, mit zarten Möbeln, helleren Decken und hübscheren Farben.

Ich trat von einem Bein auf das andere, fragte mich, ob der

Teppich einer von Mr. Pyke war. Falls ja, war er auch mit Magie durchwirkt worden? Ich würde es sicher wissen, wenn ich meinen Handschuh abnahm und ihn berührte, aber ich saß starr wie ein Brett auf dem Sessel und konzentrierte mich auf Hope.

„Mr. Pyke, der Teppichmacher, ist ein Wollmagier", erklärte ihr Matt.

„Ah, ja. Das wusste ich. Mein Mann hat mir seinen Namen gegeben, als ich sagte, ich wollte neue Teppiche."

Ich rutschte vor. „Coyle wusste, dass er Magier war?"

„Ja." Sie deutete auf das Sofa, auf dem Willie und ich saßen. „Der Möbelschreiner ist auch ein Schreinermagier, und die Frau, die die Stückarbeiten an meinen Kleidern vornimmt, ist eine Seidenmagierin, hat man mir gesagt."

Ich nahm meinen Handschuh ab und berührte das Holzbein des Sofas. „Darin ist keine Magie."

Ihre Augen waren zusammengekniffen, während sie mich beobachtete. „Ich weiß. Magie in den Gegenständen zu haben, war nicht wichtig, denn sie hält ja nicht. Aber die Gegenstände selbst sind ohnehin exquisit gestaltet, ob magisch oder nicht."

Der geschnitzte Löwenklauenfuß des Sofas war unfassbar lebensecht, und die Stickarbeiten an den Säumen ihres Kleides waren sehr gut für ein einfaches Tageskleid.

„Was hat dein Mann dir denn über Pyke erzählt?", fragte Matt.

„Das er ein Wollmagier ist und die besten Teppiche der Stadt macht. Er hat mir die Adresse seines Ladens gegeben."

„Hat er gesagt, wie lange er bereits wusste, dass Mr. Pyke ein Magier ist?"

„Nein. Weshalb?"

Hatte Coyle gewusst, dass Pyke ein Magier war, schon bevor er Fabian und mir bei der Schöpfung unseres neuen Zaubers geholfen hatte? Oder hatte Coyle erst nach einem Wollmagier gesucht, als er erfahren hatte, dass wir den Teppich zum Fliegen gebracht hatten? Ich versuchte, mich an das Datum ihrer Bestellungen zu erinnern, doch das konnte ich nicht.

„Wann hast du Mr. Pyke zum ersten Mal aufgesucht?", fragte ich.

„Es war gleich, nachdem wir aus unseren Flitterwochen zurückkehrten, vor etwa drei Wochen."

Das war, *bevor* wir Mr. Pyke gebeten hatten, uns zu helfen. „Und was war mit dem letzten Mal?"

„Daran erinnere ich mich nicht. Vor etlichen Tagen, glaube ich. Weshalb all die Fragen? Glaubt ihr wirklich, ich wäre der Grund, weshalb der Mann vermisst wird?"

„Wir müssen alle Möglichkeiten in Betracht ziehen", sagte Matt.

„Vielleicht hat er seine Frau verlassen."

„Das ist unwahrscheinlich."

„Weshalb? Weil er ein guter Mann ist und sie glücklich wirken?" Sie schnaubte. „Komm schon, Matt, du weißt, dass der Schein trügen kann und gute Männer ständig fehlgehen." Sie hielt ihren Teller mit den Kuchenstücken Matt hin. „Möchtest du?"

Matt lehnte ab. „Ich mag diese Geschmacksrichtung nicht."

Ich verbiss mir ein Lächeln.

Hope wollte den Teller auf den Tisch zurückstellen, doch Willie griff zu. „Ich mag diese Geschmacksrichtung. Tatsächlich mag ich alle Geschmacksrichtungen. Ich bin nicht sonderlich wählerisch."

Ich musste mir auf die Unterlippe beißen, um mein Lächeln in den Griff zu bekommen.

Matt war weitaus gefasster als ich. „Noch eines, bevor wir gehen. Hast du in letzter Zeit Louisa getroffen?"

„Nein. Mein Mann verabscheut sie und hat mir verboten, mich mit ihr anzufreunden. Das ist mir ganz recht. Sie wirkt nicht wie jemand, mit dem ich mich vertragen würde."

„Ach?", fragte ich. „Aber ihr seid euch so ähnlich."

Sie blinzelte mich an, als würde sie versuchen, herauszufinden, ob das eine Beleidigung war oder nicht.

„Lässt er dich andere Mitglieder des Clubs der Sammler als Freunde haben?", fragte Matt.

„Du lässt ihn wie einen Tyrannen klingen, der jede meiner Bewegungen beherrscht. Er hat mir zwar verboten, mich mit Louisa anzufreunden, aber ich bin ganz frei, mir Freunde zu suchen, wie immer ich möchte. Die Sache ist die, niemand in diesem lächerlichen Club interessiert mich. Sie sind entweder vulgär, langweilig oder töricht. Mrs. Delancey gleich alles drei."

„Stimmt", sagte Willie. „Sie ist noch schlimmer, wenn sie versucht, mich zum Unterzeichnen dieser verdammten Mäßigungserklärung zu bewegen."

„Was ist mit deinem Mann?", fragte Matt. „Lädt er jemanden aus dem Sammlerclub zum Dinner oder Gesellschaftsabend hierher ein?" Sein Beharren auf diesen Fragen war seltsam, aber ich brauchte nur einen Augenblick, um zu merken, was er herausfinden wollte.

„Mein Mann verabscheut gesellschaftliche Ereignisse, daher nein, er lädt niemanden hierher ein. Niemand besucht uns in geselliger Art. Die einzigen Leute, die herkommen, tun es wegen Geschäften. Gibt es jemand Besonderen, nach dem du fragen willst, oder willst du noch länger um den Namen herumschleichen?"

Sie war keine Närrin. Genau aus diesem Grund glaubte ich nicht, dass wir den Namen erwähnen sollten.

Matt hatte keine solchen Bedenken. „Sir Charles Whittaker."

„Ah. Der elegante Mann aus dem öffentlichen Dienst. Er kommt nicht ins Haus, außer es ist ein Ereignis des Clubs der Sammler."

Matt stand auf und hielt mir eine Hand hin, um mir aufzuhelfen.

Aber Hope war noch nicht fertig. „Mein Mann trifft sich allerdings mit ihm."

Matt setzte sich wieder. „Fahr fort."

Hopes Lippen hoben sich zu einem selbstgefälligen Lächeln. „Ich habe sie zusammen im Garten gesehen." Sie deutete auf das Fenster, das über die Straße und den privaten Garten des Belgrave Square hinausblickte. Der Garten war einzig und allein für die Bewohner der Anwesen darum herum benutzbar.

„Wann war das letzte Mal, dass du ein Treffen zwischen ihnen dort beobachtet hast?", fragte Matt.

„Vor drei Nächten."

Das war später, als Whittaker uns hatte glauben lassen. Tatsächlich hatte er gesagt, es hätte nur dieses eine Treffen vor etlichen Wochen gegeben.

„Es war doch nachts bestimmt dunkel", erklärte Matt. „Wie hast du sie gesehen?"

„Ich sah meinen Mann das Haus verlassen, doch in die Kutsche stieg er nicht. Er überquerte die Straße und betrat den Garten. Das hielt ich für so seltsam, dass ich ihm folgte."

„Du spionierst deinem Mann nach?", fragte ich.

„Ich war besorgt um seine Gesundheit. Es geht ihm nicht gut, und die kalte Nachtluft ist nicht gut für seine Brust. Ich habe ihn aber nicht zur Rede gestellt, als ich sah, dass er sich mit Sir Charles traf. Ich hielt es für das Beste, sie sich selbst zu überlassen." Sie strich mit den Händen über ihren Schoß, dann legte sie sie aneinander, das Musterbeispiel einer unterwürfigen Ehefrau. „Hilft das bei deiner Ermittlung, Matt?"

Matt erhob sich. „Vielen Dank für den Tee."

Sie läutete dem Butler, der uns hinausbrachte. Sobald wir im Inneren der Kutsche saßen, schnaube Willie laut und richtete ihren Hut. „Das war komisch."

„Ist es das nicht immer?", fragte Duke.

„Diesmal war es komischer. Hope hat uns erzählt, dass Coyle sich nachts mit Whittaker im Park getroffen hat."

„Whittaker hat uns angelogen", sagte Matt. „Aber noch wichtiger, wer hat das Treffen angeregt? Und weshalb?"

„Ich halte das nicht für die wichtigste Frage", sagte ich. „Ich glaube, wir sollten uns fragen, weshalb Hope es uns erzählt hat. Sie hätte es uns doch nicht nur erzählt, weil wir darum bitten. Also lautet die Frage, was hat sie davon?"

Es war eine Frage, die niemand beantworten konnte.

KAPITEL 6

Sir Charles Whittakers Vermieterin setzte uns in Kenntnis, dass er noch nicht von der Arbeit zurückgekehrt war. Wir warteten über eine halbe Stunde in der Kutsche, bis sein neues Gefährt endlich vor der Häuserreihe vorfuhr. Er stieg aus, eine Zeitung in einer Hand und einen Gehstock in der anderen. Wir waren ziemlich sicher, dass uns niemand gefolgt war, darum machte ich mir keine zu großen Sorgen, als Sir Charles uns nicht gleich nach drinnen bat, als wir uns näherten. Er wirkte, als wolle er diese Unterhaltung zu gerne auf dem Bürgersteig führen.

Cyclops hatte andere Vorstellungen. „Macht es Ihnen was aus, wenn wir reinkommen? Hier draußen ist alles zu offen."

„Ist Ihr Leben immer noch in Gefahr?", fragte Sir Charles Matt.

„Der Schütze wurde nicht gefasst", erwiderte Matt.

Sir Charles steckte sich die Zeitung unter den Arm und ging voraus die Stufen hinauf, setzte dabei seinen Gehstock ein. Er brauchte den Stock nicht. Der war reine Dekoration. Es war heutzutage ein gebräuchliches Accessoire für Männer, aber ich war froh, dass Matt dieser Modeerscheinung nie erlegen war.

Sir Charles bat die Vermieterin, Tee in seinen Salon hinaufzubringen, doch Matt lehnte ab. „Wir bleiben nicht lang."

Oben blieb Duke auf dem Absatz, wo er sicherstellen konnte,

dass die Vermieterin nicht lauschte, während Cyclops und Willie sich uns im Salon anschlossen. Sir Charles legte die Zeitung ab, die er getragen hatte, und lehnte seinen Gehstock an den Sessel.

„Geht es um den vermissten Wollmagier?", fragte er, während er andeutete, dass wir uns setzen sollten.

„Woher wissen Sie von ihm?", fragte ich.

„Es ist meine Aufgabe, das zu wissen."

Ich wartete, doch er gab mit seinem geschmeidigen Auftreten und dem gleichmütigen Blick nichts preis. „Wissen Sie, was mit ihm passiert ist?"

Er zögerte, bevor er den Kopf schüttelte. „Nein."

Damit war ich zufrieden, doch Matt nicht. „Haben Sie eine Meinung dazu?"

Sir Charles' Lächeln kehrte zurück. „Ja, aber ich behalte sie gern vorerst für mich. Da es nur eine Meinung ist, könnte sie Sie auf den falschen Weg in Ihrer Ermittlung bringen, und das will niemand."

„Falls ich herausfinde, dass Sie etwas mit seinem Verschwinden zu tun haben, oder entscheidende Informationen zurückgehalten haben, werde ich sicherstellen, dass Ihr Leben unangenehm wird."

Willie öffnete ihre Jacke, um ihre Waffe zu zeigen. „Sehr unangenehm."

Sir Charles hob ergeben die Hände. „Verstanden. Also, wie kann ich Ihnen helfen?"

„Sie haben uns über die Treffen mit Coyle belogen", sagte Matt. „Sie haben behauptet, Sie hätten nur das eine Mal Informationen mit ihm geteilt. Zufällig wissen wir, dass Sie ihn öfter trafen als das. Ziemlich kürzlich sogar."

Sir Charles blinzelte rasch, der einzige Hinweis darauf, dass wir ihn unvorbereitet erwischt hatten. „Weshalb sollten Sie das sagen?"

„Man hat Sie gesehen."

„Wer denn?"

„Das spielt keine Rolle. Weshalb haben Sie uns angelogen?"
Sir Charles blieb stumm.

„Welche Informationen haben Sie mit ihm ausgetauscht?", drängte Matt.

Sir Charles antwortete nicht.

„Arbeiten Sie für ihn?"

„Nein!"

„Dann verraten Sie uns, weshalb Sie sich insgeheim mit ihm im Dunkeln trafen?"

Sir Charles strich mit der Seite des Zeigefingers über seine Oberlippe und schaute weg.

Cyclops rammte die Faust in den Tisch, sodass die hölzerne Fläche splitterte.

Sir Charles sprang auf. Als ihm klar wurde, dass Cyclops ihm seine Faust nicht ins Gesicht rammen würde, setzte er sich wieder.

„Tut mir leid", murmelte Cyclops. „Aber ich habe die Geheimnisse satt. Wir wollen direkte Antworten, und wir wissen, dass Sie sie uns geben können."

Willie klopfte ihm auf die Schulter. „Treiben Sie's nicht zu weit mit ihm", sagte sie zu Sir Charles. „Sie wollen ihn nicht erleben, wenn er wütend wird."

Cyclops warf ihr einen Seitenblick zu.

Der arme Cyclops war bestimmt verärgert, dass er den Tag mit uns verbracht hatte, wenn es doch Catherine hätte sehen können. Die Lage mit Catherine ging ihm wohl näher, als uns klar gewesen war. Er wurde sonst nie ausfallend.

Sein Ärger war verständlich. Wenn die Masons ihn nicht akzeptierten, war seine Zukunft mit Catherine unsicher. Cyclops würde nicht wollen, dass sie von ihrer Familie entfremdet wurde, und er könnte die Beziehung wohl sogar aufgeben und denken, er würde tun, was das Beste für sie war. Vielleicht sollte ich mit ihm reden oder sie warnen.

Matt beugte sich vor. „Ich frage noch einmal, und diesmal erwarte ich eine Antwort. Falls nicht, schießt Willie Ihnen in den Fuß."

Ich schluckte mein Keuchen.

Willie zog ihre Waffe und legte sie sich aufs Knie.

Sir Charles zerrte an seinem Kragen und dehnte den Nacken. „Also gut, ich sage es Ihnen. Aber es verlässt diesen Raum nicht. Mein Vorgesetzter darf es nicht erfahren. Verstehen Sie das?"

Matt lehnte sich wieder im Sessel zurück. „Verstanden."

„Sie wissen bereits, dass ich als Beobachter für das Innenministerium arbeite. Ich bekomme gesagt, wen ich beobachte, und berichte meine Erkenntnisse. Einige Jahre lang hatte ich den Auftrag, Magier zu beobachten, und die Menschen, die sie unterstützen."

„Den Club der Sammler", sagte ich gehaucht. „Darum sind Sie beigetreten."

„Ich habe das innerste Heiligtum des Clubs infiltriert, ja. Aber Coyle hat mich wohl überprüfen lassen. Entweder hat er herausgefunden, dass ich für das Innenministerium spioniere, oder es erraten. Einige Zeit hat er mich gezwungen, Informationen über bestimmte Magier, die ich herausfinde, an ihn weiterzugeben."

„Sie wie gezwungen?", fragte Matt.

„Mit Drohungen, meiner Mutter zu schaden. Sie lebt allein in Basingstoke."

Das war das erste Mal, dass er eine Familie erwähnte. Wir hatten uns gefragt, weshalb er keine Fotografien oder private Korrespondenz in seinen Räumlichkeiten aufbewahrte. Er hatte wohl die Existenz seiner Mutter aus genau diesem Grund geheim halten wollen – um sie vor Leuten wie Coyle zu schützen.

„Was für Informationen haben Sie in letzter Zeit an Coyle weitergegeben?", fragte Matt. Er zeigte keine Hinweise, dass Sir Charles' Notlage ihn berührte, aber ich wusste, dass er nicht gefühllos war.

„Ich habe ihm erzählt, dass Pyke bei Mr. Charbonneaus Wohnort zu Besuch war."

Ich stieß Luft aus. Kurz nach diesem Besuch hatte Coyle uns in einem Teppich davonfliegen sehen. Er hatte wohl die Verbindung hergestellt. „Sie könnten für Mr. Pykes Entführung verantwortlich sein!"

Sir Charles versteifte sich. „Ich trage keine größere Verantwortung als Sie, India."

Mir drehte sich der Magen um. Er hatte recht. Hätte ich nicht diesen Zauber geschaffen, wäre Mr. Pyke nichts Schlimmes zugestoßen, falls Coyle tatsächlich sein Entführer war.

Matt legte eine Hand über meine. „Das ist nicht fair", knurrte er.

„Ich wollte damit nur klarstellen, falls Coyle ihn entführt hat, hat er die Verantwortung", sagte Sir Charles. „Niemand sonst. Sie müssen nur beweisen, dass er es war, und er kommt in Schwierigkeiten mit dem Gesetz."

Willie schnaubte. „Klar. Beweisen wir es, oder?" Sie schnippte mit dem Finger. „Einfach so."

Sir Charles packte die Sessellehnen so fest, dass seine Handknöchel weiß wurden. „Der einzige Grund, weshalb ich Ihnen das erzähle, liegt darin, dass Sie mir helfen können. Helfen, mir Coyle vom Leib zu halten."

„Wie?", fragte Cyclops.

„Nehmen Sie die Informationen, die ich Ihnen gerade gegeben habe, und bringen Sie ihn hinter Gitter. Sie haben Kontakte zur Polizei, Glass. Gehen Sie zu ihnen und erzählen Sie alles, was Sie über Coyle wissen."

Matt schüttelte den Kopf. „Coyle ist ohne eindeutigen Beweis unantastbar."

„Dann beschaffen Sie sich den Beweis!" Sir Charles rieb sich mit der Hand den Mund. Sie bebte. „Tut mir leid. Verzeihen Sie meinen Ausbruch. Aber so kann ich nicht weitermachen. Je mehr Informationen ich an Coyle weitergebe, desto eher werden meine Vorgesetzten entdecken, dass ich sie hintergehe. Ich werde … aus meiner Stellung entfernt werden." Er schluckte schwer und zerrte abermals an seinem Kragen. „Und wenn ich mich weigere, Coyle Informationen zu geben, wird er meine Mutter verletzen. Ich bin in einer Lage, in der ich nicht gewinnen kann. Sie sind meine einzige Hoffnung. Das sehe ich jetzt."

„Es gibt nichts, was wir tun können", sagte Matt.

„Sie müssen es versuchen!"

„Weshalb?", fauchte Matt. „Weshalb sollten wir Ihnen helfen, nachdem Sie meine Frau an Coyle verraten haben?"

„Weil es das Richtige ist", sagte ich leise.

Sir Charles warf mir einen Blick mit von Herzen kommender Dankbarkeit zu und stieß einen bebenden Atemzug aus.

Matt jedoch wirkte wie ein Turm aus aufgestauter Energie. Sein Finger trommelte auf den Tisch, und seine Brust hob und senkte sich in tiefen Atemzügen. „Wir werden darüber nachdenken, was wir tun können, um zu helfen, aber machen Sie sich nicht zu viele Hoffnungen. Ich sehe noch keinen Weg aus Ihrer misslichen Lage heraus."

„Vielen Dank, Glass. Sie sind ein Mann von Ehre und Aufrichtigkeit."

„Danken Sie mir noch nicht. Erzählen Sie uns, was Sie über Indias geheimen Zauber wissen."

Sir Charles blinzelte rasch bei dem Themenwechsel. „Wenn man bedenkt, dass Pyke gesehen wurde, wie er Charbonneaus Haus verließ, schätze ich, Sie haben nach einem Zauber gesucht, bei dem es um einen Teppich geht, denn Teppiche sind seine Spezialität. Stimmt das, India?"

Ich zögerte, nicht sicher, wie viel ich ihm sagen sollte.

Matt hielt sich allerdings nicht zurück. „Es war ein Flugzauber. Sie hat einen Teppich von hier nach Brighton fliegen lassen, der vier Passagiere befördert hat."

Sir Charles' Augen wurden weiter aufgerissen. „Verflixt und zugenäht."

„Der Zauber wurde aus Charbonneaus Wohnung von Mrs. Trentham gestohlen. Wissen Sie, ob Coyle sie dazu gebracht hat, ihn zu stehlen?"

Sir Charles schüttelte den Kopf. „Wir haben sie nicht beobachtet. Wir wussten nicht mal, dass sie Magierin war. Das ist etwas, das Coyle auf eigene Faust herausfand." Er runzelte die Stirn. „Wenn er den neuen Zauber hat, und jetzt auch noch Pyke, heißt das, er kann noch einen Teppich fliegen lassen?"

„Das ist zweifelhaft", sagte ich. „Ich glaube nicht, dass Pykes Magie stark genug ist. Er könnte auf jeden Fall keinen Teppich mit etwas Schwerem darauf fliegen lassen, wie Passagieren. Der Teppich braucht feste Verstrebungen, um das zusätzliche Gewicht zu tragen, und der Zauber muss auch vom entsprechenden Magier auf die Verstrebungen gewirkt werden." Ich erzählte ihm nicht, dass ich das ohne die Mithilfe von Fabian oder eines anderen Magiers erreichen konnte. Er brauchte nicht zu wissen, wie stark meine Magie war.

„Das ist eine Erleichterung. Ich war besorgt, dass Coyle ihn als Fluggerät einsetzen würde, um …" Er hob die Schultern zu einem eleganten Zucken.

„Um was zu tun?"

„Ich weiß es nicht. Wozu braucht man etwas Fliegendes? Um rasch von einem Ort an den anderen zu kommen, schätze ich."

Es wäre lukrativ für Coyle, wenn er den Zauber irgendwie gewinnbringend einsetzen konnte. Aber es gab auch eine noch gefährlichere Vorstellung. Der fliegende Teppich konnte benutzt werden, um eine Bombe auf Gebäude darunter zu werfen. Ich konnte mir nicht vorstellen, weshalb Coyle das tun wollen könnte, aber ich tat auch nicht so, als würde ich seine Pläne kennen. Womöglich tat er es einfach nur, um zu sehen, ob es getan werden konnte.

Oder er könnte es tun, um mehr Macht für sich zu erlangen.

* * *

NACH DEM LANGEN und sorgenvollen Tag, den wir erlebt hatten, brauchte ich ein wenig Aufmunterung, darum freute ich mich, als Lord Farnsworth rechtzeitig zum Dinner eintraf. Seine respektlose Gesellschaft war genau das richtige Tonikum für mich. Es spielte keine Rolle, worum die Unterhaltung ging. Solange Lord Farnsworth daran beteiligt war, würde ich lachen können.

Matt schien auch Ablenkung zu brauchen. Obwohl er behauptete, Seine Lordschaft enervierend zu finden, fiel mir auf, dass er nicht mehr versuchte, ihm aus dem Weg zu gehen. Tatsächlich suchte er ihn auf, um ihn in ein Gespräch zu verwickeln.

„Ich habe heute einen Brief von Ihrer Tante erhalten, Glass", sagte Lord Farnsworth beim Abendessen.

Wir schauten alle zu Tante Letitia. „Ich erinnere mich nicht, Ihnen einen Brief geschrieben zu haben", sagte sie.

„Er kam von Lady Rycroft", fuhr er fort.

Willie gab ein angeekeltes Geräusch tief in der Kehle von sich. „Was wollte die denn?"

„Sie hat mich nächste Woche zum Dinner eingeladen." Er tupfte sich den Mundwinkel mit der Serviette. „Natürlich gehe ich nicht hin. Ich habe entsetzliche Angst, wieder in die Falle getrieben zu werden."

„In die Falle?", fragte Brockwell. Auch er war beim Abendessen eingetroffen, und wir hatten neben Willie einen Platz auf dem Tisch für ihn geschaffen.

„Charity hat mich gestern Abend in ein Zimmer gezerrt und die Tür geschlossen. Es war furchterregend. Hätte India mich nicht gerettet, hätte ich heute Morgen als verlobter Mann aufwachen können."

„Das klingt für mich gar nicht so schlecht", sagte Brockwell. Er schnitt sorgfältig den Deckel von seiner Pastete und schaute nicht auf, um die Wirkung seiner Worte auf Willie zu sehen.

Ihre Augen wurden groß, und ihre Wangen röteten sich.

Lord Farnsworth bedeutete Bristow, mehr Wein in sein Glas zu schenken. „Es hängt von der Verlobten ab. Charity Glass ist nicht die Art Mädchen, an die sich ein Mann gebunden sehen möchte." Er deutete an der Schläfe einen kleinen Kreis an.

Brockwell legte den Pastetendeckel beiseite und stieß die Gabel in die Pastete, um Fleisch herauszuschaufeln, als wäre es Suppe. „Stimmt schon. Sie sollten sich ein Mädchen suchen, das besser zu Ihrem Temperament passt, mein Lord."

„Das haben mir schon alle am Tisch gesagt. Manche haben sogar eine gute Freundin vorgeschlagen." Sein erheiterter Blick richtete sich auf Willie.

Ihre Augen wurden sogar noch größer, bis ich mir schon Sorgen machte, sie hätten Schaden genommen.

Brockwell tauchte mit der Gabel wieder in die Pastete ab. „Eine gute Freundin ist eine hervorragende Wahl. Ein Paar sollte doch vor allem anderen befreundet sein. Die Ehe ist immerhin fürs ganze Leben, und ein Leben verbringt man lieber mit jemandem, dessen Gesellschaft man genießt."

Lord Farnsworth nickte dazu. „Das ist ein exzellenter Punkt, Inspektor. Die Ehe ist für eine lange Zeit. Eine schrecklich lange Zeit. Man möchte doch kein Leben mit einer langweiligen Frau verbringen. Ich würde das auf jeden Fall nicht wollen. Was meinst du, Willie?"

Sie schnappte sich ihr Weinglas und leerte es.

Duke lachte leise. „Also würden Sie nach einer Frau außerhalb Ihres eigenen Standes suchen?"

„Guter Gott, nein." Lord Farnsworth wirkte entsetzt. „Glass mag ja so mutig sein, sich gegen die Konventionen zu wenden, doch ich bin das nicht."

„Ich bin Amerikaner", sagte Matt. „Konventionen treffen auf mich nicht zu." Er zwinkerte mir zu.

„Schon richtig", sagte Tante Letitia, als hätte sie niemals Einwände dagegen gehabt, dass ich Matt heiratete.

Willie stieß angehaltene Luft aus und aß weiter.

Brockwell schloss mit dem Innenleben der Pastete ab, wodurch nur die Schale blieb, die er entzweischnitt. „Was meinst du, Willie? Dazu, einen guten Freund zu heiraten?"

„Ich, äh ..."

„Ich glaube, sie braucht noch was zu trinken", sagte Duke, der Bristow einen Hinweis gab.

Willie vermied es, das restliche Essen lang Brockwell zu antworten, doch sie konnte ihm danach nicht aus dem Weg gehen. Ich sah, wie er sie an der Hand nahm und leise mit ihr sprach, ehe wir aus dem Esszimmer gingen. Sie schlossen sich uns nicht im Salon an.

Fünf Minuten später kam Bristow mit Kognakgläsern auf einem Tablett an. „Der Kriminalinspektor hat mich gebeten, Ihnen für das Essen zu danken und Sie in Kenntnis zu setzen, dass er sich unwohl fühlt. Er ist gerade gegangen."

„Wie seltsam", sagte Tante Letitia mit einem Stirnrunzeln.

„Und Miss Johnson hat sich in ihr Zimmer zurückgezogen", schloss Bristow.

„Noch seltsamer." Sie wartete, bis er gegangen war, ehe sie sich an mich wandte. „Was glaubst du, was da vorgeht, India?"

„Ich glaube, wir sollten abwarten, bis Willie uns das zu einem Zeitpunkt ihrer Wahl erzählt."

Lord Farnsworth zog eine Schnute. „Sie hätte doch heute Abend mit mir ausgehen sollen." Er wandte sich an Duke und Cyclops, die Seite an Seite am Kamin standen. „Ich nehme nicht an, dass von euch einer mitkommt? Willie und ich haben so einen Laden mit wilder Anmutung gefunden, wo mit hohen

Einsätzen Poker und Bakkarat gespielt wird. Ihr würdet hervorragend hineinpassen."

Cyclops schüttelte den Kopf. „Ich muss morgen arbeiten."

„Ich komme mit", sagte Duke. „Ich gehe nicht oft ohne Willie aus. Das wird eine schöne Abwechslung." Er klopfte Lord Farnsworth auf die Schulter. „Das sind einfach mal zwei Cowboys, die das Städtchen unsicher machen."

Lord Farnsworth pflückte Dukes Hand von seiner Schulter. „Ich bin kein Cowboy, und das ist kein Städtchen. Aber Sie haben recht. Es wird eine schöne Abwechslung, mal ohne Willie auszugehen. Sie hat einen ziemlich schlechten Einfluss auf mich. Sie bringt mich dazu, viel zu viel Geld auszugeben."

„Sie sollten mir Ihr Geld geben, damit ich darauf aufpasse. Ich werde mich für Sie gut darum kümmern."

„Wie merkwürdig. Genau das sagt sie auch."

Sie gingen, und wir übrigen zogen uns für den Abend zurück. Ich gähnte, während ich neben Matt ins Bett stieg und mich an ihn schmiegte, um es warm zu haben.

Er küsste mich oben auf den Kopf. „Alles in Ordnung, Mrs. Glass?"

„Du meinst, abgesehen davon, dass sich mir der Kopf wegen des Gesprächs mit Sir Charles heute dreht?"

„Es war eine interessante Unterhaltung. Glaubst du, wir können ihm vertrauen?"

„Du kannst diese Frage besser beantworten als ich. Du kannst den Charakter eines Menschen hervorragend einschätzen, Matt."

„Genau wie du." Er neigte mein Kinn, damit ich ihn anschaute. „Zweifle nicht an dir, India. Du warst heute wunderbar. Diese ganze Ermittlung wurde von dir vorangetrieben. Ich bin nur dabei."

Ich stützte mich auf einen Ellbogen und spähte zu ihm hinab. „Glaub das bloß nicht. Du bist dafür sehr wichtig, genau wie für jede Ermittlung. Und du bist mir sehr wichtig."

„Das weiß ich. Aber es ist auch gut, zu wissen, dass du stark genug wärst, um weiterzumachen, wenn ich nicht da wäre."

Er drehte das Gas der Lampe ab, sodass ich in die Dunkelheit starren musste, mit einem hohlen Gefühl im Bauch.

* * *

DA WIR SO WENIGE Hinweise hatten, schickte Matt Willie, um den Tag über Mr. Abercrombie zu beobachten. Falls er beim Verschwinden von Mr. Pyke die Hände im Spiel hatte, suchte er womöglich den Ort auf, an dem der Teppichmacher festgehalten wurde. Es wäre eine unwahrscheinliche Fügung, aber es war immerhin etwas.

Matt und ich suchten Mrs. Pyke zu Hause auf. Sie lotste uns in den Salon vorne in dem kleinen Haus mit seinem exquisiten Orientteppich. Ich wollte meinen Handschuh abnehmen und mit den Fingern durch das üppige Garn streichen, hielt mich aber zurück und brachte ein sanftes Lächeln für Mrs. Pyke zustande.

Die arme Frau wirkte, als hätte sie die ganze Nacht nicht geschlafen, und ihre Augen waren gerötet vom Weinen. Ich setzte sie sofort darüber in Kenntnis, dass wir nichts Neues über ihren Mann hatten, damit sie sich keine Hoffnungen machte. Ihr Gesicht erschlaffte, und sie suchte in der Tasche ihrer Schürze nach einem Taschentuch.

„Wir gehen für Sie zur Polizei", sagte ich. „Wir haben Kontakte nach Scotland Yard."

Sie tupfte sich die Augenwinkel. „Das würde helfen. Sie werden sie eher zur Kenntnis nehmen als mich."

„Wir würden gerne die Sachen Ihres Mannes durchgehen", sagte Matt. „Seine persönlichen Papiere, Briefe, Tagebücher ..."

„Er ist kein großer Briefschreiber", sagte sie entschuldigend. „Und er führt zu Hause kein Tagebuch, nur ein Terminbuch im Laden." Sie entschuldigte sich und kehrte ein paar Minuten später mit einer kleinen Sammlung Korrespondenz zurück. „Das ist alles, was er hat. Es sind nur ein paar Briefe von Freunden, glaube ich. Nehmen Sie sie mit. Zeigen Sie sie der Polizei. Ich hoffe, sie sind hilfreich."

Matt nahm sie an, und wir gingen mit dem Versprechen, sie auf dem Laufenden zu halten, sobald wir Neuigkeiten hörten. Nachdem wir die Straße in beide Richtungen entlang gesehen hatten, eilte Matt rasch über den Bürgersteig zur wartenden Kutsche. Duke hielt ihm die Tür auf und reichte ihm eine helfende Hand, indem er ihn von hinten beim Einsteigen hineinschob.

Wir lasen uns auf dem Weg zu Scotland Yard Mr. Pykes Briefe durch. Es gab sehr wenige, nur sechs, aber zwei waren in derselben Handschrift verfasst. Ich öffnete den ersten und sah mir den Namen des Absenders an, bevor ich den Brief las.

„Na sieh einer an, das ist interessant. Er kommt von Mrs. Fuller."

Matt beugte sich dichter heran und spähte über meine Schulter. „Was steht darin?"

„Nichts wirklich Wichtiges. Sie spricht über das Wetter und wünscht ihm ein glückliches und gesundes Weihnachtsfest. Sie erwähnt jemanden namens Harriet, die Ärger mit einem Mann namens Wilson hat." Der Schreibstil war freundlich. Freundlicher, als ich es von der Frau von Mr. Pykes Geschäftsrivalen erwartet hätte.

„Was ist mit dem anderen Brief?", fragte Duke.

„Er ist auf zwei Wochen später datiert, gleich nach Weihnachten. Darin gibt es den neuesten Stand zur Lage von Harriet und Mr. Wilson, den sie anscheinend am Weihnachtsfeiertag getroffen hat. Der Rest liest sich wie Geschwätz über gemeinsame Freunde."

„Unterschreibt sie ihn auf vertraute Weise?"

„Nicht sonderlich: ‚Mit freundlichen Grüßen, Rosamund Fuller.'" Ich wünschte, wir hätten sie in Mrs. Pykes Anwesenheit gelesen, damit wir sie darüber befragen konnten. „Ich frage mich, ob Mrs. Pyke wusste, dass ihr Mann an Mrs. Fuller schrieb."

Duke schnaubte. „Ich bezweifle es. Welcher Mann mit Verstand würde seiner Frau erzählen, dass er sich freundlich mit einer jüngeren Frau stellt?"

Ich faltete den Brief. „Was habt ihr beiden entdeckt?"

„Nichts Wichtiges", sagte Matt.

Duke steckte den Brief in den Umschlag zurück, den er gelesen hatte. „Die sind von Freunden, die nicht in der Stadt leben. Darin steht nicht viel über irgendwas."

Woodall ließ uns so dicht am Eingang von Scotland Yard aussteigen, wie es nur ging, aber wir waren ziemlich sicher, dass uns niemand gefolgt war. Der Sergeant am Eingangstresen schickte einen Konstabler, um Kriminalinspektor Brockwell zu holen, obwohl wir sagten, dass wir den Weg zu seinem Bureau kannten.

Ich bedauerte, dass ich gestern Abend nicht mit Brockwell über den Fall gesprochen hatte. Ich bedauerte ebenfalls, dass ich mit ihm nicht mehr gesprochen hatte, nachdem er mit Willie geredet hatte. Ich war furchtbar neugierig auf ihre Unterhaltung, aber ich hielt es nicht für den richtigen Ort oder Zeitpunkt, ihn jetzt zu fragen, an seinem Arbeitsplatz.

Brockwell begrüßte uns und brachte uns zurück in sein Bureau. Er setzte sich schwer hinter den Schreibtisch, mit einem lauten Seufzen. Wie Mrs. Pyke wirkte er erschöpft, als hätte er kaum geschlafen. Obwohl er meistens zerrauft wirkte, war es heute sogar noch schlimmer. Er hatte sich nicht rasiert, und seine Krawatte saß schief, seine Haare waren nicht gekämmt. Ich brauchte all meine Entschlossenheit, um mich nicht über den Schreibtisch zu beugen und ihn ein wenig zurechtzumachen.

„Geht es um den Pyke-Fall?", fragte er.

Matt erzählte alles, was wir über Mr. Pykes Verschwinden wussten, darunter die neueste Entwicklung mit der Privatkorrespondenz mit Mrs. Fuller.

Trotz seiner zerrupften und müden Erscheinung schenkte uns Brockwell seine ganze Aufmerksamkeit. Er stellte immer die Arbeit an die erste Stelle, ganz gleich, was für ein Aufruhr in seinem Privatleben stattfand. „Glauben Sie, er ist mit ihr weggelaufen?", fragte er.

„Wir haben sie erst gestern gesehen", sagte Matt. „Sie hat ihren Mann nicht verlassen, aber vielleicht weiß sie etwas, weshalb sie uns das aber noch nicht gesagt hat, kann ich nicht ganz verstehen. Wir werden sie aufsuchen, nachdem wir hier aufbrechen."

„Was kann ich also tun?"

„Wir kommen weiter, wenn die Ermittlungen offiziell laufen. Sie können Männer schicken, um an Häfen und Bahnhöfen nachzusehen."

„Und mit Lord Coyle in offizieller Manier sprechen", fügte ich an.

Brockwell schaute mich mit hochgezogenen Augenbrauen an. „Coyle wird meinesgleichen nicht Rede und Antwort stehen. Außerdem wird er nichts sagen, was ihn bloßstellt. Er ist viel zu intelligent, um einen Fehler zu machen."

Matt erhob sich. „Tun Sie einfach, was Sie können."

Brockwell schüttelte uns die Hände und deutete dann auf die Tür. Matt und ich gingen nach draußen, aber Duke blieb zurück. „Also was haben Sie und Willie denn gestern Abend besprochen?", fragte er.

Brockwell kratzte sich die Koteletten. „Ich, äh, ich möchte darüber nicht sprechen."

Duke wirkte, als würde er widersprechen wollen, aber ich schob mich an ihm vorbei, um wieder ins Bureau zu gehen. „Lass ihn, Duke. Das geht uns nichts an." Ich richtete Brockwells Krawatte und tätschelte ihm dann die Schulter. „Aber wenn Sie mit mir über irgendwas reden müssen, was es auch ist, Inspektor, dann mache ich es gerne. Genauso Duke und Matt."

„Genau", sagte Duke.

Brockwell beäugte Matt.

Matt räusperte sich.

„Etwa nicht?", fragte ich nach.

„Natürlich", sagte Matt.

Sobald wir sicher wieder in der Kutsche saßen, fragte ich ihn, weshalb er gezögert hatte.

„Weil ich nicht glaube, dass ich eine tiefgründige Diskussion über ihr Liebesleben führen möchte. Sie ist meine Cousine. Manchmal bleibt man am besten unwissend."

Duke sah das nicht so. „Ich will wissen, was es ist, damit ich Willie sagen kann, dass sie falschliegt."

„Weshalb glaubst du, dass sie falschliegt?", fragte ich.

Er schaute mich an, als wäre ich töricht.

Ich seufzte. Er hatte recht. Es war vermutlich Willies Schuld. Aber ich würde im Zweifel noch zu ihr halten, vorerst.

Wir fuhren zum Laden und der Wohnstätte der Fullers, aber ich ging allein hinein. Nicht, weil es sicherer für Matt war, in der Kutsche zu bleiben, sondern weil die Unterhaltung eine weibliche Hand benötigte. Ich war unfassbarer glücklich, als ich sah, dass Mr. Fuller nicht anwesend war, obwohl ich annahm, dass er draußen in der Werkstatt war, da ich das Surren der Maschinen hörte.

Ich wartete, bis Mrs. Fuller mit einem Kunden fertig war, dann trat ich an den Tresen. Sie erkannte mich sofort und begrüßte mich steif. Falls sie sich Sorgen um das Verschwinden eines Freundes machte, zeigte sie es nicht. Stattdessen wirkte sie ungeduldig. Es stand ziemlich im Widerspruch zu der freundlichen Art, mit der sie sich in ihren Briefen an Mr. Pyke gewandt hatte.

Ich warf einen Blick zur Tür der Werkstatt, aber sie blieb geschlossen. „Ich habe eine heikle Frage, die ich Ihnen stellen möchte, Mrs. Fuller." Ich holte die beiden Briefe hervor und reichte sie ihr. „Um die geht es."

Sie drehte sie um und runzelte die Stirn. „Sie sind an Mr. Pyke adressiert, ohne Absender." Sie zuckte mit den Schultern. „Bitten Sie mich, die Privatkorrespondenz eines Mannes zu lesen, den ich kaum kenne?" Sie reichte mir die Briefe mit einem Kopfschütteln zurück. „Ich will das nicht. Tut mir leid, Mrs. Glass, aber ich verstehe nicht, wie Ihnen das helfen soll."

Ich nahm die Briefe nicht wieder zurück. „Erkennen Sie die denn nicht?"

Sie schaute sich erneut die Umschläge an. „Die Handschrift ist vertraut. Oh! Ich weiß, von wem die sind."

„Ja. Ihnen."

„Nein, Mrs. Glass. Sie sind von meiner Schwiegermutter."

Ich starrte sie an. „Ihr Name lautet nicht Rosamund?"

„Nein, ich bin Anne." Sie verzog das Gesicht. „Warum sind Sie hier? Weil Sie dachten, ich würde Mr. Pyke schreiben? Ich kann Ihnen versichern, ich kenne ihn kaum. Meine Schwiegermutter allerdings schon, über ihren verstorbenen Mann. Sie waren zusammen in der Gilde und haben sich gut verstanden." Sie warf einen Blick auf die Tür zur Werkstatt und beugte sich vor. „Das hatte alles ein Ende, als mein Mann das Geschäft übernahm. Das dachte ich zumindest."

„Wissen Sie, weshalb Ihre Schwiegermutter an Mr. Pyke schrieb?"

„Ich kann nur spekulieren", sagte sie zurückhaltend. Sie musterte die Briefe erneut, wirkte nun verführt, sie zu lesen.

„Wann hat Ihr Mann sie zuletzt getroffen?"

Sie griff sich an die Kehle, und ihr Blick hob sich zu mir. „Vor zwei Tagen. Mein Gott. Glauben Sie, sie sind zusammen weggelaufen? Mein Mann wird außer sich sein vor Wut."

„Können Sie mir bitte die Adresse aufschreiben? Wir suchen sie auf."

Sie kritzelte die Adresse unten auf einen Notizblock und riss das Blatt ab. Ihr Blick glitt wieder zur Werkstatttür, während die Maschine langsamer wurde und schließlich ganz anhielt. „Er wird ihr niemals vergeben."

Ich dankte ihr für die Adresse und erhob mich gerade, als die Werkstatttür sich öffnete und Mr. Fuller dort stand wie ein schwitzender Riese, sein Gesicht gerötet von den Maschinen und dem beengten Raum.

Ich eilte zur Eingangstür und trat hinaus. Die Tür schwang zu, aber nicht, bevor ich hörte, wie er seine Frau fragte, weshalb ich da gewesen war.

Ich gab Woodall die Adresse. Durch seine rasanten Fahrkünste und sein Expertenwissen über die Straßen der Stadt kamen wir fünf Minuten später an dem kleinen Haus an. Es war fast in jeglicher Hinsicht identisch mit Mrs. Pykes Haus, bis hin zu einem ähnlichen Orientteppich im Salon. Dieser war allerdings nicht so fein gemustert, und das Garn auch nicht so dick.

Ich war erleichtert, als ich Mrs. Fuller Senior sah, bis mir klar wurde, was das bedeutete. Sie und Mr. Pyke waren nicht zusammen weggelaufen, was wiederum hieß, dass Mr. Pyke wohl doch etwas Schreckliches widerfahren war. Ich freute mich aber gewissermaßen um Mrs. Pykes willen. Ich hatte ihn von Anfang an seiner Frau aus zweiundzwanzigjähriger Ehe gegenüber für treu ergeben gehalten, und ich war erleichtert, als ich sah, dass dieser Glaube sich auch bewahrheitete. Aber war es besser für sie, eine verlassene Frau zu sein, oder eine Witwe?

„Sie und Mr. Pyke sind befreundet", sagte ich und zeigte ihr die Briefe, nachdem wir uns vorgestellt hatten. „Sie schreiben einander."

Matt hatte sich dieses Mal dazugesellt, aber Duke blieb draußen. Matt schlug allerdings vor, dass ich den Großteil des

Gesprächs führte, in der Hoffnung, einer Frau würde sie sich anvertrauen.

„Das tun wir, ja." Die ältere Mrs. Fuller war eine hochgewachsene, fest gebaute Frau mit grauen Haaren, die zu einem straffen Dutt zurückgezogen waren. Sie hatte ein freundliches Gesicht, doch es war derzeit zu einem Stirnrunzeln verzogen, ihr Blick misstrauisch. „Worum geht es hier?"

„Mr. Pyke wird vermisst."

Sie legte sich eine Hand über den Mund, um das Keuchen zu unterdrücken. „Vermisst! Wie furchtbar! Seine arme Frau. Sie ist sicher außer sich vor Sorge."

„Wussten Sie es nicht?"

Sie schüttelte den Kopf und musterte die Briefe. „Hat Ihnen die Mrs. Pyke gegeben?"

„Ja. Er hat sie aufbewahrt, aber ich bin mir nicht sicher, weshalb. Wissen Sie es?", fragte ich sanft.

Ihr Stirnrunzeln wurde tiefer. „Wir sind nur befreundet. Mehr gibt es da nicht, falls Sie das nahelegen. Der Mann ist verheiratet, um Himmelswillen. Mrs. Pyke ist eine wunderbare Frau, sehr nett. Sie kann natürlich nicht lesen, aber das heißt nicht, dass sie töricht ist. Wenn sie nicht weiß, wo ihr Mann ist, weiß ich nicht, weshalb Sie glauben, ich könne helfen."

„Wir dachten nur, dass er sich, äh, Ihnen vielleicht eher anvertraut als ihr. Haben Sie irgendwelche Briefe von ihm?"

„Ich behalte sie nicht, für den Fall, dass …"

„Für den Fall, dass was?"

„Für den Fall, dass mein Sohn sie findet. Er verträgt sich nicht mit Mr. Pyke und würde unsere Freundschaft nicht verstehen. Er würde darin einen Verrat sehen. Deshalb habe ich ihm nie erzählt, dass Mr. Pyke und ich uns weiter schrieben, sogar nach dem Tod meines Mannes." Sie schüttelte den Kopf. „Und jetzt ist er weg, sagen Sie. Ich hätte nicht gedacht, dass er zu so etwas fähig ist, nicht gegenüber seiner Frau."

„Wir glauben, er wurde vielleicht entführt."

Sie blinzelte mich an. „Weshalb sollte ihn jemand entführen? Er ist nur ein Teppichmacher. Er ist nicht wichtig."

Matt meldete sich zum ersten Mal zu Wort. „Haben Sie in den Tagen vor seiner Entführung mit ihm gesprochen?"

Sie hob das Kinn. „Wir unterhalten uns nur in Briefen."

Ich wollte etwas sagen, aber Matt berührte mich an der Hand. „Das ist wichtig. Mrs. Fuller. Das muss auch niemand erfahren."

Sie blinzelte auf die Briefe in ihrem Schoß hinab. Ihr tiefes Seufzen ließ ihre Brust zusammenfallen, und sie sank auf das Sofa. „Ich habe ihn letzten Donnerstag in seinem Laden aufgesucht. Ich besuche ihn selten, wissen Sie, und da passiert auch nichts. Wir reden nur. Wir sind nur Freunde."

„Ich glaube Ihnen", sagte ich. „Als Sie ihn getroffen haben, wie wirkte er da?"

„Jetzt, da Sie es erwähnen, er war nicht ganz bei sich. Er machte sich Sorgen, dass man ihm folgt."

„Ein Mann, eine Frau? Jemand zu Fuß?"

„Es war ein Mann mit leicht grauen Haaren. Er fuhr in einer eigenen Kutsche."

„Hat er gesagt, in welcher?", fragte Matt. „Wie viele Pferde?"

Sie schüttelte den Kopf.

„Was ist mit dem Mann? War er dünn?"

Sie verzog das Gesicht noch mehr. „Ich weiß es nicht. Er hat es nicht gesagt."

Falls er vor ihr das graue Haar und sonst nichts erwähnt hatte, war das vielleicht sein einziges auffälliges Merkmal. Das schloss Coyle aus, aber sowohl Sir Charles als auch Mr. Abercrombie hatten angegrautes Haar. Genauso wie tausende weitere Männer.

Die Eingangstür wurde plötzlich in die Angeln zurückgeworfen, sodass mir das Herz bis zum Hals schlug. Matt schoss hoch, als der rotgesichtige Mr. Fuller in den Salon stürmte, seine Hände zu Fäusten geballt. Er blockierte den Eingang völlig, und ich konnte Duke nicht sehen.

„Tut mir leid, Matt", ertönte Dukes Stimme hinter Mr. Fuller. „Ich habe versucht, ihn aufzuhalten."

Mr. Fuller bleckte die Zähne zu einem Knurren, aber es war an seine Mutter gerichtet, nicht an Matt oder mich. „Was ist mit diesen Briefen, Ma? Weshalb hast du hinter meinem Rücken an Mr. Pyke geschrieben?"

Mrs. Fuller erhob sich und machte nur einen Schritt auf ihren Sohn zu. „Es ist nichts."

„Es ist nicht nichts."

„Lass es mich erklären."

„Was erklären? Dass du mich verraten hast? Das Gedenken an meinen Vater verraten?"

„Das ist gar nicht …"

„Versuch nicht, so zu tun, als wäre nichts."

„Es ist nichts", sagte sie erhitzt.

„Ich sagte, tu nicht so!"

Mrs. Fuller fasste sich an die Kehle. Sie wirkte, als würde sie gleich in Tränen ausbrechen.

Mr. Fuller machte einen Schritt auf sie zu, aber Matt verstellte ihm den Weg. Das Gesicht des Teppichmachers wurde noch röter. „Aus dem Weg!"

„Nicht, bis Sie sich beruhigen", sagte Matt.

„Nicht, Matt", flüsterte ich. „Das geht uns nichts an."

Er wandte sich zu mir. „India …"

„Vorsicht!"

Mr. Fuller setzte zu einem Schlag auf Matts Gesicht an.

KAPITEL 7

att duckte sich unter Mr. Fullers Faust.

Mr. Fuller kam aus dem Gleichgewicht, und Matt nutzte es aus. Er packte Mr. Fullers Arm und verdrehte ihn hinter dem Rücken. Duke fing das Handgelenk von Mr. Fullers linker Hand, bevor er noch einen Schlag austeilen konnte.

Mr. Fuller versuchte, sie abzuschütteln, aber sie beide hielten den wütenden Giganten fest. Mr. Fuller gab ein tiefes, verärgertes Knurren von sich, das sich an seine Mutter richtete.

Ich presste mir eine Hand auf mein schnell schlagendes Herz. Was für ein Glück, dass Matt so gute Reflexe hatte.

„Lass es mich erklären", sagte Mrs. Fuller zu ihrem Sohn.

„Was erklären? Wie du dich mit einem verheirateten Mann herumgetrieben hast?"

„Das reicht!" Mrs. Fuller kniff ihn ins Ohr und zog ihn hinab auf ihre Höhe. „Rede nicht so mit mir."

Er fuhr zusammen. „Au."

Sie ließ ihn los, starrte ihn aber weiterhin finster an.

Die kleine Gestalt der jüngeren Mrs. Fuller kam in den Salon gerannt, völlig atemlos. „Was für ein Glück. Ich hatte mir Sorgen gemacht, dass er was Schlimmes tun würde, wenn er hierherkommt." Sie ging zu ihrer Schwiegermutter. „Alles in Ordnung?"

„Das wird es, wenn mein dickköpfiger Sohn mal zuhört."

Mr. Fuller wehrte sich gegen Matt und Duke, aber sie waren gemeinsam zu stark für ihn.

Die ältere Mrs. Fuller nutzte den Augenblick der Stille, um zu sagen, was sie zu sagen hatte. „Es stimmt, ich habe seit einiger Zeit an Mr. Pyke geschrieben. Wir sind Freunde, mehr nicht. Er war ein Freund deines Vaters, und ich bin mit seiner Frau befreundet, und jetzt sind sie beide meine Freunde." Sie wedelte mit den Briefen vor seinem Gesicht „Lies sie doch. Sie zeigen dir, dass du dich töricht verhältst."

Mr. Fuller hörte auf, sich zu wehren. „Weshalb hast du dann an ihn geschrieben, nicht an seine Frau?"

„Weil sie nicht lesen kann."

„Oh."

Seine Frau stieß ihn in die Brust. „Was sagst du jetzt zu deiner Mutter?"

„Tut mir leid, Ma", murmelte er.

Sie legte eine Hand an ihr Ohr. „Ich kann dich nicht hören."

„Tut mir leid, Ma", wiederholte er lauter.

Mrs. Fuller Senior machte ein unwilliges Geräusch und verschränkte die Arme. „Du schuldest Mr. und Mrs. Glass eine Entschuldigung, und Ihrem Freund auch."

Er entschuldigte sich verlegen bei uns, und Matt und Duke ließen ihn los. Er zerrte an seiner Weste. Er war ohne sein Jackett aus dem Laden gegangen, die Ärmel immer noch bis zu den Ellbogen aufgerollt.

Seine Frau nahm ihn am Arm. „Wir müssen zurück. Ich habe die Kinder auf die Werkstatt aufpassen lassen. Bist du sicher, dass alles in Ordnung ist, Rosamund?"

„Das wird es, wenn sie den armen Mister Pyke finden." Sie fixierte ihren Sohn mit einem strengen Blick. „Du hast nichts damit zu tun, dass er vermisst wird, oder?"

„Nein!", rief Mr. Fuller. „Ich mag ihn nicht, aber wehtun würde ich ihm nicht."

Seine Mutter schnalzte mit der Zunge. „Du und deine wetteifernde Art. Es ist nicht deine Schuld, dass er wunderbare Teppiche herstellt. Wenn du wüsstest, was gut für dich ist, würdest du mit ihm Geschäfte machen, und keine Schwierigkeiten. Er könnte einen jungen, starken Mann wie dich in der Werkstatt brauchen, ganz zu schweigen von einem Gehilfen, der lesen und schreiben kann." Sie nickte zu ihrer Schwiegertochter hin, die das Nicken erwiderte.

Mr. Fuller neigte den Kopf, seine Aufregung und sein Zorn hatten keinen Wind mehr in den Segeln.

„Ich hoffe schon, dass es ihm gut geht", sagte Mrs. Fuller Senior. „Aber was ich nicht verstehe, weshalb sollte ihn jemand entführen? Oder ihn verletzen, was das angeht?"

„Weil manche in der Wollgilde ihn fürchten", sagte ich und mied es, zu ihrem Sohn und ihrer Schwiegertochter zu sehen. „Nachdem er in der Zeitung verlauten hat lassen, dass er ein Magier ist, haben sie alle Angst, dass er ihnen Kundschaft abzieht."

Mrs. Fuller Senior schnalzte mit der Zunge. „Der Gilde- meister ist ein Narr. Er sollte in aller Ruhe mit seinen Mitglie- dern sprechen und alle dazu drängen, sich mal hinzusetzen und die neuen Entwicklungen vernünftig zu besprechen. Aber statt- dessen höre ich, dass er sich diesen Aufständischen anschließt. Und er und Mr. Pyke waren doch auch Freunde! Er sollte sich schämen." Sie schüttelte den Kopf. „Ich kann mir vorstellen, dass ich da runtergehe und ihm sage, wie ich selbst die Gilde leiten würde. Auf mich hört er vielleicht. Er hat meinen Mann einmal respektiert."

„Mach mir keine Schwierigkeiten, Ma", jammerte Mr. Fuller. „Ich kann es mir nicht leisten, mich schlecht mit ihm zu stellen." Er nahm die Hand seiner Frau und ließ sich von ihr aus dem Salon führen.

Die ältere Mrs. Fuller kniff sich in den Nasenrücken und stieß Luft aus. „Mein Sohn ist ein guter Mann, Mrs. Glass, aber er ist auch ein Hitzkopf, und das hält ihn manchmal davon ab, ordent- lich zu denken. Aber wenn Sie glauben, er hätte Mr. Pyke verschwinden lassen, kann ich Ihnen versichern, er ist kein Mensch, der jemanden entführen oder ermorden würde. Dafür hat er gar nicht den Mumm."

„Kennen Sie irgendjemanden in der Gilde, der das hätte?", fragte Matt.

Sie kaute auf der Unterlippe. „Ich werfe nicht gern mit Anschuldigungen um mich, aber Sie sollten sich den Gildemeister ansehen. Wie ich sagte, er und Mr. Pyke waren früher befreundet, aber vor einiger Zeit haben sie sich gestritten, und ich möchte wetten, Mr. Pykes Enthüllung in den Zeitungen kam bei ihm nicht allzu gut an. Er hält sich auch gern für den besten Wollmann im Geschäft, wenn er also herausfindet, dass Mr. Pyke der Beste ist, wäre das ein Schlag für seinen Stolz gewesen."

„Macht er auch Teppiche?", fragte ich.

„Er führt eine Kleidungsfabrik, aber die meiste Zeit über finden Sie ihn im Gildesaal. Die Fabrik führt inzwischen zum Großteil sein Sohn."

Wir dankten ihr und gingen, baten Woodall, uns zum Gildesaal der Wollhandwerker zu bringen.

Ich nahm mir einen Augenblick, um meinen Mann zu bewundern, der mir gegenüber saß. „Das war eine ziemliche Gegenüberstellung. Ich dachte, Mr. Fuller hätte die Oberhand, wegen seiner Größe, aber ihr beiden seid mit ihm umgesprungen, als hättet ihr schon die ganze Zeit über gegen Riesen gekämpft."

„Wir haben uns schon mit größeren und gemeineren Männern als ihm herumgeschlagen", sagte Matt.

„Ja, und Matt hat den schwierigen Teil übernommen. Ich bin nur am Schluss dazugekommen." Duke sah ihn mit gerunzelter Stirn an. „Hast du etwa Gewichte gestemmt?"

„Es ist die Magie in der Uhr. Seit ich sie nach der Schießerei eingesetzt habe, habe ich mich stärker gefühlt."

„War die Magie darin stärker?"

„Ich weiß es nicht. Aber ich fühle mich, als könnte ich es mit zwei Mr. Fullers aufnehmen."

Das Glitzern in seinen Augen warnte mich. „Wage es bloß nicht, das zu versuchen. Du magst ja stärker sein, aber du bist nicht unbesiegbar, und ich habe schon genug Sorgen, ohne dass du herumläufst und versuchst, die Stadt vor Bösewichten zu schützen."

Wir ließen Duke in der Kutsche und klopften an der Tür zum Gildesaal. Als sie sich öffnete, schoben wir uns am Türsteher vorbei.

„Sie beide schon wieder", murmelte er. „Haben bis jetzt noch keine Manieren gelernt, wie ich sehe."

„Wir entschuldigen uns", sagte Matt freundlich. „Doch es regnet, und wir haben keinen Schirm. Ich möchte nicht, dass meine Frau nass wird."

Zum Glück hatte es ergiebig zu regnen begonnen. Der Türsteher ließ seine frostige Haltung fallen und hieß uns im Inneren willkommen. „Sie sind Mr. und Mrs. Gaskell, oder? Ich vergesse niemals einen Namen oder ein Gesicht. Hätten Sie gerne noch mal einen Blick auf unsere Bibliothek geworfen? Die ist heute ziemlich beliebt. Ein weiterer Kerl ist da drin und liest, aber ich bin mir sicher, Sie würden einander nicht stören, wenn Sie versprechen, still zu bleiben." Er legte einen Finger an die Lippen, seine Augen funkelten.

„Eigentlich sind wir gekommen, um den Gildemeister zu treffen", sagte Matt.

Der Türsteher schlurfte zu einem Schreibtisch, der zwischen der Tür und dem Garderobenständer eingequetscht war. „Haben Sie einen Termin?"

„Ich fürchte nein. Wir werden warten, falls er sich gerade mit jemandem trifft."

Der Türsteher öffnete das Terminbuch, und sein knorriger Finger fuhr über die Seite hinab. „Gerade jetzt hat er keine Termine. Lassen Sie ihn mich für Sie holen."

Wir beobachteten, wie der ältere Mann zum Treppenhaus schlurfte, sein Gang langsam und unstet. Das könnte eine Weile dauern.

„Weshalb gehen wir nicht hinauf und kündigen uns selbst an", sagte ich. „Ich bin sicher, Sie wollen nicht den ganzen Weg dort hinaufgehen, nur um wieder runterzukommen. Was, wenn der Kerl in der Bibliothek Sie in der Zwischenzeit braucht?"

Er schaute den Gang entlang zur Bibliothekstür. „Stimmt schon, stimmt schon. Macht es Ihnen was? Sein Bureau ist im zweiten Stock, das erste rechts."

„Und sein Name?"

„Mr. Stocker."

Wir erwischten Mr. Stocker, als er gerade sein Bureau verließ. Er begrüßte uns freundlich und öffnete seine Tür erneut. Natürlich waren wir als Mr. und Mrs. Gaskell willkommen. Hätten wir ihm unsere echten Namen genannt, hätte er uns hinausgeworfen, bevor wir unsere erste Frage gestellt hätten.

„Was kann ich für Sie tun?", fragte Mr. Stocker, während er sich hinter den Schreibtisch setzte.

Er war ein Mann im mittleren Alter, wie es die meisten Gildemeister zu sein schienen, meiner Erfahrung nach zumindest, mit stark grauem Haar und einem ordentlich gestutzten Bart. Er beugte sich vor, legte die Hände auf dem Schreibtisch ab und blinzelte uns erwartungsvoll an. Er schien sehr bereitwillig, uns freundlich zu stimmen. Vielleicht hatte er selten Besucher. Die Unordnung in seinem Bureau würde das nahelegen, da etliche Bücher auf den Regalen umgefallen waren, und der Schreibtisch voller Papiere und Schreibinstrumente war. Eine leere Tasse stand gefährlich nahe an der Tischkante, und die passende Untertasse kam als Aschenbecher für eine Zigarre zum Einsatz.

Matt begann mit den Fragen, nutzte eine List, die wir bei unserem ersten Besuch schon eingeführt hatten, mit einer leichten Änderung. „Der Vater meiner Frau war ein Teppichmacher aus Bristol. Er ist vor kurzem gestorben."

„Sie haben mein tiefstes Mitgefühl, Mrs. Gaskell."

„Vielen Dank."

„Er war mit einem weiteren Teppichmacher in London befreundet, und meine Frau hätte ihn gern persönlich vom Tod ihres Vaters in Kenntnis gesetzt. Wir wollten sowieso herkommen, meines Geschäftes wegen. Die Sache ist die, wir haben ihn heute Morgen aufgesucht, doch seine Frau hat uns anvertraut, dass er verschwunden ist."

Mr. Stockers Knöchel wurden weiß, während er die Hände fester zusammenpresste, doch sein Gesicht veränderte sich nicht. Nach einem Augenblick sagte er: „Sie meinen bestimmt Mr. Pyke. Schreckliche Sache."

Ich drückte mir eine Hand auf die Brust. „Also stimmt es? Du liebe Zeit. Wir hatten gehofft, es wäre nur eine häusliche Angelegenheit zwischen Mr. und Mrs. Pyke, und er würde sich einfach nur woanders aufhalten." Ich wandte mich an Matt. „Das ist schrecklich. Einfach schrecklich. Wir müssen sehen, was wir tun können, um zu helfen."

„Sucht die Polizei nach ihm?", fragte Matt.

Mr. Stockers Zunge schoss hervor, um über die Unterlippe zu lecken. „Ich … ich weiß es nicht."

„Menschen verschwinden doch nicht einfach", sagte ich mit gerunzelter Stirn. „Glauben Sie, er hat die Stadt aus eigenem Antrieb verlassen, oder ist ihm etwas Schreckliches zugestoßen?"

Mr. Stocker schaute hinab auf seine verschränkten Hände. „Das kann ich nicht sagen."

„Aber Sie haben doch gewiss eine Ahnung", sagte Matt.

Mr. Stocker schluckte.

Es schien, als würde er noch einen Anstoß brauchen. „Seine Frau hat nahegelegt, es läge daran, dass er ein Magier ist, und dass er das kürzlich in einem Zeitungsartikel beworben hätte", sagte ich. „Stimmt das? Könnte sich jemand daran gestört haben? Hat einer seiner Rivalen ihn beseitigt, aus Neid? Oder aus Angst, dass er Kunden verlieren könnte?"

Mr. Stocker presste die Lippen fest aufeinander. Er versuchte sehr stark, nichts zu sagen. Ich nahm an, dass in ihm etliche widerstreitende Gefühle waren, und er seine ganze Fassung brauchte, um sie nicht heraus zu lassen.

Matt erkannte Mr. Stockers Schwierigkeiten, aber wichtiger noch, er wusste, wie man sie zu unserem Vorteil ausnutzte. „Das geschieht in Bristol auch. Die Magier dort sehen, was für Dinge in London abgelaufen sind, und wollen ihre Stimme der Bewegung leihen."

„Bewegung?", stieß Mr. Stocker hervor. „So würde ich es wohl kaum nennen."

„Wie würden Sie es nennen?"

„Geschäft. Nur darum geht es hier. Es ist nur Geschäft." Sein bitterer Tonfall legte etwas anderes nahe. Jetzt begann ich zu sehen, was Matt sah. Mr. Stocker fühlte sich von Mr. Pyke persönlich angegriffen.

„Ist es das?", sagte Matt mit gleichermaßen bitterem Tonfall. „Ich habe eine Gerberei in Bristol. Meine engsten Freunde sind weitere Gerber in der Gegend. Wir essen einmal in der Woche im Gildesaal. Vor wenigen Tagen stand in unseren Zeitungen, was hier in London los ist – die Magier, die sich selbst preisgeben, die darauf folgende Wut und sogar Aufstände von anderen Handwerkern, die keine Magier sind." Matt verlagerte sein Gewicht, als würde er zögern, den nächsten Teil auszusprechen. „Ich habe darüber mit meinem guten Freund geredet, der sich mir dann anvertraut hat, dass er ein Magier ist." Er spie das Wort mehr oder weniger aus. „Ich bin immer noch erschüttert von den Neuigkeiten. Ich bin am Boden zerstört. Es ist, als hätte er mich verraten, obwohl ich weiß, dass es nicht seine Schuld ist. Er kann nichts dafür, was er ist. Und doch ..."

„Können Sie nichts dafür, was Sie spüren", schloss Mr. Stocker für ihn. „Und nun fühlen Sie, dass Sie nicht mehr sein Freund sein können."

„Ich trauere seither um diese Freundschaft."

Ich beäugte Mr. Stocker, machte mir Sorgen, dass Matt ein wenig zu dick aufgetragen hatte. Aber Mr. Stocker nickte mitfühlend.

„Ich habe auch einen Freund verloren, als er mir sagte, er wäre ein Magier. Dieser Freund war Mr. Pyke."

„Ach. Mir war nicht klar, dass Sie einander nahestanden", sagte ich.

„Wir kennen einander, seit wir Kinder waren."

„Da muss sein Verschwinden für Sie besonders schwierig sein."

„Ich bin ... zwiegespalten. Er hat mir vor ein paar Wochen erzählt, dass er ein Magier ist, und seither haben wir nicht mehr gesprochen. Ich wurde wütend auf ihn und habe ihm gesagt, ich wolle ihn niemals wiedersehen."

„Haben Sie ihn aus der Gilde geworfen?"

„Nichts dergleichen. Damals zumindest nicht. Ich war der Einzige, der damals wusste, dass er ein Magier war. Aber inzwischen, nachdem er seinen Namen in der Zeitung preisgegeben hat, ist es kein Geheimnis mehr, und ich bekam Druck, ihn aus der Gilde zu entfernen. Es war eine schwierige Entscheidung für mich."

„Weil Sie wussten, dass Sie seinen Lebensunterhalt vernichten würden", sagte ich leise. „Sie wollten Ihren lieben Freund nicht verletzen, aber andere Mitglieder waren nicht so fürsorglich, und ihnen war es gleich."

Er räusperte sich. „Deshalb habe ich gezögert, aber Sie irren sich mit dem Grund des Drucks. Ein Teil davon kam von anderen Gildemitgliedern, das stimmt schon, aber viele sind mit Mr. Pyke befreundet und wollten ihn nicht hinauswerfen. Nein, der Druck kam aus einer anderen Richtung. Jemandem, der nicht konkret mit der Wollgilde in Verbindung steht, aber mir einen weitläufigeren, langfristigeren Blick darauf vermittelt hat, Magier in den Gilden zuzulassen. Allen Gilden, was das betrifft, nicht nur unserer."

Matt und ich wechselten einen Blick. „Jemand wollte, dass Sie Ihren Freund verraten?", fragte Matt.

„Nicht verraten. Das Wort ist so grausam, so endgültig. Er sagte, Magier wie Mr. Pyke müssten zum Wohl aller entlassen werden. Die Zukunft von Geschäften, die von Nicht-Magiern betrieben werden, hänge davon ab." Er nahm ein Taschentuch aus seiner Tasche und wischte sich über die verschwitzte Stirn. „Es ist warm hier drin", murmelte er.

„Ist es gerecht, dass dieser Mann Sie gebeten hat, die Gildenmitgliedschaft Ihres Freundes zu beenden, wenn er gar nichts mit der Gilde zu tun hat?", fragte Matt.

„Er hat damit etwas zu tun, nur nicht mit dieser Gilde. Er gehört zur Uhrmachergilde."

Obwohl ich es erwartet hatte, wurde mir immer noch übel, als mir klar wurde, dass Mr. Abercrombie aktiv bei jeder Gilde der Stadt vorsprach. Ohne diesen Einfluss hätte Mr. Stocker vermutlich nichts wegen Mitgliedern unternommen, die Magier waren. Trotz seines persönlichen Streites mit Mr. Pyke glaubte ich nicht, dass er den Mut hatte, seinen Freund so ausgiebig zu bestrafen.

„Wie ist denn der Name dieses Unruhestifters?", fragte Matt gewissermaßen unverblümt.

„Abercrombie. Weshalb?"

„Vielleicht hatte er etwas mit Mr. Pykes Verschwinden zu tun."

Mr. Stocker schüttelte den Kopf. „Er würde sich nicht einmischen. Was hat er denn zu gewinnen, wenn Mr. Pyke verschwindet?"

„Es gäbe einen Magier weniger auf der Welt", sagte Matt düster.

Mr. Stocker konzentrierte sich auf Matt. Er wirkte sichtlich erschüttert von diesem Vorwurf. „Das würde er doch nicht. Er ist kein …" Seine Stimme verklang, und sein Blick löste sich. „Es tut mir leid, dass ich Ihnen nicht helfen kann. Hoffentlich wird Mr. Pyke unbeschadet zu Hause auftauchen, und wir werden darüber lachen." Er lachte nicht. Er wischte sich mit der Hand über den Mund und Bart, wirkte besorgter als zuvor.

Matt und ich gingen hinaus und die Stufen hinab. Der Türsteher schaute vom Tisch in der Nähe der Tür auf und lächelte. Bevor wir ein Wort sagen konnten, rief eine Stimme aus dem Gang hinter uns.

„Mr. Glass? Mrs. Glass, sind Sie das?"

Wir wirbelten herum, bereit, demjenigen zu sagen, dass er sich irrte und dass wir die Gaskells waren.

„Sie *sind* es." Professor Nash eilte vor, eine lederne Dokumentmappe unter dem Arm, und zog seine Handschuhe an. „Was für ein Zufall das doch ist. Ich hätte nie erwartet, Sie beide hier zu treffen."

Mir wurde das Herz schwer. Neben mir war Matt reglos geworden. Selbst er schien nicht sicher zu sein, wie er reagieren sollte.

„Glass?" Der Türsteher stemmte die Hände in die Hüften. „Ich dachte, Ihr Name lautet Gaskell."

Matt presste mir eine Hand auf einen Rücken und drängte mich zur Eingangstür. „Vielen Dank für Ihre Hilfe."

„Sind Sie India Glass?" Der Türsteher verzog finster das Gesicht. „Ich wurde vor Ihnen gewarnt. Man hat mir gesagt, ich sollte Sie nicht reinlassen."

„Ach du liebe Zeit", murmelte der Professor.

Matt öffnete die Tür, als Mr. Stocker gerade die Stufen herabkam. „Gibt es ein Problem?"

Der Türsteher wackelte mit dem Finger vor uns. „Diese Leute sind nicht die Gaskells. Es sind India Glass und ihr Mann."

Matt packte mich an der Hand, und wir eilten hinaus in die wartende Kutsche, wo Duke an der offenen Tür stand. Er stieg nach uns ein und wollte die Tür bereits schließen, als Professor Nash aus dem Gebäude lief.

„Darf ich um eine Fahrt zu Mr. Charbonneau bitten?", fragte er, schob sich die Brille die Nase hinauf.

„Natürlich", sagte ich. „Auch wenn Sie durch unsere Gesellschaft herabgewürdigt werden." Ich nickte zu der Tür des Gildesaals hin, wo Mr. Stocker und der Türsteher beisammenstanden, die Arme verschränkt, die Gesichter gleichermaßen finster.

Der Professor gab Woodall Anweisung und stieg ein. „Das macht mir gar nichts aus. Sie hatten nur ein interessantes Buch, und das habe ich heute abgeschlossen. Ich muss nicht zurück." Er setzte sich auf den Platz neben Duke, die Dokumentmappe auf dem Schoß. „Es tut mir leid, dass ich Sie verraten habe. Ich habe nicht nachgedacht. Mir hätte klar sein sollen, dass Sie verdeckt arbeiten."

„Schon eher mit einer falschen Identität als verdeckt", sagte ich. „Machen Sie sich keine Sorgen. Wir müssen vermutlich auch nicht zurückkehren. Es spielt keine Rolle, dass unsere wahre Identität offengelegt wurde."

Professor Nash schaute zu Matt und schluckte schwer.

„Stimmt das nicht, Matt?", fragte ich und stieß ihn scharf mit dem Ellbogen in die Rippen.

„Hmmm", erwiderte er nur.

Der arme Professor wirkte, als würde er schon bedauern, dass er in die Kutsche gestiegen war.

„Was haben Sie dort gemacht?", fragte ich, um die Spannung abzubauen. „Sie haben ein Buch erwähnt?"

Er schob sich die Brille die Nase hinauf. Hinter den Gläsern glitzerten seine Augen. Seine Recherche begeisterte ihn. „Sie haben ein altes Buch über Wollmagie in Ihrer Bibliothek."

„Die Gilde hasst doch Magier. Weshalb sollten sie einen Text in ihrer eigenen Bibliothek über dieses Thema lassen?"

„Ich glaube nicht, dass jemand weiß, dass er dort ist. Das Buch war ziemlich angestaubt und hoch oben untergebracht. Ich würde sagen, das hat jahrelang niemand angefasst." Er lächelte. „Ich habe dem Türsteher gesagt, ich würde die Geschichte der Gilde erforschen. Ich habe keine Magie erwähnt."

Matt hatte sich leicht mit dem Finger über die Oberlippe gestrichen, aber nun senkte er die Hand. „Was haben Sie aus dem Buch erfahren?"

„Darin wurde ein fliegender Teppich erwähnt."

Ich schnappte scharf nach Luft.

„Sonst noch was?", fragte Matt träge.

„Das ist für Sie nicht spannend? Na dann, hören Sie sich das an." Er beugte sich vor, als die Kutsche gerade langsamer wurde. Wir waren noch nicht mal annähernd in der Nähe von Fabians Haus.

Matt lehnte sich aus dem Fenster. „Woodall?"

Ich konnte die Antwort des Kutschers nicht hören, aber das brauchte ich auch nicht. Da das Fenster offen war, vernahm ich weiter vorne wütende Rufe. Es klang wie hunderte Stimmen, die sich zu einem schimpfenden Chor zusammengeschlossen hatten.

Beschimpfungen gegen Magier.

Matt stieg aus, während Duke durch das andere Fenster sah. Rasch zog er den Kopf wieder herein. „Wir sollten umkehren", sagte er.

Die Straße war zu schmal, als dass das möglich gewesen wäre. Es war gerade genug Platz, dass zwei Kutschen aneinander vorbeikamen, solange die Fußgänger auf den Bürgersteigen blieben. Wir mussten voraus durch den Mob vordringen, oder in eine Seitenstraße abbiegen, bevor wir ihn erreichten.

Ich zerrte an Matts Jackett. „Steig wieder ein. Für dich ist es draußen nicht sicher."

„Für *Sie* ist es nicht sicher, Mrs. Glass", sagte Professor Nash. „Manche Magier kennen Sie."

Das hatte ich nicht gemeint, aber ich setzte den Professor nicht über die Anschläge auf Matts Leben in Kenntnis.

Matt sprach zu Woodall und stieg ein, schloss fest die Tür. Er zog die Vorhänge zu. „Das könnte unangenehm werden."

Wir packten alle den nächstbesten Halteriemen. Matt nahm außerdem meine Hand.

Die Kutsche fuhr vorwärts, stetig, aber in einem langsamen Tempo. Die Rufe wurden lauter, und die Kabine wankte, weil die Pferde nervöse Schritte machten, aber ich widerstrebte dem Drang, den Vorhang zu heben und hinaus zu spähen.

Duke beobachtet durch eine Lücke im Vorhang die andere Seite. „Die Polizei ist hier."

Mein Herz setzte einen Schlag lang aus. „Cyclops?"

Matt drückte mir die Hand. „Das ist nicht sein Einsatzbereich."

Zum Glück. „Was kannst du sonst noch sehen?"

Duke neigte den Kopf, um bessere Sicht zu bekommen. „Sie sind hier entlang unterwegs."

„Ist die Straße blockiert?", fragte Matt.

„Ich glaube schon. Augenblick." Er drückte die Wange ans Glas. „Weiter vorne ist eine Gasse. Wir schaffen es vielleicht, bevor der Mob sie blockiert."

„Woodall wird sie nehmen, falls er das kann."

Professor Nash drückte sich seine Dokumentmappe an die Brust. „Ist das nicht aufregend." Er wirkte nicht aufgeregt. Er wirkte entsetzt. „Es kommt schon in Ordnung, Mrs. Glass. Machen Sie sich keine Sorgen. Sie wissen nicht, dass Sie hier drin sind. Sie sind vollkommen in Sicherheit."

Ich lächelte ihm beruhigend zu. „Natürlich." Ich drückte Matts Hand sogar noch fester.

Draußen klirrte Glas. Die Pferde scherten bei diesem Geräusch aus, dann blieben sie ganz stehen. Ich konnte gerade noch Woodalls Versuche hören, sie wieder in Bewegung zu setzen, über die Rufe der Menge hinweg.

Dann wurde seine Stimme von dem Mob übertönt, der nach dem Blut eines Magiers namens Woods krakeelte.

„Sie scheinen sich auf einen konkreten Laden weiter vorne zu konzentrieren", sagte Duke, der durch das Fenster spähte. „Sie versammeln sich darum, hämmern an die Tür, werfen alles, was sie haben, auf die Fenster. Die Polizei nimmt einige fest, aber sie sind in der Unterzahl."

Noch während er das sagte, kam in der Menge ein wütender Schrei auf.

„Ihre Gewalt wendet sich gegen die Polizei, und die Polizei zahlt es Ihnen genauso zurück. Das wird nicht in nächster Zeit enden, und es wird nicht enden, bis jemand schlimm verletzt ist."

Zum Glück war Cyclops nicht dort, aber würde er dazu gerufen werden, um zu helfen?

Die Kutsche bewegte sich wieder vor, langsam, die Pferde eindeutig zögerlich. Ein weiterer Schrei wurde laut, lauter als der letzte. Es war jetzt so nahe, nur wenige Meter vor uns. Die Kutsche hielt an, und Matt spähte hinaus. Männer brandeten um uns herum. Sie reckten die Fäuste vor einem Möbelladen und hoben die Werkzeuge ihres Handwerks hoch – Hämmer, Feuereisen, Sägen, Scheren – genauso wie alles andere, das sie in die Hände bekamen. Sie brüllten den Laden an, ihre Gesichter rot vor Anstrengung, die Augen fiebrig leuchtend. Wir waren nicht im Mittelpunkt ihrer Aufmerksamkeit, aber ein solcher Mob brauchte keine Aufforderung, um sich gegen uns zu wenden, falls wir ihm in den Weg gerieten.

Eine Stimme erhob sich über die anderen, fing einen Sprechchor an, den der Rest wiederholte. „Haltet die Magie auf! Nieder mit den Magiern! Haltet die Magie auf! Keine Magier!" Seine Stimme war klar über den anderen zu hören und ließ die Pferde vor Furcht stampfen.

Duke griff nach der Tür. „Ich muss helfen."

„Nein!", rief ich.

„Die Pferde haben zu viel Angst. Man muss sie führen, und Woodall kann das nicht. Falls er nicht mit den Zügeln auf dem Bock bleibt, verliert er die Kontrolle ganz, und wenn diese Pferde steigen oder durchgehen, wird jemand verletzt werden."

Er öffnete die Tür und sprang hinab. Auf dem Bürgersteig hatte der Mann mit dem Sprachrohr am Mund aufgehört zu brüllen. Er senkte das Sprachrohr und starrte mich an.

Ich keuchte. Es war Mr. Abercrombie!

Seine Oberlippe hob sich angeekelt. Er deutete auf die Kutsche. Sein Mund bewegte sich, bildete meinen Namen, aber über den Chor des Mobs hinweg hörte ihn niemand. Er hatte das Sprachrohr nicht verwendet.

Matt knallte die Tür zu und schlug mit der Faust an die Decke. „Los!"

Woodall hätte ihn über den Lärm der Menge nicht verstanden, aber wir bewegten uns weiter, ohne Zweifel dank Duke, der die Pferde beruhigte und sie durch den Mob führte.

Aber es ging langsam. So unendlich langsam.

Matt holte die Kiste mit den Pistolen aus dem Fach unter den Sitzen heraus. Er lud eine und hielt sie Nash hin. Der Professor saß mit aufgerissenen Augen da, umklammerte die Mappe an seiner Brust, sein Gesicht blass.

„Wissen Sie, wie man schießt?", fragte Matt.

„Nein!" Die Stimme des Professors war nur ein Quietschen.

Ich nahm die Pistole von Matt entgegen. „Ich schon." Willie hatte es mir beigebracht, aber ich war kaum eine Expertin.

Matt lud die andere und deutet damit auf die Tür.

Ich machte es genauso, doch ich wollte niemanden verletzen. Wir hatten ohnehin nicht genug Kugeln. Es waren zu viele Leute, und sie wollten alle jemandem ihre Schwierigkeiten zum Vorwurf machen. Als eine Galionsfigur der Magier von London hatte ich eine sehr große Zielmarkierung auf dem Rücken. In dem Augenblick, in dem Mr. Abercrombie wieder einfiel, dass er ein Sprachrohr in der Hand hielt, würde er die Menge über meine Anwesenheit aufklären. Die Kutsche würde belagert werden, und wir würden keine Wahl haben, außer uns den Weg freizuschießen.

KAPITEL 8

Die Kutsche ruckelte in quälend langsamer Geschwindigkeit vorwärts. Die Menge hatte uns nun komplett umringt. Ich wagte es nicht, den Vorhang zu heben, um nachzusehen, erhaschte aber einige Blicke durch die Lücke, während die Kabine wankte. Die Aufmerksamkeit aller blieb auf einen bestimmten Laden gerichtet, der inzwischen von einer Wand aus Polizisten umstanden war.

Abercrombies Ruf, der den Mob auf meine Anwesenheit aufmerksam machte, kam zu keinem Zeitpunkt.

Die Kutsche bog in die schmale Gasse ein, und die Menge dünnte sich aus. Die Sprechchöre fielen zurück, und unsere Geschwindigkeit nahm zu. Plötzlich öffnete sich die Tür, und Duke blieb abrupt stehen, als er die Läufe von zwei Pistolen vor sich sah.

Matt und ich senkten sie, und Matt half Duke herein, bevor er die Tür schloss.

Duke sank auf dem Sitz zusammen, sodass sein Hut verschoben wurde. Er nahm ihn ab und wischte sich die Stirn mit der Hinterseite seines Ärmels ab. „Ihr glaubt nicht, wer diesen Mob anführt, und ihn richtig aufpeitscht."

„Abercrombie", sagte Matt. „Er hat India gesehen und wollte es der Menge sagen, aber er hat es sich wohl anders überlegt."

Duke lächelte, während er tief Luft holte. „Das ist nicht der

Grund, warum er es ihnen nicht zugerufen hat. Das lag daran, dass jemand ihm einen Schlag in die Magengrube verpasst hat, bevor er das tun konnte. Er brach auf dem Bürgersteig zusammen und bekam nicht mehr genug Luft, um mehr zu tun, als zu röcheln."

„Hast du ihm eine verpasst?", fragte ich.

Sein Lächeln wurde breiter. „Es war Willie."

„Miss Johnson!", rief der Professor. „Was hat sie denn hier getan?"

Ich lachte. Ich konnte nicht anders. Ich fühlte mich ganz schwindlig im Kopf vor Erleichterung. „Sie ist Abercrombie gefolgt. Ich hatte vergessen, dass wir ihr diese Aufgabe gegeben haben, und ich habe sie nicht gesehen."

„Sie war verkleidet", sagte Matt. „Sie hat das Haus in Hosen verlassen, keinen Lederhosen, und sie trug eine Mütze, nicht ihren üblichen Hut."

Professor Nash lockerte seinen Griff um die Dokumentmappe und senkte sie wieder auf seinen Schoß. „Und sie hat Abercrombie einen Schlag versetzt, sagen Sie. Was für eine erstaunliche Frau Ihre Cousine doch ist, Mr. Glass. Wirklich erstaunlich."

Duke verdrehte die Augen, und ich lächelte. Offensichtlich hatte Willie einen weiteren Bewunderer gewonnen, ohne es auch nur darauf angelegt zu haben.

* * *

Nach der aufregenden Fahrt war es eine Erleichterung, sich mit einer guten Tasse Tee auf Fabians Sofa zu setzen, umgeben von Leuten, die ich kannte und denen ich vertraute. Sobald mein Herz wieder im Takt schlug, konnte ich endlich entspannen und die Gesellschaft genießen. Fabian hatte den Männern einen Schluck Likör für ihren Tee angeboten, doch nur Duke hielt seine Tasse hin.

„Mr. Abercrombie war dort, sagt ihr", sinnierte Fabian mit einem Kopfschütteln. „Dieser Mann ist ein Dorn in deiner Seite, India."

„Mehr als nur ein Dorn. Er hat die talentfreien Handwerker

aufgebracht und sie ermutigt, Gewalttaten zu begehen. Ich vermute, dass er das Ereignis sogar auf die Beine gestellt hat."

„Ihr müsst es der Polizei sagen."

„Das werden wir", erwiderte Matt. „Aber Abercrombie selbst war nicht gewaltbereit. Er wird behaupten, er hätte einen friedlichen Protest auf die Beine gestellt, aber einige der Anwesenden hätten auf eigene Faust Sachschäden herbeigeführt. Damit wird er durchkommen."

Professor Nash schüttelte den Kopf, sodass seine Brille auf der Nase herabrutschte. Er schob sie nach oben. „Er ist ein streitlustiger Kerl. Ich habe ihn bei der Wollgilde getroffen, als ich zum ersten Mal dort war. Er hat mit dem Meister über ein bestimmtes Mitglied gesprochen, das in der Zeitung eingestanden hat, ein Magier zu sein. Er wurde wütend, als der Meister zögerlich schien, die Mitgliedschaft des Kerls aufzukündigen."

Ich richtete mich gerade auf. „Das ist dann wohl Mr. Pyke gewesen."

Fabian runzelte die Stirn. „Pyke? Der Wollmagier, der uns geholfen hat?"

Ich nickte. „Er wird vermisst."

„Vermisst? Ist er aus eigenem Willen weggegangen oder entführt worden?"

„Wir wissen es nicht. Er könnte sogar tot sein."

„*Mon dieu.* Das ist schrecklich. Ermittelt ihr? Weiß es die Polizei?"

„Brockwell stellt eine Suche auf die Beine", erklärte ihm Matt. „Und wir haben Nachforschungen angestellt, jedoch ..."

„Ihr habt jedoch keine Hoffnung."

„Wir haben noch keine Verdächtigen."

Fabian wirkte erschüttert durch die Nachrichten. „Glaubt ihr, es liegt daran, dass er uns mit dem Wollzauber geholfen hat?"

„Wir wissen es nicht", sagte ich. „Es könnte einfach daran liegen, dass er in der Zeitung über seine Magie gesprochen hat. Vielleicht bekam ein anderer Teppichmacher Angst, dass er Kundschaft an ihn verliert."

Professor Nash hob die Tasse an die Lippen. „Oder vielleicht wollen die Talentfreien die Stadt von so vielen Magiern befreien wie nur möglich, und Pyke ist einfach nur der erste."

Wir wandten uns alle um, um ihn anzustarren, aber er schaffte es, das zu übersehen, während er nippte.

Ich erschauerte, als eine Kühle durch mich hindurch kroch. Falls er recht hatte, könnte der Entführer jeder sein. Es mochte nicht nur ein anderer Teppichmacher sein, sondern irgendein talentfreier Handwerker. Falls das der Fall war, würde man ihn fast unmöglich finden. Wir hatten eine Stadt voller Verdächtiger. Die Polizei hatte aus diesem Grund niemals den Mörder erwischt, den man Jack den Ripper nannte.

Professor Nash räusperte sich, während er seine Teetasse und die Untertasse auf dem Schoß balancierte. „Ich fürchte, das ist zum Teil meine Schuld."

„Sie waren am Verschwinden von Mr. Pyke beteiligt?", fragte Duke.

„Nein! Ich meinte nur das Kapitel, das ich zu Mr. Barratts Buch beigetragen habe. Wäre nicht das Buch gewesen, hätten normale Leute niemals geahnt, dass Magier unter ihnen leben."

„Niemand macht Ihnen das Buch zum Vorwurf", sagte Matt. „Barratt muss die Verantwortung dafür tragen."

„Und Louisa", fügte Fabian düster hinzu.

Ich musterte die beiden Männer abwechselnd, ihre Gesichter niedergeschlagen, und ihr Blick weit in der Ferne, als würden sie darüber nachdenken, was als nächstes zu tun war. „Man kann nichts dagegen unternehmen", erklärte ich ihnen. „Das Buch ist überall erhältlich, und jeder weiß inzwischen von der Magie. Wir müssen natürlich weiter nach Mr. Pyke suchen, aber wir sollten auch einen Blick in die Zukunft werfen. Wir müssen eine Möglichkeit finden, dafür zu sorgen, dass die Magier in Sicherheit sind, und das bedeutet, wir müssen die Ängste der Talentfreien beruhigen."

„Wie schlägst du vor, dass wir das tun?", fragte Fabian.

„Ich fürchte, ich sehe keine weitere Möglichkeit, als abermals in den Untergrund zu gehen. Ich glaube, die Gewalt und die Aufstände werden sicherstellen, dass viele ohnehin still bleiben. Wir sollten die anderen ermutigen, es genauso zu tun."

Fabian schnalzte mit der Zunge. „Das sehe ich anders, India."

Duke knurrte. „Sie können ja anders sehen, was Sie wollen. India hat recht."

„Falls du einen anderen Weg da heraus siehst, Fabian, dann gib mir bitte einen Rat, denn ich sehe keinen", sagte ich. „Nun, ein ganz anderes Thema, ich freue mich, dass ihr beide da seid. Ich möchte euch bitten, etwas für mich zu tun." Ich stellte meine Teetasse ab und strich mit der Hand über meinen Rock. „Könntet ihr mir eine Liste mit jedem Magier schreiben, den ihr kennt?"

„Meine Liste wäre kurz", sagte Professor Nash ein wenig entschuldigend.

„Weshalb willst du eine Liste?", fragte mich Fabian.

„Ich werde einen Katalog mit jedem bekannten Magier und seinem Handwerk anlegen. Der wird sicher an einem Ort verstaut, der nur in unserem Haushalt bekannt ist. Das ist die einzige Art, wie wir für die Regierung sicherstellen können, dass Magier keine Bedrohung darstellen."

Professor Nash runzelte die Stirn. „Eine Bedrohung? Für wen?"

„Für die nationale Sicherheit." Ich war mir nicht sicher, wie viel ich ihnen sagen sollte, doch Matt hatte keinerlei solche Bedenken.

„Nach den kürzlichen Vorfällen, zu denen Magier mit mörderischen Absichten gehörten, ist die Regierung nervös geworden. Die einzige Art, wie man sicherstellt, dass die Magier nicht zusammengetrieben und weggesperrt werden, ist, dafür zu sorgen, dass eine aussagekräftige Liste existiert. Das wird auch sicherstellen, dass Magier ihre Magie nicht aus niederträchtigen Gründen einsetzen."

„Gewiss ist das unnötig", sagte Professor Nash. „Sie würden doch niemanden einsperren, der nichts falsch gemacht hat."

Matt hob die Hand und zuckte mit den Schultern. „Es gibt der Regierung ein besseres Gefühl, insbesondere während dieser Phase der Unruhe. Hoffentlich müssen wir, wenn die Dinge sich beruhigen, diese Liste nicht weiterführen. Aber bis dahin, wenn Sie die Namen für India aufschreiben könnten, wäre das sehr hilfreich."

Professor Nash schnaubte. „Das beleidigt meine Rechte als Bürger eines freien Landes, aber ich mache es."

Fabian nickte. „Ich werde dir bald eine Liste schicken, India, obschon mir der Gedanke nicht gefällt, dass Magier wie Bücher katalogisiert werden."

„Das weiß ich jetzt." Ich schaute zu Matt, ein Hinweis, dass wir gehen sollten, aber er stand nicht auf.

„Professor, Sie wollten uns doch etwas erzählen, vorhin in der Kutsche", sagte er. „Etwas, das Sie im Buch der Wollgilde gefunden haben."

Die Laune des Professors hob sich, und er richtete sich größer auf. „Ja! Es ist sehr aufregend. Das Buch erwähnte zwei lang verlorene Zauber, zu denen Wollmagie gehört. Eines war der fliegende Teppich, wie ich vorhin sagte."

Fabian schaute zu mir.

„Der andere war ein Zauber, mit der man eine Wollpuppe vokalisieren lässt."

Duke verschluckte sich an seinem Tee. „Vokalisieren? Also so was wie ... reden?"

Professor Nash wirkte zufrieden über unsere schockierten Mienen. „Gewissermaßen."

„Wie ist das möglich?", fragte Matt.

Professor Nash schob sich die Brille die Nase hinauf. „Wie ist überhaupt Magie möglich? Mit einem Zauber natürlich."

Fabian rückte vor, seine Stirn lag in tiefen Falten. „Was hat die Puppe gesagt?"

„Sie hat nicht unmittelbar gesprochen. Sie hat ein Geräusch von sich gegeben, etwa ein Weinen. Sie wissen doch, dass kleine Mädchen es mögen, wenn ihre Puppen Babys darstellen. Also, dieser konkrete Zauber konnte sie ziemlich lebensecht machen, indem sie Geräusche wie ein Weinen hervorbrachten." Er grinste und wartete auf unsere Reaktion. Er wirkte, als würde er einen Applaus erwarten. „Ist das nicht wunderbar?"

Meine Gedanken gingen sofort zu den negativen Arten, wie man einen solchen Zauber einsetzen konnte. Ein Entführer könnte ein echtes Baby in einem Kinderwagen austauschen, und während es Geräusche von sich gab, würde die Mutter oder die Amme es nicht bemerken, bis es zu spät war. Bis auf das konnte ich nicht erkennen, dass dieser Zauber ein Problem verursachen würde.

„Stand in dem Buch, ob der Zauber die Puppe zum Sprechen bringen konnte?", fragte Fabian. „Oder nur zum Weinen?"

„Es wurde nur Weinen erwähnt", erwiderte Professor Nash.

„Wenn man sie zum Sprechen bringen könnte, könnte man den Zauber auf anderen lebensähnlichen Dingen einsetzen. Diesem automatischen Ritter aus Trenthams Laden zum Beispiel. Wenn man einen Sprechzauber mit einem Bewegungszauber verbindet ..."

„Fabian, nein." Ich wischte mit der Hand durch die Luft. „Das ist keine gute Idee."

Sein Vorschlag öffnete Tür und Tor, und jetzt konnte ich mir alle möglichen schrecklichen Einsätze für den Zauber vorstellen, oder eine Kombination der beiden Zauber, gesprochen von einem Magier, der eine Schöpfung steuern konnte, die zum Sprechen fähig war. Ein lebensechtes Spielzeug könnte man bei einem Überfall als Ablenkung einsetzen, die die Polizei weg vom Tatort lockte. Sie könnte benutzt werden, um den Ahnungslosen Angst zu machen, die versuchten, sie in ein Gespräch zu ziehen, oder man könnte sie nutzen, um anonyme Drohbotschaften zu liefern. Ein lebensechter Holzsoldat könnte in ein feindliches Lager gehen und Befehle geben ... Die Liste der Möglichkeiten war endlos. Und besorgniserregend.

„Nein, Fabian", sagte ich abermals. „Sprich nicht mehr davon. Ich werde nicht helfen, den Sprechzauber nachzubilden."

„Aber du könntest ihn beherrschen, India. Sonst niemand. Und du hast keine Grausamkeit in deinem Herzen."

Ich seufzte. „Wir haben das doch schon besprochen. Ich bin vielleicht nicht die einzige Magierin, die ihn einsetzen kann. Und was, wenn jemand droht, meine Familie zu verletzen, wenn ich den neuen Zauber nicht für ihn oder sie einsetze? Du weißt, ich würde nicht stark bleiben."

„Aber ..."

„India hat recht", fuhr Matt ihn an. „Der Zauber könnte gefährlich sein."

„Oder er könnte wunderbar sein!"

Ich schoss hoch. „Das ist meine Entscheidung, Fabian."

„Ist es das? Oder ist es die deines Mannes?" Es wurde leise ausgesprochen, aber die Wirkung war wie der Nachhall eines Donnerschlags. Es fühlte sich an, als würden seine Worte durch den ganzen Raum hallen, an Glasscheiben und strapazierten Nerven gleichermaßen rütteln.

Eine gewichtige Stille senkte sich auf uns herab, während Matt seine Teetasse auf den Tisch stellte, eine langsame Bewegung, die steif war vor Anspannung. Er stand auf, erhob sich zu seiner ganzen Größe, machte einen Schritt auf Fabian zu, der noch saß. „Falls Sie das denken, kennen Sie meine Frau nicht. Sie ist mehr als nur fähig, allein einen vernünftigen Beschluss zu fassen."

Fabian und Matt funkelten einander an. Duke ging, um sich an die Tür zu stellen, eine Bewegung, um aufzubrechen, aber es war Professor Nashs hörbares Schlucken nötig, um die Gegenüberstellung aufzulösen. Matt kam an meine Seite und bot mir seinen Arm.

Ich nahm ihn, schob meine Hand durch die angespannten Muskeln. „Ich kann nicht verhindern, dass du versuchst, diesen Zauber nachzubilden, Fabian, aber ich will nicht daran beteiligt sein."

„Ich kann es nicht ohne dich tun."

Wir verabschiedeten uns, und zusammen mit Duke gingen wir. Ich wollte zurückschauen, um Fabians Gesicht zu sehen. Trotz allem wollte ich wissen, dass er nicht beleidigt war. Ich wollte ihn wissen lassen, dass wir immer noch Freunde waren. Aber ich hielt den Blick nach vorne gerichtet.

„Mrs. Glass hat recht", hörte ich Professor Nash sagen. „Es gibt zu viele Unbekannte, als dass es völlig sicher sein könnte. Es muss ein Zauber sein, der auf die Seiten eines Geschichtsbuchs gebannt bleibt. Eine ausgestorbene Rarität, über die sich Akademiker und Geschichtsfreunde im Lauf der Zeit den Kopf zerbrechen. Finden Sie nicht?"

Ich hörte Fabians Antwort nicht.

KAPITEL 9

att blieb nicht lange wütend. Sein Temperament
mochte ja aufbrausend sein, wenn man ihn
bedrängte, doch es beherrschte ihn nur selten, und er ließ es
üblicherweise auch schnell wieder fallen. Ich jedoch brodelte zur
Abendessenszeit nach wie vor. Ich hatte die eine oder andere
Träne vergossen, als wir zu Hause angelangt waren, aber sobald
meine Tränen versiegt waren, war ich wütend auf Fabian
geworden.

Er hatte zugestimmt, dass wir keine neuen Zauber schöpfen
würden. Er hatte mich glauben lassen, dass auch er die Gefahren
sah und dass er mich nicht drängen würde, unsere Arbeit wieder
aufzunehmen. Aber all seine Versprechen waren in dem Augenblick vergessen gewesen, als sich eine interessante Aussicht
bemerkbar gemacht hatte. Meine Wünsche waren weggewischt
worden, als spielten sie keine Rolle, meine Sorgen zur Seite
gefegt.

Es fühlte sich an wie Verrat. Ich fragte mich allmählich, ob
Fabian mich überhaupt als Freundin sah.

Ich zog mich zum Dinner um und traf die anderen im Salon,
bevor ich hineinging. Tante Letitia war nicht da, doch Cyclops
hatte die Arbeit für den Tag abgeschlossen, und auch Willie war
zurückgekehrt.

Ich warf meine Arme um sie und drückte sie fest. „Duke hat uns erzählt, was du getan hast, um Abercrombie aufzuhalten. Du bist eine wahre Freundin, Willie. Eine echte, liebe Freundin."

Sie zog sich zurück und nahm mich an den Armen. „Willst du, dass ich für dich auch Charbonneau eins verpasse?"

„Also haben sie es dir erzählt."

Matt nahm meine Hand und küsste mich auf die Stirn. „Alles in Ordnung?"

„Das wird schon, auch wenn Willies Angebot ansprechend klingt."

Willie ließ die Knöchel knacken.

„Sie hat mir gerade erzählt, dass die Polizei Abercrombie verhört hat, ihn aber gehen ließ", sagte Matt.

Ich seufzte. „Das war zu erwarten, schätze ich. Er würde doch nichts tun, was gegen das Gesetz ist."

„Nicht vor unabhängigen Zeugen." Willie stach mit dem Finger in Cyclops' Richtung. „Aber dein Haufen sollte ihn mal genauer beobachten. Ich denke mir, er sagt eines in der Öffentlichkeit, und was anderes insgeheim, um die jüngeren Mitglieder der Handwerksgilden aufzustacheln."

„Mein Haufen tut sein Bestes", sagte Cyclops. „Wir müssen uns auch im Rahmen des Gesetzes bewegen."

„Sie könnten einen Spion in sein Lager schicken, jemand verkleideten, der sich die Unterhaltungen anhören und Bericht erstatten kann."

Cyclops hob die Hände. „Schau nicht mich an. Ich bin zu auffällig."

„Und Abercrombie kennt dich", fügte Duke an. „Er kennt uns alle."

Der Gong zum Abendessen erklang, und wir betraten das Esszimmer, wo sich Tante Letitia uns anschloss. „Weshalb denn die langen Gesichter?", fragte sie, als der Gang mit der Suppe aufgetragen wurde.

„Wir machen uns Sorgen über den vermissten Mr. Pyke", rief ich ihr in Erinnerung.

„Ja, natürlich, schreckliche Angelegenheit. Aber ich bin sicher, er wird wieder auftauchen, und hatte dann ein Abenteuer. Willemina, du wirkst heute Abend ganz besonders düster. Geht es dir nicht gut?"

„Mir geht's gut", murmelte Willie.

Ich versuchte, Tante Letitias Aufmerksamkeit auf mich zu ziehen, um sie zu warnen, das Thema Brockwell nicht zur Sprache zu bringen, und seinen abrupten Aufbruch, nachdem er am Vorabend mit Willie gesprochen hatte, aber ihr fiel es nicht auf.

„Du musst nach dem Abendessen den Kriminalinspektor besuchen. Er heitert dich immer auf."

„Nein, tut er nicht", empörte sich Willie. „Nicht immer."

„Na ja, fast ..."

„Was hast du heute gemacht, Tante?", fragte Matt. „Bist du spazieren gewesen?"

Sie schürzte die Lippen, weil sie höflich, aber mit Gewalt von einem möglichen Rätsel abgebracht wurde. „Das bin ich, und ich habe mich um einige Korrespondenz gekümmert. Ein Brief insbesondere hat mich neugierig gemacht. Meine Freundin Lady Sloane hat eine Nichte, die dieses Jahr ihre erste Saison hat."

„Was für eine Saison?", fragte Duke.

„*Die* Saison."

Duke schaute sie ausdruckslos an.

„Sie wird vorgestellt", fuhr Tante Letitia fort.

„Vorgestellt?"

„Bei Hofe. Das bedeutet, sie steht zur Wahl."

„Welcher Wahl denn?"

Tante Letitia wandte sich erneut ihrer Suppe zu. „Ehrlich, Duke, du bist zu amerikanisch. Sag es ihm, Cyclops. Aber nimm erst deine Ellbogen vom Tisch."

Cyclops rückte zurück und senkte die Arme. „Wenn eine junge Dame mit guter Abstammung achtzehn Jahre oder so wird, kommt sie nach London und macht ihr Debüt. Sie wird bei Hofe vorgestellt, dann verbringt sie den Frühling und Sommer damit, an gesellschaftlichen Ereignissen teilzunehmen – Bällen, Dinner, Nachmittagstee, Rennen und Soireen." Er wedelte mit der Hand in der Luft, um nahezulegen, dass es unendlich viele Ereignisse gab. „Es ist eine Möglichkeit, um zu signalisieren, dass die junge Dame auf der Suche nach einem Mann ist, und diese gesellschaftlichen Anlässe bieten eine Gelegenheit, sich einen zu schnappen."

Duke starrte ihn an, der Mund stand ihm offen. „Haben sie dir das auf der Polizeischule beigebracht?"

Cyclops deutete auf Tante Letitia. „Miss Glass hat mich unterrichtet."

Tante Letitia tupfte sich den Mund mit ihrer Serviette. „Obwohl ich es weniger wie eine Jagd klingen lasse."

„Was hat denn nun deine Freundin in ihrem Brief gesagt?", fragte ich.

„Lady Sloane sagte, ihre Nichte wäre ziemlich hübsch und sehr kultiviert, obwohl gewissermaßen unkonventionell."

Willie reichte ihren leeren Teller dem Bediensteten, der das Geschirr einsammelte. „Ist das ein verschleierter Begriff, wenn man verrückt ist wie eine wilde Sau?"

Tante Letitia warf Willie einen vernichtenden Blick zu. „Das könnte es sein. Oder es könnte einfach nur heißen, dass sie eine eigene Meinung hat."

„Gott helfe uns", murmelte Willie zur Decke.

Duke stieß sie unter dem Tisch mit dem Fuß an, aber es war nicht ganz unauffällig, und wir bemerkten es alle.

„Lady Sloane hat mich gefragt, ob sie mich besuchen kann, wenn sie in London eintrifft, zusammen mit ihrer Nichte", sagte Tante Letitia. „Ich dachte, sie könnten zum Nachmittagstee kommen."

„Ich würde sie gerne beide kennenlernen", erwiderte ich. Ich hoffte, Mr. Pyke wäre bis dahin gefunden, damit ich Tante Letitias Freundinnen meine volle Aufmerksamkeit schenken konnte. Als Frau des Erben des Titels Rycroft wurde es vermutlich von mir erwartet, von Zeit zu Zeit während der Saison die Gastgeberin zu spielen, obwohl ich mir nicht sicher war, ob wir irgendjemandem wirklich wichtig sein würden. Wir waren in der Gesellschaft keine bedeutenden Leute.

„Falls wir das Mädchen mögen, werden wir sie Lord Farnsworth vorstellen", sagte Tante Letitia.

Willie gab ein unwilliges Geräusch von sich.

Tante Letitia tat so, als würde es ihr nicht auffallen. „Falls wir sie mögen, und sie nicht *zu* unkonventionell ist, dann werden wir ein Dinner geben und sie beide einladen."

„Sollte die Entscheidung, ob sie zu unkonventionell für seinen Geschmack ist, nicht von ihm getroffen werden?", fragte ich.

„Ach, India. Du weißt nichts übers Verkuppeln. Ich bin sehr gut darin, wie du durchaus weißt. Sieh dir nur dich und Matthew an."

Wäre es ihr überlassen worden, hätte Matthew eine Dame aus einer guten Familie geheiratet, und ich wäre in die Bedienstetenquartiere verfrachtet worden. Ihre Erinnerung war sehr selektiv, und es war vielleicht das Beste, nicht die Zeit wieder aufzubringen, in der sie dagegen gewesen war, dass ich Matt heiratete.

Willie machte erneut ein unwilliges Geräusch.

„Ist etwas los?", fragte ich sie.

Sie verschränkte die Arme. „Nein."

Etwas verstörte sie, aber ich wartete, bis der Bedienstete Peter fertig damit war, unsere leeren Schalen einzusammeln, und das Zimmer verließ. „Machst du dir Sorgen, dass Lord Farnsworth sich in das Mädchen verlieben wird?", fragte ich leise.

„Nein! Ich bin nicht eifersüchtig, India. Nicht so." Sie beugte sich vor, stemmte beide Ellbogen auf den Tisch. „Die Ehe ist nur so endgültig. Und Farnsworth selbst sagte, er denkt, er wäre dafür nicht geschaffen."

Tante Letitia stieß mit der Gabel in Willies Arm. „Ellbogen vom Tisch. Was Lord Farnsworths Meinung zur Ehe angeht, wird er es sich überlegen. Das muss er. Es ist seine Pflicht. Auf jeden Fall muss er einfach nur die richtige Dame finden. Vielleicht wird es dieses Mädchen sein."

„Die Ehe ist nicht für jeden, Letty."

Tante Letitia nahm ihr Weinglas und spähte sie über den Rand hinweg an. „Als alte Jungfer bin ich mir dessen sehr bewusst. Du und ich sind allerdings von ganz anderer Art als die meisten, und von keiner von uns erwartet man, dass wir Männer finden. Nicht in unserem Alter."

Willie runzelte die Stirn. „Nennst du mich alt?"

Peter kehrte zurück, er trug ein abgedecktes Tablett. „Wunderbar! Der Hauptgang ist gekommen", sagte Tante Letitia mit sehr viel mehr Begeisterung, als sie jemals eine Mahlzeit in Empfang genommen hatte.

„Ich könnte einen Mann kriegen, wenn ich wollte."

„Ja", sagte Duke mit einem Zwinkern für Cyclops. „Zwei laut dieser Roma-Wahrsagerin."

„Am besten nicht gleichzeitig", fügte Tante Letitia gemurmelt hinzu.

* * *

WIR WAREN am folgenden Morgen gerade mit einem frühen Frühstück fertig und wollten besprechen, was als nächstes auf der Suche nach Mr. Pyke zu tun war, als Bristow in die Bibliothek kam und die Ankunft von Fabian ankündigte.

„Sagen Sie ihm, er soll gehen", forderte Willie. „Er ist hier nicht willkommen."

Ich hatte mich über Nacht beruhigt, und obwohl es mir nicht gefiel, wie vehement Fabian gewesen war, wollte ich keinen Streit wegen unserer Unstimmigkeit. Vielleicht war ich zu großzügig. „Matt? Was meinst du?"

Er schloss das Buch, in dem er sich Notizen über den Fall gemacht hatte. „Ich glaube, das liegt bei dir. Ich werde nicht so tun, als hätte mir gefallen, wie er gestern mit dir gesprochen hat, aber ich werde es ihm nicht vorhalten, wenn du ihm die Gelegenheit geben willst, sich zu entschuldigen."

Ich wandte mich an Bristow. „Schicken Sie ihn herein."

Willie und Duke schüttelten die Köpfe über meine Entscheidung.

Hätte Fabian seinen Hut behalten, anstatt ihn Bristow an der Eingangstür zu überreichen, nahm ich an, er hätte mit beiden Händen nervös mit der Krempe gespielt, als er die Bibliothek betrat. Er konnte mir kaum in die Augen schauen, als an der Tür innehielt.

Er wartete, bis Bristow ging, und hob dann schließlich den Blick zu meinem. Er schluckte schwer, als wäre ein Kloß in seiner Kehle, und stotterte sich durch eine Entschuldigung. „Es war schrecklich von mir, so mit dir zu sprechen, India. Ich hoffe, in deinem Herzen findest du die Kraft, mir zu vergeben, obwohl ich es nicht erwarte."

„Gut", murmelte Willie.

„Ich will nicht so tun, als hätte mich unsere Begegnung gestern nicht verstört", sagte ich. „Ich dachte, du hättest mir zugestimmt, dass wir keine neuen Zauber schöpfen sollen."

„Ich habe zugestimmt." Er seufzte. „Ich *dachte*, ich hätte zugestimmt."

„Aber als eine neue und aufregende Gelegenheit erschien, hast du es dir anders überlegt."

„Ich bin nicht so stark wie du, India. Ich kann dem Ruf in mir nicht widerstehen." Er tippte sich mit der Faust an die Brust. „Ich sehne mich danach, Magie zu wirken."

„Dann wirke sie doch. Niemand legt nahe, dass du aufhören sollst, Eisen zu bearbeiten, genauso wie ich niemals aufgehört habe, an Uhren herumzubasteln."

„Es reicht nicht."

„Es muss reichen, denn Zauber zu schöpfen, könnte die Welt in Gefahr bringen. Das möchte ich nicht auf dem Gewissen haben. Du etwa?"

Er stieß Luft aus, dann schüttelte er schließlich den Kopf. „Bekomme ich deine Vergebung?"

Ich warf ihm ein zögerliches Lächeln zu, nicht gleich bereit, ihn mit offenen Armen bei uns zu Hause zu empfangen. „Du hast sie."

Er stieß Luft aus. „Und Ihre, Glass?"

„Meine brauchen Sie nicht", sagte Matt.

„Und wie ich sie brauche! Als Indias Mann spielt Ihre Meinung eine Rolle."

„Wie ich gestern schon gesagt habe, India ist fähig, ihre eigenen Entscheidungen zu treffen."

„Dennoch hätte ich gern auch Ihre Vergebung." Fabian streckte eine Hand aus.

Einen langen Augenblick dachte ich, Matt würde sich weigern, sie zu schütteln, aber schließlich nahm er sie. Sie lächelten einander nicht an oder wechselten Worte, und beide traten weg, sobald sie die Hände lösten, wie Faustkämpfer, die zwischen den Runden in ihre Ecke zurückkehrten. Fabian bot seine Hand auch weder Duke noch Willie an, was vermutlich auch ganz gut war, denn ich nahm an, sie würden ihn vielleicht abweisen, wenn man ihre finsteren Gesichter bedachte.

„Bitte setze dich, Fabian", sagte ich. „Wir haben gerade besprochen, was wir bisher wissen, was Mr. Pykes Verschwinden angeht."

Fabian zog die Hosenbeine hoch und setzte sich. „Dann wird das, was ich zu berichten habe, euch interessieren. Ich bin nicht nur gekommen, um mich zu entschuldigen, obwohl das der dringendste Grund war. Etwas Verstörendes ist vorgefallen."

„Was ist es?"

Er rieb sich über das Kinn, das mit dunklen Stoppeln verunziert war, und warf einen ängstlichen Blick zu Matt. Er machte sich Sorgen über Matts Reaktion. Jetzt war ich nur noch neugieriger. „Der fliegende Teppich wurde gestern Nacht gestohlen."

„Was?", brach es aus Matt hervor.

Ich legte eine Hand auf seinen Arm, und ich glaube, es hielt ihn davon ab, aufzuspringen und sich bedrohlich über Fabian aufzubauen. Aber nur gerade so eben, falls man nach den Vibrationen ging, die durch ihn hindurchliefen.

Duke fluchte tonlos. „Das ist nicht gut."

„Wie konnte er denn gestohlen werden?", fragte ich. „Es ist ein großer Teppich, und er lag auf dem Boden, mit Möbeln darauf. Du hättest doch etwas gehört."

„Es war das Dienstmädchen, oder?", fragte Willie. „Die, mit der du deine Nächte verbringst. War sie es? Oder war sie eine Ablenkung?"

Fabians Gesicht wurde rot. Er hatte nicht gewusst, dass wir über seine Beziehung zu seinem Dienstmädchen Bescheid wussten. „Der Teppich war nicht im Haus. Nachdem ich ihn von der Weide in der Nähe von Brighton geholt habe, ließ er sich nicht mehr ordentlich reinigen. Er war nicht in einen Zustand, dass er in meinem Salon hätte sein können, also habe ich ihn in den Stallungen aufbewahrt."

Matt stöhnte und rieb sich über die Stirn. „Sie haben das wichtigste magische Objekt der Welt in einem ungesicherten Bereich aufbewahrt."

„Du Idiot!", stieß Willie hervor.

„Die Stallungen werden nachts verschlossen", sagte Fabian. „Der Stalljunge ist immer dort. Er wurde am Abend mitgenommen, als ich aus war, und der Kutscher war bei mir."

„Der Stalljunge?", fragte Matt.

Fabian sank in seinen Sessel. „Hat geschlafen."

Duke und Willie murmelten tonlos vor sich hin.

Matt seufzte nur. „Haben Sie ihn heute Vormittag befragt? Gibt es irgendwelche Hinweise? Zeugen?"

„Der Junge sagt, er hätte ein Geräusch gehört, aber er wusste die Zeit nicht. Ich habe die Bediensteten, die bei anderen Häusern draußen arbeiten, nicht befragt. Sie schauen mich immer seltsam an, weil ich Franzose bin. Deshalb bin ich hergekommen. Sie sind Engländer und Experten darin, Fragen zu stellen. Außerdem könnte der Diebstahl mit Pykes Verschwinden zusammenhängen."

Ich keuchte, als mir dämmerte, dass er recht haben konnte.

Matt hatte eindeutig die Verbindung bereits geschaffen. Er wirkte überhaupt nicht entsetzt. „Falls die beiden Vorfälle zusammenhängen – und ich glaube, das tun sie – dann gibt es zwei Szenarien", sagte er. „Entweder hat Coyle Pyke entführt und dann den Teppich gestohlen, damit Pyke ihn auf irgendeine magische Art einsetzen kann, oder, falls Pyke von jemand anderem entführt wurde, hat er demjenigen von dem Teppich erzählt, und sie haben ihn daraufhin gestohlen."

„Aber nur India kann den Teppich fliegen lassen", sagte Duke. „Warum sollte man sich überhaupt mit Pyke die Mühe machen?"

„Nur ich kann ihn *mit Passagieren* fliegen lassen", erklärte ich. „Und mit dem neuen Bewegungszauber sollte es Mr. Pyke möglich sein, den Teppich fliegen zu lassen, aber nur ohne Gewicht darauf."

Fabian stimmte Matt zu. „Coyle hat den Zauber und den Teppich gestohlen und Mr. Pyke entführt. Er muss es sein. Wer denn sonst?"

„Wirklich, wer sonst, aber wir *glauben* nur, dass Coyle alle drei hat. Wir haben keinen Beweis."

Willie hatte mit den Fingern auf ihrer Armlehne getrommelt,

hörte aber plötzlich auf. „Es könnte Pyke selbst sein. Er könnte sich irgendwo verstecken. Vielleicht hat er ihn für sich gestohlen, nicht für sonst jemanden, und hat vor, fliegende Teppiche zu fertigen und sie zu verkaufen."

Duke verzog das Gesicht. „Warum sollte er das tun? Seine Magie wird nicht anhalten, und niemand kann sich auf den Teppich setzen, während er fliegt. Was ist denn der Sinn eines fliegenden Teppichs, wenn man nicht darauf liegen kann?"

„Er hat einen Wert als neumodisches Geschenk", sagte Willie, als wäre er ein Narr. „Korsetts und Kreisel haben doch auch keinen Sinn, aber sie werden auf der ganzen Welt verkauft."

„Manche würden das anders sehen, dass sie keinen Sinn haben", sagte ich.

„Was ist mit Plüschtieren, die als Menschen verkleidet sind?" Sie zog ihre Augenbraue vor mir hoch. „Krimskrams verkauft sich, besonders an Narren mit zu viel Geld."

Da war etwas dran.

Fabian schien sich langsam für den Gedanken zu erwärmen. „Pyke wollte eine Kopie des Zaubers, nachdem wir ihn angefertigt haben."

Matt war allerdings nicht überzeugt. „Ihr vergesst ein paar entscheidende Hinweise. Nach allen Berichten war Pyke an dem Nachmittag, an dem er verschwunden ist, besorgt, nachdem er Besuch von jemandem in einer Kutsche bekam. Er hat außerdem Mrs. Fuller erzählt, dass er von einem Mann mit dunklen Haaren verfolgt wurde, die grau durchwirkt sind."

Je mehr ich darüber nachdachte, desto mehr stimmte ich ihm zu. „Mr. Pyke würde doch seine Frau nicht im Stich lassen. Nicht, damit er insgeheim magische fliegende Teppiche verkaufen kann. Außerdem, wozu hätte er denn diesen besonderen Teppich brauchen sollen? Wenn er den Zauber gestohlen hat, könnte er ihn einfach auf jedem Teppich einsetzen, den er angefertigt hat. Weshalb sollte er diesen stehlen müssen?"

„Weil die Magie darin stärker ist als alles, was er je allein schaffen könnte", sagte Matt langsam. „Du hast recht, India. Er will nicht einfach nur magische fliegende Teppiche verkaufen. Er braucht genau diesen, oder jemand anders braucht ihn."

Unsere Blicke begegneten sich. Wir dachten beide, es wäre

Lord Coyle, sagten aber seinen Namen nicht. Ich wollte an dieser Stelle noch offen bleiben, und ich nahm an, Matt ging es genauso.

„Es gibt eines, dessen wir uns jetzt sicher sein können", sagte Matt. „Pyke wurde vermutlich nicht von einem rivalisierenden talentfreien Teppichmacher aus Neid entführt. Das schließt eine Menge Verdächtiger aus, darunter Abercrombie."

Willie rümpfte die Nase. „Abercrombie ist immer noch schuldig, ein Arsch zu sein."

„Ich denke, wir können auch sicher sagen, dass Pyke nicht zu Schaden gekommen ist", fuhr Matt fort. „Wer immer den Zauber gestohlen hat, er hat wahrscheinlich auch den Teppich gestohlen, und er braucht Pyke und seine Magie. Solange er ihn braucht, wird er in Sicherheit sein."

Aber was geschah, wenn er nicht tun konnte, was der Entführer wollte? Was geschah, wenn dieser dachte, er könnte den Teppich mit Passagieren fliegen lassen, und dann erfuhr, dass er das nicht konnte?

Ich drückte mir die Hand an die Kehle, und in meine Augen stiegen unerwarteterweise Tränen. Ich kannte den Mann kaum, aber in gewisser Weise war ich für sein Schicksal verantwortlich. In dem Augenblick, in dem Fabian und ich uns seine Hilfe für den Zauber mit der Wolle geholt hatten, hatten wir ihn in Gefahr gebracht.

Matt ging neben mir in die Hocke und nahm meine Hände in seine. „Er lebt, India. Wir werden unser Bestes tun, damit es so bleibt."

Duke stand plötzlich auf und marschierte zum Fenster. Er zog die Vorhänge zu, stürzte den Raum fast in völlige Dunkelheit.

„Warum machst du denn das?", rief Willie.

„Ihr habt alle was vergessen."

Matt erhob sich, hielt aber meine Hände fest. „Was?"

„Wenn der Entführer merkt, dass Pyke Teppiche mit Passagieren darauf nicht fliegen lassen kann, und falls Pyke ihm sagt, das läge daran, dass seine Magie nicht stark genug ist, was hindert Pyke daran, Indias Namen auszusprechen? Wer garantiert, dass er seinem Entführer nicht verrät, dass er India braucht?"

„*Mon dieu*", murmelte Fabian. „Der Entführer könnte es als nächstes auf India abgesehen haben."

Matt drückte mir die Hand und hielt sie ganz fest. Meine eigene Hand begann zu zittern.

KAPITEL 10

att schickte eine Nachricht zu Scotland Yard, in der er Brockwell bat, uns bei Fabians Stallungen zu treffen, die in den Hinterhöfen hinter seinem Stadthäuschen lagen. Wir stiegen am Ende der Stallungsanlagen aus unserer Kutsche. Duke und Willie blieben dort, darum hatte ich das Gefühl, es wäre für Matt sicher, sich offen hinzustellen.

„Nimm meine Hand", sagte er. „Diese Pflastersteine sind rutschig."

Ich nahm an, er machte sich genauso große Sorgen, dass ich entführt wurde, wie er sich darum sorgte, dass ich hinfiel. Ich hätte ihm sagen können, dass das mit ihm in der Nähe niemand versuchen würde, aber ich bezweifelte, dass sein Verhalten sich ändern würde. Außerdem hielt ich ihn gerne an der Hand.

Wir wichen den Hinterlassenschaften der Pferde und den Pfützen aus, bis wir am Kutschhaus und den Ställen gegenüber des Hintereingangs zu Fabians Stadthaus ankamen. Wir warteten ein paar Minuten, bis Brockwell mit zwei Konstablern im Schlepptau eintraf. Sofort befahl er ihnen, die Bediensteten der anderen Häuser entlang der Stallungen zu befragen, die draußen zu arbeiteten. Dann gaben wir, was wir wussten, an Brockwell weiter. Da kam nur sehr wenig zusammen.

Er legte den Kopf zurück, um zu den Dienerschaftsunterkünften über dem Kutschhaus aufzuschauen. „Weshalb hat Charbonneau den Teppich hier verstaut?"

Fabian hatte zugestimmt, dass er sich uns nicht anschließen würde, damit seine Angestellten sich freier fühlten, eine ehrliche Antwort zu geben. Er hatte vorweg den Auftrag erteilt, dass sie uns alles mitteilen sollten, was sie konnten. Der Stallbursche und der Kutscher hatten uns höflich, wenn auch steif im Kutschhaus begrüßt. Die Doppeltüren standen offen, und das Tageslicht brachte die glänzende schwarze Farbe der Kutsche zum Leuchten. Der Kutscher polierte sie wohl oft, denn der Geruch war fast überwältigend. Ich konnte die Pferde gar nicht riechen. Vielleicht ging es ja gerade darum.

Als erstes versicherte Brockwell den beiden Angestellten, dass sie nicht in Schwierigkeiten waren. Das schien sie aber nicht zu beruhigen. Sie blieben starr und aufmerksam stehen, die Blicke abgewandt.

„Nichts, was Sie sagen, wird an Mr. Charbonneau zurückgehen", sagte Matt. „Sie haben keine Schwierigkeit mit der Polizei oder Ihrem Arbeitgeber. Wir wollen einfach nur den Dieb finden."

Ein Teil ihrer Anspannung ließ nach, und der Kutscher stellte sich entspannter hin. Der Stallbursche folgte dem Beispiel seines Vorgesetzten, obwohl er immer noch nervös wirkte.

„Erzählen Sie uns, wann Ihnen aufgefallen ist, dass der Teppich fehlt", sagte Matt.

Brockwell hob einen Finger, damit sie stumm blieben, dann griff er in seine Tasche und holte seinen Block und einen Bleistift heraus. Er zog einen Handschuh ab, leckte sich den Daumen und blätterte damit die Seiten durch, bis er eine leere fand. „Fahren Sie fort."

Der Stalljunge Jimmy sprach als erster. „Ich war es. Mir ist aufgefallen, dass er fort war, als ich heute Morgen aufgestanden bin, um die Pferde zu füttern. Der Teppich wurde nämlich hinten in den Stallungen beim Futter verwahrt."

„War er gestern Abend noch da?", fragte Brockwell.

„Ja. Zumindest um etwa fünf Uhr, als ich mir die Vorräte angesehen habe."

„Um viertel nach sieben war er auch noch da", sagte der

Kutscher. „Ich musste ein Strohbündel holen, weil Farthings Schwanz gestriegelt werden musste." Er warf dem Stalljungen einen scharfen Blick zu. „Das war nicht ordentlich gemacht, und ich kann doch den Einspänner des Meisters nicht von einem unordentlichen Pferd ziehen lassen."

„Sie haben Mr. Charbonneau gestern Abend gefahren", sagte Matt. „Wie lange waren sie weg?"

„Ich habe den Herrn nach Knightsbridge gefahren, das stimmt. Und um fünf vor acht bin ich rasch aufgebrochen, damit ich um acht vorne stehen würde, und bin etwa zwanzig Minuten nach Mitternacht hierher zurückgekehrt ins Kutschhaus."

Brockwell schrieb die Zeiten in seinen Notizblock. „Ihnen ist nicht aufgefallen, dass zu diesem Zeitpunkt der Teppich fehlte?"

„Nein, Sir. Ich bin nicht zur Rückseite der Stallungen gegangen. Das Zügelzeug wird dort drüben verstaut." Er deutete auf die Riemen und weitere Utensilien, die an der Wand hingen.

„Und wo war der Teppich untergebracht?"

Der Junge ging voraus durch die Ställe, an den zwei Pferden in Einzelboxen vorbei, nach ganz hinten, wo Eimer, Besen, Futtersäcke und weitere Vorräte verstaut wurden. Er deutete zu einer hölzernen Absperrung und einem Stuhl ohne Sitz, der ein paar Meter entfernt aufgestellt war. „Er war aufgerollt, ein Ende hier, und das andere dort. Als ich heute früh um sechs Uhr hereinkam, sah ich, dass er weg war. Ich habe Mr. Ogilvie in Kenntnis gesetzt, als er aufwachte." Er nickte dem Kutscher zu.

Mr. Ogilvie hob das Kinn. „Und ich habe die Bediensteten im Haus sofort informiert."

„Haben Sie zuerst eine Suche durchgeführt?"

„Nein, Sir. Ich dachte, jemand von den Hausbediensteten hätte ihn abgeholt, während wir geschlafen haben. Erst als der Butler mich in Kenntnis setzte, dass sie das nicht getan hatten, wurde uns beiden klar, dass er gestohlen worden war. Wir suchten überall, konnten ihn aber nicht finden."

Matt und Brockwell betrachteten den Bereich, wo der Teppich aufbewahrt worden war, dann musterten sie den Boden. Es gab drei mögliche Ausgänge von den Stallungen und dem anschließenden Kutschhaus – die Doppeltüren, die man mit der Kutsche benutzte, die einzelne Tür, die auch Zugang zum Kutschhaus gestattete, und eine weitere Tür zu den Stallungen. Es gab keine Anzeichen dafür, dass der Teppich über den Boden geschleift worden war. Nicht, dass der Boden sonderlich dreckig gewesen wäre, aber er war auch nicht gerade makellos. Hätte man einen großen Gegenstand darüber gezogen, hätte das eine Spur hinterlassen.

Ich musterte die Stahltür, aber das Schloss wirkte ganz genau, wie es sein sollte. Man hatte daran nicht herumgebastelt. „Wann sind Sie eingeschlafen?", fragte ich Jimmy, während Matt die Schlösser der anderen Türen musterte.

„Etwa um neun Uhr", sagte er.

Der Kutscher schnalzte mit der Zunge. „Normalerweise schläft er zwischen neun und neun Uhr fünfzehn ein. Gestern Abend war ich natürlich nicht da, aber das können Sie in Ihr Buch aufschreiben, Inspektor."

Brockwell tat es. „Vielen Dank, Mr. Ogilvie. Genauigkeit und Präzision sind für meine Arbeit sehr wichtig."

„Für meine auch, Sir."

Jimmy verdrehte hinter dem Rücken seines Vorgesetzten die Augen.

„Und werden die Türen des Nachts verschlossen?", fragte Brockwell.

„Nicht, während die Kutsche unterwegs ist, nein", sagte Mr. Ogilvie. „Ich schließe ab, nachdem ich zurückkomme und die Pferde untergestellt sind."

Brockwell klappte den Notizblock zu und steckte ihn ein. „Vielen Dank für Ihre Zeit. Wir haben vielleicht später noch mehr Fragen an Sie."

Der Kutscher legte sich die Hand an die Stirn, und der Junge berührte seine Hutkrempe. „Das alles für einen schmutzigen alten Teppich", murmelte Jimmy.

„Nun?", fragte Brockwell, sobald wir draußen waren. „Wurden die Schlösser manipuliert?"

Matt schüttelte den Kopf. „Ich konnte keinerlei Anzeichen für einen Einbruch erkennen."

„Der Dieb ist wohl eingedrungen, nachdem der Junge um neun Uhr eingeschlafen ist, bevor Mr. Ogilvie um zwanzig nach zwölf zurückgekehrt ist, während die Türen nicht versperrt waren."

Matt schaute in eine Richtung entlang der Stallungen und drehte sich dann, um in die andere zu sehen, zurück zu Duke, Willie und unserer wartenden Kutsche. Auf diesem Weg war es sehr viel kürzer bis zum Ende. Dort hatten auch die Konstabler ihre Befragungen begonnen. Sie kamen auf uns zu.

„Nichts, Sir", berichtete einer von ihnen Brockwell. „Keiner der Angestellten an diesem Ende sah oder hörte etwas Ungewöhnliches, das in den Außengebäuden von Charbonneau vor sich ging."

„Sie wurden nicht von Fremden gefragt, welche Stallungen Charbonneau gehören?", fragte Matt.

„Nein, Sir."

Brockwell deutete auf den anderen, längeren Abschnitt der Gasse. „Machen Sie hier entlang weiter."

Wir sahen ihnen nach, aber ich für meinen Teil hatte keine Hoffnungen, dass sie etwas Nützliches entdecken würden. „Wenn der Dieb nicht nach dem Standort von Fabians Außengebäuden gefragt hat, dann wusste er bereits, welche ihm gehören. Er wäre dann bestimmt von diesem Ende gekommen und wieder hinausgegangen." Ich deutete auf den kürzeren Weg.

Matt folgte meinem Blick und schaute zurück zur Stalltür. „Der Teppich ist groß und schwer. Er wurde nicht gezogen, also gab es mindestens zwei Männer, die ihn trugen und in ein Fahrzeug verluden. Jemand muss doch etwas gesehen haben."

Wir gingen aus dem Weg, während eine Kutsche vorüberrollte. Ein Junge, der auf einem Fass vor dem Kutschhaus stand, stand auf, um sie zu begrüßen und dem Kutscher seine Hilfe anzubieten. Als er gerade die Türen geöffnet hatte, kam ein weiteres Gefährt aus einem anschließenden Kutschhaus und fuhr ab. Es fuhr nicht in die andere Richtung an uns vorbei. Das war auch gut so, denn die Gasse der Stallungen war nicht breit genug, dass beide Kutschen sicher aneinander vorbeifahren konnten.

„Der Verkehr geht nur in eine Richtung", sagte ich. „Sie fahren dort hinaus und kommen hier herein, sodass sie nicht aneinander vorbei müssen."

„So sieht es aus", sagte Brockwell, der beobachtete, wie die Kutsche abfuhr. „Aber ich sehe nicht, dass das eine Rolle spielt. Nicht, wenn unsere Diebe den Teppich zu zweit trugen, zu einem wartenden Fahrzeug am Ende."

„Es stimmt, das hätten sie tun können. Aber da Kutschen hier zu allen möglichen Tages- und Nachtzeiten eintreffen, und zwar unvorhersehbar, wäre es doch sehr viel weniger auffällig, ihn hinten in einen Wagen zu laden, der hier wartet." Ich deutete auf Fabians Gutshaus und die Stallungen. „Sie könnten ihn heraustragen, ihn einladen und dann in zwei oder drei Minuten weg sein."

„Und sie könnten den Teppich hinten im Wagen abdecken, damit er niemandem auffallen würde", schloss Matt. „Du hast recht, India. Hätten sie ihn ganz bis zum Ende getragen, hätten sie riskiert, gesehen zu werden, und Zeugen würden sich an etwas Ungewöhnliches erinnern, etwa zwei Männer, die einen großen Teppich zwischen sich tragen. Von einer weiteren Kutsche, die abfährt, hätten sie allerdings nicht sonderlich Kenntnis genommen. Nicht in einer so geschäftigen Gasse wie dieser."

Brockwell hob den Daumen. „Also können wir erstens annehmen, dass sie wussten, welches dieser Außengebäude Charbonneau gehört." Ein zweiter Finger schloss sich dem Daumen an. „Zweitens nutzten sie eine Art Vehikel, um bei ihrer Abfahrt zu helfen." Er zählte die weiteren zwei Punkte an den übrigen Fingern ab. „Drittens waren sie mindestens zu zweit. Und viertens ereignete sich der Diebstahl zwischen neun Uhr und zwölf Uhr zwanzig."

Matt drehte sich, um die Hintertür zu mustern, die zu den Dienerschaftsunterkünften von Fabians Stadthaus führte, auf der gegenüberliegenden Seite der Stallungen. „Das legt nahe, dass sie etwas über die Haushaltsroutine wussten – um welche Zeit Charbonneau gewöhnlich nach Hause kommt, und um welche Zeit der Stalljunge zu Bett geht."

„Einer von den Bediensteten", sagte ich. Armer Fabian, von seiner eigenen Dienerschaft verraten zu werden.

„Oder ein professioneller Dieb", sagte Brockwell. „Einer, der sich die Haushaltsroutine angeeignet hat."

Matt näherte sich der Tür des Stadthauses. „Am schnellsten macht man das, indem man nachfragt."

Ich hatte ein etwas besseres Gefühl mit dem Wissen, dass es vielleicht nicht Fabians Bedienstete gewesen waren. Aber wenn es ein Berufsdieb gewesen war, dann hatte ihn wohl jemand angeheuert. Jemand mit genug Geld und den richtigen Verbindungen. Und derjenige, der ganz oben auf der Liste unserer Verdächtigen stand, hatte sehr viel Geld und ein Netzwerk aus Spionen.

Coyle.

Das Dienstmädchen namens Jane antwortete auf Matts Klopfen. Ich erkannte sie von dem einen Mal, als wir die Angestellten befragt hatten, nachdem der Zauber gestohlen worden war. Sie hatte darauf angespielt, eine Beziehung zu Fabian zu haben, wenn man eine Liaison zwischen dem Herrn und seinem Dienstmädchen so nennen konnte.

Sie kannte uns ebenfalls und knickste leicht. „Möchten Sie Mr. Charbonneau sehen, Sir?"

„Wir wollen Ihnen und den anderen Angestellten ein paar Fragen stellen", sagte Matt. „Dürfen wir hereinkommen?"

Sie zögerte, bevor sie zur Seite trat. „Kommen Sie hier entlang."

Sie führte uns an einer Speisekammer vorbei, einem Vorratsraum und einer Küche, wo die Köchin und ein Dienstmädchen fleißig arbeiteten, hackten und rührten. Sie schauten nicht auf, als wir vorbei zu einem kleinen Esszimmer gingen, das die Angestellten benutzten. Ein Bediensteter erhob sich plötzlich, als er uns sah, und warf dabei die Zeitung, in der gelesen hatte, auf den Boden. Rasch hob er sie auf, steckte sie sich unter den Arm und stand wachsam da.

„Bitte beordern Sie die weiteren Bediensteten hierher", sagte Brockwell zu Jane.

„Beordern?", murmelte Matt.

Brockwell kratzte sich an den Koteletten. Hier unten in den Dienerschaftsräumen wirkte er noch unbehaglicher als an unserem Esstisch. Dieser Bereich war für ihn sogar noch fremder als das obere Stockwerk. Ich kannte dieses Gefühl gut. Man nahm an, dass Menschen wie Brockwell und ich eher unter denen beheimatet waren, die für andere arbeiteten, aber in Wahrheit gab es eine Bandbreite von Regeln unter dem Bediensteten in den großen Haushalten, die genauso unvertraut waren wie die Regeln, die ihre Herren und Herrinnen lenkten. In der Park Street Nr. 16 fühlte ich mich immer oben behaglicher als unten. Mrs. Potter war die Meisterin der Küche, während Mr. Bristow und Mrs. Bristow über den Rest der Angestellten wachten. Matt und seine Freunde gaben mir ein behaglicheres Gefühl.

Fabian traf mit den Bediensteten ein, was nur noch weiter zu dem Unbehagen beitrug, ganz zu schweigen davon, wie eng es im Speisezimmer der Dienerschaft wurde.

Matt begann genauso, wie er es bei den Angestellten draußen getan hatte, indem er ihnen sagte, dass niemand in Schwierigkeiten steckte, und wir nur mehr über den Diebstahl herausfinden wollten. „Es scheint, als hätte der Dieb genau gewusst, welche Stallungen Mr. Charbonneau gehören, genauso wie den Zeitpunkt, wann der Stalljunge schlafen würde, und zu welcher Zeit Mr. Ogilvie zurückkehrt."

Der Butler versteifte sich. „Legen Sie nahe, dass einer von uns es getan hat?"

„Nein. Ich lege nahe, dass der Dieb sich vielleicht nach solchen Dingen erkundigt hat. Vielleicht hat jemand unabsichtlich geantwortet, weil er es nicht für wichtig hielt."

Einige der Angestellten wechselten Blicke oder zuckten mit den Schultern.

„Ich war es nicht", sagte Jane, die zur Haushälterin schaute.

Die Haushälterin warf einen abschätzigen Blick auf das Mädchen. „Das hat auch niemand gesagt."

Brockwell räusperte sich. „Darf ich alle daran erinnern, dass dies eine polizeiliche Ermittlung ist."

Das Küchenmädchen biss sich auf die Lippen und starrte auf ihre Füße hinab.

„Wie heißen Sie?", fragte ich sie sanft.

„Edna."

„Edna, ist jemand an die Hintertür gekommen und hat dir die Fragen gestellt, die Mr. Glass da angedeutet hat?"

Sie nickte. Sie war jung, vermutlich nicht älter als siebzehn, mit milchweißer Haut und blaugrauen Schatten unter den

Augen. Das arme Ding wirkte erschöpft. „Gestern kam ein Lieferant. Er kam an die Hintertür und hat mir eine Kiste von Gemüsehändler Goodes überreicht."

„Oh, ja, die Lieferung, die wir niemals bestellt haben", sagte die Köchin. „Nun ergibt alles einen Sinn. Edna kam mit einer Kiste von Goodes herein, aber ich hatte bei ihnen noch gar nicht bestellt. Wir haben das einfach als Fehler verbucht und sie zurückgeschickt. Das war bestimmt er. Der Lieferant."

Jane keuchte. „Bei Goodes arbeitet ein Dieb?"

„Nein, dummes Mädchen. Er war überhaupt kein Lieferant, und er arbeitet nicht für Mr. Goodes."

Edna rang die Hände an ihrer Schürze, sie stand den Tränen nahe. „Das wusste ich nicht. Ich dachte, er wäre nur freundlich, als er mir die ganzen Fragen gestellt hat."

Matt entließ die ganzen anderen Diener und bedeutete auch Fabian, dass er gehen sollte. Sobald wir allein waren, zog er für das Dienstmädchen einen Stuhl heraus. Sie blinzelte ihn durch feuchte Wimpern an. Vermutlich war es bisher nur selten vorgekommen, dass ein Mann ihr einen Platz angeboten hatte, und ganz besonders nicht ein Gentleman.

Er setzte sich neben sie. „Es scheint, als hätte man Sie vielleicht hereingelegt."

Edna presste sich die Schürze auf den Mund.

Matt berührte sie am Arm, um sie zu ermutigen, ihn zu senken. „Das ist nicht Ihre Schuld. Der Mann war sehr wahrscheinlich ein professioneller Dieb und Lügner. Das werde ich Mr. Charbonneau auch sagen. Sie werden keine Schwierigkeiten bekommen, weil Sie mit ihm gesprochen haben."

„Wie sah der Lieferant denn aus?", fragte Brockwell.

Edna schniefte und schien sich wieder zu fassen. „Er hatte dunkle, kurze Haare und einem Bart. Er war nicht groß, aber auch nicht klein." Sie zuckte mit den Schultern. „Es sah einfach gewöhnlich aus."

Brockwell schrieb das in sein Notizbuch, obwohl sich die Beschreibung nicht nutzen ließ. „Und was wollte er wissen?"

„Er sagte mir, dass ich müde wirke und dass ich wohl sehr lange arbeiten muss. Er fragte mich, ob ich für die Rückkehr des Herrn nachts aufbleiben muss, und ihm heiße Schokolade machen. Ich sagte, das müsse ich nicht, und dass das der Bedienstete an der Tür macht, wenn er etwas möchte." Sie biss sich fest auf die Lippe. Als sie sie losließ, blieb ein Abdruck zurück. „Ich glaube, ich habe vielleicht die Zeit erwähnt, zu der Mr. Charbonneau gewöhnlich heimkommt – zwischen zwölf und eins."

„Und hat er wegen der Stallungen gefragt?"

Sie nickte. „Er hat sich an den Türrahmen gelehnt und ganz freundlich zu mir gesagt, dass er glaubt, Dienstmädchen, Scheuermägde und Stalljungen arbeiten am schwersten. Ich habe ihm gesagt, unser Jimmy macht das nicht, und er hat einen Witz gemacht, dass er früher ins Bett darf als die Hausangestellten. Da habe ich ihm gesagt, dass Jimmy spätestens um zehn Uhr im Bett ist. Und ich habe auf das Kutschhaus dort drüben gezeigt." Ihr Gesicht legte sich in Falten, und sie schluchzte in ihre Schürze.

Ich rieb ihr die Schulter, während Matt und Brockwell aus dem Esszimmer der Bediensteten gingen. „Es ist schon gut, Edna", sagte ich sanft. „Du wirst keine Schwierigkeiten bekommen."

„Aber ich fühle mich so töricht."

„Du bist nicht töricht. Nur ein unschuldiges Mädchen, das in seinem Leben noch nichts falsch gemacht hat, darum erkennst du Männer wie diesen nicht als das, was sie wirklich sind. Jetzt nimm dich zusammen und gönn dir eine Tasse Tee, bevor du wieder an die Arbeit gehst."

„Das kann ich nicht. Ich muss einen Kuchen für Mr. Charbonneaus Nachmittagstee vorbereiten."

„Das klingt nach einer Menge Mühe für einen Mann."

„Der ist auch für diesen Professor. Er kommt die meisten Tage her, und sie lesen zusammen Bücher." Sie verzog das Gesicht, als wäre das für sie das Langweiligste der Welt. Zumindest schien sie das ein bisschen aufzuheitern.

Anstatt durch dieselbe Tür zu gehen, durch die wir eingetreten waren, gingen wir nach oben zum Hauptteil des Hauses, wo Fabian im Eingangsbereich auf uns wartete.

„Haben Sie die Antworten erhalten, die Sie brauchen?", fragte er Matt.

„Das Dienstmädchen wurde von einem talentierten Lügner hereingelegt. Es ist nicht ihre Schuld."

Fabian hob die Hände. „Ich mach ihr keinen Vorwurf. Man sagt mir, sie arbeitet schwer."

„Vielleicht ein wenig zu schwer", sagte ich. „Womöglich solltest du eine weitere Dienstmagd einstellen, damit sie nicht mehr so viel arbeiten muss."

Wir versprachen, ihn auf dem Laufenden zu halten, wenn sich Entwicklungen ergaben, und gingen durch die Eingangstür. Wir schlossen uns Duke und Willie an, die rasch Matt in die Kutsche packten und mich auch hineindrängten. Willie schob mich am Hintern an, als ich zu lange brauchte, und ich landete auf Matts Schoß.

„Es ist doch niemand da", knurrte Matt sie an.

„Und ich werde nicht entführt, während ihr alle da seid", sagte ich und nahm gegenüber von Matt Platz.

Duke schloss die Tür, blieb aber mit Willie auf dem Bürgersteig.

Matt öffnete das Fenster, um mit ihnen zu reden. „War das nötig?"

„Ja", sagte Willie, die die Arme verschränkte. „Jasper, hier sind deine Männer."

Die beiden Konstabler schlossen sich uns an, hatten aber nichts zu berichten. Niemand hatte die Diebe gehört oder gesehen. Brockwell bat sie, außerhalb der Hörweite zu warten.

„Ich möchte Coyle noch nicht zur Rede stellen, obwohl er der wahrscheinlichste Verdächtigte ist", sagte er zu uns. „Er wird nichts zugeben, und wir haben keinen Beweis gegen ihn. Also ist die Frage, wohin jetzt?"

Matt tippte auf den Fensterrahmen, diese nervöse Energie machte sich erneut bemerkbar. „Obwohl es ein professioneller Diebstahl zu sein scheint, müssen wir die Möglichkeit ausräumen, dass Mr. Pyke sein eigenes Verschwinden auf die Beine gestellt hat, genauso wie den Diebstahl des Zaubers und des Teppichs. Wir werden anfangen, indem wir herausfinden, ob er Zugang zu einem anderen Grundstück hat, wo er sich verstecken könnte. Ein Lagerhaus oder gemietete Räumlichkeiten vielleicht."

„Ich werde sehen, was ich in den offiziellen Grundbüchern finden kann", sagte Brockwell.

„Und wir werden Mrs. Pyke befragen."

„Was, falls er es vor ihr geheim gehalten hat?", fragte Willie.

„Es gibt nichts, was wir dann tun können."

„Ich werde auch die Aufzeichnungen von bekannten Übeltätern durchgehen, ob es jemanden gibt, der wie der Mann aussieht, den Edna uns beschrieben hat, aber ich bezweifle, dass das hilft. Ihre Beschreibung würde auf fast jeden Mann passen."

Duke öffnete die Tür und stieg ein, aber Brockwell nahm Willie an der Hand. „Können wir kurz reden, Willie? Unter vier Augen?"

„Ich habe nichts mehr hinzuzufügen", sagte sie, als hätten sie sich gerade unterhalten.

„Das erwarte ich auch nicht von dir, aber ich würde gern ... reine Luft machen."

Unsicher schaute sie zu mir. Ich nickte ihr ermutigend zu.

„Mach schnell", sagte sie.

Sie gingen ein paar Meter weiter, Willie mit verschränkten Armen, ihr Blick auf den Bürgersteig gesenkt, und Brockwell kratzte sich die Koteletten. Er sagte etwas zu ihr und hob eine Schulter, um damit zu zucken.

„India, lass Ihnen etwas Privatsphäre", tadelte Matt.

„Ich kann sie nicht hören."

„Sie zu beobachten, ist schlimm genug."

„Es spielt keine Rolle. Willie kehrt zurück." Ich lehnte mich zurück und spielte mit den Haaren in meinem Nacken. „Tut so, als wäre nichts los."

„Es ist nichts los", sagte Matt.

Duke knurrte. „Und *wie* was los ist. Etwas hat sie aufgebracht, und sie will mir nicht sagen, was. Sie benimmt sich, als wäre er ihr nicht wichtig, aber das ist er. Wenn sie nicht aufpasst, wird sie ihn verlieren."

Ich blinzelte ihn an. Wann hatte er denn einen so großen Einblick in Willies Liebesleben erhalten?

Sie stieg ein und schloss die Tür. Die Stille drang in den kleinen Raum ein wie der Geruch nach fauligem Fleisch. Es war unerträglich, und nach ein paar Minuten musste ich etwas sagen.

„Und? Möchtest du uns gern erzählen, worum es da ging?"

„Nein. Ich will einfach nur mit der Ermittlung weitermachen. Warum fährt Woodall so langsam?"

„Tut er nicht", sagte Duke.

Sie öffnete das Fenster und brüllte zu dem Kutscher nach vorne. „Machen Sie schneller! Miss Glass könnte schneller fahren als das."

Woodall konnte nicht schneller fahren, was am Verkehr lag, und es dauerte einige Zeit, um am Wohnort der Pykes anzukommen. Mrs. Pyke war nicht allein. Mrs. Fuller Senior war da und trank Tee. Mrs. Pyke bat Matt und mich, sich ihnen anzuschließen. Willie und Duke blieben draußen und hielten die Augen offen.

Mrs. Pyke trug ein Tablett in den Salon, und Matt nahm es ihr ab. Er stellte es auf den Tisch, während sie sich hinsetzte und die Hände an ihrer Schürze rang. Sie wirkte zu nervös, um auch nur zu fragen, ob wir etwas Neues hatten.

Ich hielt es für am besten, das Schlimmste gleich aus dem Weg zu schaffen. „Wir haben keine belastbare Information darüber, wo Ihr Mann sich aufhält, das bedaure ich."

Ihre Gesichtszüge entglitten ihr. „Oh." Sie starrte auf die Teetassen, als wäre es einfach zu viel Mühe, etwas einzuschenken.

Mrs. Fuller füllte unsere Tassen und reichte sie Matt und mir. „Aber es gibt eine Entwicklung? Sind Sie deswegen da?"

„Wir haben eine Theorie, die etwas Hoffnung machen könnte. Ein paar Theorien sogar." Ich schaute zu Matt, war mir nicht sicher, womit ich anfangen sollte. Diejenige, bei der wir dachten, Mr. Pyke wäre am Leben, oder diejenige, wo wir annahmen, dass er sich versteckt hatte und absichtlich seinen Aufenthaltsort sogar vor seiner Frau geheim hielt?

„Hat ihr Mann Ihnen von dem fliegenden Teppich erzählt?", begann Matt.

„Dem was?", rief Mrs. Fuller. Als sie sah, dass Matt es ernst meinte, entschuldigte sie sich für ihren Ausbruch.

„Ja, das hat er", sagte Mrs. Pyke.

„Sowohl der Zauber als auch der Teppich wurden gestohlen. Wir glauben, der Dieb hat Ihren Mann entführt, um ihn zu zwingen, den einen und einzigen Flug des Teppichs zu wiederholen."

Sie blinzelte mit wässrigen Augen. „Oh. Ich verstehe."

„Also gibt es natürlich Hoffnung, dass er noch lebt. Letztlich eine Menge Hoffnung. Wir müssen ihn nur finden."

„Bevor der Entführer herausfindet, dass er ihm nichts nützt", murmelte Mrs. Pyke. „Er hat mir erzählt, dass er niemals tun könnte, was Mrs. Glass getan hat. Er könnte niemals den Flug des Teppichs mit nennenswerter Genauigkeit lenken. Und wenn der Entführer das merkt ..." Sie presste die Lippen aufeinander, doch trotzdem zitterte ihr Kinn.

Mrs. Fuller tätschelte ihrer Freundin die Hand. „Und Ihre zweite Theorie?"

Matt verschob die Füße und rieb sich übers Kinn. Ich dachte, dass er vielleicht wollte, dass ich es ihr erzählte, doch er fuhr fort. „Mr. Pyke hat sich vielleicht aus eigenem Antrieb versteckt. Er könnte der Dieb sein."

„Nein." Mrs. Pykes Stimme war erstickt vor Tränen und Wut. „Nein, das würde er nicht tun. Das glaube ich nicht. Er ist kein Dieb, und er ist nicht gierig. Sie irren sich, Mr. Glass."

„Er hat den Zeitungen erzählt, dass er ein Magier ist", sagte ich. „Weshalb sollte er das tun, wenn er daraus nicht wegen des Rufes der Magier Gewinn schöpfen möchte?"

Mrs. Pykes Lippen spannten sich an. „Er würde mich das nicht durchstehen lassen, wenn er anders könnte. Er ist nicht gierig."

Ich schaute zu Mrs. Fuller, aber sie blieb still. Hätte sie ihrer Freundin zugestimmt, hätte ich vielleicht unsere Fragen nicht fortgeführt, aber ihre Stille war verräterisch. „Mrs. Pyke, besitzt Ihr Mann noch irgendwelche anderen Grundstücke?"

„Nein."

„Mietet er ein Lagerhaus oder einen Lagerraum?"

Sie schüttelte den Kopf. „Ich habe es Ihnen gesagt. Er versteckt sich nirgends, Mrs. Glass."

Wir kamen nirgendwohin und verstörten sie nur weiter. Ich bedeutete Matt, dass wir gehen sollten, und wir brachen auf.

„Ich bringe Sie hinaus", sagte Mrs. Fuller, die uns in den Gang folgte.

Sie öffnete allerdings nicht die Eingangstür, sondern ließ die Hand auf dem Griff ruhen. Sie schaute zurück zum Salon. Mrs. Pyke war nicht herausgekommen. „Ich weiß, dass Sie diese Fragen stellen müssen", flüsterte sie. „Ich kann sehen, wonach es aussieht, nachdem Mr. Pyke seinen Namen der Zeitung verraten hat. Und die Wahrheit ist, er ist in letzter Zeit leidenschaftlicher mit seiner Arbeit geworden." Sie schaute noch einmal zum Salon, dann beugte sie sich näher heran. „Aber ich glaube nicht, dass es Geld ist, das ihn dazu getrieben hat, mit der Zeitung zu reden. Es ist sein Ruf. Nun ja, ich schätze, die sind beide verbunden. Ein guter Ruf führt zu mehr Kunden, wodurch das Geschäft florieren kann. Aber ... da steckt noch mehr dahinter. Etwas, das wenig mit dem zu tun hat, wie viel er für seine Teppiche verlangt."

„Ist es möglich, dass er ein Erbe hinterlassen möchte?", fragte ich, während ich mich an Mr. Pykes Worte erinnerte, als wir uns zum ersten Mal begegnet waren.

„Ja das ist sehr viel wahrscheinlicher der Grund dahinter, dass er an die Öffentlichkeit gegangen ist."

„Also glauben Sie, er hat vielleicht den Teppich gestohlen und sich versteckt?"

„Es ist möglich, dass er vorhat, den gestohlenen Teppich irgendwie einzusetzen, obwohl ich den Grund dafür nicht erkenne. Um ihn zu verkaufen? Um weitere magische Teppiche zu herzustellen und diese zu verkaufen? Das klingt einfach nicht richtig. Nicht bei Mr. Pyke."

„Vielleicht hat er andere Pläne, zu denen nicht gehört, sie zu verkaufen", sagte Matt.

Sie biss sich auf die Lippen, und ich nahm an, dass sie mehr zu sagen hatte. Allerdings drängten sie weder Matt noch ich. Aber wir gingen auch nicht.

Unsere Geduld wurde belohnt. „Er war sehr gut mit Mr. Stocker befreundet, dem Gildemeister."

„Ich dachte, sie haben sich gestritten, als Mr. Pyke Mr. Stocker erzählte, dass er ein Magier war", sagte ich.

„Das haben Sie, aber vorher standen sie einander sehr nahe."

Das Geräusch von Porzellantassen, die zusammengestellt wurden, kam aus dem Salon. Mrs. Fuller öffnete die Eingangstür. „Fragen Sie Mr. Stocker nach gemieteten Räumen und so weiter. Wenn irgendjemand weiß, ob Mr. Pyke sich versteckt, ist es er."

* * *

DER TÜRSTEHER WOLLTE uns nicht mehr in die Wollgilde eintreten lassen. Weder Matt noch ich waren nach unserem letzten Besuch überrascht, doch eine Enttäuschung war es trotzdem. Nicht einmal Matts Charme konnte den Türsteher überreden, Mr. Stocker eine Nachricht zu bringen. Der Türsteher schickte uns mit einem strengen Blick weg und schlug uns die Tür vor der Nase zu.

Ich drängte Matt zurück in die Sicherheit der Kutsche, wo wir besprachen, was wir als nächstes tun mussten.

„Wir gehen zu Scotland Yard", sagte Matt. „Brockwell wird Stocker aufsuchen müssen. Der Polizei kann der Türsteher nicht den Eintritt verwehren."

Willie sank in der Ecke zusammen, ihre Lippen trotzig geschürzt. „Müssen wir ihn schon wieder treffen?"

„Müssen wir", erklärte ihr Duke. „Du biegst mal lieber hin, was zwischen euch los ist, denn wir werden ihn weiterhin treffen. Wir können ihm nicht aus dem Weg gehen, nur um dir einen Gefallen zu tun."

„Es ist nicht meine Schuld! Es ist seine!" Sie trat gegen den gegenüberliegenden Sitz. „Es ist seine."

Matt blockierte ihren Fuß mit seinem, bevor sie noch einmal gegen den Sitz trat. „Es ist ganz gewiss nicht die Schuld dieser Kutsche. Bitte sieh davon ab, sie zu bestrafen."

„Was hat er getan?", fragte ich sie.

Sie zog die verschränkten Arme höher an der Brust hinauf. „Ich möchte nicht darüber reden. Bringen wir's hinter uns, damit ich ihn wieder ignorieren kann."

Ich seufzte.

Matt nahm meine Hand und drückte sie. Das Drücken sollte etwas bedeuten, aber ich konnte nicht verstehen, was es war. Er bat Duke, Woodall den Befehl zu geben, uns zu New Scotland

157

Yard zu bringen. Zwanzig Minuten später hielt Woodall vor dem herrschaftlichen Polizeihauptquartier auf dem Victoria Embankment an.

„Willie, bleib hier", befahl Matt. „Duke, komm mit uns."

„Warum?", fragten sowohl Duke als auch Willie.

Matt wartete nicht, und Duke fiel hinter ihm zurück, während wir über den Bürgersteig gingen und das Gebäude betraten. Bevor wir uns dem Sergeanten am Eingangstresen näherten, drehte sich Matt zu uns um.

„Je mehr ihr sie um eine Antwort bedrängt, desto weniger wird sie es euch erzählen", sagte er.

Duke seufzte. „Das weiß ich, aber ..." Er beendete den Satz mit einem Schulterzucken.

„Dass man sich wünscht, sie würde nicht mehr stur sein, wird es nicht wahr werden lassen." Matt schlug Duke auf die Schulter. „Ich weiß, du machst dir Sorgen, dass sie die Dinge mit einem guten Mann wie Brockwell ruiniert, aber vertraue auf sie. Sie hat ein großes Herz, und manchmal weiß sie nicht, was sie damit anfangen soll, aber sie wird letzten Endes das tun, was für sie am besten ist. Es wird nur länger dauern, wenn wir uns einmischen. Je mehr wir sie bedrängen, umso mehr wird sie sich wehren."

Er hatte recht. Worum auch immer es in ihrem Disput gegangen war, Willie wollte es im Augenblick für sich behalten. Sie war zu stolz, um sich Kritik anzuhören, zu stur, meinen Rat anzunehmen, und zu unabhängig, um gelenkt zu werden. Wie Matt sagte, wir mussten auf sie vertrauen.

Duke stieß ein weiteres Seufzen aus. „Ich werde mich raushalten. Aber vielleicht gibst du Brockwell den gleichen Rat." Er schnalzte mit den Fingern, während ihm meine Idee kam. „Vielleicht kann er uns erzählen, worüber sie gestritten haben."

„Duke", tadelte ich. „Wir werden uns nicht einmischen."

Widerstrebend stimmte er zu, dann ging er zurück, um in die Kutsche zu gehen, während Matt und ich uns dem Eingangstresen näherten.

„Wir *könnten* Brockwell fragen", sagte ich. „Willie wird es nie herausfinden."

Er beäugte mich von der Seite. „Ich glaube, wir sollten uns an die Ermittlung halten und Willies Privatleben in Ruhe lassen. Sie wird sich nicht dafür bedanken, dass du dich einmischst."

Ich stritt mich nicht mit ihm, aber ich stimmte ihm auch nicht unbedingt zu. Willies Vergangenheit war voller ehemaliger Liebhaber beider Geschlechter, die sie nicht wirklich verstanden oder akzeptiert hatten. Brockwell tat das, und das war selten. Falls er etwas gesagt hatte, das sie gegen ihn aufgebracht hatte, musste sie ihm die Gelegenheit geben, sich zu entschuldigen und es wiedergutzumachen, oder sie lief Gefahr, ihn für immer zu verlieren.

Matt war gerade dabei, den Sergeanten zu fragen, ob wir Brockwell sehen konnten, als der Kriminalinspektor selbst aus dem Gang kam, der zu seinem Bureau führte.

„Gut", sagte er und marschierte zügig zu uns. „Ich war gerade unterwegs, um Sie zu suchen." Etwas stimmte nicht. Brockwell marschierte niemals zügig irgendwohin.

„Was ist denn?", fragte Matt, der beunruhigt klang.

„Ich habe gerade ein Telegramm erhalten." Er wedelte mit einem Streifen Papier in der Luft. „Ein nicht identifizierter Mann wurde im Hampstead Heath gefunden und in das Royal Free Hospital gebracht. Er ist schwer verletzt und nicht bei Bewusstsein. Eine Beschreibung des Opfers wurde an die Metropolitan-Reviere gesandt." Er schnippte mit dem Finger gegen das Papier. „Sie passt zu der von Pyke."

KAPITEL 11

Mrs. Pykes Tränen waren die Bestätigung, die wir brauchten, dass der zerschlagene und verletzte Mann, der in einem Bett im Royal Free Hospital lag, tatsächlich ihr Mann war. Da sein ganzer Kopf verbunden war, und nur seine Augen, sein Mund und seine Nasenlöcher herausschauten, hatte ich ihn nicht erkannt. Sie erkannte ihn an dem Muster aus Muttermalen auf seinen Händen.

Matt reichte Mrs. Pyke sein Taschentuch, und sie tupfte sich die Augen.

„Wird er denn wieder gesund?", fragte sie den Doktor.

Der Doktor zögerte. „Das lässt sich noch nicht sagen. Er kam vor einer Stunde kurz zu Bewusstsein, aber nur ein paar Minuten lang."

„Hat er irgendetwas gesagt?", fragte Brockwell, sein Bleistift schwebte über einer neuen Seite seines Notizblocks.

Der Doktor schüttelte den Kopf. „Er war verwirrt. Er konnte sich nicht an seinen Namen erinnern, oder die Ereignisse, die zu diesem Unfall führten."

Der Doktor ging, um sich um einen weiteren Patienten zu kümmern. Eine Schwester bot Mrs. Pyke eine Tasse Tee an, während sie sich zu ihrem Mann setzte. Brockwell wies mit dem Kopf nach nebenan, um anzudeuten, dass wir die Lage außerhalb ihrer Hörweite besprechen sollten. Er wies den örtlichen

Polizisten an, der uns begleitet hatte, bei Mr. Pyke zu bleiben und uns sofort mitzuteilen, wenn er wieder zu Bewusstsein kam.

Dem anderen, einem Sergeanten, bedeutete Brockwell, dass er sich uns im Vorzimmer des Krankenhauses anschließen sollte. „Es scheint, als wäre es unser Vermisster", sagte der Inspektor mit einem Nicken zurück zum Patientenzimmer. „Erzählen Sie uns alles darüber, wie er entdeckt wurde."

Der Sergeant, ein rotgesichtiger Mann mit einem ausladenden schwarzen Schnurrbart, reckte seine Fassbrust. „Er wurde heute Nacht um Viertel nach eins von mir und Konstabler Tully auf dem Hampstead Heath gefunden. Wir brachten ihn sofort hierher, wo er seither zum Großteil ohne Bewusstsein dalag."

„Wurde in der Nähe seines Körpers irgendetwas gefunden?"

Der Sergeant runzelte die Stirn. „Nichts Außergewöhnliches, Sir."

„Wo im Hampstead Heath wurde er genau gefunden?"

Der Sergeant bot an, uns den genauen Platz zu zeigen.

„Komm mit uns", sagte Matt, während er wegmarschierte.

Ich beeilte mich, auf ihn aufzuholen, und machte mir Sorgen, dass er in eine Kugel laufen würde. Er überquerte allerdings die Gray's Inn Road und stieg in unsere Kutsche, ohne dass etwas vorfiel.

„Du musst besser aufpassen", sagte ich und setzte mich neben ihn. „Der Schütze ist noch irgendwo da draußen."

Er küsste mich auf die Schläfe. „Ich passe auf. Ich habe nicht mal gewartet, um Woodall seine Anweisungen zu geben." Er öffnete das Fenster, um das zu tun, als Brockwell sich uns anschloss.

„Der Sergeant schlägt vor, dass wir einen Konstabler holen, der uns bei der Suche im Umfeld des Ortes hilft, an dem Pyke gefunden wurde", sagte Brockwell. „Die örtliche Wache ist nicht weit vom Heath entfernt."

„Mir wäre ein Mann lieber, den wir kennen und dem wir vertrauen", sagte Matt.

Brockwell gab Woodall die Anweisung, zur Polizeiwache Shoreditch zu fahren, wo der Kriminalinspektor seine Befehlsgewalt nutzte, um sich Cyclops für den Tag auszuborgen. Dann waren wir unterwegs zum Hampstead Heath.

Meine sofortige Reaktion, als wir auf dem offenen Parkgelände ankamen, war Widerstreben und Entsetzen. Es lag zu offen da. Ein Schütze könnte ohne Hindernisse auf Matt schießen, während er es überquerte. Er wollte allerdings keine Einwände der Vernunft hören und blieb nicht in der Kutsche.

„Niemand ist uns gefolgt", sagte er, während Woodall an den Bürgersteig fuhr. „Es ist sicher."

„Ist es nicht."

„Ich komme mit euch, India, und das ist mein letztes Wort." Er sprang hinaus, bevor die Kutsche auch nur ganz stehen geblieben war. Er streckte eine Hand aus, um mir zu helfen, und lächelte freundlich. „Du siehst hübsch aus, wenn du finster dreinschaust."

„Dieses Mal wird dein Charme bei mir nicht wirken." Ich nahm seine Hand, und er küsste mich auf die Knöchel, bevor ich ausstieg.

„Muss ich dich gleich hier auf den Mund küssen, damit du nicht mehr so finster dreinschaust?"

Ich keuchte. „Das würdest du nicht wagen."

Er warf mir sein verschlagenes Lächeln zu.

Ich schnalzte mit der Zunge und ging davon, blieb aufmerksam auf unsere Umgebung.

Der Sergeant ging auf einem schlammigen Pfad voraus. Brockwell schloss sich mir vor den anderen an, hielt mit meinem raschen Schritt mit. Ich brütete schweigend, bis der Kriminalinspektor etwas sagte.

„Er hat recht. Niemand ist uns hierher gefolgt."

„Ich weiß, aber ich mache mir trotzdem Sorgen. Es ist alles so offen." Mein Herz schlug schneller, als eine Kutsche auf der Straße vorbei rumpelte. Bei wärmerem Wetter war hier sehr viel mehr los, aber heute hielten die eisigen Winde und die dunklen Wolken die Leute ab. Ich raffte meinen Mantel fester an der Kehle zusammen.

Brockwell deutete auf das Waldland vor uns. „Der Teich wird ein wenig von den Bäumen abgeschirmt."

„Nicht um diese Jahreszeit."

Der Badeteich war ziemlich groß, mit grasigen Ufern, die auf der uns zugewandten Seite in kleinen Hügeln zum Wasserrand hinab verliefen, und der Rest war von kahlen Bäumen umstanden. Ein Schuppen für die Badenden, in dem sie sich umkleiden konnten, war an das Ufer in der Nähe des kurzen Anlegestegs gebaut, von dem Schwimmlustige im Sommer hineinspringen würden. Es gab keine furchtlosen Badenden, die sich heute ins eiskalte Wasser wagten.

Als wir auf den vorausgehenden Sergeanten aufgeholt hatten, musterte er bereits den Boden. „Hier wurde Mr. Pyke gefunden." Er deutete auf das Gras in der Nähe des Weges, bevor es weiter zum Teich abfiel.

Matt ging in die Hocke, um den Boden zu mustern. „Falls hier Blut war, wurde es vom Regen weggespült."

Brockwell verschränkte die Hände hinter dem Rücken und musterte das Umfeld. „Es lässt sich unmöglich sagen, ob Mr. Pyke hier angegriffen oder hergebracht wurde, nachdem er woanders angegriffen wurde."

Matt stand auf und schaute sich ebenfalls um, seine Miene war nicht zu deuten.

Duke kam und stellte sich neben mich. Er hielt die Stimme gesenkt. „Falls er ein Fluggerät losfliegen lassen wollte, wäre das ein guter Ort dafür. Ein offener Raum, und in einer Winternacht kommt niemand vorbei."

„Letzte Nacht gab es nicht viel Wind", fügte ich an. „Oder Regen. Der kam heute Morgen. Aber ich kann mir nicht vorstellen, dass wir beweisen können, dass Mr. Pyke versucht hat, den Teppich zum Fliegen zu bringen, und abgestürzt ist. Nirgends gibt es seine Spur davon."

„Der Entführer hat ihn vielleicht mitgenommen und Mr. Pyke zum Sterben liegen lassen."

„Möglich", sagte Matt, der sich uns anschloss. Er wirkte allerdings auch nicht überzeugt. Nachdem er sich auf der Stelle ganz im Kreis gedreht hatte, um den Bereich zu mustern, fiel ihm etwas in der Nähe des Schuppens auf. „Duke, halt den Sergeanten hier. Cyclops, komm mit."

Ich ging mit Matt und Cyclops zu dem Schuppen. Als wir

näher kamen, sah ich, was sie gesehen hatten. Da sie größer waren, hatten sie es zuerst bemerkt.

„Der Teppich!" Ich raffte meine Röcke und rannte darauf zu. Es war auf jeden Fall Fabians Teppich, aber er war bedeckt von Schlamm und Laub. Eine genauere Musterung enthüllte, dass sogar Äste in dem Haufen steckten. „Er ist durch die Büsche gefallen."

Cyclops musterte die Büsche in der Nähe und schüttelte den Kopf. „Nicht durch diese. Die sind nicht beschädigt."

„Also wurde er hergebracht und liegen gelassen? Mr. Pyke ebenso?"

Matt schüttelte den Kopf. „Nein, er landete hier nach einem Flug, fiel aber nicht durch diese Büsche. Er kam durch die hier." Er deutete auf die Heckenreihe, die den Pfad säumte, vorbei an der Stelle, wo der Körper von Mr. Pyke gefunden worden war. Es gab eine große Lücke, die klar durch die Heckenreihe verlief. „Er ist in diese Büsche gestürzt, Mr. Pyke fiel herunter, und der Teppich ist hier gelandet."

Ich war beeindruckt, dass er es geschafft hatte, ihn vom Boden abheben zu lassen, mit ihm selbst als Passagier. So, wie die beschädigen Büsche aussahen, war er allerdings nicht sehr hoch gestiegen. Vielleicht nur wenige Zentimeter. Das erklärte, weshalb Mr. Pyke überlebt hatte. Ein Fall aus großer Höhe hätte ihn umgebracht.

Brockwell brüllte dem Sergeanten einen Befehl zu, um seine Aufmerksamkeit von uns abzulenken. Einen Ausblick später machten sich Duke und der Sergeant auf den Weg zurück, über den wir gekommen waren. Sie gingen langsam weiter, musterten unterwegs den Boden. Wir kehrten zu der Stelle zurück, wo der Körper von Mr. Pyke gefunden worden war, und der Kriminalinspektor kam zu uns.

„Er wurde neugierig, hat Fragen gestellt, was Sie sich drüben bei der Scheune ansehen", sagte er. „Das ist also der Teppich?"

Matt erzählte ihm von dem Teppich und dem Gebüsch. Brockwell stimmte seiner Einschätzung dessen zu, wie der Flug sich zugetragen hatte und wie er geendet hatte.

„Aber wir sind nicht näher daran, festzulegen, ob Pyke entführt und gezwungen wurde, ihn zu fliegen, oder ob er das aus eigenem Antrieb getan hat", sagte der Inspektor. „Der Boden hier ist ganz zerwühlt, aber so ist es überall. Wir hatten in letzter Zeit so viel Regen, dass dieser Bereich ein richtiggehender Sumpf ist. Ich kann kein einzelnes Paar Fußabdrücke erkennen."

Aus dem Augenwinkel sah ich Willie, die mit den Armen über dem Kopf winkte. Sie war den Hang hinab zur Wasserkante gegangen, als wir zum Schuppen unterwegs gewesen waren. Wir beeilten uns, um zu ihr zu gelangen, und ich hielt mich an Matts Arm fest, damit ich nicht ausrutschte.

Willie stand einen Meter vom Wasser entfernt, ihre Stiefel von Schlamm verschmiert. Sie wirkte zufrieden mit sich, während sie auf etwas im flachen Wasser deutete, das halb untergegangen war. „Seht ihr das?" Sie war zu aufgeregt, um abzuwarten, bis wir es mustern oder sogar nur raten konnten. „Das ist eine Bombe", stieß sie hervor.

„Zurück mit dir!", rief Brockwell, der nach ihr griff.

Sie schüttelte ihn ab. „Die explodiert doch nicht. Sie ist im Wasser."

Cyclops trat näher heran und musterte das Gerät. „Sie hat recht. Die wird nicht losgehen."

„Habe ich dir doch gesagt. Es ist zu nass."

„Es ist kein Sprengstoff drin."

Sie runzelte die Stirn. „Was meinst du?"

Cyclops zog das Metallgerät aus dem Wasser und zeigte ihr das Gehäuse. Darin waren etliche Eisenstäbe, aber kein Sprengstoff. „Die ist gefälscht."

Brockwell kratzte sich an den Koteletten. „Weshalb sollte jemand eine gefälschte Bombe hier anbringen?"

Matt schaute den Hang wieder hinauf. „Die wurde hier nicht angebracht. Dort ist sie gelandet, nachdem sie vom fliegenden Teppich gefallen ist. Vermutlich ist sie zum selben Zeitpunkt runtergefallen wie Pyke und hier herabgerollt."

„Die Frage ist, warum eine gefälschte Bombe?", fragte Cyclops.

„Sie haben die Stärke der Magie getestet", sagte ich. „Sie wollten sehen, wie viel der fliegende Teppich tragen kann."

Cyclops hielt das Gerät in den Armen, schätzte sein Gewicht ab. „Ein Mann und eine Bombe."

Wir starrten alle das Metallgehäuse mit dem gefälschten Sprengsatz an. Eine bedrückende Stille senkte sich herab, so niederschmetternd wie alle Nebel von London. Mein Atem ging abgehackt, meine Brust wurde eng. Das war nicht mehr länger die Angelegenheit eines Sammlers, der das teuerste magische Artefakt besitzen wollte. Jetzt ging es darum, dass Magier gegen Talentfreie standen. Es war ernst.

Tödlich.

„Was für ein Glück, dass Pyke gescheitert ist", murmelte Matt.

„Seine Magie könnte niemals das Gewicht der Bombe und seines halten", sagte ich. „Diesbezüglich muss keine Furcht bestehen. Falls der Plan ist, Bomben vom Himmel zu werfen, wird das niemals gehen. Mr. Pykes Magie ist einfach nicht stark genug."

„Aber Ihre schon", sagte Brockwell. „Sehe ich das richtig?"

Ich schluckte und nickte. „Aber es muss eine Stütze unter dem Teppich geben – Eisen oder Holz, so was eben. Ich kann beides kontrollieren, aber ein Magier wie Mr. Pyke nicht. Es müssten zwei Magier auf dem Teppich sein, jeder spricht den Flugzauber in seine magische Spezialität. Mr. Pyke wusste das nicht, und es scheint auch nicht, als hätte es der Entführer gewusst."

Matt legte einen Arm um meine Taille, doch er bot mir keine tröstenden Worte. Er wirkte besorgt, sein Blick ging in die Ferne. Vielleicht dachte er auch an Mr. Pyke, der im Krankenhaus lag, sein Körper zerschmettert. Wäre ich nicht immer von Matt oder den anderen umgeben gewesen, hätte man stattdessen mich entführt?

„Das war nicht Pykes Idee, oder?", fragte Cyclops.

„Vielleicht war es das", sagte Willie, die nicht überzeugt klang.

„Aber es ist zweifelhaft", entgegnete Matt.

Brockwell nickte, rieb sich die Koteletten. „Coyle. Das muss es sein."

Es sah mehr und mehr danach aus.

Wir trotteten zurück zur Kutsche und kehrten dann ins Krankenhaus zurück, aber Mr. Pyke hatte das Bewusstsein nicht wiedererlangt. Matt brütete die ganze Fahrt lang, seine Stille legte sich wie ein Leichentuch über die Gruppe. Ich wusste, dass er daran dachte, dass ich ein mögliches nächstes Ziel für den Entführer war, aber ich wusste auch, dass es nur wenig gab, was ich sagen konnte, um seine Laune zu heben.

Brockwell beschloss, im Krankenhaus zu warten und da zu sein, um Mr. Pyke zu befragen, falls er aufwachte. Er ging mit uns zur Kutsche, stieg aber nicht ein. „Fahren Sie Cyclops zurück zu seiner Wache und dann gehen Sie nach Hause und warten. Wenn Pyke aufwacht, schicke ich sofort eine Nachricht."

Ich beäugte Matt von der Seite. Warten war nicht seine Stärke. Er saß mit starrem Rücken da und nahm Brockwell nicht mal zur Kenntnis.

Der Kriminalinspektor kannte Matt gut genug, um zu wissen, dass das ein besorgniserregendes Zeichen war. „Suchen Sie *nicht* Coyle auf. Haben Sie verstanden, Glass? Wir haben nicht genug Beweise, um ihn zur Rede zu stellen. Falls Pyke Coyle als seinen Entführer nennen kann, dann handeln wir, aber erst dann." Als Matt nicht antwortete, stieß er mit den Handknöcheln an die Tür. „Glass!"

„Verstanden." Matt schloss die Tür und klopfte dann an die Decke. Er hatte Woodall bereits eine Anweisung gegeben, bevor wir in die Kutsche gestiegen waren. Ich hatte angenommen, wir würden nach Hause fahren, doch als wir in die Wilton Terrace einbogen, wurde mir klar, dass Matt vorhatte, sich Brockwells Befehlen zu widersetzen.

Wir hielten vor Lord Coyles Anwesen an.

Matt versuchte nicht, zu verhindern, dass ich mich ihm anschloss, während er die vorderen Stufen hinaufstürmte, genauso Willie und Cyclops. Duke blieb auf dem Bürgersteig zurück, um Wache zu halten.

Der Butler kam an die Tür und gestattete es uns, im Salon zu warten, während er nachsah, ob sein Herr da war. Er war zu Hause, und zum Glück war er bereit, uns zu sehen. Oder vielleicht war es kein Glück. Ich war mir nicht sicher, ob ich wollte, dass diese Konfrontation stattfand.

Wir setzten uns im Salon nicht hin, und als Lord Coyle sich uns anschloss, bot er uns keinen Platz an. Er blieb ebenso stehen, lehnte sich schwer auf seinen Gehstock, und ich nahm an, er hätte es vorgezogen, sich hinzusetzen, würde es aber nicht tun, bis ich es machte.

Ich stellte mich an Matts Seite, versuchte, so trotzig zu wirken, wie ich nur konnte, während mir mein Herz an die Rippen hämmerte. Matt wirkte überhaupt nicht besorgt. Er sah wütend aus.

„Mr. Pyke wurde gefunden", setzte er an.

Coyle wirkte durch die Neuigkeiten nicht überrascht. „Tot oder lebendig?"

„Lebendig. Er steht im Krankenhaus unter polizeilichen Schutz."

„Schutz? Vor was? Mir?" Lord Coyles Lachen dröhnte aus seinem Bauch heraus und endete in einem schleimigen Rasseln. „Sie bellen den falschen Baum an, wie üblich. Sein Verschwinden hat nichts mit mir zu tun. Was ist mit ihm passiert? Wurde er von Raufbolden niedergeschlagen?"

„Sein Körper war neben einem magischen Teppich, der durch die Büsche gekracht ist. Ein Gerät, das einer Bombe ähnelte, wurde auch in der Nähe gefunden."

„Ähnelte?"

Matt spannte den Kiefer an. „Wir wissen, dass Sie ihn entführt und gezwungen haben, den Teppich fliegen zu lassen, mit einem Gerät in derselben Gewichtsklasse wie eine Bombe."

Coyle knurrte: „Da liegen Sie falsch, Glass."

„Sie sind gescheitert."

„Pyke ist gescheitert. Es hat nichts mit mir zu tun."

Matt deutete mit dem Finger auf ihn. „Sie werden mit Ihrem verrückten Plan nicht durchkommen."

„Und welcher Plan wäre das?" Lord Coyles Tonfall war schlüpfrig wie eine Schlange.

„Kommen Sie nicht in die Nähe meiner Familie. Ist das klar?"

„Das wird schwierig, wenn man bedenkt, dass ich mit Ihrer Cousine verheiratet bin."

„Wenn Sie sich India holen, werde ich Sie vernichten." Matt packte mich an der Hand und schob sich an Seiner Lordschaft vorbei. Ich ging schneller, um mit seinen langen Schritten mitzuhalten.

Lord Coyles kehliges Lachen hallte durch den Raum. „Wie galant, Glass. Was sagen Sie, India? Oder lassen Sie Ihren Mann für sich sprechen und sich von ihm von hier nach dort schleifen?" Er nickte zu meiner Hand hin, die mit der von Matt verbunden war.

Matts Griff lockerte sich, doch er ließ nicht los.

Ich legte betont meine andere Hand auf Matts Arm. „Mein Mann und ich sind uns da einig. Was immer Sie vorhaben, Sie werden nicht damit davonkommen." Ich wandte mich zum Gehen, nur um wieder stehenzubleiben. „Er *ist* galant, oder nicht? Ein wahrer Gentleman ohnehin. Vielleicht sollten Sie sich von ihm etwas abschauen. Ihre Frau wird dann besser von Ihnen denken."

„Ich glaube, wir wissen beide, dass ich nicht der Mann bin, den sie will." Sein Blick wanderte zu Matt.

„Nein, Sie sind der Mann, den sie verdient."

Sein Lächeln wurde breiter. „Gut gekontert, India. Sie haben Nerven aus Stahl. Deshalb mag ich Sie für mehr als nur Ihre Magie."

„Wir sind keine Freunde, mein Lord."

„Ach, aber ich bin trotzdem auf Ihrer Seite."

„Ich sehe nicht, weshalb. Sie wollen Macht und Reichtum und glauben, Magie kann sie Ihnen liefern, indem Sie andere verletzen. Mein Gott, Sie wollen Bomben auf Ihre Feinde werfen!"

„*Meine* Feinde? Meine liebe Lady, meine Feinde sind Ihre Feinde." Er machte einen Schritt vor, rammte das Ende seines Gehstocks in den Boden. „Magie hat die Macht, uns zu schützen und voranzubringen, wenn wir sie richtig einsetzen."

„Nicht *uns*, mein Lord. Ich will nicht an Ihren Plänen beteiligt sein."

Er knurrte wieder, doch diesmal war es eher ein abschätziges Lachen. „Sie sind eine idealistische Närrin, und wir wissen alle aus den Geschichtsbüchern, wie es denen ergeht."

Ich zerrte an Matts Arm und marschierte aus dem Salon.

„Ich habe Mr. Pyke nicht entführt", rief uns Lord Coyle nach. „Darauf haben Sie mein Wort."

Sobald wir sicher in der Kutsche saßen und unterwegs nach

Shoreditch zur Polizeiwache waren, erklärte Willie, dass sie kein Wort von dem glaubte, was Coyle gesagt hatte. „Er war es. Er hat Pyke entführt, das weiß ich."

Duke schnaubte. „Woher weißt du das?"

„Weibliche Intuition."

Er warf einen betonten Blick auf ihre Lederhose. „Was sagt *deine* weibliche Intuition dir denn, India? Hat Coyle gelogen?"

„Er ist ein geübter Lügner, also nehme ich an, es ist wahrscheinlich. Matt?"

Matt holte tief Luft, als wäre es das erste Mal, dass er richtig einatmete, seit wir bei Coyle angekommen waren. „Er steht immer noch ganz oben auf der Liste meiner Verdächtigen. Eines, dessen ich mir fast sicher bin, ist die Tatsache, dass Pyke es nicht selbst auf die Beine gestellt hat. Er wurde von irgendjemandem angestiftet, entweder durch Zwang oder durch Schmeichelei."

Da waren wir uns alle einig.

Wir ließen Cyclops seinen Arbeitstag abschließen, während wir nach Hause zurückkehrten. Da wir nichts weiter zu tun hatten, bis wir von Brockwell hörten, versuchten wir alle, uns irgendwie den Rest des Tages beschäftigt zu halten. Duke und Willie begleiteten Tante Letitia auf einem Spaziergang, während ich mit Mrs. Bristow und Mrs. Potter ein paar Haushaltsdinge besprach. Ich schloss mich Matt danach in seinem Bureau an, die Tür war geschlossen. Es war eine seltene Gelegenheit, dass wir mitten am Tag zusammen sein konnten.

Eine kurze, aber wunderbare Stunde lang schlossen wir die Welt und unsere Sorgen aus und genossen einfach die Gesellschaft des anderen. Nachdem er mir geholfen hatte, mich anzukleiden, und ich seine Krawatte gerichtet hatte, schob ich ihn auf seinen Bureausessel und setzte mich auf seinen Schoß. Ich strich ihm über die Haare. „Das habe ich gebraucht."

Er lächelte an meinen Lippen. „Genauso ich. Mehr, als ich ausdrücken kann. Vielen Dank, dass du mich so begeistert abgelenkt hast."

Ich lachte, und es fühlte sich nach den letzten paar Tagen herrlich befreiend an.

Ein Klopfen an der Tür ließ mich aufspringen. Ich stellte mich neben Matt, der so tat, als würde er an seinem Schreibtisch etwas lesen, während er den Ankömmling bat, einzutreten. Bristow öffnete die Tür. „Ich dachte, Sie möchten gern wissen, dass Miss Glass, Mr. Duke und Miss Johnson nach Hause zurückgekehrt sind."

„Vielen Dank, Bristow." Matt wartete, dass Bristow ging, dann stand er auf und küsste mich auf den Mund. „Alle guten Dinge müssen ja einmal ein Ende haben."

Ich griff nach oben und legte ihm die Hände um den Nacken. „Diesen Spruch mochte ich noch nie. Gute Dinge müssen kein Ende haben."

„Müssen vertagt werden?"

„Besser." Ich küsste ihn leicht, dann ging ich voraus nach unten.

Cyclops kam nach Hause, kurz bevor der Gong erklang, während Tante Letitia sich zum Abendessen kleidete. Bevor er hinaufging, um sich auch umzuziehen, wollte er uns von einer Entwicklung berichten.

„Es geht um Abercrombie." Er warf einen Blick zur Tür. „Was ich euch gleich erzähle, darf dieses Zimmer nicht verlassen."

„Letty wird nicht reinplatzen", versicherte ihm Willie. „Dass sie runterkommt, bevor der Essensgong erklingt, ist für sie, als würde sie das Gesetz brechen."

„Was ist mit Abercrombie?", drängte ich.

„Ich habe meinen Hauptkommissar überzeugt, einen Spion in das Lager der Protestierenden zu schicken, um ihn konkret zu überwachen. Wenn also herauskommt, dass er zur Gewalt aufruft, kann man ihn festnehmen."

„Hervorragende Neuigkeiten. Gut gemacht, Cyclops."

Er hob eine Hand. „Sei noch nicht zu begeistert. Der Hauptkommissar muss von seinen Vorgesetzten die Zustimmung erhalten, bevor das geschehen kann."

Es war ein Anfang, und das sagte ich ihm auch.

Das Dinner war nur klein, was an und für sich schon ungewöhnlich war. Es gab keinen Brockwell, Lord Farnsworth oder Chronos. Ich vermisste ihre Gesellschaft. Willie auch, wenn man ihr häufiges tiefes Seufzen bedachte, ein sicheres Zeichen, dass sie eine Unterhaltung wollte, sie aber nicht beginnen mochte.

Ich gab schließlich auf und wandte mich an sie. „Vermisst du Brockwell?"

Sie verzog das Gesicht. „Nein! Ich bin noch keine verzweifelte Debütantin, die gerade erst die Schule verlassen hat, und er ist auch kein Prinz."

Ich drehte mich ganz zu ihr. „Wenn man jemanden vermisst, hat das doch nichts mit dem Alter oder der Stellung zu tun. Es ist auch nichts falsch daran, wenn du zugibst, dass du ihn vermisst. Er ist ein wunderbarer Mann, ziemlich interessant und hervorragende Gesellschaft. Natürlich solltest du ihn vermissen."

Sie schniefte. „Klingt so, als würdest du ihn vermissen."

„Gibt es etwas, das du mir erzählen möchtest? Etwas über die kürzliche Unterhaltung, die du mit ihm geführt hast, genau hier in diesem Haus?"

Sie schaufelte sich Bohnen in den Mund und schüttelte den Kopf.

„Manchmal wirkt ein Problem weniger schrecklich, wenn man es bespricht."

„Es ist privat."

„Das bleibt doch nur zwischen uns beiden. Niemand sonst muss es erfahren, nicht mal Matt." Die anderen hatten ihre Unterhaltung um uns herum wieder aufgenommen. Entweder ignorierten sie uns absichtlich, um mir die Gelegenheit zu geben, von Willie herauszufinden, was zwischen ihr und Brockwell vorgefallen war, oder sie ahnten tatsächlich nichts.

„Du kannst doch kein Geheimnis bewahren, India."

Ich plusterte mich auf. „Kann ich sehr wohl."

„Na, ich erzähle es dir nicht, das ist mein letztes Wort."

„Weshalb nicht?"

„Weil ich weiß, was du sagen wirst, und das ist genau das Gegenteil von dem, was ich jetzt gerade hören möchte."

„Du weißt nicht, was ich sagen werde."

Sie verdrehte die Augen. „Du bist vorhersehbar."

Ich schnappte mir mein Weinglas. „Bin ich nicht", murmelte ich, bevor ich daran nippte.

Tante Letitia zog sich nach dem Abendessen auf ihr Zimmer zurück, während wir übrigen uns im Salon wieder trafen. Wir wollten uns gerade hinsetzen und Karten spielen, als Bristow eintrat.

„Sie haben einen Besucher", verkündete der Butler.

Willie schaute begierig von den Karten auf, die sie mischte. „Ich hoffe, es ist Farnsworth. Ich brauche eine Ablenkung."

Meine Gedanken huschten zu früher am Nachmittag, als Matt mir gedankt hatte, dass ich ihn abgelenkt hatte. Ich schüttelte diesen Gedanken ab. Lord Farnsworth war für Willie nicht *diese* Art Ablenkung. Na ja, er war es einmal gewesen, nur das eine Mal, aber nicht mehr. Brockwell passte sehr viel besser zu dieser Beschreibung.

Es war allerdings Brockwell höchstselbst, der den Salon betrat. Willie verschränkte die Arme, sank im Sessel zusammen und weigerte sich, ihn anzusehen.

Der Kriminalinspektor trottete ins Zimmer, hielt den Hut fest mit beiden Händen. „Guten Abend, ihr alle."

Alle antworteten, nur Willie nicht.

Brockwells Wangen wurden leicht rosa, dass sie ihn so überging. Er räusperte sich und richtete sich an Matt. „Mr. Pyke hat sein volles Bewusstsein wiedererlangt. Sie dürfen sich mir gerne anschließen und ihn befragen."

„Wir werden gleich mitkommen", sagte Matt, der sich erhob.

Wir standen alle auf, sogar Willie. „Ich nicht", sagte sie. „Ich treffe mich mit Farnsworth."

Duke hob vor ihr eine Augenbraue. „Das hast du den ganzen Tag lang nicht erwähnt."

„Ich muss dir ja nicht alles sagen."

Cyclops nahm das Kartenspiel auf und wedelte damit vor ihrem Gesicht. „Wenn du schon eine vorausgehende Verabredung hattest, weshalb wolltest du dann gerade Karten mischen, um zu spielen?"

„Vorausgehende Verabredung? Du klingst in letzter Zeit wie ein englischer Etepetete, Cyclops." Sie schob sich an ihm vorbei, machte einen großen Bogen um Brockwell und verschwand durch die Tür.

Cyclops seufzte, während er Brockwell an der Schulter nahm. „Was immer mit euch beiden los ist, das muss man hinbiegen. Sie ist noch nerviger als sonst."

Duke legte eine Hand auf Brockwells andere Schulter. „Wissen Sie, es ist ihre Schuld, was immer es ist, aber vielleicht sollten Sie sich trotzdem entschuldigen. Kann nicht schaden."

Brockwell wirkte, als wolle er im Boden versinken und nicht mehr sichtbar sein.

Ich lächelte ihn mitfühlend an, während Cyclops und Duke den Raum verließen. „Achten Sie nicht auf sie. Sie machen sich nur Sorgen um sie. Das tun wir alle."

„Ich nicht", sagte Matt ziemlich fröhlich, während er den anderen hinaus folgte.

Der Inspektor wandte sich zum Gehen, aber ich nahm seinen Arm. Ich senkte die Stimme. „Was haben Sie denn zu Willie kürzlich abends gesagt?"

„Verstehen Sie das bitte nicht falsch, India, aber wenn sie es Ihnen sagen will, dann wird sie es tun." Er setzte sich den Hut auf und marschierte ebenfalls hinaus.

Ich schaute mit finsterem Blick auf seinem Rücken, die Hände in die Hüften gestemmt. Matt blieb oben am Treppenhaus stehen und grinste mich breit an. Das brachte mich trotz allem zum Lachen. Es war gut, ihn zur Abwechslung einmal in heiterer Stimmung zu sehen, seine Sorgen vorerst zur Seite geschoben.

Diese Stimmung hielt aber nicht lange an, da wir einmal mehr auf den Fall konzentriert waren. Mr. Pykes Wiedererscheinen zeigte das Ende unserer Einbindung in die Ermittlung an, aber zum Glück war Brockwell nicht bereit, uns auszuschließen. Soweit es uns betraf, gab es immer noch sehr viel mehr aufzudecken.

Es blieb zu sehen, ob mit den Informationen, die wir fanden, etwas getan werden würde – oder getan werden *konnte*. Es hing davon ab, wen Mr. Pyke beschuldigte.

Mrs. Pyke saß immer noch im selben Stuhl, an dem wir sie am Nachmittag zurückgelassen hatten. Sie hatte ihren Mann mit Suppe aus einer Schale gefüttert und stellte sie nun zur Seite. Mr. Pyke war an zwei Kissen am Bett aufgestützt, von Kopf bis Fuß war er einbandagiert wie ein mumifizierter Ägypter, der wieder zum Leben erwacht war.

„Es ist gut, zu sehen, wie Sie da sitzen", sagte ich lächelnd. „Wir haben uns Sorgen um Sie gemacht."

„Vielen Dank."

„Der Doktor sagt, er wird sich ganz erholen", sagte Mrs. Pyke. „Aber es wird Zeit brauchen, bis die gebrochenen Knochen heilen." In ihren Augen standen Tränen, genauso wie es gewesen war, als wir hier früher am Tag aufgebrochen waren, aber es waren Tränen der Hoffnung und Erleichterung, nahm ich an.

„Es tut mir leid, dass meine Frau Ihnen damit Sorgen bereitet hat, Mrs. Glass. Ich bin sicher, Sie sind zu beschäftigt, um sich Sorgen um mich zu machen."

Mrs. Pykes Gesichtszüge entglitten ihr.

„Überhaupt nicht", versicherte ich ihnen. „Ich bin froh, dass sie zu uns gekommen ist. Wirklich, da lag sie ganz richtig. Sie wusste, dass Ihr Verschwinden mit Magie zusammenhängt und dass die gewöhnliche Polizei nicht helfen konnte. Indem sie zu uns kam, konnten wir die Aufmerksamkeit von Kriminalinspektor Brockwell darauf richten. Er ist daran gewöhnt, in Fällen zu ermitteln, zu denen Magie gehört, und er holt sich oft unsere Hilfe. Er ist nämlich talentfrei, verstehen Sie."

Meine Ansprache schien Mrs. Pykes Laune zu heben. „Also kann mein Mann in seiner Anwesenheit frei sprechen?"

„Das kann er."

„Es spielt keine Rolle", erwiderte Mr. Pyke schwermütig. „Ich kann Ihnen nicht viel sagen. Ich habe das Gesicht der Männer nie gesehen, desjenigen, von dem ich denke, dass er meine Entführung auf die Beine gestellt hat."

„Was meinen Sie?", fragte Matt.

„Einen Moment bitte." Der Kriminalinspektor nahm seinen Notizblock und den Bleistift aus der Tasche und suchte sich eine leere Seite. „Fangen wir am Anfang an. Wurden Sie entführt, Mr. Pyke, oder sind Sie aus eigenem Willen gegangen?"

„Ein wenig von beidem." Er versuchte, sich gerade aufzurichten, gab aber auf und fuhr vor Schmerzen zusammen. Seine Frau beschäftigte sich mit den Kissen in seinem Rücken, bis er sie sanft wegschob. „Vor drei Tagen kam ein Mann in meinen Laden und fragte, ob ich ein Wollmagier war. Ich sagte ja. Er fragte dann, ob ich je einen meiner Teppiche zum Fliegen gebracht hätte. Ich habe ihm gesagt, dass ich das nicht getan habe, aber ich jemanden kenne, der das getan hat."

„Sie haben was getan?", fragte Matt eisig.

„Ich habe nie einen Namen genannt! Auf jeden Fall schien es keine Rolle zu spielen, denn ich glaube, er wusste bereits von Mrs. Glass. Zumindest wusste er von dem fliegenden Teppich. Er sagte nicht, dass er wusste, dass *sie* die Magierin war, die ihn zum Fliegen gebracht hat."

„Fahren Sie fort", sagte Brockwell. „Was hat er noch gesagt, als er bei Ihnen vorbeikam?"

„Er forderte, dass ich versuchte, einen Teppich auf eigene Faust fliegen zu lassen. Als ich sagte, dass ich den Zauber nicht hätte, sagte er mir, er hätte ihn aufgeschrieben."

„Also sind Sie mit ihm gekommen", sagte Matt ausdruckslos.

Mr. Pyke schaute zu seiner Frau. „Anfangs habe ich gezögert. Da sagte er, Mrs. Pyke würde zu Schaden kommen, wenn ich mich nicht mit ihm traf, nachdem ich den Laden schloss."

Ich keuchte. „Er hat Sie bedroht?"

Mrs. Pyke hatte sich auf die Lippe gebissen, während sie der Geschichte ihres Mannes lauschte, aber sie wirkte nicht schockiert. Sie hatte sie wohl bereits gehört. „Ansonsten wäre er nicht mit diesem Mann mitgegangen, Mrs. Glass. Er würde niemals etwas Gefährliches oder Falsches tun."

Mr. Pyke presste sich die Finger an die Bandagen auf seiner Schläfe. „Der Mann holte mich in einer Kutsche auf der Courser Street ab, nachdem ich den Laden verlassen hatte, und fuhr mich zum Hampstead Heath. Es wurde gerade dunkel zu dem Zeitpunkt, als wir eintrafen, und wir warteten stundenlang, bis es still wurde. Ich merkte mir den Zauber, den er mir gegeben hatte, im Licht der Kutschlampe. Als wir sicher waren, dass niemand mehr da war, brachte er mich zu einem Bereich auf dem Heath, wo ein anderer Mann stand, mit einem Teppich, der auf dem Boden ausgebreitet lag. Der erste Mann erzählte mir, das wäre der Teppich, der schon einmal geflogen war, darum nahm ich an, es war derjenige, in den Sie an jenem Tag in Mr. Charbonneaus Haus einen Zauber gesprochen haben."

„Fahren Sie fort", drängte Brockwell, der Bleistift schwebte über dem Block.

„Ich tat, was mir befohlen worden war, und sprach den Zauber in den Teppich. Er hob sich ein wenig. Ich versuchte es wieder und wieder, dutzende Male, und jedes Mal hob er sich ein bisschen weiter, manchmal flog er ein kurzes Stück. Die Männer wurden ungeduldig und zornig auf mich und beharrten darauf, es weiter zu versuchen. Also tat ich das, und schließlich flog er nach oben und bewegte sich, obwohl ich Schwierigkeiten hatte, ihn zu lenken. Er ging hierhin und dorthin, nach oben und unten, als hätte er einen eigenen Willen."

„Also haben Sie beschlossen, darauf zu steigen und damit zu fliegen?", fragte Duke, der zum ersten Mal sprach. „Das ist doch töricht."

„Ich hatte keine Wahl. Der erste Mann befahl mir, darauf zu steigen. Um ehrlich zu sein, er machte mir mehr Angst als der andere. Er gab mir eine Metallkiste, die ich halten sollte, und sagte mir, ich solle den Teppich fliegen lassen. Also versuchte ich es wieder, doch er konnte mein Gewicht nicht tragen. Er bewegte sich aber entlang des Bodens nach vorne und riss mich mit sich. Ich sprach immer wieder den Zauber, und er wurde schneller, doch er erhob sich nie ganz vom Boden. Er krachte durch ein paar Büsche, und so habe ich diese ganzen Kratzer bekommen." Er deutete auf Verbände auf seinem Gesicht und seinen Händen. „Dann fiel ich herab und habe mir wohl den Kopf gestoßen. Die Kiste fiel mir aus den Händen. Ich weiß nicht, wohin sie rollte."

„Danach kann er sich an nichts mehr erinnern", schloss Mrs. Pyke.

Ihr Mann nickte. „Das nächste, was ich weiß, ist, dass ich hier drin war."

„Und wie haben die Männer ausgesehen?"

„Der erste, derjenige, der mich im Laden aufgesucht und mich auf der Courser Street aufgesammelt hat, war ein großer Kerl mit schwarzen Haaren und Bart. Ein richtiger Raufbold. Er war ein junger Kerl mit Cockney-Akzent."

„Und der andere?"

„Er sprach kaum, und ich habe niemals sein Gesicht gesehen. Als ich am Hampstead Heath ankam, ging er zurück in die

Schatten und hielt sein Gesicht abgewandt. Aber er war eindeutig der Anführer. Der Raufbold schaute von Zeit zu Zeit zu ihm, bevor er mir Befehle gab."

„War er groß?", fragte Matt. „Hatte er einen auffälligen Schnurrbart? Ging er mit einem Humpeln oder der Hilfe eines Gehstocks?"

„Er hatte einen Gehstock, doch den brauchte er nicht. Er war dünn, nicht sonderlich groß. Ich kenne seinen Namen."

Wir beugten uns alle vor, als hätte Mr. Pyke an Schnüren gezogen, die an unseren Hälsen hingen.

„Gleich nachdem ich vom Teppich fiel, verlor ich immer wieder das Bewusstsein. Der Raufbold kam als erster bei mir an, und ich hörte ihn etwas zu dem anderen Mann sagen, den ich nicht sehen konnte."

„Und?", fragte ich atemlos.

„Er nannte ihn Sir Charles."

KAPITEL 12

„Wir sollten warten", sagte Brockwell, während wir uns im Vorraum des Krankenhauses versammelten, um Mr. Pykes bahnbrechende Aussage zu besprechen.

„Warten, worauf?", fragte Matt. „Pyke hat Whittaker beschuldigt. Wir müssen jetzt handeln, bevor er sich eine Geschichte ausdenken kann, die seine Einmischung erklärt."

„Er wird doch bereits eine Geschichte vorbereitet haben", sagte Brockwell.

„Ich frage noch einmal, weshalb warten?"

„Damit die Dinge geordnet ihren Gang gehen können."

„Geordnet!", wiederholte Matt. „Wir sind doch gewiss darüber hinaus, uns darüber Sorgen zu machen."

„Ich muss meine Vorgesetzten zurate ziehen, vielleicht sogar den Commissioner höchstselbst, und ..."

„Damit kommen wir doch nirgendwohin. Man wird Ihnen verbieten, mit ihm zu reden. Sie wissen es, Brockwell. Wir müssen Whittaker auf eigene Faust zur Rede stellen."

Der Kriminalinspektor rieb sich über den Nacken. „Also glauben Sie, Whittaker hätte auf Befehl seiner Vorgesetzten in der Regierung hin gehandelt?"

„Das tue ich, ja. Das ist der Grund, weshalb Sie nicht *Ihre* Vorgesetzten hinzuziehen sollten. Sie werden nichts bekommen, außer vage Antworten, die nichts erklären. Sie werden Whittaker schützen, oder zumindest die Geheimnisse, die er wahrt. Wir bekommen nur eine Gelegenheit, wenn wir Whittaker unmittelbar zur Rede stellen."

Eine Schwester näherte sich, die den Finger an die Lippen legte. „Halten Sie bitte die Stimmen gesenkt. Das ist ein Krankenhaus."

„Ich entschuldige mich." Matt lächelte sie an. Das Lächeln verschwand, sobald sie ihm den Rücken zuwandte.

Brockwell wandte sich an mich. „Bitte versuchen Sie, Ihren Mann davon zu überzeugen, dass es sich lohnt, zu warten, bis ich mit meinen Vorgesetzten gesprochen habe."

„Ich stimme Matt zu", sagte ich. „Commissioner Munro wird den Innenminister schützen, der Sir Charles schützen wird. Wenn man ihn einbezieht, wird uns das nicht nur daran hindern, die Antworten zu erhalten, die wir brauchen, es wird auch dafür sorgen, dass Ihnen diese Ermittlung entzogen wird, Inspektor."

Brockwell warf einen Blick zu Cyclops, hoffte vielleicht auf Unterstützung von einem weiteren Polizisten. Doch Cyclops verschränkte die Arme vor der Brust und betrachtete den Inspektor kühl.

„Wollen Sie nicht wissen, was Sir Charles vorhat?", fragte ich. „Ich will das auf jeden Fall."

„Wir werden seine Motive für die Entführung von Pyke entdecken, wenn alles seinen Gang geht."

„Sie sind ein Narr, wenn Sie das glauben", knurrte Matt.

Brockwell wirkte zwiegespalten. Er tat mir leid, trotz unserer unterschiedlichen Ansichten. Er war pedantisch und legte großen Wert darauf, den Regeln zu folgen. Eine Konfrontation mit Sir Charles zum jetzigen Zeitpunkt ging gegen sein innerstes Wesen. Er hatte das Glück gehabt, bei seinen Ermittlungen in magischen Fällen frei zu verfahren, wie es ihm passte, aber er wusste, dass das etwas anderes war. Pykes Aussage gegen Sir Charles hatten die Einsätze auf ein neues Niveau gehoben, das Brockwells Karriere gefährden konnte.

Zur Überraschung aller hatte Matt ebenfalls Mitleid mit ihm. Er legte eine Hand auf die Schulter des Inspektors und sagte mit weicher Stimme: „Meine Frau ist diejenige, die jetzt in Gefahr sein könnte, da Pyke es nicht geschafft hat, den Teppich fliegen zu lassen. Ich werde nicht daneben stehen und ihr von irgendjemandem das antun lassen, was Pyke angetan wurde, ganz gleich, wie sehr Sie mich anflehen. Es tut mir leid, dass Ihnen das Sorgen macht, aber in Wahrheit können Sie mich nicht davon abhalten, Whittaker zur Rede zu stellen. Sie wissen, dass ich es tun werde, aber Sie müssen nicht mitkommen, wenn Sie das nicht möchten. Wir halten Ihren Namen heraus."

Matts veränderter Tonfall wirkte. Brockwell holte tief Luft und stieß sie langsam wieder aus. Er nickte ganz schwach. „Das erfordert ein delikates Vorgehen, Glass, und ich glaube, ich sollte dabei sein, um der Befragung ein wenig Autorität zu verleihen. Können Sie mir versprechen, dass Sie nicht mit wehenden Fahnen und gezogenen Waffen hineinlaufen?"

Matt tätschelte Brockwell die Schulter und richtete sich auf. „Ich kann mich unter Kontrolle halten, und zum Glück ist Willie nicht da."

Brockwell lachte lächelte trocken. „Sie wird bedauern, dass sie es verpasst hat."

* * *

Ich war nicht besorgt wegen der Konfrontation mit Sir Charles. Ich betrachtete ihn nicht als körperliche Bedrohung. Verdächtig auf jeden Fall, aber nicht gefährlich, wenn Matt, Cyclops und Duke bei mir waren, ganz zu schweigen von einem Polizeibeamten.

Aber die Sorge kam doppelt zurück, als Sir Charles kein Mitgefühl für Mr. Pyke zeigte. Falls er keine Sympathie für einen Unschuldigen aufbrachte, der im Krankenhaus lag, würde er keine Bedenken haben, mich zu verfolgen.

„Der Kerl lügt", sagte er mit geneigtem Kinn. „Ich kenne ihn nicht."

„Weshalb sollte er dann Ihren Namen nennen?", fragte Brockwell.

„Den hat er bestimmt irgendwo gehört. Jetzt, wenn es Ihnen nichts ausmacht, es wird schon spät."

Wir machten aber keine Regung, um zu gehen. Letztlich

setzte ich mich hin. Die Männer blieben stehen, bis Sir Charles schließlich aufgab und sich ebenfalls setzte.

Duke und Cyclops waren die Einzigen, die nicht Platz nahmen. Duke stand draußen auf dem Treppenabsatz, um die Vermieterin vom Lauschen abzuhalten, und Cyclops blieb an der Innenseite der Tür stehen, die Hände locker vor sich verschränkt. Sir Charles schluckte schwer, machte sich vielleicht Sorgen, dass er nun ein Gefangener im eigenen Haus war. Dazu war es allerdings nicht gekommen.

Noch nicht.

„Lassen Sie uns gleich zu Beginn etwas klären", sagte Matt mit einem stählernen Befehlston. „Wir wissen, dass Sie die Entführung von Pyke, dem Wollmagier, auf die Beine gestellt haben, weil sie hofften, er könne einen fliegenden Teppich starten."

Sir Charles brachte ein wenig erheitertes Lachen hervor. „Ein fliegender Teppich?"

„Es zu leugnen, verschiebt nur unseren Aufbruch."

Sir Charles strich sich mit der Hand über das geölte Haar – sein dunkles Haar, das von Grau durchwirkt war. Laut Mrs. Fuller war das die Beschreibung, die Mr. Pyke von dem Mann gegeben hatte, der ihm in einer Kutsche gefolgt war.

„Wir wissen, dass Coyle Ihnen erzählt hat, dass er einen Teppich fliegen sah, mit uns darauf", fuhr Matt fort.

„Ich arbeite nicht für Coyle."

„Ob Sie das tun oder nicht, spielt keine Rolle. Sie tauschen eindeutig Informationen aus."

„Sie ziehen zu viele vorschnelle Schlüsse, Glass."

„Lassen Sie mich erzählen, was wir sonst noch vorschnell annehmen", fuhr Matt unbeeindruckt fort. „Nachdem Pyke in diesem Zeitungsartikel erwähnt wurde, haben Sie ihn in seinem Laden aufgesucht. Oder Ihr Kollege hat das getan, während Sie in der Kutsche warteten. Sie haben ihm ein Ultimatum gestellt – seine Magie zu nutzen, um den Teppich fliegen zu lassen, oder seiner Frau würde etwas zustoßen."

Sir Charles schürzte angeekelt die Lippen. „Ich mache keine Drohungen."

„Ihr Kollege hat es für Sie getan. Das ist dasselbe."

Sir Charles' Nasenlöcher blähten sich, während er wegschaute.

„Ihr Mann hat auch Pyke nach der Arbeit abgeholt und ihn zum Hampstead Heath gefahren, wo er Anweisung erhielt, zu versuchen, den Teppich fliegen zu lassen. Als er es geschafft hat, ihn ein wenig abheben zu lassen, indem er den neuen Flugzauber benutzte, den India und Charbonneau geschaffen haben, haben Sie Pyke befohlen, auf dem Teppich zu fliegen, mit einem Gegenstand, der einer Bombe in Größe und Gewicht ähnelte. Sie wollten die Magie testen, um zu sehen, ob der Teppich fliegen kann, während er einen Mann und eine Bombe trug. Doch Pyke schaffte es nicht. Er fiel herab, und der Teppich stürzte ab, nachdem er sich kaum vom Boden erhoben hatte. Ihr Experiment war ein monumentales Scheitern, das einen Mann fast das Leben gekostet hätte."

„Gibt es in dieser Geschichte auch eine Frage?"

„Haben Sie den Teppich und den Zauber von Charbonneau gestohlen, oder war das Coyle?"

Es war etwas, das wir kurz in der Kutsche angesprochen hatten, als wir auf dem Weg hierher gewesen waren. Brockwell hatte Matt gebeten, den Namen Seiner Lordschaft nicht zu nennen. Matt hatte ihm nichts versprochen.

Man musste dem Inspektor zugutehalten, dass er still blieb und keinen tadelnden Blick zu Matt wandte. Soweit Sir Charles es wusste, waren wir eine vereinte Front.

„Sie wurden mir aus einer anonymen Quelle übergeben", sagte Sir Charles.

Die Muskeln in Matts Kinn spannten sich an. „Wer hat Ihnen den Befehl gegeben, das Experiment durchzuführen? Ihre Vorgesetzten im Innenministerium oder Coyle?"

Sir Charles biss die Zähne aufeinander. „Ich habe Ihnen gesagt, ich arbeite nicht für Coyle."

„Weshalb wollen dann Ihre Vorgesetzten Bomben durch die Gegend fliegen?"

„Falls Sie glauben, ich wüsste, was meine Vorgesetzten wollen, sind Sie ein Narr. Ich bin ein kleines Zahnrad in einer riesigen Maschine. Wenn Sie Antworten auf diese Fragen wollen, müssen Sie jemanden fragen, der höher steht als ich."

Matt ließ nicht locker. Er war entschlossen, Antworten zu bekommen. „Was geschieht jetzt, da Pyke gescheitert ist? Wird dieser Plan aufgegeben?"

„Noch einmal, ich weiß es nicht, obwohl es mir schmeichelt, dass Sie glauben, ich hätte das Gehör des Innenministers und Premierministers."

„Mit denen sollten wir also reden, wenn wir Antworten wollen?", fragte ich. „Sind das Ihre Vorgesetzten?"

Sir Charles wirkte überrascht, dass ich etwas gesagt hatte. Er schien auch unsicher zu sein, wie er zunächst antworten sollte. „Letzten Endes ja, mein unmittelbarer Vorgesetzter ist jedoch der, dem ich Bericht erstatte. Er heißt Le Grand."

„Welche Rolle hat er?", fragte Matt.

„Diejenigen von uns, die direkt unter ihm arbeiten, nennen ihn die Nummer eins, den Führer des Spionagerings. Er ist derjenige, der Spione ins Land schickt und uns unsere Befehle gibt. Er berät den Innenminister und den Premierminister. Man könnte sagen, er ist das Gehirn des Innenministeriums, während der Innenminister das Gesicht ist. Wenn Sie wissen wollen, was als nächstes kommt, fragen Sie ihn. Aber ich möchte die Ersparnisse meines Lebens darauf wetten, dass Sie keine direkte Antwort erhalten."

Matt erhob sich und knüpfte sein Jackett zu. „Ich brauche keine Antwort. Ich muss ihm nur klarmachen, dass meine Frau in Ruhe gelassen wird. Sie kann den Teppich genauso wenig lenken wie Pyke. Sie wird Ihnen nichts nutzen."

Ein Kloß bildete sich in meiner Kehle, der sich nur schwer schlucken ließ. Es lag nicht nur an Matts beschützendem Wesen. Er kam auch von einer heftigen Furcht. Wie sollte Matt den ersten Spion des Landes davon zu überzeugen, etwas zu tun, was er nicht tun wollte? Er arbeitete auf der höchsten Ebene der Regierung. Wenn er mich dazu zwingen wollte, den Teppich fliegen zu lassen, konnte er das. Die Polizei konnte ihn nicht daran hindern, mich zu entführen oder meine Familie zu verletzen. Das konnte niemand.

Brockwell erhob sich ebenfalls, doch ich blieb sitzen. „Ich habe noch eine Frage", sagte ich. „Ist dieser Plan, Bomben von fliegenden Teppichen zu werfen, eine Priorität der Regierung?

Oder ist es nur einer von vielen Plänen, die sie Tag für Tag ausbrüten?"

Sir Charles erhob sich und hielt mir eine Hand hin. Ich nahm sie und stand auf, als würde er mich gleich auf die Tanzfläche führen. „Eine Militärbasis oder Waffenfabrik des Feindes zu zerstören, ist die einzelne Tat, die in einem Krieg am entscheidendsten ist. Das kann in einem Augenblick den Ausgang einer Schlacht verändern. Aber sie sind schwer befestigt, und es ist unmöglich, hineinzukommen. Bis jetzt. Bomben aus fliegenden Vehikeln zu werfen, die sich rasch bewegen, um Kanonenfeuer vom Boden auszuweichen, ist nicht nur ein Schritt, der den Sieg bringt, es ist der einzig nötige Schritt. Er wird jedem Konflikt ein Ende setzen, wenn der Feind kein vergleichbares Vehikel hat. Einfach ausgedrückt ist dieser Plan unumgänglich."

„Falls er durchführbar ist", knurrte Matt. „Es scheint, als könnten fliegende Teppiche kein Gewicht tragen."

Sir Charles wandte den Blick nicht von mir. Seine Finger spannten sich um meine an, bevor er mich losließ. Er wusste, dass ich bereits einen Teppich mit Passagieren hatte fliegen lassen.

Er wusste es.

Wir gingen hinaus, und ich war dankbar für Matts schützende Hand auf meinem Rücken. Er gab Woodall die Anweisung, Brockwell nach Hause zu fahren und dann in die Park Street zurückzukehren.

Auf unserem Weg wollte Duke alles wissen, was in Sir Charles' Salon vorgefallen war, da er es durch die Tür nicht hatte mithören können. Cyclops berichtete von der Unterhaltung. Danach nahm Duke seinen Hut ab und wischte sich die Stirn, als hätte er gerade einen Tag voller harter körperlicher Arbeit beendet. Manchmal fühlte ich mich nach diesen Befragungen auch so.

„Also denkt ihr, dass Coyle Whittaker davon erzählt hat, euch auf einem Teppich nach Brighton wegfliegen gesehen zu haben?", fragte er.

Matt nickte. „Das muss er gewesen sein. Niemand sonst wusste es, bis auf uns und Charbonneau. Nicht mal Pyke hat den Flug gesehen."

Brockwell stimmte zu. „Coyle hat es Whittaker gesagt, und

Whittaker seinem Vorgesetzten, diesem führenden Spion. Dessen bin ich mir sicher."

„Aber *weshalb* hat Coyle Whittaker in Kenntnis gesetzt?", fragte ich. „Was hat er denn dabei zu gewinnen?"

„Vielleicht haben sie ihn bezahlt?", sagte Matt. „Vielleicht hat Coyle angedeutet, dass er etwas Wichtiges hätte, an dem sie interessiert sein würden, und dieser Hinweis reichte aus, um sie zu überzeugen, ihm diese Information abzukaufen. Umsonst hat er es bestimmt nicht getan."

Da stimmten wir alle zu.

„Was machen wir also jetzt?", fragte Cyclops. „Pyke wurde gefunden und sollte in Sicherheit sein, denn er ist für Whittakers Vorgesetzten nicht mehr von Nutzen. Wir können Coyle nicht zur Rede stellen, denn wir haben keine Beweise, dass er Whittaker von dem Teppich erzählt hat."

„Vielen Dank, dass Sie das klarstellen", sagte Brockwell mit einem überlegenen Blick zu Matt, der ihm gegenüber saß.

„Wir haben keinen Zugriff auf den Rädelsführer der Spione", fuhr Cyclops fort. „Selbst wenn wir den hätten, was können wir tun? Er wird nicht auf uns hören, was für eine schlimme Idee es ist, ein fliegendes Gefährt zu besitzen."

„Er wird das nicht mal als eine schlimme Idee empfinden", sagte ich. „Ihr habt Whittaker gehört."

Matt blieb die restliche Fahrt lang still, bis wir endlich allein in unserem Schlafzimmer waren. Er wirkte abgelenkt, als er sich entkleidete, und ich musste vor ihm in meiner Unterwäsche auf und ab tanzen, um ihn dazu zwingen, mir seine Aufmerksamkeit zu schenken.

Das Lächeln, das er mir zuwarf, war aber irgendwie traurig, während er die Hände auf meine Hüften legte. „Du hast meine Aufmerksamkeit."

„Gut." Ich legte die Arme hinter seinen Nacken und küsste ihn leicht auf die Lippen. „Denn das, was ich zu sagen habe, ist wichtig. Ich will, dass du weißt, dass es in Ordnung kommt, Matt. Ich habe nachgedacht, und mir ist klar geworden, ich muss nur so tun, als könnte ich den Teppich nicht fliegen lassen. Sie haben nur Coyles Wort darauf. Wenn es dazu kommt, sage ich ihnen, dass er sich geirrt hat. Ich glaube sowieso nicht, dass jetzt noch etwas daraus wird. Pykes Scheitern wird ihrem Plan ein Ende setzen."

Er drückte die Stirn an meine. „Ich hoffe, du hast recht." Er klang allerdings nicht sicher. Es gab nicht viel mehr, was ich sagen konnte, um ihn zu überzeugen, aber ich konnte ihn zumindest eine Weile ablenken und ihm helfen, einzuschlafen.

Ich knöpfte sein Hemd auf, teilte den Stoff und küsste mich auf seiner Brust nach unten. Als ich am Bund seine Hose ankam, stieß er ein tiefes Stöhnen aus, und sein Körper entspannte sich.

Ich lächelte an seinem flachen Bauch und spürte, wie auch ich mich entspannte.

* * *

MIR FIEL ES TEUFLISCH SCHWER, Matt davon zu überzeugen, am folgenden Tag nicht den Innenminister aufzusuchen. Weil er über Lord Farnsworth eine Verbindung zum Leiter des Innenministeriums aufgebaut hatte, wollte er das ausnutzen. Duke und ich versuchten, es ihm beim Frühstück auszureden, aber das entscheidende Argument kam von Cyclops.

„Wenn du dort hingehst, mit wehenden Fahnen und gezogenen Waffen, wie Brockwell es bezeichnet hat, wird dem Innenminister und seinem Ersten Spion klar werden, dass India den Teppich fliegen lassen kann. Das werden sie spüren, indem sie dich einfach nur ansehen."

Das nahm Matt den Wind aus den Segeln. Tatsächlich war die Veränderung in ihm dramatisch, als Cyclops' weise Worte sich setzten. „Also gut. Ich werde heute Bücher lesen und mit euch allen Karten spielen."

„Mit mir nicht." Cyclops wischte sich den Mund mit einer Serviette ab und stand auf. „Ich muss arbeiten."

„Ich spiele mit", sagte Duke.

Willie schlenderte gähnend herein. „Was wird gespielt?"

„Karten."

„Auf mich könnt ihr zählen." Sie ging direkt zum Büffet und schenkte sich Kaffee ein, bevor sie die Speisen unter den ganzen Deckeln betrachtete. „Wie schön zu sehen, dass Cyclops und du nicht heute Vormittag schon alles gegessen habt, Duke. Ich bin am Verhungern."

„Hattest du eine lange Nacht?", fragte ich.

„Das könnte man sagen."

„Möchtest du das gern ausführen?"

„Ich bin heute früh erst um sechs Uhr heimgekommen. Das Dienstmädchen hat mich reingelassen."

„Um sechs Uhr!"

Sie schob sich ein pochiertes Ei auf den Teller und nahm die Zange für den Speck zur Hand. „Aber ich habe davor schon ein paar Stunden geschlafen."

Duke und ich wechselten einen Blick. „Wo geschlafen?", fragte ich.

„Im Bett einer Frau, die ich getroffen habe. Sie hat sich unserer Gesellschaft angeschlossen, nachdem ihre Vorführung vorbei war. Sie ist eine Sängerin, Tänzerin und Schauspielerin. Auch echt talentiert. Sie hat mir ein paar ihrer Tanzbewegungen gezeigt."

„Aber natürlich hat sie das", murmelte Matt hinter seiner Zeitung.

Willie lachte still, während sie sich Speck auf den Teller türmte.

Duke runzelte die Stirn und öffnete den Mund, um etwas zu sagen, aber ich hob den Finger, um ihn zum Schweigen zu bringen. Zum einen wollte ich am Frühstückstisch keine so vertraulichen Gespräche ermutigen, falls Tante Letitia hereinkam, und zum anderen schnitt ich mir eine Scheibe von Matt ab. Je mehr wir gegen Willies Sperenzchen Protest einlegten, desto mehr würde sie damit fortfahren. Wenn wir wollten, dass sie sich wegen des kürzlichen Streits mit Brockwell öffnete, mussten wir sie das zu ihrer gewählten Zeit tun lassen. Sie *nicht* nach ihrer nächtlichen Affäre zu fragen, war nur eine weitere Art, sie zum Reden zu bringen.

Aber sie war noch nicht bereit zum Reden und ganz gewiss nicht über Brockwell.

Ihre fröhliche Laune verschwand, sobald sie dachte, dass wir alle das Esszimmer verlassen hatten. Sie wusste nicht, dass ich im Türrahmen stehen blieb und sie beobachtete. Sie warf ihr

Messer und ihre Gabel hin, schob den Teller weg und stützte die Ellbogen auf den Tisch. Dass Willie das Frühstück ablehnte, musste heißen, dass sie wirklich verstört war.

Meine Geduld wurde belohnt, als sie sich kurze Zeit später mir anschloss, während ich Tante Letitia im Wohnzimmer vorlas. Sie nahm allerdings nicht sofort Platz, sondern ging herum, strich mit den Fingern über gerahmte Bilder, nahm Kinkerlitzchen auf, nur um sie wieder abzustellen, nachdem sie so getan hatte, als würde sie sie mustern. Es war äußerst ablenkend, und ich stolperte über ein paar Worte in dem Buch.

Tante Letitia hatte ein zu großes Interesse an Willie, um es zu merken. „Du leierst noch den Teppich aus, Willemina. Was ist denn?"

Willie zuckte mit den Schultern und spielte die Unschuldige. „Was soll denn sein?"

„Ist es Davide? Bedauerst du schon, dass du nicht versucht hast, sein Interesse etwas mehr auf dich zu lenken?"

Willie wirkte ehrlich schockiert. „Nein! Warum solltest du das denken?"

„Du bist gestern Nacht mit ihm ausgegangen, so komme ich darauf. Außerdem ist es eine bedauerliche Lage, in der du dich wiederfindest."

„Nein, ist es nicht. Ich bin auf diese Weise nicht an Farnsworth interessiert."

„Du könntest Lady Farnsworth sein. Stell dir das nur vor."

„Ich will sein Geld und seinen Titel nicht."

Tante Letitia betrachtete sie voller Mitgefühl. „Für uns musst du keine Fassade aufrechterhalten."

Willie ließ sich auf den Stuhl fallen. „Auf jeden Fall hat er mich nie gebeten, ihn zu heiraten. Er hat zu viel Respekt für das, was ich bin, um mich um etwas zu bitten, das ich nicht bin."

„Ganz genau", sagte ich. „Tante Letitia, lass Willie in Frieden. Sie ist nicht verstört wegen Lord Farnsworth."

„Was ist denn dann los?", fragte Tante Letitia. „Ist es immer noch Kriminalinspektor Brockwell? Habt ihr beiden euch vertragen?"

Willie hob eine Schulter zu einem weiteren Schulterzucken. Nach einem Augenblick der angespannten Stille gab sie nach.

„Ich wollte India fragen, ob Jasper gestern Abend irgendwas gesagt hat."

Ich strich über das offene Buch in meinem Schoß, spielte Desinteresse vor, wie sie es getan hatte. „Er hat eine Menge gesagt. Gab es irgendwas Besonderes, was du von ihm hören wolltest?"

Sie streckte die Beine aus und verschränkte die Arme vor der Brust. „Über mich. Uns."

Tante Letitia packte die Armlehne und rückte vor. Als ich so tat, als würde ich über meine Antwort nachdenken, schnalzte sie mit der Zunge. „India! Was hat er gesagt?"

„Er war sehr beschäftigt", sagte ich. „Wir hatten einen ereignisreichen Abend, und es gab keine Zeit, dass er seine romantischen Absichten besprechen konnte."

Willie senkte die Arme und schaute weg. „Genau. Es spielt sowieso keine Rolle. Ich war auch zu beschäftigt, um an ihn zu denken."

„Ich habe nicht gesagt, dass er nicht an dich gedacht hat. Ich bin sicher, das hat er von Zeit zu Zeit getan."

Ihr Blick hob sich zu meinem. „Warum sagst du das?"

„Das ist nur so ein Gefühl."

Sie starrte auf ihre Finger, strich immer wieder über die Armlehne des Sessels.

„Willie, weshalb redest du nicht mit ihm?", fragte ich sanft. „Er vermisst dich, und du vermisst ihn."

„So einfach ist das nicht."

„Was immer kürzlich zwischen euch vorgefallen ist, das kann man doch lösen."

„Das weißt du nicht", fuhr sie mich an.

„Ich könnte dir mehr helfen, wenn du mir erzählst, worüber ihr geredet habt", blaffte ich zurück.

Sie reckte das Kinn. „Du wirst meinen Blickwinkel nicht verstehen. Du würdest seine Seite einnehmen."

„Das ist doch nicht sicher."

„Ich bin mir sicher, ich würde das tun", ließ sich Tante Letitia vernehmen.

Willie schaute sie finster an.

„Nun?", drängte ich.

Willie schien darüber nachzudenken, als Bristow hereinkam, ein Silbertablett in der Hand. „Die Post ist eingetroffen, Mrs. Glass."

„Vielen Dank, Bristow." Es gab nur einen Brief, der an mich adressiert war. Er kam von Lady Rycroft. Ich öffnete ihn und las ihn. Als ich am Ende ankam, seufzte ich. „Er ist auch an dich adressiert, Tante. Wir sind eingeladen, heute Abend mit ihnen zu dinieren."

Tante Letitia runzelte die Stirn. „Das ist seltsam. Ich frage mich, was sie will."

„Vielleicht will sie gar nichts. Nur ein schönes Familienessen."

„Nachdem wir ihren Versuch abgewehrt haben, Davide mit Charity festzusetzen? Wohl kaum. Entweder will sie Rache oder einen Gefallen. Wenn es um meine Schwägerin geht, wird es wohl Ersteres sein."

„Laut der Nachricht ist Lord Rycroft nach London zurückgekehrt, vielleicht liegt es also nicht an ihr. Vielleicht geht es bei diesem Dinner um ihn, und es hat nichts mit dem Vorfall bei der Soiree zu tun."

„Dein Optimismus ist charmant, India."

Ich war mir nicht sicher, ob Lord Farnsworth von dem Dinner erfahren musste, aber Willie setzte ihn trotzdem in Kenntnis, als er in der Mitte des Nachmittags rechtzeitig zum Tee im Salon eintraf. Er war vollauf überzeugt, dass er an diesem Abend das Hauptthema der Unterhaltung sein würde.

„Ich bin ein äußerst begehrter Junggeselle, India." Diese Erklärung wurde von einer Geste begleitet, als wäre sie eine unangefochtene Tatsache. „Deine Tante wird das nicht so leicht aufgeben. Sie wird nicht ohne Kampf zu Boden gehen."

„Das ist ja wohl kaum eine Schlacht", sagte ich.

„Du bist eindeutig nicht vertraut mit dem Heiratsmarkt. Warte nur, bis du einen Sohn hast und siehst, wie die Mütter um ihn herum schwärmen, wenn er aufwächst."

Matt knurrte in seine Teetasse. „Jegliche Kinder, die wir haben, werden sich ihre Partner aus allen Ständen der Gesellschaft aussuchen können."

Tante Letitia stellte ihre Teetasse mit einem lauten Porzellanklirren ab. „Sei doch ernst, Matthew. Es war seltsam mit dir und India, und alle haben dein gleichmacherisches Verhalten akzeptiert, weil du Amerikaner bist, aber dein Sohn wird als englischer Gentleman erzogen."

„Und jeder weiß, dass es einen gleichmacherischen englischen Gentleman oder eine Lady nicht gibt", fügte Lord Farnsworth an.

Ich schüttelte rasch den Kopf, als Matt den Mund öffnete, um zu widersprechen. Zum Glück schloss er ihn wieder. Es hatte doch keinen Sinn, über die Zukunft eines Kindes zu streiten, das gar nicht existierte.

Willie allerdings zog sich nie aus einem Kampf zurück. „Mit so einer Haltung wird sich niemals etwas ändern."

Sowohl Tante Letitia als auch Lord Farnsworth beäugten sie mit einer Mischung aus Entsetzen und Neugier. „Wer sagt denn, dass sich irgendwas verändern muss?", fragte er.

Zum Glück wurden wir von Bristow gerettet, der eintrat und ankündigte, dass zwei weitere Besucher in der Gestalt von Fabian und Oscar eingetroffen waren. Ich ließ sie begeistert ein, hieß die Ablenkung von dem Thema, das wir besprochen hatten, willkommen.

Rasch wurde allerdings klar, dass keiner von ihnen gute Laune hatte. Ohne Zweifel wollte Fabian uns wegen seines gestohlenen Teppichs befragen, und Oscar bedauerte immer noch das Ende seiner Beziehung zu Louisa.

Zum Glück war der stets gesellige Lord Farnsworth als Retter da. „Wie laufen die Buchverkäufe, Barratt?"

„Hervorragend. Mein Drucker will Kopien hinüber nach Amerika schicken, und ich denke darüber nach, es ins Französische und Italienische übersetzen zu lassen. Die allgemeine Leserschaft kann gar nicht genug davon bekommen." Oscar wandte sich an mich: „India, könntest du dir vorstellen, eine Einleitung für den Nachdruck zu schreiben?"

Ich schnaubte. „Wen sollte es denn kümmern, was ich zu sagen habe? Die Talentfreien wissen nicht, wer ich bin."

„Nachdem du das Vorwort geschrieben hast, werden sie es wissen."

„Das ist die Art von Berühmtheit, die ich gern vermeiden möchte, aber danke, dass du fragst." Ich warf einen Blick zu Matt, der still da gesessen hatte, seit er bei Oscars und Fabians Eintreten ein paar freundliche Worte mit ihnen gewechselt hatte. Er hob seine Teetasse, um mir damit zu salutieren, und nippte dann.

Oscar räusperte sich. „Ich bin hergekommen, um euch zu sagen, dass ich wieder bei der *Gazette* arbeite. Sie haben mich zurückgenommen. Nachdem Louisa mich dort meine Anstellung gekostet hat, war ich nicht sicher, wo ich stehe, aber zum Glück hat sich mein Herausgeber für mich eingesetzt. Das ist ein guter Kerl."

Fabian sah ihn mit finsterem Gesicht an. „Was meinen Sie damit, dass Louisa Sie Ihre Anstellung gekostet hat?"

„Sie hat dafür gesorgt, dass ich entlassen werde. Sie wollte, dass ich mehr Zeit zu Hause verbringe und das Buch beende."

„Mein lieber Schwan!", rief Lord Farnsworth. „Das ist ein wenig hinterrücks. Aber sie hatte ganz recht damit, zu sagen, dass Sie nicht arbeiten sollten. Nicht, wenn Sie sie heiraten wollten. Sie ist immerhin eine Lady. Das wäre nicht angemessen. Findest du nicht, Letty?"

„Ich mische mich nicht in die romantischen Angelegenheiten anderer ein", sagte sie.

Willie und Duke schnaubten beide in ihre Teetassen.

„Wir sind nicht mehr verlobt", teilte Oscar Lord Farnsworth ganz nüchtern mit. „Louisa hat es beendet."

„Mein lieber Kerl, das ist ein Pech! Aber das spielt keine Rolle, es wird sich ein anderes Fohlen finden."

„Louisa hat mir gesagt, dass sie die Verlobung beendet hat", sagte Fabian. „Nicht Sie."

Oscar lächelte ihn ausdruckslos an. „Sie hält Sie wahrlich für einen engen Freund, wenn sie Ihnen das sagt."

„Ah, ich verstehe. Sie sind dann in der Tat ein Gentleman, Barratt. Ich mache es Ihnen nicht zum Vorwurf, dass Sie die Verbindung gelöst haben. Louisa ist ... eine Naturgewalt. Wenn es um Magie geht, ist sie entschlossen. Und so eng stehen wir nicht zueinander", schloss er.

„Sie vergöttert Sie, Charbonneau. Sie spricht wirklich viel

von Ihnen, und wenn sie das tut, nimmt ihre Stimme einen ganz anderen Tonfall an."

„Sie mag meine Magie, nicht mich. Das ist ein Unterschied."

Oscar seufzte. „Damit mögen Sie recht haben."

Lord Farnsworth sah Fabian mit gerunzelter Stirn an. „Sie wissen, Sie und Louisa haben ähnliche Ansichten, wenn es um Magie geht. Sie wollen sie beide befreien, wie es der Zufall so will. Sie wollen beide, dass sie aufblüht und von der Welt akzeptiert wird. Sie wollen beide, dass die Abstammungslinien der Magie fortgeführt werden."

„Nein, nein. Das stimmt nicht. Louisa und ich sind uns nicht ähnlich. Sie würde einiges auf sich nehmen, damit die Magie aufblühen kann, aber ich nicht." Fabian wies auf mich. „India und Matt haben mich überzeugt, was die Gefahren der Magie angeht, wenn sie in die falschen Hände gerät. Ich glaube nicht, dass Louisa so leicht nachgeben würde, wie ich das getan habe."

Es war eine schöne Ansprache, doch ich war nicht überzeugt, dass Fabian seine Hoffnungen und Träume für die Magie aufgegeben hatte. Ich rechnete damit, dass er das Thema, Zauber zu schöpfen, in der Zukunft wieder aufbringen würde, obwohl das hoffentlich erst in einiger Zeit passieren würde.

„Haben Sie sie in letzter Zeit getroffen?", fragte Oscar irgendwie schüchtern. „Geht es ihr gut?"

Fabian zögerte, bevor er vorsichtig antwortete. „Sie ist, wie sie immer war – entschlossen. Als sie zum ersten Mal zu meinem Haus kam, wollte ich gerade gehen. Das zweite Mal war ich nicht zu Hause. Beim dritten Mal habe ich ihr auch nicht erlauben können, mit mir zu speisen, trotz der Zeit. Es wäre nicht angemessen gewesen."

„Ganz recht", sagte Tante Letitia. „Es klingt für mich, als würde sie versuchen, Sie in die Falle zu locken. Wir wissen alle, wie solche jungen Damen sein können, oder, Davide?"

Lord Farnsworth stimmte mit einem lauten „Wohl wahr, wohl wahr" zu. „Unser Junggesellentum ist wertvoll. Wir müssen es schützen und es nicht billig weggeben. Nicht einmal an das hübscheste, begehrteste, entschlossenste Mädchen im Land. Nicht, bis wir bereit sind für das Leben als Verheirateter zumindest."

„Wir sollten niemanden heiraten, mit dem wir uns nicht verstehen", fügte Oscar an.

Lord Farnsworth lachte leise. „Wie kurios Sie sind."

Oscar hob die Augenbrauen, bekam aber kein Wort heraus, bevor Fabian sich wieder zu Wort meldete.

„Glass, gibt es Nachricht von meinem gestohlenen Teppich?"

„Jemand hat Ihren Teppich gestohlen?", fragte Tante Letitia. Oscar und Lord Farnsworth wandten ihre Aufmerksamkeit ebenfalls Fabian zu, neugierig wegen des Diebstahls eines Teppichs.

Es schien also, dass man dem Thema nicht mehr ausweichen konnte. Matt gab ihnen eine kurze Erklärung zu dem, was sich bisher ereignet hatte, ließ den Teil weg, bei dem wir selbst auf dem Teppich geflogen waren. Ich nahm an, dass es dabei eher um Tante Letitias Wohlergehen ging.

„Pyke ist gestern wieder zu Bewusstsein gekommen und hat uns mitgeteilt, dass er versucht hat, den Teppich fliegen zu lassen, während er darauf war, doch er ist herabgefallen", schloss Matt.

„Gütiger Gott", murmelte Lord Farnsworth. „Was für ein tollkühner Kerl. Ein bisschen verrückt, aber wer ist das heutzutage nicht, was?"

Fabian murmelte etwas Französisches vor sich hin. „Er ist ein Narr. Er wusste, dass er den Teppich nicht allein fliegen lassen konnte. Er hätte getötet werden können."

„Weshalb hat er es dann versucht?", fragte Oscar.

„Ihm blieb keine Wahl", sagte Matt. „Seine Frau wurde bedroht."

„Von Coyle?"

Matt schüttelte den Kopf.

„Wem dann?"

Matt sagte nichts. Als Oscar sich an mich wandte, hielt ich den Mund.

„Und wo ist mein Teppich jetzt?", fragte Fabian.

„Die Polizei hat ihn verbrannt", sagte Matt.

„Verbrannt! Das habe ich nicht gestattet. Es ist mein Teppich. Der Inspektor kann das doch nicht machen!"

„Es war nicht Brockwells Idee. Es war meine."

Die Muskeln in Fabians Kinn spannten sich an, als er mit den Zähnen mahlte. Er holte tief Luft, während er Matt finster anfunkelte.

„Es war das einzig Richtige, was man tun konnte, nach dem, was Pyke widerfahren ist", fuhr Matt fort. „Er hat gefährliche Leute angezogen, Leute, die bereit waren, Magier zu benutzen, um den Teppich wieder fliegen zu lassen. Sie müssen doch sehen, dass das ein Magnet war für Menschen wie Coyle."

Fabian senkte den Kopf. „Sie haben natürlich recht." Er seufzte tief. „Und doch war es ein Wunder, ihn fliegen zu sehen. Herrlich."

„Magisch", fügte ich mit einem schiefen Lächeln hinzu. „Ich weiß, Fabian, und ich verstehe es. Aber die Gefahren wiegen höher als die Schönheit."

Fabian erwiderte mein Lächeln mit einem nicht ganz überzeugenden eigenen.

Oscar griff nach einem Keks auf dem Teller und deutete damit auf Matt, während er sich zurücklehnte. „Sie kämpfen da auf verlorenem Posten, wie Sie wissen. Es wird geflogen werden. In den nächsten paar Jahren, möchte ich wetten. Nicht auf Teppichen natürlich, aber es gibt einen deutschen Ingenieur, der behauptet, er wäre bereit fast bereit, einen Gleiter abheben zu lassen. Und wir haben bereits Heißluftballons."

„Ein Ballon ist langsam und lässt sich nur schwer lenken", sagte Matt. „Ein Gleiter ist besser, aber er hat auch nur eine begrenzte Geschwindigkeit, genauso wie Lenkvermögen, auf das ein Pilot einwirken kann."

Fabian gab ein abschätziges Geräusch von sich. „Glass hat recht. Nichts, was die Talentfreien machen, wird so gut sein wie die Schöpfung eines Magiers."

„Das habe ich nicht gesagt."

Oscar zuckte leicht mit den Schultern. „Ich glaube, das ist ein Bereich, in dem Sie vielleicht Ihre Worte zurücknehmen müssen, Charbonneau. Wenn ich recht behalte, wird derjenige, der wollte, dass man den Teppich fliegt, nur ein bisschen länger darauf warten müssen, dass die talentfreien Erfinder aufholen. Die Luftfahrt wird die Welt genauso verändern, wie es einst die Schiene tat, denken Sie an meine Worte."

Ich nahm an, dass sich das als richtig erweisen würde, aber dieser Tag lag noch Jahre in Zukunft, und ich bezweifelte, dass die Regierung, oder Coyle, was das anging, gerne warteten. Seine Worte boten mir keinen echten Trost.

Unsere drei Besucher blieben nicht mehr viel länger und beschlossen, alle gleichzeitig zu gehen. Lord Farnsworth stellte sich zwischen Oscar und mich, während wir zusammen hinausgingen, und hielt die Stimme gesenkt, den Blick auf Fabian weiter vorne gerichtet. „Sagen Sie, Barratt. Würde es Ihnen schrecklich viel ausmachen, wenn ich es mal mit Ihrer ehemaligen Verlobten versuche?"

Oscar blinzelte ihn an. „Sie wünschen, Ihr Verehrer zu werden?"

„Ja, weshalb nicht. Sie ist von der richtigen Art, hat eine gute Abstammung und so weiter. Sie ist ein bisschen erdrückend, aber das wird mich doch ganz gut ausgleichen. Manche nennen mich frivol, aber eine ernste Frau wird meine Übertreibungen nichtig machen. Also, was sagen Sie? Wäre das für Sie ärgerlich?"

Oscar wirkte verblüfft und nicht ganz fähig zu einer Antwort, während er über den Gedanken nachdachte.

Ich kam ihm zur Rettung. „Ich dachte, du hast gerade gesagt, du müsstest dein Junggesellentum schützen und es nicht wegwerfen, Davide."

Lord Farnsworth zwinkerte mir zu. „Ach, das war doch nur, um Charbonneaus Willen. Ich wollte nicht, dass er Louisa noch einmal in Erwägung zieht, als mir plötzlich klar wurde, wie gut wir zueinander passen. Ich denke durchaus, ich würde gegen ihn verlieren. Die Franzosen wissen doch, wie man verführt, wenn sie es darauf abgesehen haben."

Oscar klopfte Lord Farnsworth auf die Schulter. „Falls Sie das so empfinden, dann dürfen Sie sie doch gerne verehren. Obwohl ich Sie warnen sollte, dass die Gefahr in diesem Bereich nicht daran liegt, dass er Franzose oder gut aussehend ist, es liegt daran, dass er Magier ist. Sie will unbedingt magische Kinder haben, verstehen Sie."

„Ach, jetzt verstehe ich, weshalb sie mit Ihnen zusammen war."

Oscar nahm die Spitze mit einem freundlichen Lachen hin.

Sobald sie weg waren, gingen Matt und ich die Stufen Arm in Arm hinauf. „Hast du Brockwell wirklich gesagt, er soll den Teppich zerstören?", fragte ich.

„Nein. Ich hätte erst dich gefragt, bevor ich so einem Befehl gebe. Ich habe Charbonneau einfach gesagt, es wäre meine Entscheidung, weil ich nicht wollte, dass er wütend auf Brockwell ist. Der Teppich wurde aber verbrannt. Ich habe die Nachricht von Brockwell mit diesem Inhalt erhalten, kurz bevor unsere Gäste eintrafen. Er hat seine Zerstörung gestern Nacht angeordnet. Obwohl er den Grund nicht genannt hat, nehme ich an, er wollte ihn vernichten, bevor er ohne sein Wissen aus dem Beweismittelraum entfernt wird."

„Es war das Richtige, wenn man das Interesse daran bedenkt."

Wir schlossen uns Tante Letitia, Duke und Willie im Salon an. Sie hatten entschieden, ein Kartenspiel zu beginnen, obwohl Willie sich weigerte, beim Mitschreiben der Punkte zu helfen. Ich machte mir Sorgen, dass die Unterhaltung über Louisa sie verstört hatte. Obwohl sie behauptete, dass sie auf diese Art nicht an Lord Farnsworth interessiert war, wäre ich überrascht gewesen, wenn sie nicht auf irgendeiner Ebene eifersüchtig wäre. Womöglich nicht auf eine romantische Art, aber vielleicht hatte sie Angst, einen Freund zu verlieren.

Ich suchte gerade die richtigen Worte, um sie zu fragen, als sie sich plötzlich zu Wort meldete. „Wie, meint ihr, könnte ich die Adresse dieses deutschen Ingenieurs bekommen, den Oscar erwähnt hat?"

Matt nahm die Karten, um sie zu mischen. „Es gibt doch bestimmt eine Luftfahrtgesellschaft hier in England, die dich mit ihrem deutschen Gegenpart in Verbindung bringen könnte, und die würde dann den Brief an ihn weiterleiten. Weshalb?"

„Ich will mich freiwillig melden, um seinen Gleiter zu fliegen."

KAPITEL 13

Ich meinem Abendkleid aus smaragdgrünem Samt und cremefarbenem Satin fühlte ich mich fast zu extravagant für eine Dinnergesellschaft im vertrauten Kreis, aber neben Matts Tante in ihrem goldenen Rock mit roten, gestickten Wirbeln und der davon abgesetzten roten Korsage mit Goldwirbeln wirkte ich einfach.

Während wir im Salon Platz nahmen, um auf den Gong zu warten, drehte sich Tante Letitia zu mir und murmelte: „Sie sieht aus wie die Vorhänge, die mal in diesem Zimmer gehangen sind."

Charity trug ihre übliche schwarze Seide, als wäre sie in Trauer. Ich erwartete, dass Tante Letitia eine weitere abwertende Bemerkung über die Kleiderwahl ihrer Nichte machen würde, aber dazu kam es nie. Sie beäugte sie allerdings genau, als würde sie versuchen, ihre Gedanken bei diesem ersten Treffen nach der beinahe desaströsen Soiree einzuschätzen.

Charity wirkte unbeeindruckt und sogar ziemlich zufrieden. Sie summte leise vor sich hin, während sie von einer Seite zur anderen wankte, bis ihre Mutter sie anblaffte, dass sie still sein sollte.

Lady Rycroft erwähnte die Soiree nicht. Genauso wenig Lord Rycroft, der am Kamin stand. Matt stand auf der anderen Seite, sein Ellbogen lag auf dem Sims. Er schien sich nicht bewusst zu sein, dass sein Onkel ihn unter gesenkten Lidern hervor beobachtete.

Wir überlebten sowohl die Unterhaltung vor dem Essen als auch die geistlosen Plaudereien während jedes der sieben Gänge. Obwohl das Essen köstlich war, wurde es für meinen Geschmack zu viel, denn über fast jedes Gericht war Sahne gegossen worden. Selbst der letzte Gang aus Baiser war mit Soße und Sahne bedeckt.

Es wäre untertrieben gewesen, es ein unbehagliches Dinner zu nennen. Charity sprach kaum, während Lord Rycroft an dem ganzen Ereignis völlig desinteressiert zu sein schien, wenn man nach den knappen Antworten ging, wenn er angesprochen wurde. Trotzdem schaute er weiterhin Matt an, als würde er ihn irgendwie einschätzen wollen.

Es war fast eine Erleichterung, seine Anwesenheit nicht mehr ertragen zu müssen, als die Frauen in den Salon aufbrachen, sodass die Männer bei einem Glas Portwein reden konnten. Ich spürte Matts Abwesenheit allerdings wie einen Stich, als Lady Rycroft sich auf dem Sofa mir zuwandte. Auf ihn konnte man sich immer verlassen, dass er mich in einem gesellschaftlichen Umfeld rettete, falls es sein musste. Heute Abend musste ich mich auf Tante Letitia stützen, und ich war nicht sicher, ob sie irgendwelche kleinen Feuer löschen oder Öl in sie hineingießen würde.

„Meine Liebe India, wo hast du dir deine Anrichte machen lassen?", fragte Lady Rycroft.

Die Frage erwischte mich auf dem falschen Fuß. Das hatte ich nicht erwartet. „Ich habe die Einrichtung im Esszimmer gar nicht verändert. Was jetzt darin steht, war bereits da, als ich eingezogen bin."

„Was ist mit den Vorhängen im Salon? Ich weiß, dass du die ausgewechselt hast."

„Von Peter Robinson in der Oxford Street."

Ihre Augenbrauen schossen hoch bis zum Rand ihres roten Turbans. „Wirklich?" Sie öffnete die Schublade des Beistelltisches und holte einen Bleistift und einen Block hervor. „Und was ist mit dem Essgeschirr?"

Ich seufzte. War das der Grund, dass wir heute Abend

hierher eingeladen worden waren? Damit sie sich jeden Laden aufschreiben konnte, von dem ich etwas gekauft hatte?

„India kann sich nicht mehr erinnern", sagte Tante Letitia, bevor ich etwas erwidern konnte.

Lady Rycroft schürzte die Lippen. „Was ist mit deinen Visitenkarten?"

„Daran kann sie sich auch nicht erinnern." Tante Letitia wedelte mit der Teetasse in der Luft. „Vermutlich kamen sie von diesem Schreibwarenhändler in der Oxford Street." Sie zwinkerte mir zu.

Lady Rycroft machte sich eine Notiz. „Diese Ohrringe, die du heute Abend trägst, India? Die sind neu oder nicht?"

Ich betastete die Ohrringe aus Gold und Perlen, die Matt mir zu Weihnachten geschenkt hatte.

Bevor ich ihr das sagen konnte, erwiderte Tante Letitia: „Die sind von einem Juwelier in der Oxford Street."

Lady Rycroft hielt inne, drückte den Bleistift so fest auf das Blatt, dass das Ende abbrach. „Du scheinst eine ganze Menge Einkäufe in der Oxford Street zu erledigen, India."

„Ihr gefällt es dort. Da gibt es alles, was eine junge Dame von Geschmack und Kultiviertheit sich wünschen könnte."

Lady Rycroft rümpfte die Nase. „Ich habe mit India geredet."

„Tante Letitia weiß, wo ich einkaufe", sagte ich. „Immerhin kaufe ich an den Orten ein, die sie mir empfiehlt." Ich lächelte. „Sie hat einen sehr exquisiten Geschmack. Meinst du nicht?"

Lady Rycroft klappte den Block zu und warf ihn zusammen mit dem Bleistift in die Schublade. Sie knallte die Schublade zu.

Tante Letitia lächelte ihn ihre Teetasse.

Zu meiner Überraschung kicherte Charity.

Ihre Mutter funkelte sie finster an, doch das hatte keine Wirkung. Charity erhob sich plötzlich und zog an der Klingelschnur. „Holen Sie mir ein Glas Portwein", befahl dem Butler, der eintrat.

Er schaute zu Lady Rycroft, die leicht den Kopf schüttelte. Der Butler verbeugte sich und ging. Ein paar Minuten später kehrte er mit einem Glas Portwein auf einem Silbertablett zurück, das er Charity anbot.

Sie nahm das Glas und nippte. Was immer im Glas war, war

wohl kein Portwein, aber sie schien es nicht zu bemerken, dass ihre Mutter und der Butler sich verschworen hatten, um sie zu hintergehen.

Zum Glück dauerte es nicht lang, bis Matt und Lord Rycroft sich uns anschlossen, denn ich war nicht sicher, ob ich noch eine weitere Unterhaltung über Einkäufe durchhalten würde. Wenn man bedachte, wie kurz ihre Zeit zusammen im Esszimmer gewesen war, war ihre Unterhaltung vermutlich genauso eine Folter gewesen wie unsere.

Matts Blick fiel auf Charity, die mit gesenkten Augenlidern da saß, das leere Glas Portwein hing schief in der Hand, mit der sie es hielt. Ihr Vater nahm es ihr aus den Fingern, sodass sie aus ihrer Betäubung erwachte.

Was war in ihrem Getränk gewesen?

„Und wie geht es Lord Farnsworth?", fragte Lady Rycroft, als hätten wir gerade erst über ihn gesprochen.

„Davide geht es gut", sagte Tante Letitia zurückhaltend. „Weshalb?"

„Er wirkt wie ein wirklich liebenswerter Mensch. Charity war auf unserer Gesellschaft ganz angetan von ihm, oder nicht, meine Liebe? Es ist schade, dass er so früh gehen musste."

„Es war für alle ein erschöpfender Abend."

„Aber wir sollten das wiederholen. Sagen wir, nächsten Dienstag? Rycroft würde ihn gern kennenlernen, nachdem Charity so begeistert von ihm gesprochen hat."

Charity macht ein schniefendes Geräusch, und ich war mir nicht sicher, ob sie schnarchte oder ihre Mutter nicht zustimmte.

„Nächsten Dienstag", wiederholte Lord Rycroft. „Ich kann doch darauf zählen, dass du meine Grüße an ihn weitergibst, oder nicht, Matthew?"

„Ich werde auf jeden Fall deine Worte weitergeben, genauso, wie du sie gesagt hast."

„Nein, ich habe gemeint ..."

„Ich glaube, es ist Zeit, dass wir gehen."

„Aber es ist noch so früh!", protestierte Lady Rycroft.

Ich wies auf ihre Tochter mit den verschlafenen Augen und dem offenen Mund. „Charity wirkt müde. Es wäre nicht fair, sie wachzuhalten."

„Aber ich hatte gehofft, mit dir allein zu reden, Matthew." Sie schaute zu ihrem Mann. „Nur für den Fall, dass Rycroft nicht alles klar ausgesprochen hat."

„Es war klar." Matt bot Tante Letitia seinen Arm.

Sie nahm ihn, wünschte ihrem Bruder und ihrer Schwägerin einen schönen Abend und tätschelte Charity an der Schulter, während sie vorbeigingen. Charitys Mund ging auf und ein leises Schnarchen kam heraus.

Ich dankte unserem Gastgeber und unserer Gastgeberin folgte ihnen nach draußen. Ich schaffte es, den Mund noch zu halten, bis wir in der Kutsche unterwegs waren. „Also, was hat Lord Rycroft gesagt, als ihr allein wart, Matt?"

Es war Tante Letitia, die antwortete, nicht Matt. „Errätst du das nicht? Davide hatte recht. Das Dinner heute Abend ging um ihn."

„Ich soll als Vermittler dienen", sagte Matt. „Mein Onkel hat mich gebeten, Farnsworth sein Angebot zu unterbreiten."

„Du meinst, ein Angebot wegen einer Ehe?" Ich lachte. „Das ist lächerlich. Davide ist nicht an Charity interessiert. Er hat das ganz klargemacht, als er am Abend der Gesellschaft mehr oder weniger aus dem Raum geflüchtet ist."

„Das war, bevor sich mein Onkel einmischte." Matts Augen leuchteten im Licht der Lampe, die im Gleichtakt mit der sanft schaukelnden Bewegung der Kutsche schwankte. Ihm machte das Spaß. „Er scheint zu denken, dass sich Farnsworths Meinung zu Charity ändert, wenn er das Ganze in eine finanzielle Transaktion verwandelt."

„Abhängig davon, wie großzügig das Angebot ist, macht es in vielen Fällen durchaus einen Unterschied in der Meinung eines Gentlemans zu einer Lady", sagte Tante Letitia. „Aber Davide ist nicht wie die meisten Gentleman, und Charity ist wie Obst, das schon zu lange in der Sonne gelegen hat – schwer zu verkaufen."

Ich schaute sie entsetzt an. „Das ist ein bisschen hart."

„Und doch stimmt es. Das Angebot meines Bruders einer großzügigen Mitgift mag ja bei einem verarmten Gentleman wirken, aber das ist Davide nicht. Wie viel hat Richard geboten?"

„Einen großzügigen Betrag in der Form von Geld und Edelsteinen", sagte Matt.

Tante Letitia keuchte. „Er kann doch nicht die Rycroft-Juwelen anbieten! Die sollen an den Halter des Titels weitergegeben werden. Du solltest sie erben, Matthew."

„Ich habe ihm gesagt, er kann damit tun, was er möchte. Mir ist es gleich, ob er sie einem Gentleman gibt, um ihn zu einer Heirat zu ermuntern, oder sie Charity übergibt, um sicherzustellen, dass sie als Jungfer ein angenehmes Leben hat."

„Ich schätze, du hast recht. Es ist besser, wenn Charity bis ins hohe Alter angenehm lebt, als dass sie dich und India belastet. Wirst du es also Davide mitteilen?"

„Glaubst du, das sollte ich? Ich kann nicht entscheiden, ob es eine Beleidigung für ihn ist, oder eine Schmeichelei."

„Da ich ihn kenne, würde ich Letzteres annehmen", sagte ich.

„Dann werde ich es ihm sagen." Er schien nicht besonders begeistert von der Aussicht. „Oder vielleicht wäre es besser, wenn es von seinen engsten Freundinnen kommt."

„Wir machen es", sagte Tante Letitia, bevor ich ablehnen konnte. Sie klatschte in die Hände. „Das wird äußerst erheiternd werden."

„Außer er nimmt das Angebot an", murmelte ich.

* * *

ICH SCHICKTE am folgenden Vormittag eine Nachricht an Lord Farnsworth, um ihn zum Tee einzuladen, und er traf um vier ein, anstatt um halb vier, wie es dort gestanden hatte.

„Ich entschuldige mich, dass ich spät dran bin, India", sagte er mit einer Verbeugung. „Aber ich muss es Willie zum Vorwurf machen. Sie hat darauf bestanden, mich zum Mittagessen auszuführen."

Ich warf einen Blick zur Tür, aber Willie folgte ihm nicht nach drinnen.

„Sie ist im Club geblieben", sagte er.

„Sie wurde in Ihren Gentlemans-Club gelassen?", fragte Duke. „Sind die nicht nur für Männer?"

Er presste sich einen Finger auf die Lippen. „Ich habe dem

Betreiber erzählt, sie wäre mein guter Freund, der gerade zwanzig geworden ist und unbedingt die Freuden seines ersten Einstiegs in einen Gentlemans-Club von London erleben wollte. Ich habe sie am Kartentisch zurückgelassen, wo sie die Lords Ponsonby und Lockham ausgenommen hat. Sie hatten ja keine Ahnung."

Matt stöhnte. „Ich werde dort niemals wieder mein Gesicht zeigen können."

„Unsinn. Niemand weiß, dass Sie mit Ihnen verwandt ist."

„Aber *Sie* lassen sie vielleicht nie wieder hinein", sagte ich.

„Natürlich werden sie das! Sie lieben mich bei White's, und sie ist eine Freundin von mir. Oder vielmehr ist *er* mein Freund. Keine Sorge, Glass. Als ich mit ihr fertig war, hat sie eher einem Mann als einer Frau geähnelt." Er raffte die Hosenbeine und nahm Platz, war sich unserer starrenden Blicke und offenen Mündern gar nicht bewusst. „Haben Sie denn diese kleinen Küchlein? Diejenigen, die so leicht sind wie Luft."

Tante Letitia nahm die Teekanne und schenkte ein. „Heute gibt es nur Mohnkuchen."

„Der geht auch."

Ich schnitt den Kuchen an und reichte ihm ein Stück auf einem Teller. Er betrachtete mich mit einem neugierigen Lächeln auf dem Gesicht und einem Glitzern im Auge.

„Du hast mir etwas Aufregendes mitzuteilen, oder nicht?" Er deutete auf meine Wangen. „Du bist ganz rot, weil du dich so anstrengen musst, es für dich zu behalten, India."

„Erinnerst du dich noch, dass wir gestern Abend zum Abendessen mit Lord und Lady Rycroft eingeladen waren?"

„Ach, ja, jetzt weiß ich, was du heute von mir willst. Du wirst erzählen, dass Rycroft eine großzügige Mitgift auf dem Kopf dieser wilden Tochter platziert hat, und dass er will, dass ich anbeiße."

„Du hast es sofort erraten, Davide."

„Es ist nicht das erste Mal, dass ich die haiverseuchten Gewässer des Heiratsmarkts durchqueren muss. Und es wird auch nicht das letzte Mal sein."

„Also ist das eine Absage?", fragte Matt.

„So ist es. Bitte teilen Sie es Rycroft sanft mit. Ich stelle mir vor, Ihr Onkel und Ihre Tante werden enttäuscht sein. Ich hoffe, sie erholen sich früher oder später von der Enttäuschung dieser Absage, obwohl es vermutlich Zeit braucht."

„Er wird bald einen weiteren Kandidaten finden, sobald dieses großzügige Angebot bekannt wird."

„Aber nicht so erstklassig wie ich."

Duke hob seine Teetasse, um zu salutieren. „Man höre und staune."

Lord Farnsworth stellte seine Teetasse klappernd ab und schaute Duke an. Er wackelte mit dem Finger vor ihm. „Ich muss es einmal ansprechen, was ist mit Ihnen? Sie sind nicht verheiratet, und Sie sehen doch gar nicht so schlecht aus. Sicher brauchen Sie die Mitgift mehr als ich, da Sie kein eigenes Haus haben."

„Nicht weniger als ein Lord wird ihnen genügen", erklärte Duke.

„Aber Sie sind ein Duke!"

Duke seufzte und wandte sich wieder seinem Tee zu.

„Wir haben dir das doch schon erklärt", sagte ich zu Lord Farnsworth. „Duke ist ein Name, kein Titel."

„Hast du das? Ich nehme an, da habe ich nicht richtig zugehört. Man sagt, ich hätte eine schreckliche Aufmerksamkeitsspanne."

„Ist das so?", murmelte Matt.

Lord Farnsworth musterte Duke noch einmal von Kopf bis Fuß, als würde er ihn zum ersten Mal sehen. „Ich hielt es für seltsam, dass Sie hier leben, nicht in Ihrer fürstlichen Residenz. Weshalb haben Ihre Eltern Ihnen einen so hochstrebenden Namen gegeben?"

Duke zuckte mit den Schultern. „Er hat ihnen einfach gefallen, schätze ich."

Lord Farnsworth schnalzte mit der Zunge. „Es sollte verboten sein, ein Kind nach einem Rang zu benennen. Das stiftet doch nur Unruhe."

„Ganz recht", ließ sich Tante Letitia vernehmen. „Obwohl Duke sehr viel mehr Gentleman ist als der Duke von Croxley. Schrecklicher kleiner Mann, dessen abschweifender Blick immer auf die jungen Damen fällt."

Der restliche Nachmittag lief noch etwa eine Stunde angenehm weiter, bis Willie wieder nach Hause kam. Sie war in einen gut geschneiderten Anzug gekleidet, nicht ihre übliche Cowboykluft, und ihre Haare waren sorgsam hochgesteckt, sodass sie kurz wirkten. Mit ihrem maskulinen Gang und einer leicht vertieften Stimme verstand ich schon, wie sie als junger Mann durchgehen konnte.

Sie stand im Eingang des Salons, ein strahlendes Lächeln auf dem Gesicht, während sie uns mit glasigen Augen betrachtete. „Du musst mich da wieder hinbringen, Farnsworth. Ich habe ein Vermögen gewonnen. Diese Etepetete-Typen sind die schlimmsten Pokerspieler, denen ich je begegnet bin, und ich habe schon gegen India gespielt."

Ich empörte mich. „Ich bin nicht so furchtbar."

„Wurde ihnen klar, dass du eine Frau bist?", fragte Duke.

„Nein. Sie waren zu betrunken, und das ist ein anderer guter Grund, mit ihnen zu spielen." Sie wankte ein bisschen und legte eine Hand an den Türrahmen, um sich zu stützen. „Der Betreiber hatte eine Ahnung, schätze ich, aber mein großzügiges Trinkgeld hat mir sein Schweigen eingebracht. Insgesamt war es ein sehr guter Tag." Sie schob sich vom Türrahmen weg und betrat das Zimmer, nur um in Matts Sessel hinein zu stolpern. Sie entschuldigte sich und fiel in einen freien Sessel. „Jasper wird lachen, wenn ich ihm das erzähle." Ihr Mund klappte in dem Augenblick zu, als ihr klar wurde, was sie gesagt hatte, und ihre Augen wurden trüb. Sie versuchte, ihr Jackett abzunehmen, doch ihr Arm steckte fest, und sie schlug am Ende um sich, bis sie mit der Hand an den Sessel knallte. „Gottverdammte dumme Kleider!"

Duke half ihr, es auszuziehen, und legte es sich über den Arm. „Alles in Ordnung bei dir, Willie?"

„Klar ist es das", murmelte sie, verschränkte die Arme vor der Brust. „Bei mir ist immer alles in Ordnung, Duke, das weißt du doch. Worüber habt ihr denn jetzt alle geredet, als ich nicht da war?"

„Die Ehe", sagte Lord Farnsworth.

Willies Augen wurden plötzlich groß. „Was?"

„Lord Rycroft hat mir angeboten, als Erster bei Charitys Mitgift zugreifen zu dürfen, wenn ich sie ihm abnehme."

„Das ist sie nicht wert."

„Du hast nicht gehört, wie hoch die Mitgift ist", sagte Duke.

„Spielt keine Rolle. Er könnte mir den Mond anbieten, und ich würde ihn nicht nehmen."

Duke öffnete den Mund, um ihr zu widersprechen, doch ich fing seinen Blick auf und schüttelte den Kopf. Ich wollte, dass sie über sich sprach, während sie angetrunken war. Das war vielleicht gemein, aber es war die einzige Art, wie ich Antworten bekommen konnte.

Willie schloss die Augen wieder und gähnte, ohne sich den Mund zu bedecken. „Es würde schon jemand ganz besonderen brauchen, um mich zum Heiraten zu bringen. Jemand wirklich ganz besonderen."

„Kannst du dir jemanden vorstellen, der so besonders ist?", fragte ich.

Ihre Antwort war ein leises Schnarchen. Verflixt. Ich war so dicht dran gewesen.

Bristow trat mit einem Brief ein, der an mich adressiert war, versiegelt mit dem Kronenemblem, das in rotes Wachs gepresst war.

Ich schaute zu Matt. „Das kommt vom Innenminister, Henry Matthews."

Matt kam an meine Seite und legte mir eine Hand auf die Schulter. „Was will er denn?"

Ich las den entsprechenden Teil des Briefes laut vor. „Ich bitte um Ihre Anwesenheit in meinem Bureau um zehn Uhr."

„Weshalb?", fragte Tante Letitia.

„Das steht da nicht."

„Gehst du hin?", fragte Duke.

Lord Farnsworth schnaubte. „Natürlich muss sie gehen. Man widersetzt sich einer Einladung des Innenministers nicht. Eigentlich ist das doch wohl kaum eine Einladung. Es ist ein Befehl."

Mein Blick traf den von Matt, und er drückte mir die Schulter. „Ich komme mit dir, wenn du magst", sagte er.

„Ist er auch eingeladen?", fragte Lord Farnsworth.

Ich schüttelte den Kopf. „Aber er wird mitkommen, denn ohne ihn gehe ich nicht hin."

* * *

AM FOLGENDEN VORMITTAG um zehn Uhr erreichten wir das beeindruckende italienisch anmutende Gebäude, in dem das Innenministerium untergebracht war. Es hätte eher ein Palast sein können als ein Regierungsbureau, mit einem großen Eingang, der von einem breiten, mit Teppich überzogenen Treppenhaus bestimmt war, einer kunstvoll bemalten Decke und so vielen Kunstwerken wie in einer Galerie. Mr. Matthews Bureau war ebenfalls groß, aber es war eher das, was ich von einem leitenden Regierungsbeamten erwartet hätte. Das einzige Kunstwerk inmitten der untersetzten Mahagonimöbel war ein Porträt der Königin, die wie eine gestrenge Großmutter wirkte. Ein großes Fenster schaute hinaus über die Horse Guards Road unten, und es fiel eine Menge Licht herein.

Zwei Männer begrüßten uns. Der eine, der sich vorstellte, war Mr. Matthews, der Innenminister, und der andere Mr. Le Grand, der Mann, den Sir Charles den Anführer des Spionagerings genannt hatte. Obwohl sie beide von mittlerem Alter waren und eine herrschaftliche Ausstrahlung hatten, endeten dort die Ähnlichkeiten.

Mr. Matthews war klein und drahtig, leicht gebückt und mit scharfem Blick, wohingegen Mr. Le Grand wie ein Wächter dastand, der, ohne zu lächeln, über eine langweilige Sitzung herrschte. Er war gut aussehend, aber nicht so gut wie Matt. Matts gutes Aussehen war auf den ersten Blick zu erkennen. Mr. Le Grand war unauffälliger, und es dauerte einen Augenblick, bis seine Züge auf angenehme Art harmonierten. Er war groß gewachsen, aber nicht überragend, schmal, aber nicht dünn, breitschultrig, aber nicht eckig. Er wirkte, als würde er mal eine Nacht gut durchschlafen müssen. Vielleicht arbeitete er nachts, wenn die gemeinen Gestalten, Tunichtgute und Spione zum Spielen herauskamen, und zehn Uhr war zu früh für ihn.

„Sie habe ich nicht erwartet, Mr. Glass", sagte der Innenminister, als wir uns alle setzten.

„Und doch bin ich da."

„Ich wollte ihn hier", sagte ich. „Ich hoffe, das macht Ihnen nichts."

Der Innenminister lachte, aber es war keine Wärme dahinter. „Natürlich nicht. Ich habe allerdings gehört, Sie sind an sich schon eine Naturgewalt und hätten keiner Begleitung bedurft."

„Er ist nicht meine Begleitung. Er ist mein Partner. Wir sind ein Gespann."

„Whittaker muss lernen, Menschen besser einzuschätzen, wenn er es nicht geschafft hat, Ihnen das mitzuteilen", fügte Matt an. Auch wenn sein Tonfall ganz angenehm war, lag darin ein Hauch Stahl.

Mr. Matthews verlagerte sein Gewicht, aber Mr. Le Grand blieb reglos, seine Lider wieder halb gesenkt, sein Körper entspannt. Er setzte sich in die Nähe des Fensters, nicht ganz hinter den Schreibtisch, aber auch nicht mit uns davor. Vielleicht war er nur zur Beobachtung hier und hatte keine Absicht, etwas zu dem Treffen beizutragen.

Ich fragte mich, ob er wusste, dass Sir Charles uns gesagt hatte, wer er war.

Mr. Matthews wandte sich an mich, ignorierte Matt ziemlich erfolgreich. „Sie fragen sich vermutlich, weshalb ich Sie hierher beordert habe."

„Ich habe eine ziemlich gute Vorstellung", sagte ich, „aber ich möchte das gerne aus Ihrem Mund hören."

„Sie sind ein einzigartiger Mensch, Mrs. Glass. Ein seltener Edelstein, könnte man sagen. Stimmt es, dass Sie sich bis vor kurzem Ihrer magischen Fähigkeiten gar nicht bewusst waren?"

„Das stimmt. Ich bin eine Uhrenmagierin, aber ich schätze, das wussten Sie bereits."

„Ach, Sie sind so viel mehr als eine Uhrenmagierin. Manche haben Sie eine Zaubermeisterin genannt, und andere die größte Magierin unserer Zeit. Sie haben auf beiden Seiten Ihrer Familie magische Abstammung, aber Ihre Fähigkeiten übersteigen alles, was Ihre Eltern und Großeltern tun konnten." Er hielt inne, wollte vielleicht darauf warten, dass ich die Lücken füllte.

Ich blieb still.

„Sie haben Scotland Yard bei etlichen Fällen geholfen, bei

denen Magie beteiligt war." Er schaute auf ein Blatt Papier auf seinem Schreibtisch. „Kriminalinspektor Brockwell ist Ihre Verbindung zum Yard."

Ich nickte.

„Darf ich Ihnen für die Dienste an der Krone im Namen der Nation danken, Mrs. Glass? Ihre Unterstützung hat sich als unverzichtbar erwiesen, um Verbrechen aufzuhalten, die sowohl gegen Magie als auch von Magiern verübt wurden. Soweit ich das verstehe, ist das Land Ihretwegen sicherer."

Ich kniff die Augen zusammen. So viel überbordendes Lob konnte nur in eine Richtung führen. Ich vertraute ihm nicht. Ich vertraute keinem dieser Männer. Sie handelten mit Geheimnissen und wateten durch Lügen, verbreiteten zweifelsohne selbst welche, wenn es ihnen passte. Wenn es irgendwen gab, der Experte im Lügen war, dann diese beiden Männer.

„Ich sehe, Sie warten ungeduldig darauf, dass ich zum Punkt komme", fuhr Mr. Matthews fort. „Nun gut." Er beugte sich vor und legte auf dem Tisch die Hände aneinander. „Wir hätten es gerne, wenn Sie für uns arbeiten."

Ich blinzelte fest. „Sie meinen, für die Regierung arbeiten?"

„Ja."

Ich warf einen Blick auf Mr. Le Grand, doch seine ausdruckslose Miene verriet nichts. „In welcher Hinsicht?"

„Zum Großteil beratend. Nun, da die Magie im öffentlichen Bewusstsein ist, muss man sie regulieren. Wie Sie sich ohne Zweifel bewusst sind, gab es in jüngster Zeit Unruhen zwischen Magiern und gewöhnlichen Menschen."

„Magier *sind* gewöhnlich", sagte ich angespannt. „Jene ohne Magie nennt man talentfrei."

Er löste die Daumen voneinander, bevor er sie wieder aneinanderdrückte. „Wir hätten es gerne, dass Sie Ihren Rat den Entscheidungsträgern zukommen lassen."

Mein Herz geriet ins Stolpern. Das war die Gelegenheit, die ich wollte, eine Gelegenheit, um gegen die Gilden und ihr archaisches System, nur an Mitglieder Lizenzen auszugeben, laut zu werden. Es war eine Gelegenheit, die Art zu verändern, wie die Dinge immer geregelt worden waren, damit es den Magiern im ganzen Land besser ging, und um Frieden zwischen den talentfreien und den magischen Handwerkern zu stiften.

„Wäre das Indias einzige Rolle?", fragte Matt. „Ratschläge zu geben, was Magie angeht, und zu helfen, die Regeln zu bilden?"

Mr. Matthews tippte die Daumen in einem schnellen Rhythmus aneinander. „Es wird ein wichtiger Teil ihrer Rolle sein."

Matt warf einen Blick zu Mr. Le Grand. „Weshalb ist er dann hier?"

Mr. Matthews warf einen Blick über die Schulter auf Mr. Le Grand. „Er ist als Beobachter hier."

„Es gibt keinen Grund, dass der leitende Spion ein Treffen beobachtet, bei dem Sie eine Ratgeberin rekrutieren." Als Mr. Matthews nichts erwiderte, fuhr Matt fort. „Da es Ihnen zu widerstreben scheint, Indias Rolle weiter zu erläutern, werde ich Ihnen sagen, was ich glaube, weshalb Sie sie wirklich wollen – um Zauber zu nutzen, die sie bereits geschaffen hat, und um neue zu schöpfen."

Mr. Matthews lehnte sich zurück und legte sich die verschränkten Hände auf den Bauch. Seine Daumen tippten weiterhin aneinander.

Mr. Le Grands halb offene Augenlider hoben sich, enthüllten endlich den verschlagenen Blick, den er versucht hatte, zu verbergen.

„Immer noch keine Antwort, Gentlemen?" Matt schüttelte den Kopf. „Sie können doch wohl kaum erwarten, jemanden für eine Anstellung zu rekrutieren, wenn nur die Hälfte der Tätigkeitsbeschreibung geliefert wird."

Mr. Matthews räusperte sich. „Ja. Nun. Es steckt natürlich noch ein bisschen mehr dahinter. Wir wünschen uns, dass Ihre Frau hilft, Britannien zu einer starken Macht auf der internationalen Bühne zu machen. Obwohl sich das britische Empire bereits um den ganzen Globus ausgebreitet hat, gibt es jene, die wünschen, dass wir scheitern. Ihre Frau kann in einem einzigen Streich unsere Interessen sowohl hier als auch im Ausland wahren. Tatsächlich wollen wir das nicht herunterspielen – Mrs. Glass, Sie können den Gang der Geschichte verändern."

Mit jedem Wort wurde mein Herz schwerer, bis es mir im

Magen lag wie ein Eisklumpen. Sie wollten meinen Rat nicht. Sie wollten, dass ich auf einem Teppich flog und Bomben auf ihre Feinde warf.

„Ich denke, wir sollten gehen", sagte ich und erhob mich. Matt erhob sich ebenfalls.

Mr. Matthews schoss hoch. „Aber wir haben die Verhandlungen doch noch gar nicht begonnen!"

„Das werden wir auch nicht." Matts Stimme war ein tiefes Knurren, das es mir eiskalt durch den Körper laufen ließ. „Erst, wenn Ihnen klar wird, dass meine Frau Ehre, Integrität und Einfühlsamkeit besitzt. Erst wenn ihnen klar wird, dass sie nicht zum Verkauf steht, und dass sie ganz gewiss keine Zauber schöpfen wird, die für Sie Zerstörung anrichten – oder für irgendwen." Er stieß den Finger in Mr. Le Grands Richtung. „Hätten Sie Ihre Aufgabe ordentlich erledigt, hätten Sie das gewusst, aber stattdessen verschwenden Sie die Zeit meiner Frau."

Matt wirbelte herum, schnappte sich meine Hand, und zusammen marschierten wir zur Tür.

„Zerstörung!", schnaubte Mr. Matthews. „Es ist keine Zerstörung, wenn es um unsere Feinde geht. Sie werden Ihre Liebsten schützen! Mrs. Glass, Sie werden die Retterin der Nation sein, wenn Sie das tun, ihre Heldin. Wenn wir jemals vor einer feindlichen Invasion stehen, können Sie uns retten."

Ich blieb stehen, während Matt die Tür öffnete, und wirbelte herum, um mich den Männern zu stellen. „Als ich letztes Mal Zeitung gelesen habe, wurden keine Feinde an unseren Küsten erwähnt. Tatsächlich sind Ihre Streitkräfte diejenigen, die eindringen. Einen schönen Tag, Gentlemen. Sie wissen, wo Sie mich finden, wenn Sie es sich anders überlegen, und wünschen, dass ich Ihnen bei Regierungsentscheidungen helfe, und nur das. Aber ich werde keine neuen Zauber schöpfen, oder existierende Zauber nutzen, die zu Zerstörung führen. Und, wenn ich das darlegen darf, gibt es keine Magier, die einen Teppich fliegen können, auf dem eine Bombe ist. Nicht einmal ich." Es war eine Lüge, aber ich hielt Mr. Matthews' Blick fest und war stolz darauf, wie überzeugend ich klang.

Es war allerdings Mr. Le Grand, der antwortete. „Ich bin

enttäuscht, Mrs. Glass. Das ist eine Abteilung, die etwas mehr Ehre, Integrität und Einfühlsamkeit vertragen könnte, wie es Ihnen ihr Mann unterstellt. Aber Sie haben Ihren Standpunkt klargemacht, und wir werden dieses Angebot vor Ihnen nicht wiederholen. Leben Sie wohl."

Ich marschierte mit Matt an meiner Seite heraus. Mr. Le Grands Worte klingelten auf dem ganzen Nachhauseweg in meinen Ohren, aber nicht, weil ich meine Entscheidung bedauerte, sondern weil sie einen gefährlichen Unterton hatten, der es mir ganz übel werden ließ.

KAPITEL 14

ir suchten Brockwell in Scotland Yard auf, bevor wir nach Hause fuhren, um ihn über die Lage aufzuklären. Wir wollten auch wissen, ob er irgendwelche Konsequenzen für die Konfrontation mit Sir Charles erlitten hatte.

Er war allerdings, als wir ankamen, in einer Besprechung. Wir warteten im Vorraum und beobachteten, wie die Polizisten kamen und gingen, manche in Uniform, manche in ziviler Kleidung. Straftäter wurden nicht durch die Eingangstür hereingebracht, doch Personen von zweifelhaftem Charakter kamen an uns vorbei, während wir auf den Stühlen saßen. Manche waren eindeutig Prostituierte, während andere aussahen, als würden sie noch die Nachwirkungen des Gelages der letzten Nacht abschütteln müssen. Das waren bestimmt Zeugen oder Opfer oder Freunde der Festgenommenen.

Eine Frau, die in alle drei Kategorien passte, machte eine große Szene, als sie versuchte, ihre Lage dem Sergeanten am Eingangstisch zu erklären. „Sagen Sie es ihnen!", rief sie. „Sagen Sie ihnen, dass sie den falschen Mann festgenommen haben!" Sie stieß mit dem Finger auf die Tischfläche, ihr Gesicht rot, weil sie sich so bemühte, es zu erklären. „Er muss jetzt freigelassen werden!"

Der Sergeant hob die Hände. „Sehen Sie mal, beruhigen Sie sich doch!"

„Ich werde mich nicht beruhigen! Nicht, bis mein Mann freigelassen wird. Er hat einfach versucht, unseren Besitz vor den Aufständischen zu verteidigen. Wir sind in dieser Lage die Opfer! Um ganz offen zu sein, dieser Mann hatte es verdient, geschlagen zu werden, nachdem er unser Eingangsfester zerbrochen hat."

„Das ist eine Sache der örtlichen Konstabler, nicht von Scotland Yard."

„Die haben mir gesagt, ich solle hierherkommen! Wollen Sie mir erzählen, dass mein Mann nicht hier ist? Wo ist der dann?"

Ich stand auf, um der Frau meine Hilfe anzubieten, die bestimmt eine Magierin war, oder die Frau eines Magiers, doch Matt legte mir eine Hand auf den Arm.

Brockwell wählte diesen Augenblick, um im Eingang zu erscheinen, der zum Gang führte. Er bedeutete uns, sich uns in seinem Bureau anzuschließen. „Ich komme gerade aus einem Treffen mit dem Commissioner", sagte er, während er hinter uns die Tür schloss.

„Wurden Sie zurechtgewiesen?", fragte Matt.

„Noch nicht. Ich habe eine Warnung bekommen. Wenn ich mich wieder in die Angelegenheiten des Innenministeriums einmische, werde ich entlassen."

„Aber Sie haben sich doch nicht eingemischt", erklärte ich. „Sie haben Sir Charles einfach nur um Aufklärung gebeten."

„Obwohl das zur Rede Stellen von Whittaker erwähnt wurde, war es nicht das Hauptanliegen des Commissioners. Er war nicht erfreut, dass ich den Teppich zerstört habe, ohne seine Einwilligung zu haben. Tatsächlich war er ausgesprochen wütend. Ich habe versucht, zu erklären, weshalb ich es getan habe, aber er hat sich geweigert, mich zu Ende reden zu lassen. Offensichtlich spielt meine Meinung keine Rolle", stieß er hervor. „Nur die Meinung seiner Vorgesetzten zählt."

„Sie wollten diesen Teppich", stimmte Matt mit einem Murmeln zu.

„Sie werden jetzt die Vorstellung aufgeben, ihn fliegen zu lassen", versicherte ich Brockwell. „Wir kommen gerade vom

Bureau des Innenministers, wie es sich erweist. Ich habe Mr. Matthews und Mr. Le Grand gesagt, dass niemand den Teppich mit Gewicht darauf fliegen kann."

„Und sie haben Ihnen geglaubt?"

„Das denke ich."

Matt blieb still.

„Werden Sie heute Abend bei uns zum Essen vorbeikommen, Inspektor?", fragte ich. „Sie haben etwas aus Mrs. Potters Küche verdient, nach dem Vormittag, den Sie hatten."

„Es ist am besten, wenn ich mich fernhalte."

„Ich schätze schon. Sie wollen bestimmt nicht gesehen werden, wie Sie sich zu oft mit uns abgeben, oder der Commissioner könnte denken, Sie stünden unter unserem Einfluss."

Brockwell räusperte sich. „Das ist es nicht." Er nahm den Stapel Papiere und blätterte sie durch, bevor er sie langsam umdrehte, um jedes in die Hand zu nehmen. „Es ist Willie."

„Ich bin sicher, sie würde sich freuen, Sie zu sehen", sagte ich vorsichtig. „Vielleicht können Sie sogar das Problem zwischen Ihnen bereinigen."

Er nahm erneut alle Papiere auf und ordnete sie in einem ordentlichen Stapel an. „Hat sie Ihnen davon erzählt?"

„Nein."

„Dann ist sie nicht bereit, mich zu treffen." Er lächelte mich ausdruckslos an. „Danke für die Einladung, India, aber es ist am besten, wenn ich sie eine Weile nicht sehe."

Ich fühlte mich ein wenig niedergeschlagen, als wir nach Hause unterwegs waren. Der Vormittag war enttäuschend gewesen. Die Gelegenheit, die Entscheidungsträger zu beraten, war in meiner Reichweite gewesen, nur um mir weggeschnappt zu werden. Tatsächlich hatte sie nicht einmal zur Debatte gestanden, wie es sich erwiesen hatte. Sie wollten, dass ich ihre Drecksarbeit erledigte, und hatten als Karotte diese Beraterrolle vor mir wie ein Lockmittel aufgehängt. Matt hatte das sofort durchschaut, und ich war froh, dass er bei mir gewesen war.

Kurz nachdem wir zu Hause angekommen waren, traf Chronos ein und blieb zu einem leichten Mittagessen. Er aß allerdings wenig und wirkte danach irgendwie unbehaglich. Er rückte auf seinem Stuhl herum, streckte den Oberkörper und legte sich eine Hand auf den Oberbauch.

„Ist alles in Ordnung?", fragte ich.

„Es sind nur wieder meine Verdauungsprobleme. Also, was ist heute Vormittag bei deinem Treffen mit dem Innenminister passiert?"

„Woher weißt du davon?", fragte Matt.

„Willie hat es mir erzählt."

Willie stand plötzlich auf und sammelte unsere Teller ein. „Wir brauchen Peter doch nicht zu rufen. Ich kann die in die Küche bringen."

Matt kniff die Augen vor ihr zusammen, doch sie tat so, als würde sie es nicht bemerken, und pfiff, während sie das Esszimmer verließ. Tante Letitia folgte ihr nach draußen.

Ich erzählte Chronos, wie das Treffen abgelaufen war, und war darauf vorbereitet, meine Ablehnung dagegen, mit Mr. Matthews und Mr. Le Grand zu arbeiten, verteidigen zu müssen, doch Chronos stimmte meiner Entscheidung zu.

„Du kannst diesen Regierungstypen nicht vertrauen, India. Nicht, wenn es um Magie geht. Sie wollen die Magie kontrollieren – und damit uns –, indem sie vorschreiben, wie sie eingesetzt werden darf. Wenn wir es dazu kommen lassen, sind wir keine freie Nation mit freien Bürgern mehr, wir sind die Spielsteine in ihrem politischen Spielchen."

Ich blinzelte ihn überrascht an. „Ich wusste immer, dass du irgendwie radikal bist, aber das ist sehr heftig ausgedrückt, sogar für dich."

„Ich bin stolz auf dich, India. Stolz auf dich, dass du dich für unsere Rechte und Freiheiten einsetzt."

„Deswegen habe ich mich nicht geweigert, für sie zu arbeiten. Ich will einfach nicht erleben, wie meine Zauber zum Einsatz kommen, um andere zu verletzen. Meine Magie ist keine Waffe. Genauso wenig bin ich das."

Er beugte sich vor und berührte mich an der Wange. Seine Augen leuchteten, während er sehnsüchtig lächelte. „Du bist auch irgendwie eine Radikale. Du und ich sind doch nicht so verschieden."

Mir schwoll das Herz, und in meine Augen traten Tränen. „Ich bin nicht radikal. Nur vernünftig."

Sein Lächeln wurde schief. „Musst du immer das letzte Wort haben?"

Willie kehrte zurück, bevor ich antworten kannte, wedelte mit einem Brief vor Matt. „Da ist keine Rückadresse drauf."

Er öffnete ihn, um ihn zu lesen. „Er kommt von Mr. Matthews. Er will sich mit mir bei White's zu einer informellen Unterhaltung treffen."

„Weshalb dich und nicht mich?", fragte ich.

„Vermutlich denkt er, Matt beeinflusst dich", sagte Chronos. „Er hofft, Matt auf seine Seite zu bringen, um dich zu überzeugen, es dir anders zu überlegen. Ach, wenn er nur wüsste."

„Idiot", stimmte Willie zu.

Matt warf den Brief auf den Tisch. „Ich gehe nicht. Das hat keinen Sinn."

Ich war mir da nicht so sicher. „Ich würde gern wissen, was er will. Auf der anderen Seite bist du in letzter Zeit häufig aus dem Haus gegangen. Mir wäre es lieber, wenn du zu Hause bleibst."

„Ich werde ihn in den Club begleiten", sagte Duke. „Willie auch. Wir werden sicherstellen, dass er nicht zu sehr in der Öffentlichkeit steht."

Willie klatschte Matt auf die Schulter. „Ich kann mit dir hineingehen, wenn du möchtest. Sie kennen mich jetzt bei White's."

Chronos schüttelte traurig den Kopf. „Frauen im Gentlemans Club? Was wird nur aus dieser Welt?"

Matt stimmte zu, Mr. Matthews zu treffen, und ich beschloss, Catherine in ihrem Laden aufsuchen, um etwas zu tun zu haben. Woodall konnte Matt zum Club fahren, mich in die St Martin's Street zum Laden bringen und dann Chronos nach Hause fahren. Da er Bristow oder Peter nicht stören wollte, nachdem unser Essen beendet war und sie unten bei ihrem eigenen Mittagessen im Esszimmer der Bediensteten sitzen würden, wollte Matt die Nachricht selbst zum Kutschhaus bringen, aber ich bestand darauf, es zu übernehmen. Selbst in den Stallungen stand er für meinen Geschmack zu sehr in der Öffentlichkeit.

Ich fuhr in der Kutsche mit, während Woodall vor das Haus fuhr. Matt und die anderen hatten wohl auf unsere Ankunft gewartet, denn die Eingangstür öffnete sich, bevor wir völlig zum Stillstand gekommen waren. Chronos schloss sich mir als Erster in der Kutsche an, während Duke und Willie Matt die Stufen hinab eskortierten.

Ein Schuss erklang.

Bevor der Schrei meine Lippen verlassen hatte, erhaschte ich einen Blick auf glänzendes Metall im Sonnenlicht. Es war ein Messer, geworfen von einer unbekannten Hand.

Der Bewegungszauber kam mir in den Sinn, zusammen mit dem Abbild des Metalls und dem Wort, das Fabian dafür einsetzte. Die tatsächlichen Wörter kamen aber nicht. Meine Stimme wollte nicht mitarbeiten. Ich konnte den ganzen Zauber nicht rechtzeitig aussprechen, um zu verhindern, dass die Klinge Matt traf. Ich konnte nur daran denken.

Die Klinge fiel klappernd auf den Bürgersteig, bevor sie ihn erwischte, und blieb auch dort.

Mein Körper zitterte, während ich sie anstarrte. Das hatte *ich* getan, nicht, indem ich den Zauber sprach, sondern indem ich nur daran *dachte*. Die Aufregung über meine magische Macht war allerdings nicht das, was mich jetzt von Kopf bis Fuß beben ließ. Etwas Schreckliches war mir aufgefallen.

Ich wusste, wer versuchte, Matt zu töten.

Mir brach das Herz.

Matt war in dem Augenblick zu Boden gefallen, als der Schuss ertönt war. Er bedeutete mir, dass er nicht verletzt war, doch Duke drückte ihm eine Hand und ein Knie auf den Rücken und ließ ihn nicht aufstehen, während er das Umfeld musterte.

„Seht ihr, wer es war?", fragte Chronos, der in die Ferne blinzelte.

„Dort!" Willie deutete auf eine Gestalt, die die Straße entlang weglief. „Ihm nach, Woodall!"

Sie sprang auf das hintere Trittbrett. Ihr Hut flog weg, während die Pferde vorsprangen, aber sie versuchte nicht, ihn zu fangen. Sie hielt sich mit einer Hand fest und hielt in der anderen ihre Pistole.

Ich öffnete das Fenster. „Bring ihn nicht um!"

„Er verdient es, erschossen zu werden, India!" Sie zielte mit der Waffe.

„Senk die Waffe!"

Sie senkte sie, aber nicht wegen meines Befehls. Die Gestalt war in eine Gasse gelaufen, die zu schmal für unsere Kutsche war, um bei dieser Geschwindigkeit abzubiegen. Bis Woodall es schaffte, war der Schütze nicht mehr zu sehen.

Willie fluchte aus vollem Halse. „Wir werden ihn niemals erwischen!"

Das Gefühl Übelkeit erregenden Entsetzens, das mich angefüllt hatte, seit meine Magie die Klinge davon abgehalten hatte, Matt zu treffen, drohte mich nun zu überwältigen. Ich packte Willie noch fester am Arm, während Tränen in meine Augen traten.

„Doch, werden wir. Ich weiß, wer es ist. Ich weiß, wo er wohnt."

Sie drehte sich zu mir, die Stirn gerunzelt. „Wer?", fragten sowohl sie als auch Chronos.

„Fabian."

KAPITEL 15

ir fiel es äußerst schwer, Willie davon zu überzeugen, dass eine Rückkehr nach Hause zur Park Street eine bessere Idee war, als zu Fabian nach Hause zu fahren. Zum Glück wusste Woodall, von wem er Befehle annehmen musste, und fuhr den Weg zurück, den wir gekommen hatten. Wir trafen Matt und Duke am Ende der langen Straße, sehr zur Dukes Ärger.

„Er will nicht zurück nach drinnen gehen", grollte er, während wir sie beide einsammelten.

Ich berührte Matts Gesicht, seine Schultern und Brust, suchte nach Blut.

„Ich bin unverletzt", erklärte er. „Die Kugel ging vorbei, und das Messer ist zu kurz gegangen."

Ich warf die Arme um ihn und vergrub das Gesicht an seinem Hals. Die Wärme und das starke Pulsieren des Blutes in seinen Adern half, meine Nerven zu beruhigen, aber mir war trotzdem noch schlecht. Abermals hatte ich so dicht davor gestanden, ihn zu verlieren.

Und das auch noch durch die Hand eines Menschen, dem ich vertraute.

„Sag ihm, dass er ein Narr ist, India", fuhr Duke fort. „Der Schütze hätte umkehren können …"

„Es war Charbonneau!", stieß Willie hervor.

Ich spürte, wie Matt sich anspannte.

Duke fluchte, anfangs leise, dann aus vollem Halse. Er stieß eine Faust in die gepolsterte Tür.

„Jetzt, da wir wissen, dass es Matt gut geht, können wir Woodall sagen, er soll zu Fabian fahren?", fragte mich Willie.

Ich löste mich von Matt und nickte. Ich konnte nichts sagen, kein einziges Wort. Meine Kehle war plötzlich zu eng.

Matt nahm seine Handschuhe ab und strich mit dem Daumen über meine Wange, wischte eine Träne ab. „Bist du sicher?"

Ich legte die Arme um mich selbst. „Ja. Ich habe seine Magie gespürt. Sie war in der Metallklinge. Ich konnte sie überwältigen, doch es gab einen Widerstand."

Duke nahm das Messer aus dem Inneren seiner Jackentasche. Ich berührte es, nahm es aber nicht. Die magische Hitze war so intensiv, dass ich sie durch den Handschuh spürte.

„Was meinst du mit Widerstand?", fragte Chronos. „Du hast seinen Bewegungszauber mit deinem aufgehalten?"

Ich schloss die Augen und nickte.

Matt zog mich an sich und küsste mich auf den Kopf. Er lebte, Gott sei es gedankt, aber das wäre nicht so, hätte Fabian Erfolg gehabt. Ich konnte es mir kaum vorstellen. Ich hatte mit ihm gearbeitet; ich hatte ihn zu mir nach Hause geführt; ich hatte ihm geholfen und ihn gemocht.

Er hatte mich so völlig verraten, dass ich zu erschüttert war, um mich zu konzentrieren.

„Du hattest die Gelegenheit, den Zauber zu sprechen?", fragte Chronos, der meine Gedanken wieder zurück zu dem Vorfall holte. „Ich habe dich nicht gehört."

„Ich habe mir den Zauber gedacht und mir vorgestellt, wie die Klinge ihren Kurs verlässt. Ich musste die Worte nicht aussprechen. Der Eindruck davon war so stark, so lebhaft, dass es gewirkt hat."

„Erstaunlich", sagte er gehaucht. „Deine Magie ist wirklich mächtig geworden."

Ich hatte Fabians Magie mit den Eisenstreben, die an den fliegenden Teppich angebracht worden waren, beherrscht, aber damals war seine Magie mit meiner vereint gewesen, zum selben

Zweck. Dieses Mal war es anders gewesen. Ich hatte *gegen* Fabians Magie gearbeitet. Meine Magie hatte seine überschrieben – und ich hatte nicht mit meinem natürlichen Element gearbeitet, mit Uhren; ich hatte mit seinem gearbeitet. Seine Magie *hätte* die stärkere sein sollen.

„Ich bin mir nicht sicher, ob ich das wiederholen könnte, wenn ich es versuche. Es war eine Anstrengung, ohne nachzudenken. Ich habe nur aus Instinkt gehandelt." Und Schrecken, hätte ich sagen können. Schrecken, dass ich Matt verlieren würde.

Er umarmte mich fest an seinem warmen Körper, aber mit jeder vergehenden Sekunde wurde mir immer kälter. Kalt vor Zorn. Mein auf nichts gerichteter Blick wurde von eisiger Wut ersetzt, so scharf wie die Klinge, die Fabian führte.

Bis wir in Fabians Straße einbogen, füllte mich der Zorn völlig an. „Er muss bezahlen für das, was er dich durchmachen hat lassen, Matt. Man sollte ihn festnehmen. Wir werden ihn fangen und ihn dann zu Scotland Yard bringen."

Matt öffnete das Fenster und befahl Woodall, an dem Haus vorbei zu fahren und am Ende der Straße umzukehren.

„Weshalb stellen wir ihn nicht jetzt zur Rede?", fragte ich.

„Wenn er zu Fuß unterwegs war, ist er bestimmt noch nicht zurückgekehrt. Wir halten nach ihm Ausschau."

„Ich dachte, du wolltest ihn laufen lassen."

„Nein", sagte er bedrohlich. „Ich will genauso sehr mit ihm reden wie du." Er packte fest meine Hand.

Ich stieß einen langen Atemzug aus und wartete. Duke spähte durch ein Fenster hinaus, und Willie aus dem anderen. Ich konzentrierte mich darauf, ruhig zu atmen, meine Nerven zu beruhigen, ohne meine Wut zu dämpfen. Ich wollte einen klaren Kopf, wenn ich mit Fabian redete, aber ich wollte auch, dass er sah, wie wütend ich war.

Es war verräterisch, dass keiner von uns darüber spekulierte, weshalb Fabian es getan hatte. Wir wussten es alle. Sein Motiv war uns jetzt glasklar.

Er wollte mich zur Witwe machen. Er wollte Matt entfernen, damit er hereinpreschen und mich trösten konnte, und dann heiraten.

Er kannte mich überhaupt nicht, wenn er dachte, ich würde jemals noch einmal heiraten.

„Da ist er", sagte Duke. „Soll ich Woodall sagen, dass er ihn abfangen soll?"

„Warte, bis er an den Stufen ist", sagte Matt. „Wir wollen nicht, dass er wegläuft."

Duke gab Woodall dann einen Augenblick später Anweisung, und wir rollten vor. Der Butler öffnete gerade die Eingangstür, als wir anhielten. Wir kamen aus der Kutsche und standen unten an den Stufen, wo wir Fabian festsetzten.

Als der Butler die Stirn runzelte, drehte Fabian sich um. Er wurde blass, versuchte sich aber an einem Lächeln. „Was für ein angenehmes Treffen. Ich war gerade spazieren."

„Sie haben Ihr Messer fallen gelassen", sagte Matt in diesem eiskalten Tonfall, den er anwendete, wenn er wütend war. „Duke, macht es dir was aus, es Mr. Charbonneau zurückzugeben?"

Duke warf das Messer. Es fiel klirrend auf die Steinstufe, nur wenige Zentimeter von Fabians Füßen entfernt.

Fabian schluckte schwer. Sein Blick richtete sich auf mich.

Der Butler öffnete die Tür weiter. „Sir!"

„Es ist schon gut. Gehen Sie hinein."

„Bringen Sie Erfrischungen in den Salon", sagte Matt zum Butler. „Wir bleiben zum Nachmittagstee."

Der Butler wartete auf Fabians Nicken und verschwand dann nach drinnen. Matt nahm zwei Stufen auf einmal, bis wir oben bei Fabian ankamen. Fabian fuhr mit dem Kopf zurück und hob die Hände zur Verteidigung, weil er einen Schlag erwartete, doch Matt nahm nur seinen Arm und marschierte mit ihm hinein.

Wir folgten ihnen in den Salon. Matt schloss die Tür und ließ Fabian los. Fabian stieß stotternd Luft aus, nur um scharf wieder einzuatmen, als Duke zu ihm heranstürmte. Fabian bedeckte den Kopf mit den Armen, doch Duke schob den Franzosen nur in einen Sessel.

„Setzen Sie sich und seien Sie dankbar, dass Sie noch leben", knurrte Duke. „Denn alle in diesem Raum wollen, dass Sie für das bezahlen, was Sie getan haben."

Willie baute sich über Fabian auf und ließ die Knöchel knacken. „Einige von uns wollen, dass Sie tot sind."

Fabian sank in den Stuhl hinein, zog sich so weit vor Duke und Willie zurück, wie er nur konnte. Ich hatte keine Neigung, ihnen zu befehlen, zurückzutreten.

„Sie haben den Brief geschickt, um mich zu bitten, mich mit Mathews bei White's zu treffen, oder nicht?", sagte Matt.

Fabian schluckte und nickte. „Es war nötig, dass Sie das Haus ohne India verlassen."

„Mein Gott", murmelte Chronos. „Sie wussten, dass ihre Magie stärker wird. Sie wussten, dass sie Ihre Magie aufhalten kann, aber Sie wussten nicht, dass sie bereits in der Kutsche saß."

Ich keuchte, als das alles einen Sinn zu ergeben begann. Chronos hatte recht. „Du wusstest, dass ich vielleicht den Zauber einsetze, um das Messer abzulenken, das du mit deiner Magie führst. Aber woher konntest du wissen, dass ich dazu fähig bin?"

„Ich habe geraten", sagte Fabian und atmete laut aus. „Du wirst mächtiger, India. Die Bücher sagen, dass das so passiert."

„Bücher?"

„Die Verfasser einiger ganz alter Texte behaupten, dass manche Magie stärker wird, je öfter man sie einsetzt, und dass die Zauber nicht gesprochen werden müssen, nur gedacht." Er tippte sich an die Stirn. „Nur die Mächtigsten können allerdings Zauber mit Gedanken auf Elemente wirken lassen, die nicht ihre natürlichen sind. Du bist einer dieser Magier, India. Du kannst mehr als nur deine eigene Magie beherrschen. Du kannst Zauber schöpfen. Und jetzt wirst du stark, weil du sie häufig anwendest." Er lehnte sich vor, seine Augen leuchteten.

Willie knurrte ihn an, und er sank wieder zurück, beobachtete sie vorsichtig.

„Es war nichts Persönliches", fuhr er fort. „Ich mag Sie, Glass. Sie sind ein guter Mann, und es hätte mich geschmerzt, Ihr Leben zu beenden und India trauern zu sehen. Aber es war notwendig für das größere Wohl aller, für die Verbesserung der Magie."

Chronos setzte sich schwer auf einen Sessel und rieb sich das Kinn mit zitternder Hand.

Matts Fäuste ballten sich an seinen Seiten. Er stand ganz kurz davor, seine Selbstbeherrschung zu verlieren.

Meine Selbstbeherrschung war nicht annähernd so stark. Ich trat einen Schritt näher und ohrfeigte Fabian. „Du warst bereit, einen Mord zu begehen, nur damit du mich heiraten und meine Magie in Besitz nehmen kannst!"

Fabian legte die Handflächen einander, um mich anzuflehen oder vielleicht zu beten. Nichts davon würde bei mir wirken. Mein Zorn würde nicht von Mitgefühl gedämpft werden, ganz gleich, was er zu sagen hatte. Es gab nichts, mit dem er richtigstellen konnte, was er getan hatte. „Nicht, um deine Magie in Besitz zu nehmen, oder dich", sagte er. „Ich würde nie versuchen, dich zu beherrschen, oder dir sagen, was du mit deiner Magie tun kannst. Ich habe es für die Zukunft der Magie getan." In seinen Augen leuchtete etwas, von dem ich inzwischen argwöhnte, dass es Wahnsinn war. Wieso hatte ich es nicht früher gesehen? „Unsere Kinder wären mächtig, India. Die Kombination unserer Abstammungslinien hätte zu einer neuen Generation in einer starken Zukunft für die Magie geführt, einer, in der wunderbare Zauber geschaffen und bewundert werden können."

„Du bist verrückt", spie ich aus.

„Nein! Meine Gedanken sind ganz klar. Die Zukunft ist erfüllt von Möglichkeiten, aber nur, wenn wir zusammen sind. Wenn wir zusammen Kinder haben."

„Ich habe gemeint, du bist verrückt, wenn du glaubst, dass ich dich jemals heiraten würde."

„Mit der Zeit hättest du schon gesehen …"

„Hör auf! Du kannst so tun, als würdest du deine Taten vor dir selbst rechtfertigen, aber bei mir wird das nicht wirken. Du hast einen Mord versucht, Fabian, und ich verabscheue dich. Ich hasse dich mit jeder Faser meines Wesens."

Ich marschierte zur Tür und rief nach dem Butler. Er trieb sich nicht weit entfernt herum und kam rasch. „Holen Sie Kriminaldirektor Brockwell von Scotland Yard. Nehmen Sie unsere Kutsche und sagen Sie ihm, es ist dringend."

Er eilte weg.

Matt kam hinter mich und legte mir eine Hand auf den Rücken. „Bist du sicher, dass du das tun willst?"

„Natürlich. Er hat versucht, dich zu töten! Dreimal sogar." Ich funkelte an ihm vorbei zu Fabian, der auf seinem Stuhl zusammengesunken war, während Duke und Willie über ihm aufragten.

Matt stieß einen tiefen Atemzug aus und löste seine Faust. „Sie können ihn nicht festnehmen. Es gibt nicht genug Beweise."

„Aber wir haben ihn gesehen."

Er schüttelte den Kopf. „Keiner von uns hat gesehen, wie er schießt oder das Messer wirft. Wir haben nur gesehen, wie er wegläuft."

Ich schloss die Augen und drückte mir den Daumen und den Zeigefinger an die Augenlider. „Also wird er frei bleiben."

„Außer Brockwell findet einen Zeugen, ja."

„Was tun wir dann seinetwegen?"

„Nichts."

„Aber was, wenn er es noch mal versucht?"

„Wird er nicht. Sein Ziel war es, dass du ihn heiratest, aber selbst er kann sehen, dass du das jetzt niemals mehr tun würdest, ganz gleich, wie sehr er dich umschmeichelt."

Ich schaute Fabian finster an, eine bedauernswerte Gestalt, die sich in den Stuhl kauerte und mich mit traurigem Blick anblinzelte. „Nicht einmal, wenn er auf Händen und Knien gekrochen käme."

Matt zog mich in seine Arme und drückte die Lippen auf meine Stirn. „Es ist vorbei."

Er hatte recht, und auch Fabian wusste es. Er würde nicht noch einmal versuchen, Matt umzubringen. Er wusste, dass nun keine Hoffnung mehr bestand, dass wir zusammenkamen.

Erleichterte Tränen liefen über meine Wangen und auf Matts Brust, sodass sein Jackett feucht wurde. Er hielt mich ganz fest und gab mir sein Taschentuch, als die Tränen schließlich nachließen.

Ich tupfte mir die Augen. „Ich glaube nicht, dass ich jemals wieder einem Magier vertrauen kann. Mit Fabian, Mrs. Trentham, Amelia Moreton und zahllosen anderen ist es ein verderblicher Einfluss, der das Schlimmste in den Menschen hervorbringt."

Er berührte mich am Kinn, zog meinen Blick sanft nach oben. Sein Blick wurde weicher. „Es gibt auch viele gute Magier. Gabe Seaford, Mirnov, Barratt und sein Bruder. Dich. Und es sind nicht nur Magier, die eine Gier nach Magie haben, sondern auch die Talentfreien. Sieh dir Coyle an, oder sogar meine Tante Beatrice."

Ich lächelte ihn schief an. „Du gibst mir ein sehr gutes Gefühl, was die Menschheit angeht."

„Leider wird man im Geschäft der Verbrechensermittlung an eine unangemessen große Anzahl schlimmer Menschen geraten. Aber in der ganzen Welt überwiegt das Gute über dem Schlimmen, und zwar mit Abstand. Ich habe sehr viel mehr von der Welt gesehen als du, und da kannst du mir vertrauen."

Er küsste mich erneut auf den Kopf und nahm meine Hand. Zusammen setzten wir uns auf das Sofa, um auf Brockwell zu warten. Fabian machte keine Bewegung oder versuchte auch nur eine, und er blieb zum Glück still. Ich war nicht in der Stimmung, um zu hören, wie er versuchte, die Schuld abzuwälzen.

Mein Blick fiel auf Chronos, der am Kamin saß. Er wirkte ziemlich grau im Gesicht. Ich ging neben ihm in die Hocke. „Ist alles in Ordnung? Du wirkst, als ginge es dir nicht gut."

„Ich fühle mich schrecklich, aber nicht krank. Ich fühle mich …" Er schüttelte traurig den Kopf. „Ich fühle mich verantwortlich."

„Weshalb? Hast du Fabian zu diesem Weg ermutigt?"

Sein Kopf fuhr hoch. „Nein! Nichts dergleichen. Aber ich wollte, dass du ihn heiratest, oder zumindest jemanden mit starker Magie wie seiner. Ich wollte nie, dass du Matt heiratest."

„Ich erinnere mich gewiss daran, dass du versucht hast, es mir auszureden." Ich tätschelte seine Hand. „Aber du hast aufgegeben und ihn dann akzeptiert."

„Zum Glück ist er reich."

Ich warf ihm einen vernichtenden Blick zu.

Er versuchte sich an einem Lachen. „Das war ein Witz. Ganz im Ernst, du hast recht, und ich habe aufgegeben. Ich mag ihn. Ich mag ihn sehr, und ich weiß, dass er für dich der Richtige ist.

Aber ich kann nicht verhindern, dass das Gefühl bleibt, dass Fabian und ich uns nicht unähnlich sind. Wir sind beide begeistert von der Magie und ihren Möglichkeiten. Wir wollen beide, dass in Zukunft starke magische Abstammungslinien bestehen. Wir sind beide auf eine bessere Zukunft für Magier aus."

Ich seufzte und warf einen Blick auf Fabian. Er konnte uns nicht hören, doch er beobachtete uns durch zusammengekniffene Augen, fragte sich vielleicht, worüber wir redeten. „Das ist alles wahr, aber es gibt einen großen Unterschied. Du liebst mich mehr, als du die Magie liebst. Fabian hat nicht einmal an meine Wünsche gedacht. Die standen in seinen Plänen immer an zweiter Stelle."

Er berührte mich an der Wange und lächelte mich grimmig an. „Du bist die beste Enkelin, die sich ein alter Mann wünschen könnte. Ich habe deine Vergebung nicht verdient."

Ich gab einen Kuss auf die Wange. „Du hast sie verdient."

Als Brockwell schließlich mit zwei Konstablern eintraf, erzählten wir ihm, was vorgefallen war, während die Konstabler draußen standen. Fabian blieb still, sein Blick abgewandt, während wir erklärten, dass er gestanden hatte.

Brockwell nahm seinen Hut ab und kratzte sich am Kopf. „Das kann ich kaum glauben."

„Ich gestehe nicht", sagte Fabian schließlich. „Ich habe diese Verbrechen nicht begangen, derer sie mich beschuldigen."

Brockwell seufzte und kratzte sich dann weiter. Nach einem Augenblick rief er seine Konstabler und befahl ihnen, Fabian festzunehmen. „Er ist Eisenmagier", setzte er sie in Kenntnis. „Das kann er zu seinem Vorteil nutzen, also nehmen Sie wenn nötig Ihre Schlagstöcke und beobachteten ihn ganz genau."

„Ich werde meine Magie nicht einsetzen", sagte Fabian, das Kinn nach vorne gereckt. „Aber ich habe auch keines dieser Verbrechen begangen. Sie haben keinen Beweis."

Brockwell und Matt wechselten einen Blick. Brockwell wusste, was er tun musste, Matt hatte bereits geschlossen, dass Fabian freigelassen werden würde.

Die Konstabler zogen ihn auf die Füße, machten sich aber nicht die Mühe mit Handschellen.

„Warten Sie", sagte Duke. „Bevor Sie gehen, habe ich etwas zu sagen." Er schwang die Faust und schlug Fabian aufs Kinn.

Fabian stolperte und wäre gestürzt, hätten die Konstabler ihn nicht gehalten.

Duke staubte sich die Hände ab. „Jetzt können Sie ihn mitnehmen, außer Willie möchte noch mal ran."

Brockwell ging zwischen sie, bevor Willie das Angebot annehmen konnte. „Ich glaube, es ist am besten, wenn wir von körperlicher Gewalt absehen. Da bekommt die Polizei nur einen schlechten Ruf."

Willie stach mit dem Finger in Fabians Richtung. „Sie haben Glück. Wenn ich Sie noch einmal in der Nähe von Matt erwische, oder India, wird Ihr Glück ein Ende finden. Das garantiere ich."

Fabian rieb sich das Kinn, dann ging er ohne Hilfe zur Tür. Die Konstabler und Brockwell folgten.

„Stecken Sie ihn in eine Zelle mit einem Fenster, das zu klein ist, als dass er durchkriechen könnte", rief Matt dem Inspektor nach.

„Alle unsere Zellen sind so."

„Und lassen Sie ihn die ganze Zeit von jemandem bewachen. Er kann ein winziges Stück von einem Eisengitter nehmen und es in der Form eines Schlüssels gestalten."

Brockwell winkte uns einfach nur zu, dann verschwand er die Stufen hinab.

Ich nahm meinen Pompadour vom Sofa, wo ich ihn liegengelassen hatte. „Ihn kann kein Gefängnis halten."

„Lange wird das keine Rolle spielen", sagte Matt. „Sie werden ihn gehen lassen müssen, wenn sie keinen Zeugen finden."

„Wir werden hoffen müssen, dass ihm klar ist, dass er mich jetzt niemals bekommt, und nichts mehr versucht, nachdem er freigelassen wurde."

Willie tätschelte den Griff ihrer Waffe, die sie sich zurück in den Taillenbund geschoben hatte. Duke kam, um sich neben sie zu stellen, seine rechte Hand wieder zu einer Faust geballt. Zusammen marschierten sie hinaus und funkelten Fabian an, bis die Polizeikutsche abfuhr.

* * *

AM FOLGETAG um fünf Minuten nach vier informierte uns Brockwell persönlich, dass er Fabian freigelassen hatte, aus Mangel an Beweisen. Obwohl die Nachricht zu erwarten gewesen war, fand ich sie trotzdem enttäuschend.

„Er hat keinen Fluchtversuch unternommen", berichtete Brockwell, während er sich Matt und mir im Wohnzimmer anschloss. „Ich bin mir nicht sicher, ob meine Männer ihn hätten aufhalten können, hätte er versucht, sie mit fliegenden Eisenstangen zu erwischen."

„Das ist eine Erleichterung", sagte ich.

„Falls es etwas wert ist, glaube ich, die Zeit in der Zelle hat ihn darüber nachdenken lassen, was er getan hat. Vielleicht tut es ihm sogar leid, obwohl er, wenn er das zugegeben hätte, sich selbst beschuldigt hätte, also würde er das niemals zu mir sagen."

„Was bringt Sie auf den Gedanken, dass er es bedauert?", fragte Matt.

„Das hat mir Willie erzählt, nachdem ich sie aus der Zelle gelassen habe."

Matt starrte ihn an. „Willie war da drin?"

„Und Duke und Cyclops." Brockwell runzelte die Stirn. „Das wussten Sie nicht?"

„Nein. India?"

„Ich wusste es auch nicht", sagte ich. „Als sie uns gestern Nacht gesagt haben, dass sie ausgehen, dachte ich, sie würden in ein Gasthaus gehen, oder eine Spielhölle. Aber Sie sagen, sie haben darum gebeten, Fabian zu sehen, und Sie haben sie in seine Zelle gelassen? Inspektor, das hätte wirklich gefährlich sein können."

„Nur für Charbonneau."

Ich konnte ihn nicht tadeln, da ich den Großteil der Nacht wach verbracht hatte, in Gedanken an die Unfälle, von denen ich wünschte, sie würden Fabian zustoßen. „Geht es ihm gut?"

„Körperlich war er genauso beieinander wie zu dem Zeitpunkt, als ich ihn eingesperrt habe. Emotional schien er erschüttert zu sein. Ich nehme an, sie haben ihn mit allen Arten der

Folter bedroht, falls er noch einmal einen falschen Schritt macht. Ich glaube, Willie war besonders mittelalterlich in ihren Beschreibungen." Er lachte ganz leise.

Vielleicht hatten Willie und er ihr Problem besprochen, nachdem sie mit Fabian fertig gewesen war. Vielleicht hatte sie danach eine so große Erleichterung verspürt, dass sie beschlossen hatte, ihre Beziehung wäre wichtiger für sie als ihr Streit.

Ich schüttelte die Gedanken ab. Es gab wichtigere Dinge, um die man sich jetzt Sorgen machen musste als ihre romantischen Probleme. „Würden Sie sich uns gerne zum Nachmittagstee anschließen, Inspektor?"

Er hob die Hände und ging rückwärts zur Tür. „Heute nicht."

„Willie ist nicht zu Hause", versicherte ich ihm. Ich sagte ihm nicht, dass ich sie bald zurück von ihrem Spaziergang mit Tante Letitia und Duke erwartete.

„Selbst dann ist es am besten, wenn wir eine Weile so wenig möglich miteinander zu tun haben."

Ich öffnete den Mund zum Widerspruch, aber Matt meldete sich als erster zu Wort. „Sehr klug, Brockwell. Willie mag es nicht, in eine konkrete Richtung geschoben zu werden."

„Niemand schiebt sie", sagte ich.

„Sie wird es nicht so sehen."

Brockwell stimmte ihm zu.

Als Brockwell ging, trafen weitere Besucher ein. Professor Nash setzte sich auf die Stuhlkante und spielte mit seiner Hutkrempe herum. Bristow brachte Tee, aber der Professor setzte die Tasse ab, sobald ich sie ihm gereicht hatte. Wir wussten, was ihn beunruhigte, aber wir gaben ihm Zeit, sich dem Thema zu nähern, wann immer er bereit war.

Schließlich ließ er seinen armen Hut los, schob die Brille die Nase hinauf und sagte uns, was ihm durch den Kopf ging. „Ich habe heute einen Brief von Mr. Charbonneau erhalten, in dem er sagte, dass er kein Interesse mehr daran habe, unsere Forschung weiter fortzuführen."

„Hat er den Grund genannt?", fragte Matt.

„Nicht in dem Brief. Er hat mir einfach alles Gute gewünscht.

Natürlich bin ich dann zu ihm nach Hause gegangen, um ihn von Angesicht zu Angesicht zu fragen. Zunächst sagte sein Butler, er wäre nicht zu Hause, aber dann kam Mr. Charbonneau persönlich an die Tür und hat mich nach drinnen gebeten." Er berührte wieder den Steg seiner Brille, obwohl sie gar nicht nach unten gerutscht war. „Dann hat er mich in Kenntnis gesetzt, dass er mit dem Herzen nicht mehr bei der magischen Forschung wäre. Ich habe ihn weiter bedrängt und nahegelegt, dass er mit Ihnen reden sollte, Mrs. Glass, und er hatte mir erzählt, dass er bei Ihnen zu Hause nicht mehr länger willkommen wäre. Als ich fragte, weshalb, hat er mir eine höchst außergewöhnliche Geschichte erzählt." Nash ließ Blicke zwischen Matt und mir schweifen. „Lieber Gott. Es stimmt, oder? Er hat versucht, Mr. Glass zu töten."

Ich nickte. „Zu drei unterschiedlichen Gelegenheiten."

Professor Nash presste sich eine Hand aufs Herz. „Das ist schockierend. Äußerst schockierend. Wenn man bedenkt, er war Ihr Freund. Er war auch für mich ein Freund."

„Ich bin überrascht, dass er vor Ihnen seine Verbrechen eingestanden hat", sagte Matt.

Der Professor nahm schließlich seine Teetasse. „Das hat er nicht. Nicht ganz. Er hat behauptet, Sie hätten ihm einen Mordversuch angelastet, doch die Polizei könne keine Beweise finden, also wurde er freigelassen. Ich habe nicht nach weiteren Informationen gefragt, und er hat mir keine angeboten. Aber ich weiß, dass Sie beide emsige Ermittler sind, und auch gute Freunde von ihm, also war ich ziemlich sicher, Sie würden ihm nichts anlasten, wenn Sie nicht sicher wären." Er wies auf seinen Tee, nur um dann seine Tasse wieder auf die Untertasse zu stellen. „Ich wusste auch, wie dringend er seine magische Abstammungslinie verstärken wollte. Deshalb hat er es getan, nicht wahr? Um Sie zur Witwe zu machen, Mrs. Glass, und in der Hoffnung, dass Sie ihn heiraten und seine Kinder gebären würden?"

Ich verzog das Gesicht. Es schmerzte mich noch immer, daran zu denken, und das würde es vermutlich noch einige Zeit lang. Ich musste immer noch von Matt schwanger werden, also war es ein Beweis für Fabians Verzweiflung, dass er so viel Hoffnung auf meine Fähigkeit setzte, ein Kind zu empfangen.

„Da lässt sich jetzt nichts mehr ändern", fuhr Professor Nash fort. „Er muss England verlassen."

„Sagte er, das würde er tun?", fragte Matt.

„Er hat es nicht erwähnt. Tatsächlich war unser Treffen sehr kurz. Ich habe mich zu unbehaglich gefühlt, um lange in seiner Anwesenheit zu bleiben." Er seufzte. „Ich denke, ich werde ihn niemals wiedersehen."

„Werden Sie Ihre Forschung ohne ihn fortführen?", fragte ich.

„Natürlich. Sie hat ohne ihn begonnen und wird ohne ihn weiter laufen. Sie wird nur wieder langsamer vonstattengehen. Vielleicht kann Oscar Barratt mir helfen, jetzt, da er nach dem Erscheinen seines Buches nichts Besseres zu tun hat."

„Er arbeitet jetzt wieder bei der *Gazette*", sagte ich. „Aber fragen Sie ihn. Vielleicht will er in seiner Freizeit mit Ihnen arbeiten."

„Er wird zu beschäftigt sein, wo doch die Hochzeit herannaht."

„Seine Verlobung mit Louisa hatte ein Ende." Ich wollte ihm nicht sagen, dass Oscar sie beendet hatte, aber allen erzählte, Louisa hätte es getan. Obwohl ich wusste, dass es ein Gentleman so machte, hielt ich es nicht für gerecht. So viel Rücksicht hatte sie nicht verdient.

Aber der Professor schien an den Einzelheiten nicht interessiert. Tatsächlich wirkte er über die Neuigkeiten besorgt. „Ach du liebe Zeit. Das ist ein Unglück. Ein sehr großes Unglück."

„Weshalb?", fragte Matt.

Der Professor musterte den Tee mit gerunzelter Stirn. „Weil sie ziemlich angetan von Charbonneau ist." Er klang sehr weit entfernt und sein Blick ging ins Nichts, als würde er das Problem im Kopf durchgehen.

„Weshalb ist das ein Unglück?", fragte ich.

Er schob sich die Brille die Nase hinauf und betrachtete mich. „Sie hat mich vor ein paar Tagen aufgesucht und mich gebeten, ein gutes Wort bei Charbonneau für sie einzulegen. Das hielt ich von ihr für sehr forsch, aber ich habe mir gedacht, dass die jungen Damen dieser Tage sehr moderne Ansichten haben. Ich sagte, ich würde mit ihm reden, aber natürlich habe ich das nicht getan. Darum geht es ja gar nicht. Es geht darum, als sie über Charbonneau sprach, leuchtete sie wie ein elektrisches Licht. Tatsächlich stimmt es nicht ganz, sie als angetan zu beschreiben. *Besessen* wäre ein besseres Wort. Wenn Charbonneau wegen seiner Taten von seinen Freunden abgeschnitten ist, wendet er sich vielleicht an sie, um Mitgefühl und Trost zu bekommen. Sie wird zu ihm stehen."

„Weshalb sollte das ein Problem sein?", fragte ich.

„Weil sie zusammen eine ziemliche Naturgewalt bilden. Sie sind beide reich, und er ist magisch stark. Beide sind verrückt nach Magie. Ich weiß nicht, wie diese Kombination aussehen würde, aber ich kann das Gefühl nicht abschütteln, dass sich da etwas Bedrohliches um sie zusammenbraut."

Auch in meiner Magengrube stellte sich ein bedrohliches Gefühl ein. Ich warf einen Blick zu Matt, um mir sicher zu sein, und er ließ mir Beruhigung in der Form eines schwachen Lächelns zukommen.

„Es wird nicht auf die Art geschehen, die Sie meinen", erklärte er Nash. „Sie vergessen, dass Charbonneau an Louisa als Frau nicht interessiert ist. Sie ist talentfrei. Er will, dass die Mutter seiner Kinder eine Magierin ist. Sie kann bei ihm an die Tür klopfen, soviel sie mag, er wird sie nicht einlassen."

Der Professor lächelte schwach. „Ich hoffe, Sie haben recht." Genauso wie ich.

Aber dieses Gefühl des Unheils verschwand nicht. Fabians Lage hatte sich über Nacht verändert. Vielleicht dachte er nicht mehr so, wie er es früher getan hatte. Falls Louisa die einzige Freundin war, die ihm in der Stadt noch blieb, konnte er sich ihr zuwenden, und zusammen konnten sie einen neuen Plan aushecken, der sicherstellte, dass die Magie in der Zukunft mächtig blieb.

KAPITEL 16

$\mathcal{E}$s war ein Abend, an dem ich froh war, dass unsere Freunde gerne unangekündigt vorbeikamen und zum Dinner blieben. Ich brauchte die Ablenkung, aber noch wichtiger, ich musste von Leuten umgeben sein, die ich liebte und denen ich vertraute. Wir überzeugten Professor Nash, um acht Uhr zurückzukehren, und luden auch Catherine ein. Sie traf nur fünf Minuten vor Chronos und Lord Farnsworth ein, die beide anzunehmen schienen, dass sie eine ständige Einladung besaßen.

Mrs. Potter war immer darauf vorbereitet, dass unangekündigt Gäste auftauchen konnten, und wir setzten uns zu einem herzhaften Festmahl hin. Bald war das Esszimmer erfüllt von den Geräuschen unserer Freunde und Familie, die das Essen und die Gesellschaft der anderen genossen. Mein Herz war voll.

Als die Teller des letzten Ganges abgetragen wurden, erwischte ich Matt dabei, wie er mich vom gegenüberliegenden Tischende aus betrachtete. Er lächelte freundlich und hob fragend die Augenbrauen. Ich nickte, und sein Lächeln wurde größer.

Die Damen zogen sich nach dem Essen in den Salon zurück, obwohl Willie bei den Männern im Esszimmer blieb, denn, wie sie es ausdrückte, sie trank lieber Portwein und sprach über

Pferde und Wetten, als Tee zu nippen und über Mode und Hochzeitsarrangements zu sprechen.

Soweit es unsere Gesellschaft anging, hatte sie recht, was das Thema betraf. Obwohl sie noch kein Datum festgesetzt oder den Segen ihrer Familie erhalten hatte, wollte Catherine Tante Letitia und mir und unbedingt von ihren Plänen für ihren Hochzeitstag erzählen.

„Mir war nicht klar, dass Cyclops dich gefragt hat", sagte Tante Letitia, die wehleidig klang, dass man es ihr nicht mitgeteilt hatte.

„Das hat er nicht. Nicht richtig. Aber wir verstehen einander, und sobald Nate meinen Vater um Erlaubnis gebeten hat, werden wir ein Datum festsetzen."

„Und wann wird er deinen Vater um Erlaubnis bitten?"

Sie warf einen Blick zur Tür. „Er wartet auf den richtigen Augenblick. Hoffentlich kommt dieser Augenblick bald."

„Ach?", fragte ich. „Akzeptieren deine Eltern ihn allmählich?"

Sie schüttelte den Kopf. „Sie mögen ihn, aber sie sagen immer noch, dass mein Leben schwer wird, wenn ich ihn heirate, und das wollen sie für mich nicht."

Tante Letitia nahm sie an der Hand. „Ich habe es schon einmal angeboten, und du wolltest meine Hilfe nicht, aber ich frage noch einmal. Willst du, dass ich mit ihnen rede?"

Catherine lächelte. „Nein, vielen Dank, Miss Glass, alles wird bald gut. Das sehen Sie schon." Sie schaute wieder zur Tür, als Stimmen aus der Eingangshalle zu uns heraufdrangen.

Schritte polterten auf den Stufen, begleitet von Bristow, der jemandem auftrug, zu warten.

Ich erhob mich, genauso Catherine, die bereit war, sich dem vordringenden Neuankömmling zu stellen.

Gareth Mason platzte in den Salon herein, und ich setzte mich erleichtert wieder hin.

Catherines jüngster Bruder war gerade mal sechzehn Jahre alt, und er war noch nicht ganz in seine langen Glieder hineingewachsen. Er war ganz Knie und Ellbogen, mit einem Schopf aus blonden Haaren, die ihm über die Augen fielen, als er seine

Mütze abnahm. Er glättete sie in beiden Händen, während er sich auf die Unterlippe biss.

Catherine rannte zu ihm. „Was ist los? Was ist passiert?"

„Verzeihen Sie mein Eindringen, Mrs. Glass, Miss Glass, aber ich muss mit meiner Schwester sprechen."

Weitere Schritte kamen vom Salon heran, es waren nur Matt und die anderen, die sehen wollten, worum es bei diesem Lärm ging.

Cyclops schob sich durch. „Gareth! Was machst du denn hier?"

„Ich habe Schwierigkeiten. Kannst du mir helfen?"

„Was für Schwierigkeiten?"

„Meine Freunde wollten, dass ich mich ihnen zu einem nächtlichen … Ausflug anschließe, und ich habe mich geweigert."

„Was für einem Ausflug denn?", fragte Matt.

„Sie wollen zum Friedhof gehen und sich … umsehen."

Catherine schnalzte mit der Zunge. „Du meinst, sich besaufen und anderer Leute Eigentum schänden. Ehrlich mal, Gareth."

Er hob ergeben die Hände. „Ich habe doch gesagt, ich habe mich geweigert. Du weißt, dass Ma nicht mag, wenn ich nachts ausgehe. Aber diesmal waren meine Freunde echt beharrlich. Sie sagen, sie schlagen mich zusammen, wenn ich nicht gehe." Er kaute wieder auf der Lippe. „Ich habe Angst, Cath."

Trotz seiner großen Augen und seines verlorenen Ausdrucks hatte sie kein Mitgefühl für ihn. Sie erinnerte mich an ihre Mutter, als sie die Hände in die Hüfte stemmte. „Diese Jungs machen immer Schwierigkeiten. Wann lernst du mal, dass du dich von ihnen fernhältst?"

Er kniff die Augen zusammen. „Vermutlich jetzt."

Sie stieß schnaubend Luft aus. „Wir gehen zur Polizei."

„Nein! Sie werden wissen, dass ich sie verraten habe! Sie schlagen mich bewusstlos, Cath!" Er wandte sich an Cyclops. „Was soll ich denn tun?"

„Du kannst mir sagen, wo ich sie finde", erklärte er. „Ich unterhalte mich mal mit ihnen."

Gareth stieß einen Atemzug aus, sein Körper entspannte sich.

„Würdest du das tun? Das würde helfen. Auf dich würden sie hören. Kannst du jetzt mitkommen?"

„Natürlich."

„Ich und Duke kommen auch", sagte Willie.

„Nein!" Als wir alle zu Gareth schauten, fügte er an: „Ich glaube, nur Cyclops. Zu viele, und sie reagieren falsch. Sie werden glauben, man überfällt sie. Ich will mir sie nicht noch mehr zu Feinden machen, als sie es bereits sind."

„Ich weiß nicht recht", zögerte Willie.

Cyclops schlug sie auf die Schulter. „Ist schon gut. Es sind nur ein paar Jungs vom Ort, und ich gebe ihnen meinen besten Auftritt als halsabschneiderischer Pirat. Sie werden in den Stiefeln zittern, wenn ich mit ihnen fertig bin."

Willie stimmte zögerlich zu, ihn allein gehen zu lassen, und beschwerte sich einige Zeit darüber, sobald Cyclops und Gareth gegangen waren. Ich glaubte, sie war eher verärgert, dass sie außen vor war, als um seine Sicherheit besorgt.

„Das war ein ziemlicher Aufruhr", sagte Lord Farnsworth, während er sich neben Tante Letitia setzte. „Alles in Ordnung, meine liebe Letty?"

„Ja, natürlich", sagte sie und zuckte unbeeindruckt mit der Schulter. „Dramatische Unterbrechungen sind diesem Haushalt ganz gewöhnlich. Ich bin so ziemlich daran gewöhnt."

Ich nahm neben Catherine auf dem anderen Sofa Platz und nahm sie an der Hand. „Ihnen wird nichts passieren."

Sie warf mir ein tröstliches Lächeln zu. „Ich weiß. Es tut mir leid, dass Gareth hereingeplatzt ist. Es war bisher ein sehr angenehmer Abend."

„Das soll er auch wieder werden", sagte Tante Letitia. „Cyclops wird dafür sorgen, dass diese Raufbolde deinen Bruder in Ruhe lassen. Sie werden zu entsetzt sein, um einen falschen Schritt zu machen, sobald er mit ihnen fertig ist."

Willie schaute mit finsterem Blick zu Tür. „Ich wünschte, ich wäre mit ihnen gegangen. Es gibt nichts Erschreckenderes als eine Frau, die wie ein Mann gekleidet ist und eine Waffe schwenkt."

„Amen", murmelte Chronos.

Cyclops kam eine Stunde später nach Hause und wirkte

ziemlich zufrieden mit sich. Er nahm ein Glas Branntwein von Duke entgegen und setzte sich hin. Wir warteten alle darauf, dass er etwas sagte, aber Willie musste ihm erst gegen den Fußknöchel treten, bevor ihm auffiel, dass wir alle starrten.

„Es ist alles gut", sagte er. „Gareth ist sicher zu Hause, und seine sogenannten Freunde haben versprochen, ihn in Frieden zu lassen."

„Was hast du ihnen denn angetan, um sie das versprechen zu lassen?", fragte Willie.

„Ein paar wohl platzierte Worte haben schon gereicht."

Sie schnaubte. „Worte? Das ist ja kein großer Spaß."

Er lächelte Catherine an, und sie erwiderte das Lächeln.

„Haben meine Eltern ihn nach Hause kommen sehen?", fragte sie.

Sein Lächeln verblasste, und er verzog leicht das Gesicht. „Das haben sie, tut mir leid. Ich wollte, dass er leise ist, aber er hat einen echten Lärm veranstaltet, als er reingegangen ist. Sie kamen nach unten, um zu sehen, was los war. Ich fürchte, wir haben sie geweckt."

„Wie haben sie reagiert?"

„Sie haben sich erst Sorgen gemacht, als sie mich gesehen haben, doch Gareth hat ihnen erzählt, was los war." Er lachte leise und schüttelte den Kopf. „Er ließ es klingen, als wäre ich ein Held, der ihn aus einer bedrohlichen Lage gerettet hat. Der Junge kann besser schauspielern als alle, die ich schon auf einer Bühne gesehen habe."

„Nein", sagte sie rasch. „Nein, kann er nicht. Er hat sich wohl größere Sorgen gemacht, als er durchblicken hat lassen, als er hier war, das ist alles. Vielen Dank, Nate. Ich weiß es zu schätzen, dass du ihn gerettet hast."

Er versuchte, sein scheues Lächeln zu verbergen, was ihn nur süß aussehen ließ. Catherine sah aus, als wollte sie ihn direkt vor allen anderen küssen, aber ihr fiel ein, wo sie war, und sie hielt sich zurück.

Tante Letitia tat so, als würde sie ein Damenmagazin lesen, das auf der Seite mit Hochzeitskleidern geöffnet war, wo Catherine es abgelegt hatte, als Gareth eingetroffen war. Anstatt zu ihrem Sitz zurückzukehren, blieb sie bei Catherine stehen und flüsterte: „Vielleicht wäre jetzt der richtige Augenblick für ihn, deinen Vater zu fragen."

* * *

EINE EINLADUNG KAM am folgenden Tag von Mrs. Delancey, die Matt und mich bat, sich ihr und dem übrigen Club der Sammler für einen Abend „magischer Unterhaltung" anzuschließen.

„Was glaubst du, was das bedeutet?", fragte ich ihn, während er die Einladung in seinem Bureau las.

„Vielleicht plant sie, einen Jahrmarktmagier Bühnentricks aufführen zu lassen."

„Sehr unterhaltsam."

Er warf die Karte auf seinen Schreibtisch. „Es wäre unterhaltsamer als die üblichen Vorträge. Zumindest für mich."

„Du musst nicht hin."

„Ich will hin. Ich will sehen, was sie nun von Charbonneau halten."

„Meinst du, sie wissen es schon?"

„Sie sind eine eng verbundene Gruppe mit einigen gut informierten Leuten unter ihren Mitgliedern. Sie werden es wissen."

Treffen des Clubs der Sammler waren immer angespannte Angelegenheiten, und oft wollte ich nicht teilnehmen. Aber ich stellte fest, dass ich Matt dieses Mal zustimmte – ich war neugierig, zu sehen, was sie nun von Fabian hielten.

Matt hatte recht damit, dass sie es wussten. Das plötzliche Ende aller Unterhaltungen bei unserem Eintritt war ein klares Anzeichen dafür, dass wir bisher am Abend das Hauptthema der Gespräche gewesen waren. Mrs. Delancey erholte sich als Erste, lud uns mit einem warmen Lächeln und einer freundlichen Begrüßung in den Salon ein.

„Sie haben ihre interessante kleine Cousine gar nicht dabei, Mr. Glass", sagte sie und spähte an uns vorbei.

„Ich dachte nicht, dass Willie eingeladen ist", sagte er.

„Das hält sie aber nicht immer ab, oder?"

Die Gruppe war kleiner als üblich. Mrs. Delancey hatte eindeutig nur bestimmte Mitglieder eingeladen, nicht den ganzen Club. Das würde also kein übliches Treffen oder ein

Vortrag werden. Tatsächlich vermutete ich, es war hastig auf die Beine gestellt worden, um Fabians Verrat zu besprechen und meine Reaktion zu sehen.

Wenn man nach Louisas düsterer Miene ging, stand sie auf Fabians Seite, wie Professor Nash es angenommen hatte. Der Professor selbst war bei ihr. Seinem roten Gesicht und seinen gesenkten Augenbrauen zufolge hatten sie einen erhitzten Austausch hinter sich, obwohl ich mir gar nicht vorstellen konnte, dass der stille Professor gegen die dreiste Louisa gewann.

Oscar war nicht da, doch Lord Coyle schon, zusammen mit Hope und Sir Charles Whittaker. Ich fand, Sir Charles hatte schon Nerven, hier aufzutauchen, wo er doch gar kein Sammler war. Sehr wahrscheinlich wussten das aber nur wenige andere anwesende Mitglieder, und er wollte seine Verkleidung aufrechterhalten.

Ich rückte näher an Matt und hatte plötzlich das Gefühl, von Menschen umgeben zu sein, die ich nicht mochte. Der Professor war das freundlichste Gesicht, bis Lord Farnsworth hereinstolzierte, ganz locker mit einem Lächeln bis zu den Ohren.

„Weshalb denn so lange Gesichter?", fragte er mit aufgeblasener Unschuld.

Der Professor brachte ihn zum Schweigen und flüsterte ihm etwas ins Ohr.

„Ach, das." Lord Farnsworth wedelte mit der Hand in der Luft. „Schreckliche Angelegenheit, einfach nur schrecklich, aber wir müssen alle das Gute sehen."

Der Professor runzelte die Stirn, wodurch seine Brille die Nase herabrutschte. „Das Gute?"

„Natürlich! Glass ist nicht tot!" Er fing mit einer Runde Applaus an, Mr. und Mrs. Delancey und der Professor schlossen sich an. Sogar Sir Charles klatschte, aber ich nahm an, da ging es nur darum, seine Verkleidung als umgänglicher Gentleman mit eigenen Mitteln aufrechtzuerhalten.

„Hört auf!", fuhr uns Louisa an. Sie stampfte sogar mit dem Fuß auf dem Boden auf. „Hört sofort auf damit. Es ist grausam, zu feiern, dass der Name eines guten Mannes in den Schmutz getreten wird."

„Sagen Sie mal, Louisa, ganz ruhig. Weshalb nehmen Sie seine Seite ein?"

„Weil er es nicht getan hat."

„Er hat es getan", sagte ich ihr durch zusammengebissene Zähne. „Das hat er vor uns zugegeben, sich aber geweigert, das Geständnis vor der Polizei zu wiederholen."

Louisas Augen blitzten. „Das ist ein Gräuel. Fabian ist einer der wichtigsten Magier der Welt. Seine Magie ist stark, seine Abstammung uralt. Wir können ihm nicht zum Vorwurf machen, dass er sie stärken möchte."

„Würden Sie ihm so leicht vergeben, wenn er versuchen würde, jemanden zu töten, den Sie lieben?"

„Natürlich."

Lord Farnsworth beugte sich dichter an mich und flüsterte: „Sie liebt niemanden."

Louisas Nasenflügel blähten sich, sie stürmte zu mir heran. „Fabian mag ja nicht unschuldig sein, aber man sollte ihn nicht lächerlich machen. Jeder hat eine zweite Chance verdient, und ich werde ihm diese Höflichkeit zuteilwerden lassen, selbst wenn es sonst niemand tut." Ihr Blick huschte durch den Raum und über die Gesichter, die zu ihr zurückstarrten, und schließlich senkte er sich auf Lord Coyle. „Was ist mit Ihnen? Sie begehren Stücke von Fabians Eisen für Ihre Sammlung. Würden Sie ihn jetzt im Stich lassen, wenn er Ihren Einfluss am allermeisten braucht?"

Lord Coyle legte beide Hände auf den Kopf seines Gehstocks. „Meine Liebe, ich habe kein Interesse an Mr. Charbonneaus Angelegenheiten, ob sie nun verbrecherisch sind oder sonst etwas. Er hat die Freiheit, mir Werke aus magischem Eisen zu verkaufen oder nicht. Daran ändert sich nichts."

Louisa warf den Kopf nach hinten und marschierte aus dem Raum.

Mrs. Delancey lief ihr nach, rief den Diener, um Louisas Kutscher in Kenntnis zu setzen, dass seine Herrin aufbrach.

Mr. Delancey kam zu uns heran und begrüßte Matt mit einem Handschütteln und mich mit einer Verbeugung. „Ich bin mir nicht sicher, ob Louisa nach diesem kleinen Anfall noch eine Einladung bekommen wird. Ich dachte, sie wäre außerdem mit diesem Tintenmagier verlobt, demjenigen, der das Buch über Magie geschrieben hat."

„Sie war es", sagte ich. „Aber jetzt nicht mehr."

„Ach ja. Für gewöhnlich würde ich mit einem Kerl zusammen bedauern, dass ihm das Herz gebrochen wurde, aber ich denke, in diesem Fall ist er dem Strick gerade noch entkommen."

„Ich glaube nicht, dass er mit dem Herzen überhaupt erst dabei war."

Er ging wieder, nur um von Professor Nash ersetzt zu werden. Sein Gesicht war immer noch gerötet, und seine Stirn in Falten gelegt. „Ihre Unterstützung von Charbonneau war öffentlicher, als ich es erwartet habe, aber Liebe kann einen zu drastischen Handlungen treiben, habe ich gehört."

„Glauben Sie, sie liebt ihn?", fragte ich, ehrlich neugierig.

„Ich weiß es nicht."

„Sie ist verliebt in seine Magie", sagte Matt.

Mrs. Delancey kehrte zurück, ein erstarrtes Lächeln auf dem Gesicht, um das gesellschaftliche Desaster zu glätten, das Louisa angerichtet hatte. Von diesem Punkt an wurde der Abend genauso quälend wie ihr Lächeln. Die Unterhaltung, die sie uns versprochen hatte, erwies sich als Mrs. Delancey, die abermals ihre magischen Gegenstände vorzeigte und erzählte, wie sie sie erworben hatte.

Während Mrs. Delanceys Rede über ihren Satz magischer Silbergabeln löste sich Lord Coyle von der Gruppe. Er ging ohne ein Wort an seine Frau. Als sie merkte, dass er nicht mehr an ihrer Seite stand, raffte Hope ihre Röcke und lief ihm nach. An der Tür warf er einen Blick zurück zu Matt und mir und machte eine Kopfbewegung, damit wir ihm folgten.

Ich dachte, wir sollten nicht tun, wie uns geheißen wurde, doch Matt wollte wissen, was Lord Coyle wollte. Wir lösten uns und schlossen uns Lord und Lady Coyle in der kleinen Kammer abseits des Salons an. Sein Gehstock lehnte an einem Tisch, und eine Zigarre steckte zwischen seinen dicken Lippen. Er schlug ein Streichholz an und entzündete sie.

„Ich glaube nicht, dass es unserer Gastgeberin gefallen würde, dass du in diesem Raum rauchst", sagte Hope.

Er paffte dreimal an der Zigarre, sodass der Rauch sich um ihn wölbte. „Ich höre, Sie haben ein Angebot ausgeschlagen, für das Innenministerium zu arbeiten."

Ich schaffte es, meine Züge ruhig zu halten, obwohl ich überrascht war, aber Hope schaffte es nicht.

Sie blinzelte mich rasch an. „Weshalb will das Innenministerium India anstellen?"

„Komm schon, meine Liebe, versuch doch, dein Gehirn mal für etwas anderes einzusetzen als dafür, mein Geld auszugeben. Ich weiß, dass du eins hast. Die Ehe kann deiner Intelligenz doch noch nicht so sehr geschadet haben."

Es war, als hätte er sie geohrfeigt. Sie trat zurück und schien sich gleichzeitig zusammenzuziehen, ihr Gesicht verzog sich, als würde sie Schmerzen leiden.

Matt hatte Mitleid mit ihr und erklärte es. „Der Innenminister will, dass India im Krieg Bomben aus fliegenden Teppichen wirft."

Hope keuchte. „Woher wussten sie, dass du das tun kannst, India?" Noch während sie es sagte, wandte sie sich an ihren Mann. „*Du* hast es ihnen gesagt, oder? Deshalb hast du dich mit Sir Charles getroffen. Du hast ihm gesagt, wir hätten India gesehen, wie sie mit dem Eisenmagier auf einem fliegenden Teppich wegfliegt, und Sir Charles hat es seinen Vorgesetzten gesagt."

Lord Coyle nahm seine Zigarre aus dem Mund und deutete auf seine Frau. „Da ist sie ja. Das ist die intelligente Frau, die ich geheiratet habe."

„Sind Sie fertig?", fuhr Matt ihn an. „India und ich haben eine Rede, die wir gerne hören wollen."

Lord Coyle nahm seinen Gehstock und lehnte sich darauf. „Ich will India danken, dass sie das Angebot des Innenministers abgelehnt hat. Wäre ihre Ablehnung nicht gewesen, bezweifle ich, dass Mr. Matthews mir dieselbe Position angeboten hätte."

„Sie arbeiten für die Regierung?", stieß ich hervor.

Er lächelte, während er auf die Zigarre biss. „Ich habe Sir Charles die Information gegeben, dass Sie auf einem Teppich fliegen können, unter der Bedingung, dass er mich als Quelle nennt. Es scheint, als hätte er sein Versprechen gehalten, und nachdem Sie die Anstellung ausgeschlagen haben, kam Mr. Matthews zu mir."

„Du bist aber kein ein Ersatz für India", sagte Hope gehässig.

„Natürlich, natürlich. Nichts ist so gut wie eine mächtige Magierin, die einen Teppich fliegt. Aber ich habe andere Talente, die India zur Verfügung hätte stellen können, sich aber dagegen entschieden hat – ich kann als Vermittler zwischen der Regierung und Magiern dienen, ich habe bei der Gemeinschaft eine Menge Einfluss."

„Durch Erpressung und Einschüchterung", stieß ich hervor.

Er lächelte mich bedauernd an. „Ich habe auch Ideen. Jede Menge Ideen, wie man die Magie zum Wohl des britischen Empires nutzen kann. Darin bin ich vermutlich wertvoller als Sie, denn meine Interessen stimmen in vielerlei Hinsicht mit denen der Regierung überein."

Der Boden fühlte sich plötzlich unstet unter meinen Füßen an, die Luft wich aus meiner Lunge. Das hatte Lord Coyle die ganze Zeit gewollt – Macht und Einfluss auf der höchsten Ebene. Er war nicht so interessiert am Geld, und genauso wenig war es ihm wichtig, Einfluss unter den Mitgliedern des Clubs der Sammler zu haben. Ihm waren nicht magische Abstammungslinien oder die Zukunft der Magie sonderlich wichtig. Er wollte die staatliche Gesetzgebung beeinflussen und Macht auf der ganzen Welt wirken, und er sah sein Wissen über Magie und seine Fähigkeit, Magier zu manipulieren, als Mittel, um diese Dinge zu erhalten.

Lord Coyles schleimiges Lachen rasselte in seiner Brust. „Ich sehe, das kommt für Sie beide sehr schockierend. Ich bin sicher, das lässt nach, wenn Ihnen klar wird, dass die Magie eine Rolle dabei spielen kann, die Interessen unserer großartigen Nation voranzutreiben."

„Nicht ohne mich, dazu wird es nicht kommen." Meine Worte gingen unter, als die Tür aufsprang und Sir Charles hereinstürmte.

Mit seinen gefletschten Zähnen und wie harte Steine glitzernden Augen hatte ich das Gefühl, als würde ich den echten Sir Charles Whittaker zum ersten Mal sehen. Es war inzwischen nichts mehr da von dem eleganten Gentleman. Er war eine wütende Schlange, bereit zum Zuschlagen, als er Lord Coyle zur Rede stellte. Ihre Gesichter nur wenige Zentimeter voneinander entfernt, spuckte er aus: „Sie haben mich benutzt."

„Es war ein gegenseitiger Austausch von Informationen", erwiderte Lord Coyle träge. „Wir haben beide profitiert."

„Sie haben meine Idee gestohlen."

„Welche Idee?", fragte Matt düster. Sir Charles schien ihn nicht gehört zu haben. Er war auf Lord Coyle konzentriert wie ein wildes Tier auf seine Beute – oder seinen Häscher.

Lord Coyle lächelte weiter um seine Zigarre herum, war nicht beeindruckt. „Die Idee, Bomben von einem fliegenden Teppich auf die Fabriken und Basen unserer Gegner zu werfen."

Ich starrte Sir Charles mit großen Augen an. „Das war Ihre Idee?"

Sir Charles Nasenflügel blähten sich, und schließlich löste er den Blick von Coyle. „Er hat mir erzählt, dass er Sie gesehen hat, wie Sie den Teppich fliegen, und ich habe meine Vorgesetzten in Kenntnis gesetzt. Ich dachte, das könne sich in Kriegszeiten nutzen lassen, um Bomben abzuwerfen. Ich habe diesen Vorschlag meinen Vorgesetzten zu diesem Zeitpunkt nicht unterbreitet, sondern es auf seinen Rat hin zurückgehalten. Dann kam plötzlich er hereingeschneit und hat es ihnen gesagt, und sie denken lassen, das wäre seine Idee."

Lord Coyle stieß den Gehstock heftig gegen Sir Charles' Schienbein. „Gehen Sie aus dem Weg. Meine Frau und ich brechen auf."

Sir Charles' Lippen waren so fest zusammengekniffen, dass sie weiß wurden, doch er machte Platz.

„Ich würde gerne noch etwas bleiben", sagte Hope. Sie schien sich wieder zu fassen, nachdem sie während der Konfrontation ziemlich verblüfft gewirkt hatte.

Lord Coyle humpelte weg. „Ich schicke die Kutsche zurück."

Sir Charles marschierte zu der geschlossenen Tür und legte eine Hand darauf, verstellte Lord Coyle den Ausgang. „Sie schulden mir was, weil Sie meine Idee gestohlen haben."

Lord Coyle knurrte. „Es ist die Bezahlung für die Information, die ich Ihnen wegen des fliegenden Teppichs gab. Ohne mich hätten Sie nichts von Wert gehabt, das Sie Le Grand anbieten können. Ich habe Ihre Anstellung gerettet." Er hob seinen Gehstock und schlug ihn hart gegen Sir Charles' Bein.

Sir Charles stöhnte und fasste sich ans Schienbein. „Ich weiß Dinge über Sie, Coyle", fauchte er. „Ich weiß, was Sie getan haben."

Lord Coyle öffnete die Tür und humpelte hinaus.

Eine angespannte Stille füllte den Raum. Mrs. Delanceys kultivierte, mädchenhafte Stimme brach mitten im Satz ab, als sie Lord Coyles frühem Abgang widersprach. Die anderen Clubmitglieder starrten uns an.

Matt legte leicht eine Hand auf meinen Nacken. „Alles in Ordnung?"

„Er hat jetzt mehr Macht als je zuvor", flüsterte ich.

„Ohne dich bedeutet sie nichts. Die Magier, die er manipuliert, können allein nur wenig bewirken. Ganz gewiss nichts, was das Innenministerium nutzen kann."

Ich schaute zu Sir Charles, um die Bestätigung zu erhalten, doch er hörte nicht zu. Er humpelte ebenfalls aus dem Raum und schloss sich der Gruppe der Clubmitglieder wieder an, während Mrs. Delancey ihre Rede neu aufnahm.

„Hope?", fragte Matt. „Möchtest du dich hinsetzen?"

Mit einer Hand an der Kehle starrte sie den Gentlemen nach. „Das wollte ich nicht", murmelte sie. „Das ist überhaupt nicht das, was ich wollte."

Es war vielleicht nicht die Art Ehe, die sie sich erhofft hatte, als sie Lord Coyles Antrag angenommen hatte, aber sie hatte ja auch kein Bett aus Rosen erwarten können. Wenn die Macht ihres Mannes wuchs, musste ihr doch klar werden, dass sie ebenfalls einflussreicher wurde.

Es fiel mir schwer, zu glauben, dass sie das nicht wollte.

* * *

DURCH MATTS genaues Gedächtnis konnte er das Treffen fast Wort für Wort für Cyclops, Willie und Duke wiederholen. Sie schlossen sich uns im Esszimmer zum Frühstück an, nachdem wir zu einer vernünftigen Zeit aufgestanden waren, obwohl sie zusammen am vorigen Abend ausgegangen waren. Doch während Willie mit einer der Schankmägde gegangen war, und Duke beschlossen hatte, seine Geliebte, die Witwe Rotherhide, aufzusuchen, war Cyclops nach Hause zurückgekehrt.

Wenn man bedachte, dass Willie und Duke nicht allzu viel geschlafen hatten, war es nicht überraschend, dass sie an diesem Vormittag irgendwie wenig konzentriert wirkten und gähnten, während sie Matt zuhörten. Cyclops war aufmerksam wie eh und je.

„Was meint ihr, wird Whittaker gemeint haben, als er zu Coyle sagte, er wisse, was er getan hat?", fragte er.

„Das würde ich gerne erfahren", sagte Matt.

Ihre Blicke begegneten sich. „Ich habe heute frei", erklärte ihm Cyclops.

Matt nahm seine Kaffeetasse und erhob sich. „Lass mich die nachfüllen, und dann gehen wir. Ich will ihn erwischen, bevor er ausgeht."

Willie rümpfte die Nase. „Wen?"

Duke gähnte. „Coyle, glaube ich."

„Idioten", murmelte Cyclops.

„Er meint Sir Charles", sagte ich. „Ich komme auch mit."

Wir gingen alle fünf, und Willie entschied sich, neben Woodall auf dem Kutschsitz zu fahren. Sie hoffte, die kalte Luft würde sie aufwecken. Duke hätte mit ihnen fahren sollen. Er gähnte den ganzen Weg lang.

Die Vermieterin kam an die Tür, als Matt klopfte. Als sie uns sah, seufzte sie. „Sie schon wieder. Er ist nicht da."

„Wann kommt er zurück?", fragte Matt.

„Ich weiß es nicht. Ich habe ihn heute Vormittag noch nicht gesehen und nicht gehört, dass er ausgeht. Er hat auch sein Tablett mit dem Frühstück unberührt gelassen." Sie schnalzte mit der Zunge. „Was für eine Essensverschwendung."

„Wenn Sie ihn nicht gesehen oder gehört haben, woher wissen Sie, dass er gegangen ist?"

„Er wäre doch zu dieser Stunde nicht mehr in seinem Zimmer. Es ist fast zehn. Vielleicht ist er zum Frühstück ausgegangen."

„Ist er jemals zum Frühstück ausgegangen und hat vergessen, Ihnen zu sagen, dass Sie kein Tablett hinaufbringen müssen?", fragte ich.

Sie kniff die Augen zusammen. „Jetzt, da Sie es erwähnen, nein. Da ist er immer sehr bedacht." Für jemanden, der bezahlt wurde, um für Mr. Le Grand Sir Charles auszuspionieren, war sie nicht sonderlich schnell von Begriff.

„Macht es Ihnen was aus, wenn ich in seinen Räumen nachsehe?", fragte Matt.

Sie zögerte, bevor sie zur Seite trat. „Normalerweise würde ich das nicht tun, aber etwas fühlt sich nicht ganz richtig an." Sie eilte weg in den düsteren Gang. „Ich hole den Ersatzschlüssel."

Matt klopfte an Sir Charles' Tür oben am Treppenabsatz, während wir auf die Vermieterin warteten. Es kam keine Antwort. Die Vermieterin schloss sich uns an und sperrte die Tür auf.

„Ich bin es nur, Sir Charles", sagte sie laut, während sie in den Salon eintrat. „Wir machen uns nur Sorgen …" Sie legte sich beide Hände an den Mund, um ihren Schrei zu unterdrücken.

Ich eilte zusammen mit Matt an ihr vorbei, nur um abrupt stehen zu bleiben, als wir den grausigen Anblick von Sir Charles' toten Augen sahen, die zu uns herauf starrten, wo er auf seinem Sessel saß, die Kehle durchgeschnitten.

KAPITEL 17

Es gelang mir, die Vermieterin zurück nach unten in die Küche zu lotsen, wo ich ihr eine Tasse Tee aus einem Kessel einschenkte, der auf dem Ofen gewärmt wurde. Sie bebte immer noch, ihr Gesicht war blass. Obwohl sie für Mr. Le Grand Sir Charles ausspionierte, war sie eindeutig keine Berufsagentin. Sie hatte die Aufgabe vermutlich für etwas zusätzliches Geld angenommen.

Ich kehrte nach oben zurück, sobald sie sich beruhigt hatte. Duke war zu Scotland Yard gegangen, um Brockwell zu holen, während Willie, Cyclops und Matt den Leichnam und Sir Charles Räumlichkeiten musterten. Ich vermied es, ihn direkt anzusehen. Ich hatte seine durchtrennte Kehle bereits gesehen, und die blutigen Kleider, und ich wollte sie nicht noch einmal sehen.

Matt reichte mir ein Blatt Papier. „Das haben wir auf dem Tisch neben seinem Glas Branntwein gefunden. Das Messer ist auf dem Boden."

Ich las die zwei Zeilen auf Sir Charles' persönlichem Briefpapier, alles in großen Druckbuchstaben geschrieben, dann warf ich einen raschen Blick auf das Messer, das auf dem Boden zwischen dem runden Beistelltisch und dem Stuhl lag.

„Es ist ihm wohl aus den Fingern geglitten", sagte ich.

„Oder es wurde dort von seinem Mörder hingelegt."

„Du glaubst nicht, dass diese Selbstmordbotschaft von ihm geschrieben wurde?" Die Notiz behauptete, dass er sein Leben beendete, weil er es zutiefst bedauerte, dass Mr. Pyke nach dem gescheiterten Teppich-Experiment fast zu Tode gekommen war. Er machte es sich zum Vorwurf, dass er den Magier gezwungen hatte, darauf zu fliegen.

„Ich möchte offen für alles bleiben, aber er hat wegen Pyke doch keinerlei Reue gezeigt, als wir ihn zur Rede gestellt haben."

„Wenn Pyke gestorben wäre, hätte er das vielleicht."

„Aber Pyke ist nicht gestorben. Es ist auch die Handschrift selbst, die mich skeptisch macht, dass er es geschrieben hat. Willie sucht gerade jetzt nach Proben seiner Handschrift, aber Blockschrift ist doch die Schreibweise, die man wählt, wenn man den eigenen Stil verbergen will."

Willie saß am Schreibtisch am Fenster, blätterte durch Papiere. „Es gibt nicht allzu viel mit seiner eigenen Handschrift darauf. Es sind zum Großteil Briefe von anderen, Rechnungen und Bestellungen." Sie wedelte mit einem Blatt Papier. „Das hier ist ein halb fertiger Brief an seine Mutter."

Matt nahm ihn ihr ab und verglich die Schrift mit der Selbstmordnachricht. Der Brief war allerdings in Schreibschrift verfasst. „Es ist unmöglich", sagte ich mit einem Kopfschütteln.

Matt kehrte zu dem Leichnam zurück, um die Verletzung zu inspizieren, darum schloss ich mich Cyclops im Schlafzimmer an. Wir suchten überall, unter Tischen und dem Bett, im Schrank und den Aufbewahrungskisten, im Lichtschalter, einer Vase und einem Waffenfutteral. Während ich im Inneren der Schuhe nachsah, musterte Cyclops Sir Charles' intimere Kleidung, darunter die Säume, und außerdem die Rasierbürste, Zahnbürste und weitere Badutensilien. Er fuhr sogar mit den Fingern durch die Dose mit Makassaröl, um verborgene Gegenstände oder Briefe zu suchen. Wir fanden nichts Interessantes. Ich fand es ungewöhnlich, keinerlei Kommunikation von Mr. Le Grand zu finden, und sagte das auch.

„Whittaker hatte bestimmt den Befehl, jegliche Nachrichten zu zerstören, die er empfing", erklärte Cyclops.

„Aber hätte er sich denn keine Notizen gemacht? Wie es Coyle in seinem Notizbuch tut."

Cyclops tippte sich an die Stirn. „Jemand in seinem Beruf behält diese Informationen doch hier oben. Sie schreiben sie nicht auf. Hätte er irgendwelche wichtigen Dokumente herumliegen gehabt, hätte Coyle sie genommen, nachdem er Whittaker umgebracht hat."

„Also verschreibst du dich der Theorie, dass Coyle ihn ermordet hat?"

„Kommt dir Whittaker wie jemand vor, der sich umbringt, weil er sich verantwortlich für die Verletzung eines anderen Mannes fühlt?"

Mit einem Seufzen setzte ich mich aufs Bett. „Ich kannte ihn nicht gut genug, um das zu sagen."

Wir suchten weiter, fanden aber nichts Wichtiges, bis Brockwell mit Duke und drei Konstablern eintraf. Er betrachtete die Szenerie mit seiner üblichen langsamen, betonten Art, bevor sein Blick sich schließlich auf Willie richtete.

Sie saß auf dem Fensterbrett, die Arme vor der Brust verschränkt, starrte auf die Straße unten hinab. Sie antwortete mit knapper Unbeteiligtheit, als er sie begrüßte, aber schaute ihn nicht direkt an.

Er räusperte sich und bückte sich, um den Leichnam zu inspizieren. Jetzt, da ich Zeit gehabt hatte, mich darauf vorzubereiten, musterte auch ich Sir Charles. Die tiefe Verletzung auf der rechten Seite seiner Kehle lag dort, wo ein Rechtshänder sich selbst stechen würde. Er hatte wohl seinen abendlichen Gehrock ausgezogen, sobald er zu Hause eingetroffen war, und ihn über die Rückseite des Sofas gelegt. Er war sauber. Das Blut hatte seine ehemals rein weiße Krawatte durchtränkt, die Weste und das Hemd und war auf das Kissen des Sessels geflossen, und sogar auf den Boden, wo das Messer gefunden worden war. Es war so viel davon, aber inzwischen war es getrocknet.

Ich wandte mich abermals ab, während sich mir der Magen umdrehte.

Matt berührte mich an der Hand. „Das wird nicht lange dauern. Willst in der Küche warten?"

Ich schüttelte den Kopf, während der Inspektor sich erhob. „Ein Messer in die Kehle ist nicht die erste Wahl für einen Selbstmord", sagte er. „Es gibt eine Menge weiterer Methoden, die leichter und schneller sind."

„Vielleicht war es die passende Methode", sagte Cyclops. „Er musste dafür nicht viel planen. Es war vielleicht eine spontane Entscheidung, und er wollte es erledigen, bevor er es sich anders überlegte. Das aber nur, falls es ein Selbstmord war."

Brockwell hob die Augenbrauen erst vor Cyclops und dann vor Matt. Matt reichte ihm die Selbstmordbotschaft und wies auf das Messer. Er wartete, bis Brockwell fertig gelesen hatte, dann äußerte er seine Theorie, dass Sir Charles ermordet worden war.

„Von wem und weshalb?", fragte Brockwell.

„Von Coyle, denn Whittaker hat ihn gestern Abend auf dem Treffen des Clubs der Sammler bedroht. Whittaker war wütend, dass Coyle seine Idee wegen des Einsatzes der Magie gestohlen und sie benutzt hat, um sich damit bestens mit dem Innenminister zu stellen. Er hat Coyle gesagt, er wisse Geheimnisse über ihn, etwas, was er getan hätte."

Brockwell verzog den Mund, während er sich an den Koteletten kratzte. Heute wirkten sie besonders lang und ungekämmt, sogar für ihn. Ich warf einen Blick auf Willie, um zu sehen, ob sie den Inspektor zumindest sehnsüchtig betrachtete, sie starrte immer noch aus dem Fenster.

Brockwell hob das Messer auf und sah mit zusammengekniffenen Augen den Griff und die Klinge an.

„Das ist ein Küchenmesser", sagte Matt. „Es ist nicht gerade die Art Klinge, die man in den gemieteten Unterkünften eines Gentleman findet, oder die Art, die ein Einbrecher bei sich trägt."

„Haben Sie die Vermieterin gefragt, ob welche fehlen?"

„Noch nicht."

„Cyclops, nehmen Sie einen meiner Männer mit und lassen Sie sie nachsehen, ob ihre Messer alle da sind. Seht euch auch um, während ihr da unten seid."

Der Inspektor beharrte darauf, den Salon und das Schlafzimmer selbst zu durchsuchen, während sie weg waren. Matt und Duke schlossen sich ihm an, aber ich stand bei Willie und lehnte eine Schulter an den Fensterrahmen.

„Alles in Ordnung?", fragte ich.

„Natürlich. Ich hab schon Tote gesehen."

„Ich meine, weil Brockwell hier ist."

Sie verdrehte die Augen. „Er ist hier, um seine Arbeit zu erledigen, nicht, um mich zu treffen."

„Willst du, dass er kommt und dich trifft?"

Sie zuckte mit den Schultern.

„Falls du das tust, solltest du es ihn wissen lassen. Vielleicht solltest du ihn besuchen, um zu zeigen, dass du noch an ihm interessiert bist."

Sie warf mir einen vernichtenden Blick zu. „Er will mich nicht treffen. Nicht mehr."

„Was ist zwischen euch vorgefallen?"

Sie zuckte nur wieder mit der Schulter, also packte ich sie an den Schultern und schüttelte sie leicht. „Erzähl es mir!"

Brockwell kehrte zurück, den Notizblock in einer Hand und den Bleistift in der anderen. „Entschuldigen Sie mich bitte, die Damen." Er räusperte sich. „Darf ich mich mit Ihnen unterhalten, India? Würden Sie eine Aussage machen, was Ihre Version der Ereignisse des letzten Abends betrifft, bitte schön, insbesondere betreffend die Unterhaltung zwischen Whittaker und Lord Coyle."

„Werden Sie Coyle denn als Verdächtigen einstufen?"

„Vielleicht." Er bedeutete mir, dass ich mich setzen sollte, dann schickte er sich an, meinen Bericht aufzuschreiben. Anschließend bat er Matt um seinen Bericht.

Brockwell klappte gerade seinen Block zu, als Cyclops und der Konstabler zurückkehrten. Sie berichteten, dass ein Messer, das zu dem passte, das auf dem Boden gefunden worden war, tatsächlich in der Küche fehlte.

„Nicht nur das, die Hintertür war unversperrt", sagte Cyclops. „Die Vermieterin ist überzeugt, sie hätte sie zugesperrt, wie sie es jede Nacht macht, genauso wie die Vordertür. Der Mörder könnte das Schloss geknackt haben, das Messer genommen, während er durch die Küche kam, und dann auf dem gleichen Weg gegangen sein."

Brockwell nickte. „Vielen Dank, Cyclops, ich gehe nach unten und nehme jetzt ihre Aussage auf. Sie übrigen sollten gehen. India wirkt ein wenig angegriffen."

„Es geht mir gut, aber ich glaube, wir sollten gehen. Hier gibt es nichts mehr zu tun."

Die Heimfahrt war sehr gedämpft. Ich vermutete, dass Willie immer noch trotzig war, und wir übrigen spielten in Gedanken das durch, was wir gesehen hatten, genauso wie die Ereignisse des Vorabends. Je länger ich darüber nachdachte, desto mehr war ich überzeugt, dass Matt und Cyclops recht hatten, und Lord Coyle Sir Charles getötet hatte, weil er ihn bedroht hatte. Oder vielleicht einfach nur, weil er ihn nicht mehr gebrauchen konnte. Coyle hatte immerhin Sir Charles benutzt, um Information zu sammeln und eine machtvolle Stellung bei der Regierung zu erhalten. Da dieses Ziel erreicht war, war Sir Charles nicht mehr länger nützlich, er war sogar ein Klotz am Bein. Indem er ihn jetzt auch noch bedroht hatte, hatte Sir Charles sein Schicksal besiegelt.

Die Vermutung, dass Lord Coyle es getan hatte, war das eine, aber ihn für den Mord festnehmen zu lassen, etwas ganz anderes. Lord Coyle war bestimmt nicht selbst ins Haus eingebrochen und hätte das Messer mit seiner eigenen Hand in Sir Charles' Kehle gestoßen. Dafür hatte er Komplizen. Komplizen wurden gut bezahlt, um Stillschweigen zu wahren.

Aber bezahlte Komplizen waren nicht sonderlich treu. Man konnte sie kaufen oder dazu zwingen, die Wahrheit zu sagen. Wir mussten darauf vertrauen, dass Brockwell Coyles Männer finden und genug Druck auf sie ausüben würde, um sie gegen ihren Arbeitgeber zu wenden.

Matt konnte sich auf nichts einlassen, als wir nach Hause kamen. Er beschwerte sich, dass er keine geschäftlichen Angelegenheiten hatte, die seine Aufmerksamkeit erforderten, und genauso wenig fand er in unserer Bibliothek Bücher, die ihm zusagten, und die Zeitungen waren voller „Sensations"-Geschichten, die sein Interesse nicht weckten. Er schlug sogar vor, dass wir zusammen einkaufen gingen, um etwas zu tun zu haben. Wenn man bedachte, dass Matt das Einkaufen ungefähr genauso mochte wie die meisten Männer, wusste ich, dass er verzweifelt versuchte, seine Gedanken vom Tod von Sir Charles zu lösen.

„Gehen wir doch stattdessen eine Runde im Hydepark spazieren", sagte ich.

Nach zwei Stunden kehrten wir nach Hause zurück und fühlten uns neu belebt, und etwas weniger frustriert. Ich glaubte aber nicht, dass das Gefühl lang anhalten würde, und machte mir Sorgen, dass Matt bald zu Scotland Yard aufbrechen würde, um zu erfahren, welche Fortschritte Brockwell mit seiner Ermittlung gemacht hatte.

Nicht lange, nachdem wir unsere Hüte und Mäntel aufgehängt hatten, bekamen wir eine Besucherin. Hope betrat den Salon wie ein wilder Sturm, von Kopf bis Fuß in Stahlgrau gekleidet. Ihre Miene war genauso Unheil kündend, mit finster gerunzelter Stirn und angespanntem Kinn.

„Wie schön, dich zu sehen", sagte Tante Letitia ohne große Aufrichtigkeit. „Ist jemand gestorben? Ein entfernter Verwandter deines Mannes vielleicht?"

Hope schüttelte den Kopf, als wolle sie ihn klären. „Was?"

Tante Letitia beäugte Hope von oben bis unten. „Du bist halb trauernd gekleidet."

„Niemand ist gestorben." Sie wandte sich von ihrer Tante ab, zeigte ihr ihr Profil.

Tante Letitia versteifte sich, als sie so übergangen wurde.

„Weshalb hast du nichts getan, Matt?" Hopes Stimme war zum Teil ein Jammern, zum Teil ein Vorwurf. „Ich habe es dir gesagt, damit du handeln würdest, doch du hast nichts getan!"

Matt war bei Hopes Eintritt aufgestanden, und da sie sich nicht gesetzt hatte, blieb auch er stehen. Ihr Vorwurf schien ihn auf dem falschen Fuß zu erwischen, aber nur einen Augenblick lang. „Möchtest du mit uns Tee trinken? Bristow, eine weitere Tasse für Lady Coyle, bitte."

Der Butler ging mit einer Verbeugung, während Hope sich setzte, wenn auch zögerlich.

„Ich bin nicht zum Teetrinken da", stieß sie hervor. „Ich bin da, um herauszufinden, weshalb du nichts getan hast, nachdem ich dir die Information gegeben habe."

Matt schaute zu mir, aber ich zuckte mit den Schultern, auch nicht sicher, was sie meinte. „Was für eine Information?", fragte er.

„Ich habe euch informiert, dass mein Mann sich mit Sir Charles Whittaker insgeheim am Gartenplatz getroffen hat, und jetzt ist er tot."

Tante Letitia keuchte. „Lord Coyle ist tot?"

Hope schnalzte mit der Zunge. „Nein, Sir Charles ist tot. Halt dich doch auf dem Laufenden."

„Willst du nahelegen, dass du glaubst, dein Mann hätte etwas mit Sir Charles' Tod zu tun?", fragte Matt.

Hopes Finger verschränkten sich in ihrem Schoß ineinander. „Ich weiß es nicht. Möglich ist es. Aber hättest du etwas mit der Information angefangen, die ich dir gegeben habe, wären wir vielleicht gar nicht in dieser schrecklichen Lage."

Jetzt verstand ich, weshalb sie uns von diesem Treffen erzählt hatte. Wir hatten damals angenommen, dass sie ein Motiv gehabt hatte, hatten aber nicht herausgebracht, was es sein könnte. Nun wirkte es, als hätte sie gewollt, dass wir Scotland Yard in Kenntnis setzten, oder vielleicht jemanden noch höherstehenden, und solchen Treffen ein Ende setzten. Es schien, als hätte sie gewusst, dass ihr Mann etwas mit Sir Charles vorhatte, und das hatte ihr Sorgen bereitet.

„Du meinst die schreckliche Lage von Sir Charles' Tod?", fragte ich.

Sie machte eine schnelle Bewegung mit dem Handgelenk, um meinen Vorschlag abzutun. „Ich meine die schreckliche Lage, mit der wir es jetzt zu tun haben, da mein Mann eine Stellung in der Regierung bekommt. Weißt du, wie wichtig ihn das macht? Zuvor stand er noch nicht über dem Gesetz, aber jetzt schon."

„Niemand steht über dem Gesetz", sagte Matt.

Sie schnaubte. „Sei nicht so naiv. Du weißt besser als jeder sonst, wie die Welt läuft, und wie sie Männer wie meinen Mann bevorzugt." Sie presste sich die Finger an die Stirn, als würde sie Kopfschmerzen unterdrücken wollen. Sie wirkte ziemlich blass, nun, da die Röte des Zorns aus ihren Wangen gewichen war.

Bristow kehrte zurück, ein Tablett mit einer Tasse und einer Untertasse dabei. Ich schenkte den Tee ein und reichte Hope die Tasse. Sofort stellte sie sie zurück auf den Tisch, unberührt.

Sie richtete ihren finsteren Blick auf Matt. „Ich habe versucht, die Pläne meines Mannes zu durchkreuzen, indem ich dir von seinem Treffen mit Sir Charles erzählt habe. Weshalb hast du mit dieser Information nichts angefangen?"

„Hättest du gewollt, dass ich etwas tue, hättest du es sagen sollen."

Wieder gab sie dieses schnaubende Geräusch von sich.

„Was wolltest du denn, dass ich tue?", fragte er.

„Ich weiß es nicht. Vielleicht Sir Charles warnen, vorsichtig zu sein, welche Informationen er weiterreicht, denn meinem Mann kann man nicht vertrauen. Oder den Innenminister warnen, dass einer seiner Spione Informationen nicht für sich behält. Wäre Sir Charles entlassen worden, hätte er meinen Mann niemals auf die Idee gebracht, Bomben aus fliegenden Teppichen abzuwerfen."

„Coyle ist klug, berechnend und denkt voraus", sagte Matt. „Die Idee hätte er früher oder später selbst gehabt."

Sie schürzte die Lippen, weil sie sich weigerte, ihm diesen Punkt zuzugestehen.

„Weshalb willst du deinen Mann denn überhaupt aufhalten?", fragte ich. „Je mehr Macht er hat, umso mehr Macht hast du."

Sie plusterte sich auf. „Glaubst du, ich weiß nicht, wie mein Mann ist? Glaubst du, mir ist nicht bewusst, wie er seine Macht ausnutzen könnte? Manche halten mich für völlig habgierig, aber ich kann versichern, Reichtum und Respekt sind genug, um mich zufriedenzustellen. Die Heirat mit Coyle hat mir beides verschafft. Ich will nicht mehr, und ich will nicht, dass er noch mächtiger wird, als er es bereits ist."

Das war es also, was sie im Vorzimmer der Delanceys gemeint hatte, als sie gesagt hatte, dass es nicht das war, was sie wollte. Sie wollte nicht, dass ihr Mann noch mächtiger wurde. Sie wollte kein Leben leben, in dem sie ihn fürchtete.

Plötzlich rückte ich vor. „Wir werden dich schützen, Hope. Du musst nicht bei ihm bleiben. Eine Scheidung steht vielleicht nicht zur Debatte, aber du wirst nicht einen Augenblick länger als nötig in diesem Haus leben müssen."

Sie schoss hoch und funkelte mich von oben herab an. „Sei doch nicht lächerlich. Wie sieht das denn aus?"

Ihre bissige Antwort machte mich sprachlos.

Matt allerdings blieb gefasst. „Spielt das eine Rolle?", fragte er.

„Die Leute werden mich für schwach halten, armselig. Vielen Dank für euer Angebot, aber es ist keines, das ich annehmen werde."

„Hope hat recht." Tante Letitia überraschte uns alle, indem sie etwas sagte. Ich dachte, sie hätte es nicht geschafft, der Unterhaltung zu folgen. „Sie hat ihr Bett gemacht, jetzt muss sie darin liegen."

Hope nickte ihrer Tante steif zu, dann marschierte sie aus dem Raum. Ich folgte ihr rasch, um sicherzustellen, dass Bristow da war, um sie hinauszubringen, und wie üblich war er mir schon voraus und wartete bereits in der Eingangshalle unten an der Treppe auf sie.

Ich kehrte in den Salon zurück und setzte mich mit einem Seufzen hin. „Weshalb habe ich das Gefühl, ich hätte gerade vor einem Preiskämpfer im Ring gestanden?"

„Weil Unterhaltungen mit Hope einen zerschlagen zurücklassen", sagte Tante Letitia. „Besonders in letzter Zeit. Ich vermisse das kluge, aber naive Mädchen, das sie früher war."

„Die Ehe mit Coyle hat sie gezwungen, rasch erwachsen zu werden, schätze ich." Ich wandte mich an Matt, der mit nachdenklicher Miene da saß. „Sollten wir uns Sorgen um sie machen?"

„Ich weiß es nicht", sagte er. „Aber ich werde mir trotzdem Sorgen machen."

* * *

Ehe Kriminalinspektor Brockwell eintraf, machte ich mir Sorgen, dass Matt ihn suchen gehen würde. Er wollte unbedingt Neues von der Ermittlung hören, und meine Versuche, ihn abzulenken, scheiterten elendig. Zum Glück stimmte es Brockwell zeitlich perfekt ab und traf gerade ein, bevor der Gong zum Dinner erklang.

Wir hießen ihn alle mit Begeisterung im Salon willkommen. Alle außer Willie natürlich. Sie machte nicht Unhöfliches, wie etwa aufzustehen und zu gehen, aber sie weigerte sich, ihn auch nur anzuschauen, während er Wert darauf legte, sie anzusehen, als er uns begrüßte.

Der ganze Haushalt war da, außerdem Lord Farnsworth, Catherine, Chronos und sogar Oscar. Brockwells Ankunft sorgte dafür, dass unsere Gesellschaft sich vollständig anfühlte. Jeder war über den Mord aufgeklärt, und wir hatten es ausgenutzt, dass Tante Letitia in ihrem Zimmer war und sich für das Dinner kleidete, um ihn zu besprechen. Wir alle waren der Meinung, dass Lord Coyle gewiss ein Verdächtiger war, und sehr wahrscheinlich der Schuldige.

„Werden Sie sich uns zum Dinner anschließen?", fragte ich den Inspektor, als er sich im Sessel niederließ.

„Nein, vielen Dank, India, ich komme nur vorbei, um euch Neuigkeiten über die Ermittlung zu Whittakers Mord zu geben. Ich bleibe lieber nicht, wenn das für Sie in Ordnung ist."

„Natürlich."

Da es keine weiteren Anweisungen gab, verließ Bristow den Raum mit einer Verbeugung und schloss die Tür.

„Was ist passiert?", fragte Matt.

Brockwell seufzte. „Die Ermittlung wurde geschlossen. Ich wurde angehalten, es als Selbstmord zu deklarieren. Es wird keine Obduktion vorgenommen."

„Wer hat das angewiesen?"

„Commissioner Munro persönlich."

Duke fluchte tonlos. „Matt kann morgen mit ihm reden und versuchen, ihn umzustimmen."

Brockwell schüttelte den Kopf. „Das wird nichts ausrichten. Ich vermute, er folgt Befehlen, die ihm von seinem Vorgesetzten übermittelt wurden." Der Vorgesetzte des Commissioners war der Innenminister selbst. „Da eine Selbstmordbotschaft am Tatort gefunden wurde, ist es kein völlig unlogischer Schluss, den man fassen könnte."

„Er ist unlogisch, wenn Zweifel bestehen", sagte Oscar.

„Sie haben mich nicht aussprechen lassen. Es ist kein unlogischer Schluss, zu dem man kommen kann, wenn einer der beiden Hauptverdächtigen ein Mörder ist, der nun für das Innenministerium arbeitet, und andere der Anführer des Spionagerings Le Grand."

„Meine Güte", murmelte Lord Farnsworth. „Sie glauben, die Regierung hat den Mord an Whittaker durchgewunken?"

Brockwell zuckte mit den Schultern. „Wir können spekulieren, soviel wir möchten. Dass es als Selbstmord gilt, wird sich nicht ändern."

Matt war bisher still geblieben, aber dazu nickte er. Er wusste, dass es hoffnungslos war. Er hatte die ganze Zeit gewusst, dass Brockwell in dieser Ermittlung die Hände gebunden sein würden, und dass die Wahrheit vielleicht unterging. Das bedeutete nicht, dass man sie nicht ausgraben konnte, aber Scotland Yard würde nicht den Spaten schwingen.

Während Matt gewissermaßen geschlagen wirkte, schien Brockwell enttäuscht und frustriert. Der Arme. Er hatte den Großteil des Tages mit der Ermittlung verbracht, nur um sie jetzt unterdrückt zu sehen.

„Vielen Dank, dass Sie hergekommen sind, um es uns zu sagen", sagte ich. „Sind Sie sicher, dass sie sich uns nicht zum Abendessen anschließen wollen?"

„Bleiben Sie", sagte Lord Farnsworth eindringlich. „Immerhin haben wir etwas zu feiern. Glass' Leben ist zum einen nicht mehr in Gefahr." Er klatschte leicht in Matts Richtung. Als niemand sonst mitmachte, fügte er an: „Sehen wir mal … Ich weiß! Mein Pferd Midnight Blue ist in bester Form für die Rennen im Frühling. Und es gab heute keine Proteste von den Talentfreien."

„Doch, die gab es", sagte Cyclops.

„Wirklich? Wo?"

„Lambeth und Islington."

„Ich bin nicht in die Nähe eines dieser Orte gekommen." Er runzelte heftig die Stirn, während er nachdachte. „Sehen wir mal, es muss doch gute Neuigkeiten geben." Er schnippte mit den Fingern. „Willie wurde gestern Abend nicht aus White's geworfen, trotz des Gerüchtes, dass sie Brüste hat."

Duke lachte. „Wer hat denn dieses Gerücht in die Welt gesetzt?"

Lord Farnsworth sank unter Willies finsterem Blick zusammen. „Mir war langweilig. Ich wollte sehen, was passiert", murmelte er.

Brockwell räusperte sich. „Ich freue mich sehr über das Glück, dass allen widerfährt. Aber ich glaube, es ist am besten, wenn ich jetzt gehe."

Lord Farnsworth seufzte, während er sich an mich richtete. „Ich habe es versucht, India, aber es ist hoffnungslos."

Ich zog an der Klingelschnur, und Bristow kam und brachte Brockwell hinaus.

Lord Farnsworth, Duke und Cyclops wandten sich alle mit finsterem Blick Willie zu. Sie reckte das Kinn und schaute weg.

„Ich habe gute Nachrichten, wie es der Zufall so will", verkündete Catherine. „Ich wollte es dir später sagen, Nate, aber ich kann es auch gleich jetzt machen. Meine Mutter hat gefragt, ob du morgen Abend mit uns essen möchtest."

„Das verstehe ich nicht", sagte er zurückhaltend.

Sie grinste. „Sie will dir danken, dass du diese Bande vertrieben hast, in die Gareth irgendwie verstrickt war."

„Das ist doch nicht wirklich eine Bande. Nur eine Gruppe Jugendlicher, die es übertreiben und zu viel Zeit haben."

„Ich weiß das, aber sage es meinen Eltern nicht. Sie haben sich in den letzten paar Wochen so viele Sorgen gemacht. Aber nachdem Gareth ihnen erzählt hat, wie du ihn beschützt und diesen Jugendlichen gedroht hast, sollten sie noch einmal in seine Nähe gehen, halten dich meine Eltern für ganz wunderbar."

„Aber ich habe doch gar nichts getan."

Duke klatschte Cyclops auf die Schulter. „Wehr dich nicht. Nimm es an. Das ist es, was du wolltest."

Cyclops Lächeln fing langsam an, aber rasch wurde es breiter. „In Ordnung. Danke ihnen für die Einladung. Ich nehme an."

Später, nachdem das Abendessen beendet war und Tante Letitia sich zurückgezogen hatte, saß ich allein mit Catherine im Salon, während wir warteten, dass die Männer und Willie sich uns anschlossen. Der Bedienstete Peter schenkte uns jeder ein Glas Kognak am Getränkewagen ein. Man konnte den Männern doch nicht erlauben, die ganzen Laster für sich zu haben.

„Ich habe das Gefühl, wir sollten auch Zigarren rauchen", sagte Catherine mit einem Lachen, während sie das Glas von Peter entgegennahm.

„Tante Letitia würde einen Anfall bekommen. Sie verabscheut es, wenn jemand hier drin raucht." Ich wartete darauf, dass Peter mit einer Verbeugung ging, bevor ich mich an meine Freundin wandte. „Du hast dich mit Gareth zusammengetan, oder?"

Catherine ließ die blassen Wimpern klimpern und zuckte mit einer Schulter. „Was meinst du damit nur, India?"

„Dein gerissenes Lächeln verrät dich. Ich weiß, dass du diese Bande aus Jugendlichen auf die Beine gestellt hast, um Gareth zu ärgern, und dann Cyclops gebeten hast, dazwischen zu gehen und die Lage zu entschärfen. Gareth war offensichtlich eingeweiht."

„Sag es nicht Nate. Das wäre ihm peinlich." Sie ließ sich im Sessel nieder und wirbelte die Flüssigkeit in ihrem Glas herum. „Du hast recht damit, dass Gareth mit dem Plan geholfen hat, genauso seine Freunde. Ich musste sie natürlich bezahlen, aber Gareth hat es umsonst getan. Er kann manchmal echt süß sein. Ich weiß, dass er Nate vergöttert, darum will er sehen, dass auch unsere Eltern ihn akzeptieren. Du hättest hören sollen, wie meine Mutter nicht davon aufhören kann, was für ein Glück es ist, dass Nate dazwischen gegangen ist, wie fähig er ist, und dass er bei der Polizei eine große Zukunft vor sich hat." Ihr Lächeln wurde breiter. „Mein Plan ist besser gelaufen, als ich erwartet habe."

Ich hatte wohl zu viel Wein beim Abendessen getrunken, denn ich kicherte über das Bild, wie Mrs. Mason nun Cyclops anflehte, Catherine zu heiraten. Dieser Tage kicherte ich nur selten, aber ich fühlte mich jetzt leichter, da Matts Leben nicht mehr in Gefahr war. Und obwohl Sir Charles' Ableben eine schreckliche Sache war, betraf sie nicht direkt unseren Haushalt. Mein Herz war sehr viel leichter, als es wochenlang gewesen war.

Willie trat ein, nur um abrupt stehen zu bleiben, als sie uns beide kichern sah. Sie verzog das Gesicht, als wäre sie abgestoßen. „Ich habe hier drin auf eine zivilisierte Unterhaltung gehofft."

„Sind die Männer nicht zivilisiert?", fragte ich.

„Sie belästigen mich immer damit, was zwischen mir und Brockwell schiefgelaufen ist. Sogar Matt."

Ich klopfte auf das Kissen neben mir auf dem Sofa. Sobald sie saß, wandte ich mich ihr zu. „Was ist denn schiefgelaufen?"

Sie schoss wieder hoch und marschierte zur Tür. Aber ich war bereit für den Fluchtversuch und rannte an ihr vorbei. Ich verstellte den Eingang. „Ich lasse dich nicht vorbei, bis du es mir sagst."

Sie neigte den Kopf zur Seite und hob die Augenbrauen. „Du weißt, dass ich dich ganz leicht aus dem Weg räumen kann."

„Das sehe ich nicht so. Ich bin größer als du und sehr wahrscheinlich auch stärker."

Sie schnaubte herablassend.

„Ich bin sicher, wenn du eine Waffe hättest, könntest du mich bedrohen, aber du bist unbewaffnet."

Catherine schloss sich uns an und legte einen Arm um Willies Taille. „Komm und setz dich und erzähl uns davon. Vielleicht können wir dir helfen, das Problem zu lösen."

Willie ließ sich zurück zum Sofa lotsen. Sie setzte sich, mit Catherine auf einer Seite und mir auf der anderen. Bevor sie es sich versah, hatten wir jede eine ihrer Hände genommen, damit sie nicht einfach flüchten konnte.

Sie seufzte tief. „Jasper hat mich gebeten, ihn zu heiraten."

Ich starrte sie an, dann wechselte ich einen Blick mit Catherine. „Und du willst nicht heiraten", sagte ich ausdruckslos.

„Ich habe ihn abgewiesen. Ich habe ihm gesagt, dass ich niemals heirate, ganz gleich, was diese Roma-Frau gesagt hat. Ich will nicht, dass ein Mann mich verändert. Ich will nicht, dass sich irgendwas verändert. Ich mag mein Leben, wie es ist, ohne einen Ehemann darin."

„Willst Du den Inspektor darin haben?", fragte Catherine.

Willie schaute hinab auf den Boden und nickte wieder.

„Manchmal müssen wir Opfer bringen, oder wir verlieren diejenigen, die wir lieben."

Willie verzog das Gesicht. „Das ist keine Liebe. Wir sind gut befreundet."

„Du und Duke seid gut befreundet", sagte ich ihr deutlich. „Du und Lord Farnsworth seid gut befreundet. Aber mit keinem von ihnen willst du ins Bett, oder?" Ich wusste, dass ich zu ihr durchdrang, als sie mir keine unhöfliche Retourkutsche gab. „Lass es mich anders formulieren. Wärst du so verstört, wenn Duke beschließen würde, ohne dich nach Amerika zurückzukehren?"

„Ich wäre verstört, aber ich würde mich für ihn freuen, falls es das ist, was er will."

„Da, siehst du es? Das ist eine Antwort."

„Ich erinnere mich nicht daran, eine Frage gestellt zu haben."

„Deine Frage ist, was machst du jetzt?", fragte ich. „Sagst du Brockwell, dass du mit ihm zusammen sein willst, aber ohne etwas am Status quo zu ändern, und riskierst es damit, ihn für immer zu verlieren, weil er mehr will?"

„Oder ziehst du die Ehe ernsthaft in Betracht?", schloss Catherine.

Willie musterte unsere Gesichter, suchte vielleicht nach einer Antwort. Aber es war nichts, was wir für sie entscheiden konnten. Sie musste das selbst tun.

„Ich brauche noch was zu trinken", sagte sie und stand auf.

Die Männer schlossen sich uns an, und Lord Farnsworth ging direkt zu Willie, die am Getränkewagen stand. Er flüsterte ihr etwas ins Ohr.

„Habt ihr ihre Probleme gelöst?", fragte Matt, der zu mir heranrückte.

„Nicht ganz, aber ich glaube, wir haben es besser gemacht, ihr bei der Entscheidung zu helfen, was sie tun soll, als ihr Männer." Ich lehnte mich an ihn und legte den Kopf an seine Schulter. „Worüber meinst du, reden sie?"

Er folgte meinem Blick zu Willie und Farnsworth, die die Köpfe verschwörerisch zusammensteckten. „Sie besprechen vermutlich, zu welcher Spielhölle sie heute Nacht gehen."

„Er bringt sie zum Lachen."

„Ich glaube, sie lacht über ihn, nicht mit ihm."

„Ganz gleich, wie es ist, es ist gut, wenn er da ist, wenn er sie aufmuntern kann."

Matt nickte zu Catherine und Cyclops hin, die sich leise in einer Ecke unterhielten. „Sie wirken glücklich. Es scheint, als hätte Catherines kleine List ihre Wirkung gezeigt."

Ich zog mich zurück, um ihn richtig anzuschauen. „Du wusstest davon?"

„Ich habe es erraten, Cyclops auch."

Ich lächelte. „Ich hoffe, er lässt nicht durchscheinen, dass er es weiß. Sie wird enttäuscht sein, dass sie keinen geheimen Coup auf die Beine gestellt hat."

„Sie hat doch einen auf die Beine gestellt, sie sollte zufrieden mit sich sein, dass ihr diese Idee gekommen ist. Das Wichtige ist, Mr. und Mrs. Mason sind sich nicht bewusst, dass es eine List war, und sie sind nun bereit, Cyclops in ihre Familie aufzunehmen."

„Und bald auch in ihre Herzen. Er hat doch so eine Art, Leute für sich zu gewinnen."

Matt berührte sanft mein Kinn. „Du wirkst heute Abend sehr zufrieden, India."

„Das liegt daran, dass ich es bin. Sieh dich um. Bis auf Willie sind alle glücklich, und ihre Lage ist auch nicht völlig verloren, wenn man es richtig betrachtet. Einen guten Mann zu haben, der sie heiraten will, ist nicht das Ende der Welt."

Er lachte leise, sein Atem blies durch meine Haare. „Für sie schon, aber ich weiß, was du meinst." Er küsste mich auf den Kopf. „Ich will nur ungern deine gute Laune verderben, aber was ist mit Charbonneau? Du mochtest ihn doch."

„Ich bin enttäuscht von ihm. Zutiefst. Und auch wütend auf ihn. Aber ich will nicht mehr über ihn nachdenken. Ich weigere mich, mich noch einen Augenblick länger mit ihm zu befassen. Er hat es nicht verdient." Ich berührte Matts Wange, folgte mit meiner Fingerspitze der Einbuchtung seines Grübchens. „Er wurde aufgehalten, dir geht es gut. Alles andere spielt keine Rolle."

Sein Arm nahm mich fester um die Taille. „Er wird uns oder unseren Liebsten niemals mehr schaden. Dessen werde ich mich versichern. Coyle ebenfalls. Ich verspreche es dir."

Er konnte kein solches Verbrechen geben, aber ich wusste es doch zu schätzen.

Ich schaute mich in unserer kleinen Gruppe aus Familie und Freunden um. Farnsworth tat sein Bestes, um Willies Gedanken von ihrem Dilemma abzulenken, während Duke und Oscar sich eingehend unterhielten. Cyclops und Catherine sprachen leise in der Ecke, ihre Finger berührten einander leicht, und Chronos war auf dem Sofa eingeschlafen, den Kopf zurückgelegt und den Mund offen. Obwohl Tante Letitia und Brockwell abwesend waren, waren sie im Geiste dabei.

Mehr als das brauchte ich nicht. Mit Matt an meiner Seite und unseren Freunden und unserer Familie zur Gesellschaft hatte ich mehr als genug, was ein Herz füllte.

Matt dachte wohl ebenso, denn er küsste mich gründlich, ohne sich darum zu kümmern, dass es alle sehen konnten.

Um Matts und Indias Geschichte weiterzulesen, suchen Sie nach:
Die Verschwörung des Goldschmieds
Buch 13 der Reihe Glass & Steele von C.J. Archer

Abonnieren Sie den Newsletter von C.J., um über neue ins Deutsche übersetzte Bücher informiert zu werden. Abonnenten erhalten außerdem einen exklusiven Zugang zu einer **KOSTENLOSEN** GLASS UND STEELE-Kurzgeschichte.
Abonnieren: WWW.CJARCHER.COM

HOLEN SIE SICH EINE KOSTENLOSE KURZGESCHICHTE.

Ich habe eine Kurzgeschichte zur Reihe *Glass & Steele* geschrieben, die vor DIE TOCHTER DES UHRMACHERS SPIELT. Sie heißt DAS SPIEL DES VERRÄTERS und folgt Matt und seinen Freunden ins Wildwest-Städtchen Broken Creek. Sie enthält Spoiler für DIE TOCHTER DES UHRMACHERS, das sollte man also vorher gelesen haben. Das Allerbeste ist aber, dass die Geschichte KOSTENLOS ist, exklusiv für Abonnenten meines Newsletters. Tragen Sie sich jetzt auf meiner Webseite ein, falls Sie das nicht bereits getan haben: WWW.CJARCHER.COM

Wenn Sie bereits Abonnent sind, finden Sie die Anleitung in meinem Newsletter.

EINE NACHRICHT DER AUTORIN

Ich hoffe, Ihnen hat **Das Komplott des Spions** genauso viel Spaß gemacht wie mir beim Schreiben. Als Indie-Autorin ist es für den Erfolg des Buches entscheidend, es bekannt zu machen. Wenn Ihnen dieses Buch gefallen hat, sagen Sie es doch bitte weiter und schreiben Sie eine Rezension in dem Shop, in dem Sie es gekauft haben.

AUSSERDEM VON C. J. ARCHER

REIHEN MIT 2 ODER MEHR BÄNDEN

The Glass Library

Cleopatra Fox Mysteries

After The Rift

Glass and Steele

The Ministry of Curiosities Series

The Emily Chambers Spirit Medium Trilogy

The 1st Freak House Trilogy

The 2nd Freak House Trilogy

The 3rd Freak House Trilogy

The Assassins Guild Series

Lord Hawkesbury's Players Series

Witch Born

EINZELTITEL

Courting His Countess

Surrender

Redemption

The Mercenary's Price

ÜBER DIE AUTORIN

C.J. Archer begeistert sich für Geschichte und Bücher, seit sie denken kann, und wähnt sich glücklich, dass sie beides vereinen konnte. Sie verbrachte ihre frühe Kindheit in der dramatischen Schönheit des Outbacks von Queensland, Australien, lebt inzwischen aber mit ihrem Mann, zwei Kindern und einer frechen schwarzweißen Katze namens Coco in Melbourne.

Abonnieren Sie C.J.s Newsletter auf ihrer Webseite, um informiert zu werden, wenn sie ein neues Buch herausbringt: http://cjarcher.com/deutsch/

facebook.com/CJArcherAuthorPage
x.com/cj_archer
instagram.com/authorcjarcher